Anonymus

Lucianus Samosatensis Franciscus Fritzschius recensuit

Anonymus

Lucianus Samosatensis Franciscus Fritzschius recensuit

ISBN/EAN: 9783742822284

Manufactured in Europe, USA, Canada, Australia, Japa

Cover: Foto ©Andreas Hilbeck / pixelio.de

Manufactured and distributed by brebook publishing software
(www.brebook.com)

Anonymus

Lucianus Samosatensis Franciscus Fritzschius recensuit

LUCIANUS

SAMOSATENSIS

FRANCISCUS FRITZSCHIUS

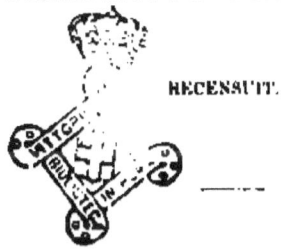

RECENSUIT.

VOLUMINIS I PARS I.

ROSTOCHII

IMPENSIS ERNESTI KUHNII

MDCCCLX.

Superest, ut de iis libris qui nunc eduntur singulis ex-
ponam. In Somnio et in libro de historia integram collatio-
nem utriusque Vaticani (Ħ*I*) tum alterius (*I*) in Gallo
saepe desideravi. Nam Somnium quoque in libris graviter
vulgo corruptis numerandum est, qua de re codices recens
collati dubitare sinent neminem. Horum signa codicum
infra posui, *JL\|*Λ*ΦFQ*. Contra exiguus usus fuit caete-
rorum, qui olim ne collati quidem, sed vix obiter inspecti
sunt. In libro de historia hi maxime codices adhibiti sunt,
H*JL*ΦΛΗF et codex Victorii. Hos quum per se hic exi-
mios, tum eximie scito excussos esse; caeteri aut mali
recentesque sunt, aut (sicut Anglus Bourdeloti) male col-
lati, quorum permultas lectiones silentio praeterii. Hunc
librum plerique editores, ut C. F. Hermannus constantior
vulgatae patronus quam sapientior pro satis integro ha-
buerunt, qui interpretem ubique requirat, criticum non valde
desideret. Unus ante nos M. Solanus hunc ipsum librum
incredibili modo corruptum esse mendisque et numero
plurimis et gravitate maximis laborare perspexit: ad quas
corruptelas haud exiguus lacunarum numerus accedit. Equi-
dem ut corrupta sanarem ac si fieri posset tandem per-
sanarem, tametsi magnam dedi operam: tamen aliis quoque
relinquere coactus sum, in quo ingeni vires exerceant.
Gallum autem quum a. 1826 (pone Quaestiones p. 273 sqq.)
primum ederem, ne Gorlicensis quidem scripturas nosse
poteram nisi Schmiederianas. Eundem dialogum iterum (Ro-
stochii a. 1853) seorsim edidi his codd. usus, ACΦMLVG.*I*.
Interim a. 1832 B. Klotzius paullo meliore quam Schmie-
deriana est Gorlicensis collatione fretus Gallum totum quasi
ad Gorlicensis normam exactum vulgaverat. Sed Klotzi
recensio, qui optimas Gorlicensis lectiones partim non novit
partim non intellexit, mendis vero ejusdem mire deceptus
est, nullo in numero habenda videtur. In hac quae tertia
est secundam editionem non plane repetii, sed addidi pri-

XVI

mum nonnullas lectiones Marciani (*Ω*), tum aliquot conjecturas et meas et aliorum, quarum hae in libris interim editis allatae sunt, in editionibus J. Bekkeri (a. 1853), J. Sommerbrodii (item a. 1853), in secunda G. Dindorfi (a. 1858), denique in "Variis Lectionibus" C. G. Cobeti (a. 1854).

Ordinem librorum V. Asulanus in universum eundem retinuit, quem Florentinus editor praeiverat, qui ordo nunc est "vulgatus." At quum alia in aliis codd. librorum series sit, tamen ne in uno quidem cod. ordo exstat vulgatus, qui jam non alia nisi typographi Florentini auctoritate nititur. A vulgari ordine J. Bekker tandem discessit, qui non inscite pseudepigrapha, ut ipse putavit, in locum rejecit extremum. Me vero ut a vulgari ordine recederem necessitas ipsa impulit, quum neque ad proximos initio libros sat bonas collationes dudum promissas accepissem, neque ipsam editionem ultra liceret differre. Tabulam, qua duplex dispositio contineatur, hanc subjeci:

	vulgo ordine	nunc
περὶ τοῦ Ἐνυπνίου	— 1	— 1
πῶς δεῖ Ἱστορίαν συγγράφειν	— 25	— 2
ὄνειρος ἢ Ἀλεκτρυών	— 45	— 3

In minore tamen Luciani editione vulgarem librorum ordinem servare potero.

Ceterum p. 98 lin. 11 a fin. pro his "Ιλφ et p m" corrige: "Η et p m Φ" et p. 108 lin. 9 a fin. post v. "probavi." haec adde: "γεγονώς A et v., sed γεγονόν Υ uno probante Bekkero. Vide Lobeckium ad Phryn. p. 119 sq. Aeschyli et Antiphanis immemorem."

Scribebam Rostochii mense Majo a. MDCCCLX.

Praefatio.

Codex Gorlicensis (A) bibliothecae Milichianae, saeculi
XIV° membranaceus est, formae maximae, versuum quadra-
genorum, foliis hodie CCCXVI constat. Scholia habet nulla.
Una manu eaque eleganti totus exaratus est, neque sub-
scripto neque adscripto; nonnunquam tamen secunda manus
ipsa quoque vetus prima scriptura erasa correctiones suffe-
cit. Uberiorem hujus codicis descriptionem F. Schnieder
Praefat. ad Luc. Vol. II p. IV sq. et C. E. Ch. Schneider
itemque C. Th. Antonius ap. Jacobitium Praef. ad Luc.
p. VII sqq. dederunt. Hujus codicis scripturis F. Schnieder
ab Chr. G. Heynio monitus primum uti coepit: quanquam
et originem miram et exiguam fidem ea habet collatio,
quae in editione Schniederi Vol. II p. X sqq. evulgata
est. Postea et C. L. Struvius in Lectionibus Lucianeis
(Miscell. Crit. II, 2 p. 206 sqq.) et ego ipse in Quaesti-
onibus (ut p. 2 et p. 124) refutatis qui de tanta re judi-
care nescierant, hunc codicem in optimorum numero re-
ponendum esse demonstravimus. Mox vero a. 1828 ipse
accuratissime totum contuli, quae collatio nunc demum in
lucem exitura est. Interim C. Jacobitius in Luciani editione
majore suam Gorlicensis comparationem edidit Schniede-
riana illam haud dubie meliorem, eandem tamen ejusmodi,
in qua non magis acquiescere liceat. Nam quod Jacobitius

in Praefat. p. XII ullam hujus codicis scriptorum ab se praetermissam esse negat: id ad calami errores, quorum vix ullum praeteriit, spectare videtur, ad lectiones ipsas non plane pertinet, quarum alias Jacobitius omnino praetermisit, alias falso enotavit. Ceterum et alii fortassis et certe is, qui nuper hunc quoque codicem strenue versavit, J. Sommerbrodtius testari poterit, non C. Jacobitium, ubicunque ab eo alia omnia narrantur, sed me unum audiendum esse.

Codex, cujus nunc primum lectiones editurus sum, Florentinus (Ψ) saec. XIII membranaceus scholia habet admodum rara, quae ab editis non longe discedunt, maximam tamen operum Lucianeorum partem complectitur. Absunt ab eo praeter Epigrammata libri XXVI, ex his XIII genuini (Timon, dialogi et deorum et marini et meretricii, Charon, De Sacrificiis, Hermotimus, Jupiter et confutatus et tragoedus, rhetorum praeceptor, de morte Peregrini, Saturnalia et convivium), III vulgo recte suspecti (Abdicatus, de dea Syria et soloecista), II mihi item suspecti (tyrannicida et fugitivi) denique VIII certo adulterini (Amores, asinus, cynicus, Charidemus, Nero, tragodopodagra, ocypus et philopatris). Etsi autem princeps editio a. 1496 (a) in universum minime ex hoc codice, sed ex deteriore emanavit: tamen Florentinus editor interdum nostram quoque codicem ea fere negligentia usurpasse videtur, qua A. Francinus in Vespis et Pace Aristophanis Ravennatem. Codicum Luciani, qui scriptor jam IV.m circiter saeculo ab correctore et atticista audacter recensitus est, partim hanc recensionem non secuti paene a glossematis puri sunt, partim saepissime interpolati, partim ex utroque genere commixti. Paene purus est Gorlicensis, vel in Parasito ille (ut hoc utar), in quo Marciani tertii scripturae longe praestant, saepe vitiosus, sed ne tum quidem nisi raro interpolatus. Sed Florentinus Parisino ei, qui

2954 numeratur similis est et ad mixtorum codicum familiam pertinet, ut alia in aliis dialogis ejus et auctoritas sit et fons ipse dispar et usus longe diversus. Quum enim in eis dialogis, quorum purissimus fons est, ipsum Gorlicensem vincat: idem in aliis, ut in Gallo, in quo Gorlicensis usque adhuc codex est unus omnium excellentissimus, longe minore dignitate est et scatet glossematis. Hunc igitur codicem a. 1828 rogatu meo Franciscus de Furia cum editione Reitziana diligenter contulit, sicut et collatio ipsa et aliorum codicum lectio consentiens ubique declarant. Paucula quaedam omisisse videtur: quae quidem enotavit, pleraque omnia tam accurate notavit, ut saepissime etiam silentio confidere liceat. Omnino quod ad fidem Francisci de F. collationibus habendam attinet, ab atroci accusatione A. Kirchhoffi Praefat. ad Euripid. I p. VI sq. et p. IX sq. tantopere abhorreo, ut in Euripide magnam partem culpae A. Matthiaeo attribuam. Omnes enim Francisci de F. collationes, quas equidem explorare potuerim, singularis diligentiae laudem merentur ut illae, quibus G. Dindorfius, judex plane idoneus uti non dubitavit.

Sex codicum Parisinorum ea collatione vulgo utuntur, quam ab se factam Belinus de Ballu, homo fide purum dignus, Parisiis a. 1788 cum ipso Luciano edidit. Ex his praestantissimus ille est, qui 3011 numeratur (C), saec. XIII^u, maximam partem bombycinus, sed in fine mutilus, ita ut certa mutilationis signa exstent. Hodie antiquus codex duorum aliorum partibus, quibus alia Luciana continentur, adnexis sartus est, primum membranis paucorum foliorum, tum tertii codicis parte majore ejusque chartacei. Quae omnia si numeres, 74 opusculorum summa efficietur. At ipse codex, qua bombycinus est, ab Gorlicensi nihil videtur differre: adeo ubique ambo omnibus in libris consentiunt, qui in utroque codice leguntur. Quae res tam manifesta est, ut cum vel ex usu utriusque collatione Schurleder Vol. II Praef. p. VI tamen partim perspexerit. Sed ego qui scirem in antiqua parte nonnullos Luciani libros, qui nunc ab Gorlicensi absunt, adhuc servatos esse: a. 1828 doctum amicum rogavi, ut mihi hos ipsos libros diligenter conferret. Quumque ex parte saltem voluntati meae satisfactum esset, haud exiguos ex hac collatione fructus percepi itemque didici in antiquo codice sat ampla scholia inesse, quae ab editis partim discrepant. Parisinus, qui numero est 2054 (M), 76 opuscula Lucianea complexus, bombycinus, integer, forma non magna, non ab eodem sed a duobus diversisque temporibus saec. XIII scriptus, qui et ipse scholia habet. Secundam correctoris manum saepe expertus est. Florentino, quem supra dixi, ita similis est, ut ei Florentinus in tantum fere praestet, quantum idem edit. Florentinae (a) praestat, quocum hic Parisinus partim mire consentit. Duplex, qua ego usus sum, collatio prior Th. Sypsomi, altera amici ad partem tantum hujus codicis pertinet. Hic codex etsi in nonnullis libris etiam bonas lectiones habet, plerumque tamen ad justae prope recensionis modum interpolatus est, ut eum quasi quendam rivum esse dicas a primario interpolatoris fonte deductum. Quatuor restant codices Parisini numero 1428 (L), 2055 (.I), 2956 (Δ) et 2957 (N'), quorum nulli multum tribuere licet.

Guelferbytanus prior (F) saec. XIV^a, membranaceus, forma maxima foliorum CCXXXIV versuum tricenorum ab initio etiam scholia habet. Dimidium fere partem operum Lucianeorum complectitur, quae opera in Epist. crit. p. V sq. sigillatim recensui, quum hunc codicem e tenebris primum proferrem. Utor autem ea collatione, quam Friedemannus, Urbanus et Cunlius ab me rogati conjuncta opera effecerunt. Postea alia, i. e. sua ipsius collatione C. Jacobitus uti coepit. Codex ipse, ut jam olim in Ep. cr. p. VI sqq.

judicavi, perbonae notae nec multo, quam ipse Gorlicensis, inferior habendus est. Unus C. F. Hermannus (in diurn. schol. a. 1831. II Nr. 90 p. 718 sq.) a me dissensit, qui hunc codicem cum Parisino isto 1428 (L) comparare nullo pacto debebat. Sed Guelferbytanus alter (G) saec. XV chartaceus octo habet Luciani opera, non septem, ut in Ep. cr. p. VI a Contio inductus scripsi omisso Gallo, qui loco tertius est. Hunc codicem dicere nemini genere toto mirum esse et ingenii extremi.

Augustanos tres (nunc Monacenses) Fr. Ch. Matthaei primus contulit editore Schmiedero (T. II Praef. p. VI), qua collatione unius fortasse culpa Schmiederi nullo modo uti licet. Et primi quidem Augustani eximiam collationem Reiskii manu scriptam, qui hoc codice ad Libanium usus est, olim Lipsiae usurpavi eam ipsam, cujus in Praef. p. XXIII Jacobitius mentionem fecit. Quare mox a. 1828 L. Spengelium meum rogavi, ut mihi caeteros quoque compararet: quae collationes diligentia factae sunt plane singulari. Primus (O) 490 numeratur, chartaceus est saec. XVᵘ et optime conservatus. Insunt quum aliorum etiam Libanii scriptiones, tam a folio 172 usque ad fol. 232 sex opera Luciones. Secundus (P) num. 495 item chartaceus est saec. XIV et XV, in fine corrosus. Insunt praeter alia (etiam Libanium) a fol. 193 — fol. 205 duo opera Lucianea. Tertius (Q) num. 461 bombycinus saec. XIV cum scholiis. Insunt praeter alia a fol. 193 — fol. 217 sex opera Luciani. Monacensis denique (*H*), qui ab L. Spengelio primum erutus est, num. 336 chartaceus saec. XV cum correctionibus marginalibus. Insunt praeter alia a fol. 208 — fol. 219 quatuor opera Lucianea (1, Zeuxis, 2, Pro Lapsu in S., 3, Harmonides et 4, Fugitivi usque ad verba, ὀπίσω τὶς τὴν ἑλλάδα c. 33, finis enim dialogi deest). Hic autem Augustano secundo similis est; utroque primus et tertius sunt meliores. Prae-

terca uno in libro, qui de historia scribenda agit, grato
L. Spengelii dono usus sum, lectionibus iis, quas olim
P. Victorius ex codice manu scripto Florentinae editionis
margini adjecit. Codicem ipsum caeteroquin hodie ignotum,
qui cum optimo quoque congruere solet, „antiquum librum"
Victorius ipse appellavit (signavi: Victorius).

Venetos codices, quos esse septem u Fabricii Bibl.
Gr. Vol. V p. 340 sq. ed. Harl. dudum constabat, C. G. Co-
betus aut penitus excussit aut saepissime inspexit, scrip-
turas autem edidit perpaucas, reliquas domi retinuit. At
J. Sommerbrodlius eorundem codicum lectiones ab se eno-
tatas, de quibus ipse optime judicare sciret, quam primum
in lucem proferre maluit: est enim Borussi hoc nomine
digni non impedire aliorum studia verum excitare. Codices
ipsi in museo Rhenano N. S. XIV a. 1859 Fasc. IV
p. 613 sqq. a Sommerbrodio, quem ducem sequor, omnes
descripti sunt. Primus est Marcianus num. 434 (Σ),
membranaceus, forma maxima, nitide scriptus, saec. XIII^u,
foliorum 447, quorum extrema a fol. 368 (389?), quo
I. liber de historia incipit, paullo recentiora sunt, plura
habent compendia et scholia, quibus plena sunt priora,
carent. Secunda manus haud raro correctiones addidit.
Huic codici, qui libros Luciano tribui solitos (exceptis tan-
tum Halcyone, Nerone, philopatride cum epigrammatis)
omnes complectitur, tum a Cobeto tum a Sommerbrodlio
jure magnus honor habitus est. In tribus quos nunc edo
libris collationem suam Sommerbrodlius amice mecum com-
municavit; in Gallo hic illic inspicere potuit, totum con-
ferre non potuit. Secundus est num. 435, membranaceus,
forma maxima foliorum 211, saec. XV, negligenter scrip-
tus, opera Luciani habet plurima. Hic etsi nonnunquam
lectiones praebet a primo diversas, tamen qua et plerum-
que cum eodem convenit, et eadem scholia et ordinem
librorum prorsus eundem exhibet: Sommerbrodlio judice a

primo codice profluxit neque magni aestimandus est. Tertius
num. 436 (Ψ) chartaceus, saec. XIV^u, qnaternis, foliorum
161, non sine multis compendiis, lectu difficillimus. Per-
multis aliorum scriptorum libris Luciauea opera viginti
duo interposita sunt, quae Sommerbrodtius L L p. 614
omnia enumeravit, in his libellum περί τοῦ ἐνυπνίου,
cujus collationem in Somnii editione (Tanglini, 1859) ipse
publicavit. Hunc Sommerbrodtio adsentior jam a Cobeto
recte optimum vocari et ex optimo exemplo descriptum
esse: habet enim lectiones Vaticano priori num. 87 haud
absimiles. Tertio similis est quartus num. 517, chartaceus
saec. XIV^u, sed duo tantum Luciani habet libros, quorum
prior a cod. 436 abest. Caeteri Veneti sunt chartacei
omnes (num. 438, num. 445 et num. 427) paucissima
habent Luciana nec satis digni videntur, quorum ulla ratio
habeatur.

Omnium vero praestantissimi codices sunt Vaticani duo,
de quibus plura dicam, quum primum integram eorum
collationem acceptero. Utriusque lectiones et ad Somnium
et ad librum de historia passim attuli. Prioris Vaticani,
qui numero est 87 (ℵ) paucas tantum scripturas ex
G. Dindorfi editione secunda (Lipsiae, 1858) sanitas afferre
adhuc potui. Alterius Vaticani num. 90 (Γ) longe plures
lectiones partim e Reitzi editione, qui Joh. Massoni col-
latione usus est, partim e F. J. Basti adnotationibus, qui
totum contulit, partim e literis F. Osanni, qui suam col-
lationem mihi misit, partim e Dindorfi editione secunda
cognitas cum cura retuli.

De quinquo codd. Vindobonensibus quae auctore par-
tim J. H. Schubarto Jacobitius Praef. p. XII sqq. bene
tradidit: eadem fere ego ab Copitario et Eichenfeldio du-
dum comperta habebam. Vindobonensis no. 123 (B), mem-
branaceus foliorum 160, saec. ut Copitarius XI^u, ut recte
Schubartus X^u, dimidia fere sui parte truncatus, scriptus

diligenter; scholia insunt. Hodie opera Luciani habet unum et triginta, quae Jacobitius „Baccho" non omisso omnia recte enumeravit. Codex est eximius atque dignus, qui iterum melius excutiatur: adhuc enim maxima ex parte ab uno Jacobitio collatus est. Vindobonensis no. 114 (H) Richenfeldio est bombycinus saec. XIII", at Schubarto chartaceus saec. XV", foliorum 226, initio mutilus, parum diligenter neque una manu scriptus non sine multis scholiis sed vulgaribus. Insunt hodie opera unum et quadraginta vicesimo excepto Lucianea omnia, quae Jacobitius bene enumeravit. Ex his adhuc tres omnino libri comparati sunt, Scytha a Jacobitio, tum Alexander et liber de historia a Schubarto; caeteros libros XXXVII ne qui inspiceret quidem quisquam adhuc inventus est. Atqui bonae notae hic codex est neque ullo modo indignus, qui diligenter a Schubartis totus conferatur. Quem codicem ob ipsam illum libellum vicesimum, qui etiam in Vaticano inest, deest in caeteris, sive ex ipso Vaticano no. 90 sive ex alio hujus Vaticani simili ductum esse suspicor. Vindobonensis no. 21 (Σ) membranaceus saec. XIII" codex sane bonus, qui e Lucianeis habet tantum Halcyonem a Schubarto accurate collatum. Vindobonensis no. 165 (K) chartaceus saec. XIV", lectu ob compendia difficilis. Insunt quum aliorum scriptorum libelli tum quatuor Lucianei, quorum unus (de astrologia) adhuc conferendus est. Denique Vindobonensis no. 302 (I) chartaceus saec. XV" e Lucianeis tres habet libros neque dignus videtur, quem quisquam iterum evolvat. Praeter hos omnes alii a Fabricio codices nominantur, quos ad hunc diem nemo exploravit, Mutinensem saec. X", Taurinensem, Neapolitanos.

Restant ii codices, quorum collationes in Reitzinna editione leguntur, factae illae inprimis a Moso du Soul, Anglo (Solanum ipse se dici malebat), cujus viri in Luciano emendationes praeclarae sunt, collationes ut illo tem-

pote mediocres. Barocciwnas primus (D) sive Oxoniensis
rum. 56 a Solmo excussus duodecim tantum Luciani libros
semiplenos complectitur, ceterum lectiones habet partim
eandem quas codex Gorlicensis partim similiimas. Barocia-
nus secundus (D2) num. 136 continet tantum dialogos
aliquot mortuorum cum uno deorum, Item uno marino.
Bodlejanus num. B. 2. 16 (D3) dialogos mortuorum non
plures quinque continet, praeterea nihil. Williamus (E)
membranaceus forma maxima elegantissime scriptus, „satis
antiquus", e non subscripto sed adscripto, cum signo non cum
nomine personae novae, non sine scholiis nunc paginas 268
habet, olim integer 1008 paginas comprehenderat. Hodie
ab inilio LVIII libris mutilatus tantum XIX Luciani libros
complectitur, ita ut integer codex librorum fuerit septua-
ginta septem. Contulit primum J. Jensius, iterum autem
ex parte M. Solanus. Egregius liber ex Italia avectus esse
creditur et dici etiam „Marcianus" solet: qui si primum in
codicum numero fuit Venetorum, cactera ejusmodi est hic
Williamus, at ex eo Sommerbrodii Marcianus num. 434
videri possit fluxisse. Idem Solanus in scholiis potius quam
in textu utitur „collectaneis Galaei" (X), quae lectiones
unde petitae sint, latet. Jam praeclarao interdum lectiones
in Bourdeloti codicibus (Z) iusum, quos ille quatuor habuit,
sed puerili quadam levitate suos ipse codices adeo per-
miscuit, ut a cacteris nonnunquam unum distinguere liceat
Anglicanum (R) „a Petro Gohnanao Britanno acceptum et
cum Thomae Linacri ms. cod. collatum." Idem usum se
dicit „codice Florentino eoque diligentissime collato"; quem
ego qui sit nescio: meus quidem esse non videtur, sed
alius ap. Fabricium V p. 346 „librorum 80, cod. peranti-
quos meo. X." Postremo addit „Nic. Rigaltium sibi duos
e bibliotb. regia cod. mss. visendos dedisse." Et hi qui-
dem non dubito quin e sex codil. Parisinorum numero
fuerint, quos postea Belinus de Balla inspexit. Qui se-

quuntur codices, aut valde omnes interpolati sunt, aut
lectiones parento natae sunt incerto, primum codex
Reginaldi Poli (T), cujus excerpta ad „Parasitum" us-
que procedebant; caetera manca. Hujus cum ed. Flo-
rentinae collationem J. Perizonius aliis utendam dedit. Ei-
dem Perizonio debentur Christophori Longoli excerpta
(U) ex codd. mss. cum Aldina priore collatis. Codex
J. G. Graevi (V) praeter librum de morte Peregrini, Chari-
demum et philopatrin caeteros omnes Luciani videtur com-
plexus fuisse. Cujus in sua editione (Amstelod. a. 1687)
saepe ipse Graevius ita mentionem fecit, ut eum „optimum"
esse codicem praedicaret. Immo non optimus est ille qui-
dem, sed propior passimo, melior tamen quam ed. Aldina
secunda ideoque in Gallo et ejusmodi dialogis non plane
spernendus. Non ipse Graevius, sed alius vir doctus hujus
libri lectiones margini ed. Florentinae adscripsit, quod
exemplar Heidelbergae servari Hermannus (Praef. ad Luc.
De conscr. hist. p. XVIII) docuit: qui quum interdum eodem
loco duas lectiones adnotari vidisset, maluit adsentiente
Jacobitio Praef. p. XXXIV ex uno hoc codice duos effin-
gere, quam variam lectionem γρ. signatam in hoc unico
codice observare. Eodem ed. Florentinae exemplari Jaco-
bitius in Luciano usus est. Ita fit, ut de hujus codicis
scripturis saepissime alia Graevius in adnotatione, alia Jaco-
bitius tradat. Quanquam plus fidei Graevius de suo ipsius co-
dice habet: interdum tamen utrumque nominare coactus sum;
plerumque vero omnem istam hujus codicilli scripturam
praeterire licebit. Verbo attingam lectiones e „margine
exemplaris Aldinae primae Wesselingiani" (Y) a Reitzio
descriptas, quae partim ed. Florentinae varietates sunt, par-
tim (uti Reitzius bene conjecit) antiquae lectiones ex uno
alterove codice (adde, optimo codice) excerptae. Nonnulli ex
his Reitzianae codicibus nunc latent, sicut etiam is de quo uno
nondum dixi, codex „vulgatae": qui cujusmodi fuerit, res ipsa

docebit. Solae enim duae edd. veteres ex antiquis codd. par-
tim ductae sunt, praeter Florentinam a. 1496 (a) Juntina (d)
Antoni Francini (Venetiis a. 1535), quae una editio scrip-
turas quasdam habet cum cod. Gorlicensi communes. Sed
„vulgatam" inter omnes constat alio fundamento niti et
plerarumque Luciani editionum fundum esse Aldinam se-
cundam (c), etiam Parisinac (n) Bourdeloti a. 1615, ex
qua rursum Reitzianae expressa est. Atqui Aldina secunda
(Venetiis a. 1522) editore Francisco Asulano praeterquam
quod vitiis typographicis plena est, uti Lehmannus T. I p. XI
docuit, plena falsis conjecturis, sicut ego ad Luc. De Conscr.
Hist. c. 4 ostendi: ipsa e codice recenti nullius fere auc-
toritatis expressa est, cui uni si vel mediocris codex opponi
potuerit, tota jacebit. Hinc existimari potest, quam recte
Lehmannus T. I p. XII „vulgatam" Luciani perinde habendam
esse censuerit, ac veterem amicum. At nemo mirabitur,
quid sit, quod ego jam olim a. 1827 fonte „vulgatae" recte
perspecto in Epist. crit. p. V his ipsis verbis scripserim,
„Lucianum — vitiis ac mendis obrutum jacere." Ex tanta
codicum multitudine (supra enim enumeravi circiter XL)
ut nequissimus quisque abjiciatur, optandum est: etsi magna
adhibenda erit cautio. Quaerimus enim „vulgatae" aliquem
codicem, malum illum quidem, sed fructuosum h. e. Aldinae
secundae simillimum: quo invento demum ubique invenie-
mus, quid F. Asulanus ex ipso codice, quid e conjectura
dederit, quidve non ipse sed typothicta peccarit. Quaerimus
ex parte hoc ipsum, quinam codices pro malis haud dubie
habendi sint et quis ex quonam alio descriptus videatur.
Maxime vero fontem codicum quaerimus antiquissimum, non
unum codicem (neque enim ut Aeschylus fortassis e Me-
diceo, ita etiam Lucianus uno ex codice totus profectus
est): sed primum duo, quorum alter correctionem anti-
quissimam, scripturam alter correctione liberam servarit,
deinde etiam plures codd. veterrimos, quoniam in nullo

codice uno omnia Luciani opera exstant. Fac hos omnes
(qui codices minimum erunt quatuor) repertos esse: col-
latione quatuor codicum opus erit longe certissima, qua
ubique confidere oporteat; quae res in tot voluminum
scriptore et in tanta multorum qui codices conferunt levi-
tate vel maxime ardua et periculosa videtur. Ceterum
signis codicum eisdem nunc usus sum, quae Jacobitio in
ed. majore placuerunt. Feci non sine mea molestia, sed
cum legentium commoditate, ut pristina signa mea partim
mutarem: quo facilius et mihi pessimam quamque scripturam
praeterire et lectori hanc quoque codem signo agnitam
apud Jacobitium invenire liceret. Tum aliam optimorum
codd. collationem ego ipse, aliam Jacobitius usurpavimus,
quarum utri credendum sit, pari utrobique singulorum codd.
signo facilius erit dijudicare: nam nihil minus quaesitum a
principio hujus operis videri potest, quam ut doctorum
hominum judicia defugerem. Omnino majorem editionem
Jacobiti jam nunc exolescere non patiar, qui vir et in dia-
logis aliquot primum seorsim editis nonnulla ipse bene
correxit, et totum Lucianum, ut potuit, sive exegit ad co-
dicum normam sive studuit exigere. Adeo quom multi
nunc vexant, cum ego non rodam aemulus aemulum, sed
laudabo discipulum magister. Neque totus Jacobiti Lucia-
nus ex iis quos nunc edo libris metiendus est. Nam in
Gallo ille R. Klotzi conformationem tacito repetiit. In
quatuor aliis libris (somnio, Prometheo, Nigrino et vocalium
judicio) pristina recensio mea, Rostochi illa a. 1830 edita
fundamentum est editionum, quae secutae sunt omnium.
Nam et Jacobitius meam recensionem in ed. majore tacito
exscripsit et caeteri Jacobiti, id est meum textum leviter
mutatum retinuerunt. Ne igitur Jacobitio, qui me in his
ubique ducem sequitur, ego sua scilicet ademisse videter:
sub finem adnotationum pristinam recensionem meam nunc
repetere coactus sum.

ΛΟΥΚΙΑΝΟΣ.

ΠΕΡΙ ΤΟΥ ΕΝΥΠΝΙΟΥ ΗΤΟΙ ΒΙΟΣ
ΛΟΥΚΙΑΝΟΥ.

1. Ἄρτι μὲν ἐπεπαύμην εἰς τὰ διδασκαλεῖα φοιτῶν ἤδη τὴν ἡλικίαν πρόσηβος ὤν, * ὁ δὲ πατὴρ ἐσκοπεῖτο μετὰ τῶν φίλων, ὅ τι καὶ διδάξαιτό με. τοῖς πλείστοις οὖν ἔδοξε παιδεία μὲν καὶ πόνου πολλοῦ καὶ χρόνου μακροῦ καὶ δαπάνης οὐ μικρᾶς καὶ τύχης δεῖσθαι λαμπρᾶς, τὰ δ᾽ ἡμέτερα μικρά τε εἶναι καὶ ταχεῖάν τινα τὴν ἐπικουρίαν ἀπαιτεῖν· εἰ δέ τινα τέχνην τῶν βαναύσων τούτων ἐκμάθοιμι, τὸ μὲν πρῶτον εὐθὺς ἂν αὐτὸς ἔχειν τὰ ἀρκοῦντα παρὰ τῆς τέχνης καὶ μηκέτ᾽ οἰκόσιτος * εἶναι τηλικοῦτος ὤν, οὐκ εἰς μακρὰν δὲ καὶ τὸν πατέρα εὐφρανεῖν ἀποφέρων ἀεὶ τὸ γιγνόμενον. 2. δευτέρας οὖν σκέψεως ἀρχὴ

Adnotatio critica. Lomiarou ῥήτορος λόγος Γ. περὶ ἐνυπνίον pr m Q. ἐν τῷ ἐνυπνίῳ Thomas p. 48, 6 et p. 102, 13 R., sed ἐν τῷ περὶ τοῦ ἐνυπνίον idem p. 162, 13. Cf. Hemsterhusium Anecd. p. (2).

1. πρόσηβος ἦν A. οὖν] μὲν οὖν A. πολλοῦ om pm F et pm Q. οὐ μικρᾶς ΩΨΛΦFQ. οὐ σμικρᾶς v. δ᾽ ἡμέτερα ΩΨΛ et vec m Q. δ᾽ ἡμέτερα Φ. δὲ ἡμέτερα v. μακρὰ τι A. ταχεῖάν τινα τὴν ΩΨΛΦ et v. ταχεῖαν τὴν F et pr m Q et a, lectione ob proximum τινα speciosa τούτων ἐκμάθοιμι] ἐκμάθοιμι τούτων A. ποίας μηκέτ᾽ ΩΨΛΦF et pr m Q. μηκέτι v. εὐφρανεῖν Φ. τὸ διδόμενον Ψ.

2. διαφυή] ἀρχὴ Ω. γνώμης ἢ ἐμπειρίας vulgo et ΩΨΨFQ. ἐμπειρίας ἢ γνώμης A. Post δοκεῖν vulgo addita sunt καὶ (καὶ καὶ om ΩΨΛΦΨα et pr m Q) Διδοξάος ἐν τοῖς μάλιστα εὐδαίμοσι, ubi saltem εὐδόνιμος dicendum fulsse L. Bosius et T. Hemsterhusius viderunt. Sed haec verba omnia ut retus glossema expunxi duce Schmiedero (T. II p. XXV), quem Dindorfius quoque secutus

προιτέθη, τίς ἀρίστη τῶν τεχνῶν καὶ ῥάστη ἐκμαθεῖν
καὶ ἀνδρὶ ἐλευθέρῳ πρέπουσα καὶ πρόχειρον ἔχουσα τὴν
χορηγίαν καὶ διαρκῆ τὸν πόρον. ἄλλου τοίνυν ἄλλην
ἐπαινοῦντος, ὡς ἕκαστος γνώμης ἢ ἐμπειρίας εἶχεν, ὁ
πατὴρ εἰς τὸν θεῖον ἀπιδών, (παρῆν γὰρ ὁ πρὸς μη-
τρὸς θεῖος, ἄριστος ἑρμογλύφος εἶναι δοκῶν) * οὐ θέ-
μις, εἶπεν, ἄλλην τέχνην ἐπικρατεῖν σοῦ παρόντος, ἀλλὰ
τοῦτον ἄγε, (δείξας ἐμὲ) καὶ δίδασκε παραλαβὼν λίθων
ἐργάτην ἀγαθὸν εἶναι καὶ συναρμοστὴν καὶ ἑρμογλυφία·
δύναται γὰρ καὶ τοῦτο φύσεώς γε, ὡς οἶσθα, τεχνῶν διηδὼς·

---

ent. Quam ego Thomam (s. v. Ἑρμογλύφος) verba mihi jam tum
suspecta legisse olim recte negassem: ab aliis ut Ritschlio ad
Thomam p. 163, Jacobitio ad h. l. p. 4, Dindorfio ad Luc. l p. XIII
id ipsum certatim repetitum est.   δίδασκε vulgo et ΩΛΦΨΩ. δι-
δάσκου Υ et pro varia lectione Γ. qui ἐν ἑτέρῳ διδάσκου, et Υ
et Thomas M. p. 162, 14. Praesenti tempore Lucianus numquam
dixit διδάσκομαι pro διδάσκω, sed idem saepe habet διδάξομαι pro
διδάξω, raro ἐδιδαξάμην pro ἐδίδαξα. Cf. mea ad Gallum c. 26
ed. sec. Hinc corrigenda, quae scripsit Cobetus V. L. p. 311.
ἀγαθὸν om B.   ἑρμογλυφία libri omnes et diserte Thomas M.
p. 162, 12 et 16. Hoc corruptum esse E. Mehler in Mnemosyne II
p. 63, Cobetus V. L. p. 81 et Dindorfius ad h. l. judicarunt. Quibus
viris uti nominativum ἑρμογλυφεύς pro ἑρμογλύφος barbaram esse
facile concedo, quam formam simplex ὁ γλυφεύς apud schol. Ven.
ad Il. ω, 281 aliosque nihil adjuvat: ita ἑρμογλυφία mutandum
esse ergo et μεγέθη, qui accusativus a Lobeckio in Paralipomm.
p. 234 sq. recte defensus est.   ὡς οἶσθα τεχῶν A, ut Hemster-
husius praeclare conjecerat. ὡς τοῦτο ἔχων ΩΥ et qui addit γε.
οἶσθα Q. ὡς οἶσθα ἔχων vulgo et ΨΦ. Lectio τοῦτο ἔχων sic ex-
plenda est ἔχων (l. c. ἔχων et supra τεχῶν) ideoque scripturam
τεχῶν confirmat.   δείξας ΑΗΣΤΥΥΝ. δείξῃ ΩΥΦΨΩ et v.
ἐτιαμαίροιτο, ταῖς A.   ὁπότε γὰρ ΑΦΨ et v. ὅτι γὰρ ΩΥ et qui
in γε ὁπότι Q. ὑπὸ τῶν vulgo et ΩΥΦΨΩ. ἀπὸ τῶν A. ἀπὸ τῶν
ΓΚΤΥΝ. βόας libri omnes, quod pro altero βοῦς ipsi Luciano
reliquit Mehler (Mnemos. I p. 403), non item Dindorfius ad h. l.
p. XIII.   ἢ τῇ δι' ΥQ. ἔκαυσε ἦν ἐς τὴν εὐφυίαν. καὶ A. ἐς
τὴν (pro vulgato εἰς τὴν) etiam ΨΥΦΝ. χρηστὰς om ΩΥ et pr
m Q. εἶχον libri omnes, nullas εἶχεν (scil. ὁ πατήρ, de quo haec
omnia narrantur). Sic infra c. 16 alii codd. ἐβουλεύσαντο, alii
ἐβουλεύσατο. γε om F.

ἐσπιιαίρετο δὲ ταῖς ἐκ τοῦ κηροῦ παιδιαῖς. ὁπότε γὰρ
ἀφεθείην ὑπὸ τῶν διδασκάλων, ἀποξέων ἄν τὸν κηρὸν
ἢ βόας ἢ ἵππους ἢ καὶ νὴ Δί᾽ ἀνθρώπους ἀνέπλαττον,
εἰκότως, ὡς ἐδόκουν τῷ πατρί· ἐφ᾽ οἷς παρὰ μὲν τῶν
διδασκάλων πληγὰς ἐλάμβανον, τότε δὲ ἔπαινος ἐς τὴν
εὐφυίαν καὶ ταῦτα ἦν, καὶ χρηστὰς εἶχον ἐπ᾽ ἐμοὶ τὰς
ἐλπίδας, ὡς ἐν βραχεῖ μαθήσομαι τὴν τέχνην, ἀπ᾽ ἐκείνης
γε τῆς πλαστικῆς. * 3. ἅμα τε οὖν ἐπιτήδειος ἐδόκει
ἡμέρα τέχνης ἐνάρχεσθαι, κἀγὼ παρεδιδόμην τῇ θείῳ,
μὰ τὸν Δί᾽ οὐ σφόδρα τῷ πράγματι ἀχθόμενος, ἀλλά μοι
καὶ παιδιάν τινα οὐκ ἀτερπῆ ἐδόκει ἔχειν καὶ πρὸς τοὺς
ἡλικιώτας ἐπίδειξιν, εἰ φαινοίμην θεούς τε γλύφων καὶ
ἀγαλμάτιά τινα μικρὰ κατασκευάζων ἐμαυτῷ τε κἀκείνοις,

---

3. ἐπιτήδειος ΩΨΦΩ et v. ἐπιτήδεια Α (sic Α).   ἄρχεσθαι
Γ. παρεδιδόμην Hemsterhusius. παρεδιδόμην ΩΨΦ et so m Q et
vulgo. παρεδιδόμην ΑΓ et pr m Q.   μὰ τὸν Δί᾽ om Α.   γλύφων

                                ων
ΨΓ et Q sc m ci v. γλέφειν Φ. γλέφειν ΩΛ et Q pr m.   τινα
μικρὰ ΩΨΩ et v. μικρὰ τινα ΑΦ non habe. μικρὰ (omisso τινά)
Fa. Post προχφερόμην defectus signa posni. Defuat nonnulla
prioribus opposita. Lacunam sic fere explco: [μικρὰ δ᾽ ὕστερον
ἀφέρμενον τὸ πρᾶγμα ἐφαίνετο] καὶ τὸ γε πρῶτον—. καὶ τὸ γε]
καὶ τότε Α.   ἐκεῖνο τοῖς ἀφρομένοις καὶ σιγ᾽,θις Γ.   ἐγίνετο Ψ
et pr m Α.   recto libri omnes ἐγκοπία, pro quo ἐκκοπία unus h. l.
legit grammaticus Hermanni De em. rat. p. 338. ἐκκόπτειν etiam
„excidpero" est, velut ap. Luc. Catapl. c. 21 atqne adeo hare
ipsa vox ὁ ἐκκοπεὺς exstat apud Galcnum X, 150 ed. Chart. alios-
que medicos, in quibus tamen potius „scalprum excisorium" signi-
ficat. Contra nostram vocem etiam Suidas agnoscit s. v: Ἐγκοπεῖς
ἐργαλεῖον λιθοξόων idemque continuo s. Ἐγκοπὴ (h. c. inclusura)
hanc addit scriptoris incerti locum ad nostram quoque vocem
ἐγκοπεὺς declarandam aptam: „χωρὶς ἐγκοπῶν καὶ κλιμακτήρων
οὐκ ἦν ἐπιβῆναι τῆς πέτρας." Tum etiam simplex ὁ κοπεὺς cael-
lum scalprumque designat, ut infra in ipso Somnio c. 13 et ap.
Diodor. Sic. I, 35. ἐκλινεῖν ἡρέμα Η probante etiam Dindorfio.
ἐκλινεῖ μοι ἡρέμα vulgo. ἐκλινεῖ μοι (omisso ἡρέμα) Δ. πλη-
σίον κειμένην ΨΛΦ et so m Q. κειμένην πλησίον ΠΓ et pr m Q
et vulgo. ὥστε δάκρυά μοι] Vtlio bene perspecto Hemsterhusius
dubitanter conjecit: ὥστε δάκρυά μοι (εἶναι) τά —. At Infinitivo
post ὥστε h. l. praestat indicativus. Quare ego malim: ὥστε
δάκρυά μοι [ἐγίνετο] τά —.

οἷς προςροίμην. . . . καὶ τό γε πρῶτον ἐκεῖνο καὶ
σύνηθες τοῖς ἀρχομένοις ἐγίγνετο· ἐγκοπή γάρ τινί μοι
ὅπως ὁ θεὸς ἐκέλευσεν ἠρέμα καθιέσθαι κλακὸς ἐν
μέσῳ κειμένης, ἐπειπὼν τὸ κοινόν, ἀρχὴ δέ τοι ἥμισυ
παντός.* σκληρότερον δὲ κατενεχθέντος ἐπ᾽ ἀπειρίας,

6 κατεάγη μὲν ἡ πλίξ, ὁ * δὲ ἀγανακτήσας σπατάλην τινὰ
πλησίον κειμένην λαβὼν οὐ πράως οὐδὲ προτρεπτικῶς μου
κατήρξατο, ὥστε δάκρυά μοι τὰ προοίμια τῆς τέχνης. 4.
ἀποδρὰς οὖν ἐκεῖθεν ἐπὶ τὴν οἰκίαν ἀγανοῦμαι συνεχὴς
ἀναλύζων καὶ δακρύων τοῖς ὀφθαλμοῖς ὑπόπλεως, καὶ

7 διηγοῦμαι τὴν * σκυτάλην καὶ τοὺς μώλωπας ἐδείκνυον·
καὶ κατηγόρουν πολλήν τινα ὠμότητα προσθείς, ὅτι ὑπὸ
φθόνου ταῦτα ἔδρασε, μὴ αὐτὸν ὑπερβάλωμαι κατὰ τὴν
τέχνην. ἀγανακτησαμένης δὲ τῆς μητρὸς καὶ πολλὰ τῷ
ἀδελφῷ λοιδορησαμένης, ἐπεὶ νὴξ ἐπῆλθε, κατεδάρθον
ἔτι ἐνδάκρυος καὶ τὴν νύχθ᾽ ὅλην ἐννοῶν. . . . 5. μέχρι

8 μὲν δὴ τούτων γελάσιμα καὶ μειρακιώδη· * τὰ εἰρημένα·
τὰ μετὰ ταῦτα δὲ οὐκέτι εὐκαταφρόνητα, ὦ ἄνδρες,
ἀκούσεσθε. ἀλλὰ καὶ πάνυ φιλακόων ἀκροατῶν δεόμενα·
ἵνα γὰρ καθ᾽ Ὅμηρον εἴπω, „θεῖός μοι ἐνύπνιον ἦλ-
θεν ὄνειρος Ἀμβροσίην διὰ νύκτα,“ ἐναργὴς οὕτως,

---

4. ἀναλύζων TUXV. ἀναλίζων ΩΑΒΖ. ἀλολίζων F. ἀτολο-
λίζων ΨΘΩ et vulgo. τοὺς ὀφθαλμοὺς om F et codex Rondeloti.
[ἔδρασε] ἔδρασεν Φ. ἐναντιοαμένης pr m A et lu γρ. Q et codex
aliquis Brodaei. ἀγανακτησαμένης ΩΨΨΓ idem Q idem a rec m A
et vulgo et diserte Thomas M. p. 48. 6. Quod ego olim con-
jeceram ἀγανακτησάσης, id etiam Mehlero Muenior. I p. 401 pla-
cuit. νύχθ᾽ ὅλην vulgo. νύχτα ὅλην Φ. νύκτα ὅλην ΩΨΑΓΩ.
Post ἐννοῶν, uti Bekker Dindorfiusque bene viderunt, haec fere
exoidisse apparet „τὰ συμβάντα ἱστρεφόμην,“ quibuscum confer
eadem verba in ll. ιθ᾽, 3 et Aristoph. Nub. 36. Nam Steigorthali
conjecturae Schneidewino in Conj. Crit. p. 145 aliisque probatae
sui particula omnino repugnat.
5. τὰ μετὰ ταῦτα δὲ Ψ et qui μετατάσσε A et v. τὰ δὲ μετὰ
ταῦτα ΩΓΩ A. ἀκροατῶν ΑΧΨ et v. ἀνδρῶν καὶ ἀκροατῶν (in
ipso contextui Φ. ἀνδρῶν et in γρ. ἀκροατῶν Q. ἀνδρῶν FM.
Ὁμήρου] Π. β᾽, 56 sq. ὅτι γάρ καὶ ΩΨΦΓΩ et vulgo. ὅτι γάρ
καὶ Λ. μοι om F, quod ita probo, ut μοι paullo ante post ἔτι
τοῖς inseram.

ὥστε μηδὲν ἀπολείπεσθαι τῆς ἀληθείας· ἔτι γοῦν καὶ
μετὰ τοσοῦτον χρόνον τά τε σχήματά μοι τῶν φανέντων
ἐν τοῖς ὀφθαλμοῖς παραμένει καὶ ἡ φωνὴ τῶν ἀκουσ-
θέντων ἔναυλος· οὕτω σαφῆ πάντα ἦν. 6. δύο γυναῖ-
κες λαβόμεναι ταῖν χεροῖν εἷλκόν με πρὸς ἑαυτὴν ἑκα-
τέρα μάλα βιαίως καὶ καρτερῶς· μικροῦ γοῦν με διε-
σπάσαντο πρὸς ἀλλήλας φιλοτιμούμεναι· καὶ γὰρ ἄρτι
μὲν ἂν ἡ ἑτέρα ἐπεκράτει καὶ παρὰ μικρὸν ὅλον εἶχέ
με, ἄρτι δ' ἂν αὖθις ὑπὸ τῆς ἑτέρας εἰχόμην. ἐβόων
δὲ πρὸς ἀλλήλας ἑκατέρα, ἡ μὲν, ὡς αὑτῆς ὄντα με
κεκτῆσθαι βούλοιτο, ἡ δὲ, ὡς μάτην τὴν ἀλλοτρίαν
ἀντιποιοῖτο. ἦν δὲ ἡ μὲν ἐργατικὴ καὶ ἀνδρικὴ καὶ
αὐχμηρὰ " τὴν κόμην, τὼ χεῖρε τύλων ἀνάπλεως, δια-
μὴ διεζω-
μένη τὴν ἐσθῆτα, τιτάνου καταγέμουσα, οἷος ἦν ὁ
θεῖος, ὁπότε ξέοι τοὺς λίθους· ἡ ἑτέρα δὲ μάλα εὐ-
πρόσωπος καὶ τὸ σχῆμα εὐπρεπὴς καὶ κόσμιος τὴν ἀνα-
βολήν. τέλος δ' οὖν ἐφιᾶσί μοι δικάζειν, ὁποτέρᾳ βου-
λοίμην συνεῖναι αὐτῶν. προτέρα δὲ ἡ σκληρὰ ἐκείνη
καὶ ἀνδρώδης ἔλεξεν· 7. „ἐγὼ μὲν, ὦ φίλε παῖ, Ἑρμο-
γλυφικὴ τέχνη εἰμί, ἣν χθὲς ἤρξω μανθάνειν, οἰκεία τέ
σοι καὶ συγγενὴς μητρόθεν· ὅ τε γὰρ πάππος σου (εἶ-
ποῦσα τοὔνομα τοῦ μητροπάτορος) λιθοξόος ἦν καὶ τὼ

---

6. ταῖν χεροῖν] ταῖν χεροῖν per totum Lucianum Mehler Mne-
mos. II p. 73 sqq., Cobetus V. L. p. 85 et Dindorfius ad h. l. p. XIV.
πρὸς ἑαυτὴν — γοῦν με om eod margini adscripta babet Ω.
καρτερῶς· μικροῦ] καρτερῶς. ὡς μικροῦ Φ. με μοι γοῦν om Γ
et pr m Q, cujus scripturae origo e vitio quod modu attuli antiqui
codicis H elucet. καὶ γὰρ ἄρτι vulgo et fortasse ΦΓ. καὶ γὰρ
καὶ ἄρτι ΩΨΑQ. μὲν ἡ ἑτέρα Α. παρὰ μικρὸν Ψ et qui παρα-
μικρόν Α et v. παρὰ μικρὸν in γρ. Q. κατὰ μικρὸν Ω. κατα-
μικρὸν Q et fortasse Γ. δ' ἂν αὖθις Α. δὲ ἂν αὖθις v. τέλος]
τύλλων Φ. τὸ σχῆμα] τὸ σῶμα Φ. ἐφιᾶσί μοι Α. ὑποτέρᾳ]
ὁπότερα Α.

7. ἐγὼ μὲν, ὦ φίλε παῖ Mehler in Mnemos. II p. 75. Libri
ἐγώ, φίλε παῖ. libri συγγενὴς οἴκοθεν, quod vertunt „cognata
genere." At quis hujus orationis turpitudinem ferat: οἰκεία τί
σοι καὶ συγγενὴς οἴκοθεν? Quis non potius et mendosum h. l.
eam οἴκοθεν et ex illo ipso οἰκεία oriundum intelligat? Immo
Lucianus et in Toxar. c. 51, ita etiam h. l. συγγενὴς μητρόθεν

θείω ἀμφοτέρω καὶ μάλα εὐδαιμόνων δι' ἡμᾶς. εἰ δ'
ἐθέλεις λέγειν μὲν καὶ φιλνάφαν τῶν παρὰ ταύτης
ἀπέχεσθαι (δείξασα τὴν ἑτέραν), ἕπεσθαι δὲ καὶ συνοι-
κεῖν ἐμοί, πρῶτα μὲν θρέψῃ γενναίως, καὶ τοὺς ὤμους
ἕξεις καρτεροὺς, φθόνου δὲ παντὸς ἀλλότριος ἔσῃ, καὶ
10 οὔποτε ἄπει ἐπὶ τὴν ἀλλοδαπὴν * τὴν πατρίδα καὶ τοὺς
οἰκείους καταλιπών· οὐδὲ ἐπὶ λόγοις.... ἐπαινέσονταί σε
πάντες. ὅ. μὴ μυσαχθῇς δὲ τοῦ σχήματος τὸ εὐτελὲς
μηδὲ τῆς ἐσθῆτος τὸ πιναρόν· ἀπὸ γὰρ τοιούτων ὁρ-
11 μώμενος καὶ Φειδίας ἐκεῖνος * ἔδειξε τὸν Δία καὶ Πο-
λύκλειτος τὴν Ἥραν εἰργάσατο καὶ Μύρων ἐπῃνέθη καὶ
Πραξιτέλης ἐθαυμάσθη· προσκυνοῦνται γοῦν καὶ οὗτοι
μετὰ τῶν θεῶν. εἰ δὴ τούτων εἰς γένοιο, πῶς οὐ κλει-
12 νὸς μὲν αὐτὸς παρὰ πᾶσιν ἀνθρώποις δόξεις, * ζηλωτὸν
δὲ τὸν πατέρα ὑποδείξεις, περίβλεπτον δὲ ἀποφανεῖς

---

scripserat, id quod supra restitui. σου om Y. εἰ δ' ἐθέλεις Φ et
fortasse F. εἰ δὲ θέλεις T. εἰ δ' ἐθέλοις ΩΛ. εἰ δὲ θέλοις vulgo
et fortasse Q. lacunae signa, quae ego post οὐδὲ ἐπὶ λόγοις posui,
in libris nulla sunt. οὐδὲ ἐπὶ λόγοις ἐπαινέσονταί σε πάντες ΩΨΑΦΥΩ
et vulgo. οἱ δὲ ἐπὶ λόγοις οὐκ ἐπὶ ἔργοις ἐπαινέσονταί σε, ἀλλ' ἐπὶ
λόγοις RZ. οἱ δὲ etiam Y. οὔδε T. πάντες om Z. Verba in Bourdeloti
libris errata ἀλλ' ἐπ' ἔργοις necessario addenda esse Clericus, So-
lanus, Wielandus et Dindorfius recte viderunt. Sed quod hi dederunt:
οὐδὲ ἐπὶ λόγοις, ἀλλ' ἐπ' ἔργοις ἐπαινέσονταί σε πάντες. id non minus
ineptum est lectione vulgata. Statuaria enim minime concedere
debet, futurum esse, ut puer si rhetoricae se dederit, ab omnibus
laudetur. Immo praeterea etiam Verbum idque invidiae plenum
deest, ut lacuna sic fere explenda videatur: οὐδὲ ἐπὶ λόγοις [μείζονα
ὀφλήσεις, ἀλλ' ἐπ' ἔργοις] ἐπαινέσονταί σε πάντες. Callide rhetor
malus, quales tum ipse Fronto et plerique alii fuerunt, malui in-
quam rhetor bono et egregio statuario oppositus est.

8. libri τοῦ σώματος τὸ εὐτελὲς contra sententiam. Nam vilitas
corporis valetudinisque infirmitas, quam in Philippide sic notavit
ex Hyperide Athenaeus XII p. 552 d: ἦν δ' εὐτελὴς τὸ σῶμα διὰ
λεπτότητα, haec igitur potrare cadit in epitheton rubera. Clerici
emendationem τοῦ σχήματος pro τοῦ σώματος Hemsterhusio recte
probatam esse jam in prima editione monui, nec tamen momenti
praeter unum Bekkerum quisquam obsecutus est. Atqui b. l. τοῦ
σχήματος necessario requiri Hemsterhusius bene demonstravit ad-
didítque rationes has voces commutari. Velut eodem vitio paullo
ante c. 6 fin. pro verbis τὸ σχῆμα εὐπρεπὴς cod. Florentinus meus

καὶ τὴν πατρίδα." ταῦτα καὶ ἔτι τούτων πλείονα, δια-
πταίουσα καὶ βαρβαρίζουσα τὰ πολλά, εἶπεν ἡ τέχνη,
μάλα δὴ σπουδῇ συνείρουσα καὶ πείθειν με πειρωμένη.
ἀλλ' οὐκέτι μέμνημαι· τὰ πλεῖστα γάρ μου τὴν μνήμην
ἤδη διέφυγεν. ἐπεὶ δ' οὖν ἐπαύσατο, ἄρχεται ἡ ἑτέρα
ὧδέ πως· 9. „ἐγὼ δέ, ὦ τέκνον, παιδεία εἰμὶ ἤδη συν-
ήθης σοι καὶ γνωρίμη, εἰ καὶ μηδέπω εἰς τέλος μου
πεπείρασαι. ἡλίκα μὲν οὖν * τἀγαθὰ ποριῇ λιθοξόος 13

τὸ σῶμα εὐπρεπὴς exhibet. ἀπὸ γὰρ τοιούτων ΑΦ et ut videtur
ΩΨ. ἀπὸ γὰρ τῶν τοιούτων vulgo. καὶ πραξιτέλης, ἐθαυμάσθη·
καὶ μύρων, ἐπῃνέθη Α solus. ἐθαυμαστώθη pro ἐθαυμάσθη Ζ.
προσαννοῦνται μὲν καὶ οὗτοι] ita correxi. προσαννοῦνται γοῦν
οὗτοι vulgo et ΩΨ. καὶ προσαννοῦνται οὗτοι Α, in quo illud ipsum
quod acutculia commendat καὶ οὗτοι (..ἢι quoque") latuit. Poetae
veterum ap. Suidam e. Μετὰ γὰρ νοσούντων ραίνεσθαι καλὸν
Leutschius ad Paroemiographos I p. 509 e Seneca recte ita sup-
plevit: „μετὰ γὰρ νοσούντων καὶ τὸ ραίνεσθαι καλόν." πῶς οὖ
κλεινὸς μὲν αὐτὸς Bekker. πῶς μὲν οὐ κλεινὸς αὐτὸς vulgo. Pro
πῶς μὲν οὐ habet Ω πῶς μὲν οὖν superius, οὐ. Β legit πῶς μὲν
οὐ κλεινὸς (omisso αὐτὸς). ἀνθρώποις δόξεις Β. ἀνθρώποις γί-
νοιο plerique libri (diserte ΩΨΑΦΩ) et vulgo. Unus Φ continuat
εἰς γένοιο, ζηλωτὸν μὲν καὶ (sic) intermediis omissis. Ε qua
scriptura patet verba πῶς — ἀνθρώποις δόξεις in aliis codd. plane
omissa, in aliis parum recte sic πῶς — ἀνθρώποις γένοιο
fuisse. ζηλωτὸς δὲ τὸν πατέρα] ita correxi. libri ζηλωτὸν δὲ καὶ
τὸν πατέρα vitio e proximis verbis καὶ τὴν πατρίδα nato. καὶ
ἔτι τούτων ΩΨ et v. καὶ τὰ τούτων Α. βαρβαρίζουσα πάμπολλα
ΩΨΑΦΩ et edd. anthumac. βαρβαρίζουσα πάντοθεν RZTUV, mala
interpolatione, quae quum ab Hemsterhusio et omnibus fere recepta
esset, nic ipsam olim decepit. Postea animadverti in antiqua
lectione πάμπολλα nihil nisi illud Intere posse nisi id ipsum, quod
nunc tandem reposui, τὰ πολλὰ h. e. „et plerumque barbare
loquens." Τὰ πολλὰ i. e. „plerumque" frequens usus Luciano
Hemsterhusius ad D. Mort. I, 2 p. 332 docuit. μὲν πειρωμένη Ψ.
με πειρωμένην Α. μου τὴν μνήμην ἤδη Α. ἤδη μου τὴν μνήμην
ΩΨ et v. ἐπεὶ δ' οὖν vulgo et ΩΨ. ἐπεὶ οὖν ΑΨ.

9. ἐγὼ δὲ ὦ Ω. τἀγαθὰ Α. τὰ ἀγαθὰ ΩΨ et v. αὕτη Α
et fortassis ΩΨ, uti Jensius conjecerat. αὐτὴ v. οὐδὲν γὰρ ΑΦΨ
et in γρ. Ω et v. οὐδὶ γὰρ ΩΨ et idem Ω. ἀγεννῇ] εὐτελῆ Ρ et
(qui in γρ. ἀγεννῇ) Ω. τὴν πρόσοδον ΩΨΑΦΩ et a pm Ρ et v.
τὴν πρόσοδον Ρ m sec. et codices Brodaei. τῶν in ΨΦ et vulgo.

γενόμενος, αὕτη προείρηκεν· οὐδὲν γὰρ ὅτι μὴ ἐργάτης
ἔσῃ τῷ σώματι πονῶν κἀν τούτῳ τὴν ἅπασαν ἐλπίδα
τοῦ βίου τεθειμένος, ἀφανὴς μὲν αὐτὸς ὤν, ὀλίγα καὶ
ἀγεννῆ λαμβάνων, ταπεινὸς τὴν γνώμην, εὐτελὴς δὲ
τὴν πρόοδον, οὔτε φίλοις ἐπιδικάσιμος οὔτε ἐχθροῖς
φοβερὸς οὔτε τοῖς πολίταις ζηλωτός, ἀλλ' αὐτὸ μόνον
ἐργάτης καὶ τῶν ἐκ τοῦ πολλοῦ δήμου εἷς, τὸν ἀεὶ προὔ-
χοντα ὑποπτήσσων καὶ τὸν λέγειν δυνάμενον θεραπεύων,
11 λαγὼ βίον * ζῶν καὶ τοῦ κρείττονος ἕρμαιον ὤν. εἰ δὲ
καὶ Φειδίας ἢ Πολύκλειτος γένοιο, καὶ πολλὰ θαυμαστὰ
ἐξεργάσαιο, τὴν μὲν τέχνην ἅπαντες ἐπαινέσονται, οὐκ
ἔστι δὲ ὅστις τῶν ἰδόντων, εἰ νοῦν ἔχοι, εὔξαιτ' ἂν
ὅμοιός σοι γενέσθαι· οἷος γὰρ ἂν ᾖς, βάναυσος καὶ χει-
ρῶναξ καὶ ἀποχειροβίωτος νομισθήσῃ. 10. ἢν δ' ἐμοὶ
πείθῃ, πρῶτον μέν σοι πολλὰ ἐπιδείξω παλαιῶν ἀνδρῶν

τὸν ἐκ ΩΛΓ. δήμου] δήμων Φ. εἷς, ἀεὶ τὸν προΐχοντα vulgo. εἷς
ἀεὶ προέχοντα ΩΥ. εἰσαεὶ προέχοντα ΑΦ. εἰς ἀεὶ προΐχοντα Υ. εἰς
ἀεὶ etiam Θ. εἰσαεὶ etiam Q. ἐσαεὶ προΐχοντα in margine Γ. Haec
vulgo corrupta esse olim ita animadverti, ut idem eadem male sana-
rem. Postea vidi verba ἀεὶ τὸν προέχοντα hoc modo τὸν ἀεὶ προΰ-
χοντα transponenda esse, quam correctionem Sommerbrodtio probari.
Quum primum pro τῶν ἐκ male τὸν ἐκ scriptum esset, articulus τὸν
ante ἀεὶ nunc male deletus est, nunc prioribus τῶν ἐκ restitutis non
ante ἀεὶ sed post hoc ἀεὶ perperam revocatus. καὶ πολλὰ θαυ-
μαστὰ ΑΦ et nisi videtur ΩΥ. καὶ θαυμαστὰ πολλὰ vulgo. Hodie
censeo Bekkerum nuper bene conjecisse: καὶ πολλὰ καὶ θαυ-
μαστά. τῶν ἰδόντων] τῶν εἰδότων Φ. εἰ νοῦν ἔχοι ΩΛΦΩ et v.
εἰ νοῦν ἔχει Υ. νοῦν ἔχων (ων in litura a m sec) F. ὅμοιός σοι
ΥΛ. σοι ὅμοιος ΩΦΥΩ et vulgo. ἀποχειροβίωτος Λ. ἀποχειρο-
βίστος Φ. νομισθήσῃ libri, pro quo Mehler in Mnemos. II p. 77
ὀνομασθήσῃ non male conjecit. Confer Tullium De Senectute
c. 6 fin: „ii qui amplissimum magistratum gerunt, ut sunt, sic
etiam nominantur senes.'' Addo Theopompum ap. Demetrium De
Elocut. c. 27: ἑκαλοῦντο μὲν ἑταῖροι, ἦσαν δὲ ἑταῖραι. At in
utramque partem affers Xenophontem Oeconom. IV, 2: αἵ γε
βαναυσικαὶ καλούμεναι καὶ ἐπίρρητοί εἰσι, καὶ εἰκότως μέντοι
πάνυ ἀδοξοῦνται.

10. δ' ἐμοὶ Lohmannus, libri δέ μοι. αὐτῶν e correctione
pro αὐτοῖς F. ἀπαγγελῶ, πάντων ὡς εἰπεῖν ἑπαιτερον ἀποφαί-
νουσα] Ita correxi. ἐπαγγελῶ καὶ πάντων ὡς εἰπεῖν ἑπαιτερον ἀπο-

ἔργα καὶ πράξεις θαυμαστὰς καὶ λόγους αὐτῶν ἀπαγγελῶ,
πάντων ὡς εἰπεῖν ἔμπειρον ἀποφαίνουσα· καὶ τὴν ψυ-
χήν σοι, ὅπερ κυριώτατόν ἐστι, κατακοσμήσω πολλοῖς
καὶ ἀγαθοῖς κοσμήμασι, σωφροσύνῃ δικαιοσύνῃ εὐσε-
βείᾳ πρᾳότητι ἐπιεικείᾳ συνέσει καρτερίᾳ, τῷ τῶν καλῶν
ἔρωτι, τῇ * πρὸς τὰ σεμνότατα ὁρμῇ· ταῦτα γάρ ἐστιν 15
ὁ τῆς ψυχῆς ἀκήρατος ὡς ἀληθῶς κόσμος. λήσει δέ σε
οὔτε παλαιὸν οὐδὲν οὔτε νῦν γενέσθαι δέον, ἀλλὰ καὶ
τὰ μέλλοντα προόψει μετ᾽ ἐμοῦ, καὶ ὅλως ἅπαντα,
ὁπόσα ἐστί, τά τε θεῖα τά τ᾽ ἀνθρώπινα, οὐκ εἰς μακράν σε
διδάξομαι. ΙΙ. καὶ ὁ τὴν πίτης, ὁ τοῦ δεῖνος, ὁ βουλευσά-
μενος ἐπ᾽ ἀγεννοῖς οὕτω τέχνης, μετ᾽ ὀλίγον ἅπασι

φασὶ ΨΗΖΤΥ, codex Brodaei, fortassis etiam V. ἀπαγγέλλουσα
καὶ πάντων ὡς εἰπεῖν ἔμπειρον ἀποφαίνουσα vulgo et ΩΑΦQ et
qui κ pm ἀπαγγέλλουσα Γ. Primum pro ἀπαγγέλλουσα lectionem
ἀπαγγελῶ recepi: deinde conjectura ductus auto v. πάντων vocalem
aut delevi, ut unum e falsa scriptura ἀποφασὶ. Nam secundum
neutram lectionem justa qua opus est inter ἔργα et λόγους oppo-
sitio efficitur eoque in utraque codicum scriptura pars tantum veri
servata est. libri, ὅπερ σοι. Verissimam esse quam olim pro-
posuimus emendationem nostram eamque aei Sommerbrodtio pro-
batam: σοι, ὅπερ illud ipsum σοι, quod eadem ratione modo po-
situm est demonstrat: πρῶτον μέν σοι πολλὰ ἐνεδείξω — καὶ τὴν
ψυχήν σοι, ὅπερ κυριώτατόν ἐστι, κατακοσμήσω —, qua oratione
nihil fieri potest convenientius. Contra infelix est, quam plerique
receperunt: ὅπερ σοι κυριώτατόν ἐστι conjectura Hemsterhusii,
qui idem haec male interpretatus est. Sententia potius haec est,
ut recte Vitringa aliquo: „tam multa ut egregia tu decebo, tua
quod gravissimum est, mores tuos omni humanitate per-
poliam." Cf. Thucydid. I. 113 init: ὅπερ κράτιστον. Κυριώτατον
saepius eam rem designat, quae est praecipua. Enimvero jam in
Quaest. Lucian. p. 75 de h. l. verissime judicaveram. καὶ ἀγα-
θοῖς om ΩΓ et pr m Q. παλαιὸν παλαιὼν ΓQ, qui genetivus
ab initio hujus capitis modo praecessit. τὰ μέλλοντα Q, ut Hem-
sterhusius eadem conjecerat. τὰ δέοντα vulgo et ceteri libri
(diserte ΩΓΑΦΧQ) errore orto ex eo quod communissime praecessit,
δέον. τ᾽ ἀνθρώπινα ΨΛ. τε ἀνθρώπινα vulgo.

11. ὁ βουλευσάμενος ὑπέρ] Ita correxi. libri ὁ βουλευσάμενός
τι περὶ, quod Hemsterhusius vidit corruptum esse. Βουλεύεσθαι
ὑπέρ τινος modo est „pro aliqua consilium inire", ut hoc ipso l.
et Luc. Lexiph. c. 25 et alibi, modo „de aliquo", ut in Aristot.

ζηλωτὸς καὶ ἐπίφθονος ἔσῃ, τιμώμενος καὶ ἐπαινούμενος
καὶ ἐπὶ τοῖς ἀρίστοις εὐδοκιμῶν καὶ ὑπὸ τῶν γίνει καὶ
πλούτῳ προύχόντων ἀποβλεπόμενος, ἐσθῆτα μὲν τοιαύ-
την ἀμπεχόμενος, (δείξασα τὴν ἑαυτῆς· πάνυ δὲ λαμ-
πρὰν ἐφόρει) ἀρχῆς δὲ καὶ προεδρίας ἀξιούμενος. κἄν
16 που ἀποδημῇς, ᵇ οὐδ᾽ ἐπὶ τῆς ἀλλοδαπῆς ἀγνὼς καὶ
ἀφανὴς ἔσῃ· τοιαῦτά σοι περιθήσω τὰ γνωρίσματα,
ὥστε τῶν ὁρώντων ἕκαστος τὸν πλησίον κινήσας δείξει
σε τῷ δακτύλῳ, ᵤοὗτος ἐκεῖνος᾽ᵃ λέγων. 12. ἂν δέ τι
σπουδῆς ἄξιον ἢ τοὺς φίλους ἢ καὶ τὴν πόλιν ὅλην κατα-
λαμβάνῃ, εἰς σὲ πάντες ἀποβλέψονται· κἄν πού τι λέ-
17 γων τύχῃς, ᵇ κεχηνότες οἱ πολλοὶ ἀκούσονται, θαυμά-
ζοντές σε τῆς δυνάμεως τῶν λόγων καὶ εὐδαιμονίζοντες

Ethic. III, 5 init. bis aliisque locis. Certe aut nostra emendatio
probanda est, aut Mehleri, qui in Mnemos. II p. 77 τε αἱ ο se-
quente π litera ortum delet scripsitque probante Bekkero; ὁ βου-
λευσάμενος περὶ —. καὶ ἐπὶ τοῖς ἀρίστοις] haec om Ψ. γίνει
καὶ πλούτῳ] γίνει om Ψ. Eadem ordine Euripidem adiur in Troad.
v. 676: γίνει πλούτῳ τε καὶ ῥώμῃ μέγαν. Alibi tamen haec etiam
transposita leguntur, ut in Luc. Necyomant. c. 12: πλούτους λέγω
καὶ γένη et in Eupolide Stobaei Floril. XLIII, 9 v. 5: πλούτῳ
γίνει τε πρῶτος. πάνυ δὲ λαμπρὰν ΩΨΓ et v. πάνυ δὲ λαμ-
πρὸν Φ. πάνυ γὰρ λαμπρὰν (et in γρ. δὲ) Q. κἄν που libri, sed
recte κἄν ποι Mehler in Mnemos. II p. 77 probante etiam Cobeto
V. L. p. 81. καὶ ἀφανὴς A. οὐδὶ ἀφανὴς ΩΨ. οὐδ᾽ ἀφανὴς
vulgo. περιθήσω] παραθήσω Ψ et qui in γρ. περι Q.
12. ἂν] Dindorfio, qui ad Luc. I p. XVI pro ἂν vel ἐὰν Lu-
ciano ubique ἢν reddi voluit, non adsentior. Immo recentioris
formam attichism ἂν, quam ipse Dindorfius Demostheni vindicavit,
in Luciano quoque exemplorum tuetur multitudo, cujus generis
quadraginta locos Jacobitius in Indice p. 369 sq. collegit. Quare
in Luciano, prorsus ut in media nostraque comoedia, de qua Jacobi
in Indice Fragm. Com. Vol. V P I p. 171 sq. recte judicavit, et ἢν
et ἂν et quod paullo rarius ἐὰν juxta ferendum est.. libri ἄξιον
ἢ καὶ τοῖς φίλοις. Schmoederi emendatio, ἄξιον ἢ τοὺς φίλους.
ut partim ipse etiam olim volui, Mehlero l. l. p. 78 Bekkeroque
jure probata est. vulgo, θαυμάζοντές καὶ εὐδαιμονίζοντές σε
τῶν λόγων τῆς δυνάμεως καὶ τὸν πατέρα τῆς εὐποτρίας, turpissime
quidem. θαυμάζοντες καὶ εὐδαιμονίζοντες σε] θαυμάζονταί σε
(sic, omissis verbis καὶ εὐδαιμονίζοντες) Z, in quo verum latet.
Neque enim admiramur patrem sobole felicem, sed eum beatum

τὸν πατέρα τῆς εὐπαιδίας. ὃ δὲ λέγουσιν, ὡς ἄρα καὶ
ἀθάνατοί τινες γίγνονται ἐξ ἀνθρώπων, τοῦτό σοι περι-
ποιήσω· καὶ γὰρ ἦν αὐτὸς ἐκ τοῦ βίου ἀπέλθῃς, οὔποτε
παύσῃ συνὼν τοῖς πεπαιδευμένοις καὶ προσομιλῶν τοῖς
ἀρίστοις. ὁρᾷς τὸν Δημοσθένην ἐκεῖνον, τίνος υἱὸν
ὄντα ἐγὼ ἡλίκον ἐποίησα. ὁρᾷς τὸν Αἰσχίνην, ὃς συμ-
παντοτρίας υἱὸς ἦν, ὅπως αὐτὸν δι' ἐμὲ Φίλιππος ἐθερά-
πευσεν. ὁ δὲ Σωκράτης * καὶ αὐτὸς ὑπὸ τῇ ἐρμογλυφικῇ 15

---

praedicamus. Ita quum *θαυμάζοντες* unico ad se et *εὐδαιμονί-
ζοντες* ad τὸν *πατέρα* spectet: participium *εὐδαιμονίζοντες* non
ante se sed ante τὸν *πατέρα* ponendum est hoc modo; *θαυμάζον-
τές* se τ. λ. τ. δ. καὶ *εὐδαιμονίζοντες* τὸν *πατέρα*. Hoc vitium
critici non viderunt, licet praeter sententiam ipsam etiam concin-
nitas orationisque pulchritudo transpositionem nostram requirat.
Saepe enim parentes beati praedicantur, ut ab Aristoph. Vesp.
v. 1275, ibid. v. 1512, Euripide Ione v. 319, cujusmodi plurima
exempla a J. Wetstenio ad Evang. Lucae XI, 27 concervata sunt.

τὸν *λόγον* τῆς *ἀνάμεως* ΩΡΩ et vulgo, sed recte τῆς *ἀνάμεως*
τῶν *λόγων* ΨΑΦΖ, quod jam olim restitui. καὶ τὸν *πατέρα* libri
omnes. At *εὐδαιμονίζοντες*, quod libri quinque verbis ante ex-
hibent, illic delendum, hic autem ante verba τὸν *πατέρα* inseren-
dum esse communissime demonstrari. τῆς *εὐαστρίας* vulgo et
εὐπαιδίας
ΩΑΦΡΩ. At Ψ τῆς *εὐπορίας*, quo codice fretus Sommerbrodtius
recte *εὐπαιδίας* edidit. Quid, quod *εὐπαιδίας* jam Hemsterhusius
in Auctoriis p. (10) pulcherrime conjecerat. ὡς ἄρα καὶ *ἀθά-
νατοί τινες γίγνονται* ΨΑ (sed ambo *γίνονται*), ὡς ἄρα καὶ *ἀθά-
νατοί* etiam Φ. ὡς ἄρα *ἀθάνατοί τινες γίγνονται τινες* vulgo et qui
γίνονται Ω. καὶ *προσομιλῶν* ΩΨΑΦΡΩ abc. In Bourdelotiana
et hinc in Reitziana typothetae vitio καὶ excidit. τοῖς *ἀρίστοις*
om F et pr m Q. ὃς vulgo et Ψ. ὡς ΓΨΑΓΩ (sed Q cum γρ.
ὃς), ὡς etiam TYa. ὅπως αὐτὸν Sommerbrodtius. ἀλλ' ὅπως
αὐτὸν ΨΑΦΤ. ἀλλ' ὅπως αὐτὸν ΩΡΩ et vulgo, quod olim servari
Hemsterhusio adsensus, qui recte dixerit lectionem ὅπως ita demum
locum tueri posse, si ἀλλ' deleatur. Nunc tandem conjicere licet
scripturam ὅπως, quae certo magis rhetorica est, altera esse etiam
vetustiorem, quae primum in ὅπως depravata interpolator, qui hoc
caput totum fere corrupit, ἀλλ' audacter inseruit atque locum
nostrum reddidit frigidum judice etiam Solano. *ἐθεράπευσεν*; A
(sic A). τούτῃ] τίγη Ψ, quod glossema est. παρ' αὐτῆς ἠπο-
μόλησεν om A. ὡς ἐπὶ ΩΑΦΡΩ et v. εἰς ἐπὶ Ψ, quod male
graecum est.

ταύτῃ τραφείς, ἐπειδὴ τάχιστα συνῆκε τοῦ κρείττονος καὶ
δραπετεύσας παρ' αὐτὲς ἠυτομόλησεν ὡς ἐμέ, ἀκούεις
ὡς παρὰ πάντων ᾄδεται. 13. ἀρεῖς δὲ σὺ τοῖς τηλι-
κούτοις καὶ τοιούτοις ἄνδρας καὶ πράξεις λαμπρὰς καὶ
λόγους σεμνοὺς καὶ σχῆμα εὐπρεπὲς καὶ τιμὴν καὶ δό-
ξαν καὶ ἔπαινον καὶ προεδρίας καὶ δυνάμεις καὶ ἀρχὰς
καὶ τὸ ἐπὶ λόγοις εὐδοκιμεῖν καὶ τὸ ἐπὶ συνέσει εὐδαι-
μονίζεσθαι, χιτώνιόν τι πιναρὸν ἐνδύσῃ καὶ σχῆμα δου-
λοπρεπὲς ἀναλήψῃ καὶ μοχλία καὶ γλυφεῖα καὶ κοπίας
καὶ κολαπτῆρας ἐν ταῖν χεροῖν ἕξεις, κάτω νενευκὼς εἰς
τὸ ἔργον, χαμαιπετὴς καὶ χαμαίζηλος καὶ πάντα τρόπον
ταπεινός· ἀνακύπτων δὲ οὐδέποτε οὐδὲ ἀνδρῶδες οὐδὲ
ἐλεύθερον οὐδὲν ἐπινοῶν, ἀλλὰ τὰ μὲν ἔργα ὅπως εὔ-
ρυθμα καὶ εὐσχήμονα ἔσται σοι προνοῶν, ὅπως δὲ αὐ-
19 τὸς * εὔρυθμος καὶ κόσμιος ἔσῃ, ἥκιστα πεφροντικώς,
ἀλλ' ἀτιμότερον ποιῶν σαυτὸν τῶν λίθων. 14. ταῦτα
ἔτι λεγούσης αὐτῆς οὐ περιμείνας ἐγὼ τὸ τέλος τῶν λό-
γων ἀναστὰς ἀπεγραψάμην, καὶ τὴν ἄμορφον ἐκείνην καὶ

---

13. libri δὲ αὐτοὺς. Recte Halmius, cujus correctionem recepi,
in Annal. Crit. Berol. 1838. Vol. II N. 31 p. 245: „Jacobs schreb:
δ' αὖ τοὺς, besser zweifache δὲ τοὺς, das Einfachste ist nach unserer
Meinung: δὲ αὖ τοὺς, da nach dem Zusammenhange des Pronomen
schwerlich fehlen kann." Halmio etiam Dindorfius Sommerbrodtius-
que adversi sunt.　καὶ δυνάμεις ΨΛ. καὶ δύναμιν Ω et τ.　χιτώ-
νιόν τι ΩΨΑΦΥQ, χιτώνιόν τε τ.　μοχλία καὶ γλυφεῖα vulgo et
Ψ et (qui γλυφία cum litura in ι) Ω. μοχλεῖα καὶ γλυφεῖα Λ.
μοχλία καὶ γλυφία ΦΥκ.　κολαπτῆρας Λ. καμπτῆρας Φ.　ἀνα-
κύπτων ΩΨΑΦΥQ et τ. ἀνακύψων ΒΤΥ ac.　ἐλεύθερον ΩΨΑΓΧΥ
ac. ἐλευθέριον vulgo.　εὔρυθμος καὶ ΨΛ. εὔρυθμός τε καὶ Ω
et τ.　libri σιαυτὸν λίθων. Recepi emendationem Michleri (Mne-
mos. II p. 76): σιαυτὸν τῶν λίθων, quem virum de Λιθαξόῳ haec
dicta esse non fugit. Jam Wielandius bene vertebat: „der also im
Grunde weniger geachtet wird als die Steine, die er bearbeitet." Arti-
culus in geminn comparatione de stultia lapicidin recte usus est
Socrates ap. Diog. Laert. II, 33: — αὐτῶν δ' ἀμελεῖν, ὡς μὴ
ὁμοίους τῷ λίθῳ φαίνεσθαι.

14. ἐπεὶ μοι εἰς Λ et ut videtur ΩΨ. ἐπεί μοι καὶ εἰς vulgo.
ἡ σαντάλη, καὶ ὅτι] Hemsterhusius etsi pro εὐθὺς minus bene
ὁ Θεῖος conjecit: tamen hic alicubi hanc ipsam vocem Subjecti
indicem male deesse perspexit. Equidem ante v. ὅτι verba τὸ τοῦ

ἐργατικὴν ἀπολιπὼν μετέβαινον πρὸς τὴν παιδείαν μάλα
γεγηθώς, καὶ μάλιστα ἐπεί μοι εἰς νοῦν ἦλθεν ἡ σκυ-
τάλη, καὶ ὅτι πληγὰς οὐκ ὀλίγας εὐθὺς ἀρχομένῳ μοι
χθὲς ἐνετρίψατο. ἡ δὲ ἀπολειφθεῖσα τὸ μὲν πρῶτον
ἠγανάκτει καὶ τὼ χεῖρε συνεκρότει καὶ τοὺς ὀδόντας
ἔπριεν· τέλος δὲ, ὥσπερ τὴν Νιόβην ἀκούομεν, ἐπε-
πήγει καὶ εἰς λίθον μετεβέβλητο. εἰ δὲ παράδοξα ἔπα-
θεν, μὴ ἀπιστήσῃς· θαυματοποιοὶ γὰρ οἱ ὄνειροι. 15.
ἡ ἑτέρα δὲ πρός με ἀπιδοῦσα, τοιγαροῦν ἀμείψομαί σε,
ἔφη, τῆσδε τῆς δικαιοσύνης, ὅτι καλῶς τὴν δίκην ἐδί-
κασας. καὶ ἐλθὲ ἤδη, * ἐπίβηθι τούτου τοῦ ὀχήματος, 20
(δείξασά τι ὄχημα ὑποπτέρων ἵππων τινῶν τῷ Πηγάσῳ
ἐοικότων) ὅπως εἰδῇς, οἷα καὶ ἡλίκα μὴ ἀκολουθήσας

Θεῖον excidisse hoc modo suspicor: ἡ σκυτάλη καὶ [τὸ τοῦ Θεῖον,]
ὅτι —. Cf. Thucydid. VI, 60 et c. 61: τὸ τῶν Ἑρμῶν. Addantur
Matthiae Gramm. Gr. § 281 p. 574 ed. sec.   οὐκ ὀλίγας εὐθὺς A.
εὐθὺς οὐκ ὀλίγας ΩΨ et vulgo.   ἔπριεν Γ πριεν (sic) Ω.   ἐπε-
πήγει ΘΥΨΔΦΥ. ἐπέπηγει FQ et vulgo. ἔπριεν Mehler (Mnemos. I,
p. 79, conjecit, postea etiam Cobetus (V. L. p. 89) ἔπριεν sive Ipse
concepit, sive accepit a uno sibi Marciano ultro oblatam.   ἐπαθεν
Φ. ἐπαθεν vulgo.
15. ὑποπτέρων ΩΨ et v. ὑπόπτερον AF acd.   εἰδῇς ΩΓΑΒΖΤ ed.
εἰδῇς Φ. ἴδῃς vulgo.   καὶ ἡλίκα om A.   ἐπεὶ ἀνῆλθον pr m Q.
ὑφηνίοχει ΩΓΑΦΥQ et v. ἡνιόχει V. Illud utique servandum est.
Cf. II. ζ, 19, ubi ὀρχηνίοχος Homero est Ipse auriga (ἡνίοχος),
non ejus administer.   ἀρθεὶς δὲ εἰς ὕψος] ἀρθεὶς δὲ καὶ εἰς ὕψος
Ψ solus mero errore.   πρὸς τὰ ἑσπέρια, πάσας πόλεις] πρὸς τὰς
ἱστορίας πόλεις ΩΓΑV cd, codex Brodaei et (qui ἱστορίας) Φ.
πρὸς τὰς ἱστορίους πόλεις V. πρὸς τὰς ἑστορί πόλεις BT. πρὸς
ἱστορίας πόλεις Z. πρὸς ἑσπέραν, πόλεις vulgo. Correxi nunc:
πρὸς τὰ ἑσπέρια, πάσας πόλεις. Quam omnes editores vulgatam
πρὸς ἑσπέραν, πόλεις servassent: ego in prima editione dixi J.
Gronovii emendationem, quae jacuerat contemta: πρὸς τὰ ἑσπέρια,
πόλεις utique probandam esse, partim quod hoc Ipsum in codicum
scripturis inest, partim quia Lucianus etiam alibi (D. Mort. XII, 6
et Hermotim. c. 25) voces ἡ ἕως et τὰ ἑσπέρια sibi invicem oppo-
suerit. Omnes autem me ducem secuti sunt praeter Bekkerum,
qui male conjecit: πρὸς τὴν ἑσπέραν, πόλεις et qui non magis
recte mei inseruit, Sommerbrodtium: πρὸς τὰ ἑσπέρια, καὶ πόλεις.
At sententia, ut postea vidi, etiam notionem πάσας ante τ. πόλεις
requirit: dicitur enim Lucianus puer omnes vidisse et urbem et

ἐμοὶ ἀγνοήσειν ἔμελλες. ἐπεὶ δὲ ἀνῆλθον, ἡ μὲν ἤλαυνε
καὶ ἐητροόχει, ἀρθεὶς δὲ εἰς ὕψος ἐγὼ ἐπεσκόπουν, ἀπὸ
τῆς ἐω ἀρξάμενος ἄχρι πρὸς τὰ ἑσπέρια, πόλεις
καὶ ἔθνη καὶ δήμους, καθάπερ ὁ Τριπτόλεμος ἀπο-
σπείρων τι ἐς τὴν γῆν. οὐκέτι μέντοι μέμνημαι ὅ τι τὸ
σπειρόμενον ἦν· πλὴν τοῦτο μόνον, ὅτι κάτωθεν ἀφο-
ρῶντες ἄνθρωποι ἐπῄνουν καὶ μετ᾽ εὐφημίας καθ᾽ οὓς
γενοίμην τῇ πτήσει, παρέπεμπον. 16. δείξασά δέ μοι
τὰ τοσαῦτα αὐτή ταῖς ἐπαινοῦσιν ἐκείνοις ἐπανέφαγεν
21 αὖθις οὐκέτι * τὴν αὐτὴν ἐσθῆτα ἐνδεδυκότα, ἦν εἶχον

---

terras omnes, „Terrarum quaecunque vident occasus et ortus.“
Ac videri potest in ipsis partim codicum scripturis etiam πάσας
latere. Quare nunc eactera Gronovium secutus inserto insuper
adjectivo πάσας ita rescripsi: ἄχρι πρὸς τὰ ἑσπέρια, πάσας πόλεις.
Alio tempore non πάσας sed πλείστας inserui collato loco qui his
Lucianeis simillimus est Tullii De Republ. III, 9 init: „Nunc
autem, si quis illo Pacuviano invehens altius augulum enim
multas et varias gentis et urbes despicero et oculis con-
lustrare posset —.“ ἦν, πλὴν τοῦτο A. ἦν ἐκείνο, πλὴν τοῦτο
F. ἐκείνο ἦν, πλὴν τοῦτο DΨ et vulgo. Recte a Bekkero ἐκείνο
ejectum esse censeo. Natum est autem ex hac fere dittographia:
ἐκείνο
πλὴν τοῦτο, quum fuissent, qui pro vulgata πλὴν τοῦτο μόνον
potius πλὴν ἐκείνο μόνον legerent. (V. Hyperidis Laudat. Funebr.
init. p. 13 ed. Sauppe (~ p. 2 ed. Coleti: πλὴν κατ᾽ ἐκείνό γε
πάλιν θαρρῶ, ὅτι — et Isocrat. Panegyr. III. 1: πλὴν τοσοῦτον
οἰκεῖον ἔχω καθ᾽ ἁπάντων, ὅτι —. ἄνθρωποι ΩΨΑΦΥ, οἱ ἄν-
θρωποι vulgo.
16. μοι τοσαῦτα Q. τὴν αὐτὴν ἐσθῆτα F et pr m Q. τὴν
αὐτὴν ἐκείνην ἐσθῆτα A. τὴν αὐτὴν ἐσθῆτα ἐκείνην Φ et vulgo,
τὴν ἐσθῆτα ἐκείνην DΨ et Thomae Mag. p. 167, 16 R. At αὐτὴν
servandum, ἐκείνην autem delendum est, partim quod ἐκείνην in
codd. incerta sede jactatur, partim quod ἐκείνην manifesto natum
est e proximis verbis: ἐδίωκεν αὐτῷ ἐκείνην τὴν ἐσθῆτα,
errore hoc faciliore, quod inter utrumque ἐκείνην septem verba e
multis codd. exciderunt. Praeter me unus Bekker Lucianum ita
scripsisse vidit: οὐκέτι τὴν αὐτὴν ἐσθῆτα ἐνδεδυκότα. Ceterum
Thomae M. codicem Lucianeum Mehler (Mnemos. II p. 63 sq.)
nimis mihi videtur contemnere. ἀλλά μοι Ψ, ut ego quondam
et Hommerhrodtius. ἀλλ᾽ ἐν ᾧ Q. ἀλλ᾽ ἐμοὶ ΩΑ et r. libri κατα-
λαβοῦσα οὖν καί, praeterquam quod Bourdeloti codex unus pluresve:
καταβαλοῦσα καί (sic). At nai h. l. prorsus ineptum est. Jam pridem

ἀφιπτάμενος, ἀλλά μοι ἐδόκουν εὐπάριφός τις ἐπανέ-
χειν. καταλαβοῦσα οὖν οἴκοι τὸν πατέρα ἑστῶτα καὶ
περιμένοντα ἐδείκνυεν αὐτῷ ἐκείνην τὴν ἐσθῆτα κἀμέ,
οἶος ἥκοιμι, καί τι καὶ ὑπέμνησαν, οἷα μικροῦ δεῖν περὶ
ἐμοῦ ἐβουλεύσατο. ταῦτα μέμνημαι ἰδὼν ἀντίπαις ἔτι
ὤν, ἐμοὶ δοκεῖν ἐκταραχθεὶς πρὸς τὸν τῶν πληγῶν φό-
βον. 17. μεταξὺ δὲ λέγοντος, Ἡράκλεις, ἔφη τις, ὡς
μακρὸν τὸ ἐνύπνιον καὶ δικανικόν. εἶτ' ἄλλος ὑπέκρουσε,

correctam oporiuit: καταλαβοῦσα οὖν οἴκοι, quod restitui. Fons
hujus erroris est ea, quae proxime insequitur lacuna. Septem verba
τὸν πατέρα — ἐδείκνυεν αὐτῷ om AΦF et pr m Q. Similiter
legit Z: καταλαβοῦσα καὶ τὴν ἐπείρην ἐσθῆτα. Leguntur haec
septem verba et vulgo et in marg Z et a sec m Q et ut videtur
in ΩΨ. καί τι καὶ] καί τοι καὶ ΨQ. ἐβουλεύσατο Z. ἐβουλεύ-
σαντο vulgo et ΩΨΛΦΨQ, quod recentiores revocarunt. At recte
ego jam olim unum Hemsterhusium secutus ἐβουλεύσατο compro-
baram, quo nihil est verius. Nam per totam hanc l. de patre solo
sermo est, non item de amicis. Cf. etiam supra c. 2 med., ubi
dubitantibus amicis unus pater candem rem dubio exemisse nar-
ratur. Quin etiam conjectura mea de superiore loco c. 2 fin.
εἴην pro εἴην eodem nititur fundamento. ἐμοὶ δοκεῖν Θ/Ψ.
ἐμοὶ δοκεῖ ΩΑΦFQ et v. Frequente hoc, ut opinor, scribarum
errore commoti nonnulli extra constructionem ubique ἐμοὶ δοκεῖν
reposuni, ut in Luciano Solanus, ad h. l. Lehmannus et Dindorfius II
p. IX ed. sec., Siebelis in Pausania ad 11, 14, 3, in Xenophonte
Cobetus Nov. Lectt. p. 709. At, opinor, hujus rei judicium a sola
pendet codicum auctoritate, quemadmodum in Quaestt. Luc. p. 26
professus sum, ita ut per se utrumque juxta atticum esse dicerem,
juxta Lucianeum. In eadem fere sententia fuerunt Schaefer ad
Demosth. I p. 667, Heindorfius ad Plat. Euthydem. p. 398, Astius
ad Plat. Legg. p. 594 alii.

17. ὅτι Graevius. ὅτι libri omnes. ὥσπερ] εἴπσπερ Q solus.
γεγραπότων ΨΩΛΦF. ἤδη γεγραπότων vulgo: quod qui primus
intulit, voluit fortasse: παλαιῶν, ἤδη γεγραπότι, sicut est in Luc.
Patr. Encom. c. 9: τοῖς δὲ ἤδη γεγραπόσιν. ὀνείρων ὑποκριτὰς
τινὰς ἡμᾶς ΩΛ. ὀνείρων τινὰς ὑποκριτὰς ἡμᾶς ΨΦ. ὀνείρων τινῶν
ἡμᾶς ὑποκριτὰς τινὰς vulgo, sed τινῶν om etiam FQa. ἐπείληφεν
vulgo et diserte ΩΛΦ. εἰλήφεν Ψ, quod nihili est. ἀγαθὶ vel
ὦ' γαθὶ vulgo et Ψ. ὦ ἀγαθὶ ΩΛ. οὐδὲ γάρ — οἷς ὑποκρ.]
negatio post sententiam intermediam cum vi repetita est. Eodem
modo Lysias ap. Priscianum 18, 25, p. 234 Kr: ,,οὐδὲ οἷ τις
εἰσποιήσεις παῖδε εἴη (παῖς εἴη recte Sauppius in Oratorr. Att. II

χειμερινὸς ὄνειρος, ὅτε μήκισταί εἰσιν αἱ νύκτες, ἢ τάχα
που τρίσπιρος, ὥσπερ ὁ Ἡρακλῆς, καὶ αὐτός ἐστι. τί
22 δ' οὖν ἐπῆλθεν αὐτῷ ὡρίσαι ταῦτα πρὸς * ἡμᾶς καὶ
μηχοσθῆναι παιδιαῖς νυκτὸς καὶ ὀνείρων παλαιῶν καὶ
γεγηρακότων ; Εικος γὰρ ἡ ὑπνρολογία· μὴ ὀνείρων ὑπο-
κριτάς τινας ἡμᾶς ἐπελίχειν; οὐκ ἀγαθὲ· οὐδὲ γὰρ ὁ
Ξενοφῶν ποτε διηγούμενος τὸ ἐνύπνιον, ὡς ἐδόκει αὐτῷ
[κεραυνῷ καταφλεγῆναι] ἡ πατρῴα οἰκία καὶ τὰ ἄλλα,·
(ἴστε γὰρ) οὐχ ὑποκρίσεως ἔνεκεν τὴν ὄψιν οὐδ' ὡς ἠλυ-
23 πρὶν ἐγνωκὼς αὐτὰ * διεξῄει, καὶ ταῦτα ἐν πολίμῳ καὶ
ἀπογνώσει πραγμάτων, περιεστώτων πολεμίων, ἀλλά τι

---

p. 193: cod. Monac. ΠΑϹΟΙ, οὐκ ἀποστερεῖ τὴν μητέρα αὐτοῦ
τῶν χρημάτων," nbi Prisclann alteram negationem dicit abundare.
Addo Pseudolucian. Demosth. Encom. c. 13: οὐ γὰρ ὡς τὸν
Αἰσχύλον —, οὐχ οὕτως ὁ Δημοσθένης συνετέθη, Herodot. VII. 101:
οὐ γάρ, ὡς ἐγὼ δοκέω, — οἷα ἀξιόμαχοί εἰσιν. Demosth. Phillpp. III
p. 31, 5: ἀλλ' οὐχ ὑπὲρ Φιλίππου καὶ ὧν ἐκείνος πράττει νῦν
οὐχ οὕτως ἔχουσι. Alia ejusdem generis ab Rehigio C. C. ad Roph.
Oed. C. p. 239 et ab me QuaestL Luc. p. 153 collecta sunt, nbi
Bolanum de nostro loco errasse ostendi. ὁ Ξενοφῶν] Anab. III. 1,
11 sqq. Quod Lucianus Ita loquitur: οὐχ ὑποκρίσεως ἔνεκεν — ἀλλά
τι καὶ χρήσιμον —: tenendum est, Xenophontem et § 17 somnium
suum pio interpretari ot § 13 init. utilissimum addere praeceptum
de vera somniorum interpretatione ex eventu. Ex quo sequitur,
non ni obscure loci Xenophontri Lucianus memineril: sed ut illum
locum diligentissimo cognitum habueril. Ceterum cf. Tullium De
Divinat. I, 25 § 52: „Xenophon Socratiens (qui vir et quantus) in
ea militia, qua cum Cyro minore perfunctus est, sua scribit somnia,
quorum eventus mirabilos exstiterunt." ὡς ἐδόκει αὐτῷ καὶ τὰ
ἐν τῇ πατρῴᾳ οἰκίᾳ ΓΨ, ὡς ἐδόκει αὐτῷ καὶ ἐν τῇ πατρῴᾳ οἰκίᾳ
caeteri libri et vulgo. In omnibus eodd. ipsius dictio Luciani
maxima ex parte periit, ut sentenllam restituere liceat, verba certo
redintegrare vix liceat. Equidem cum dubitatione supplevi: ὡς
ἐδόκει ΑΥΤΩΙ [ΚΕΡΑΥΝΩΙ ΚΑΤΑΦΛΕΓΗΝΑΙ] ἡ πατρῴα
οἰκία, h. e. „videbatnr et in somnis paterna domus de coelo tacta
conflagrasse. Cf. Timonem c. 10: ὁ δὲ κεραυνὸς εἰς τὸ ἀνώτιον
παρασκήψας ἱκανὸν κατέφλεξεν. Nostrum supplementum unice con-
uenlancetum esl narralioni Xenophontis ipsius I. l. § 11: „ἔδοξεν
αὐτῷ βροντῆς γενομένης σκηπτὸς πεσεῖν εἰς τὴν πατρῴαν οἰκίαν,
καὶ ἐκ τούτου λάμπεσθαι πᾶσα." Rellquas conjecturae vel eo
concldunt, quod aut Hemsterhusio auctore, sed invitis codiclbus

καὶ χρήσιμον εἶχεν ἡ διήγησις. 18. καὶ τοίνυν κἀγὼ
τοῦτον τὸν ὄνειρον ὑμῖν διηγησάμην ἐκείνου ἕνεκα,
ὅπως οἱ υἱοὶ πρὸς τὰ βελτίω τρέπωνται καὶ παιδείας
ἔχωνται, καὶ μάλιστα, εἴ τις αὐτῶν ὑπὸ πενίης ἐθελο-
κακεῖ καὶ πρὸς τὴν ἥττω ἀποκλίνει φύσιν οὐκ ἀγεννῆ
διαφθείρων. ἐπιρρωσθήσεται εὖ οἶδ' ὅτι κἀκεῖνος ἀκού-
σας τοῦ μύθου, ἱκανὸν ἑαυτῷ παράδειγμα ἐμὲ προστη-
σάμενος, ἐννοῶν οἷος μὲν ὢν πρὸς τὰ κάλλιστα ὥρμησα
καὶ παιδείας ἐπεθύμησα μηδὲν ἀποδειλιάσας πρὸς τὴν
πενίαν τὴν τότε, οἷος δὲ πρὸς ὑμᾶς ἐπανελήλυθα, εἰ
καὶ μηδὲν ἄλλο, οὐδενός γοῦν τῶν λιθογλύφων ἀδοξότερος.

ipsa Xenophontis verba Luciano abtrudant, aut Xenophonti palam
repugnant et ejusmodi sunt, non ut fulmine paterna domus tacta
esse dicatur, sed vulgari incendio nescio quo deflagrasse: atqui a
fulmine vis hujus somnii totaque ejus interpretatio derivatur. Et
in hunc quidem censum luprimis veniunt ium Urbani (hujus est
enim, non Jacobiti, conjectura: ὡς ἐδόκει αὐτῷ καίεσθαι ἡ πατρῴα
οἰκία, tum Dindorfii: ὡς ἐδόκει αὐτῷ πρημαιά ἀναστῆναι ἐν τῇ
πατρῴᾳ οἰκίᾳ. οὐχ ὑποκρίσεως ἕνεκεν) Ita correxi. libri οὐχ ὑπο-
κρίσεων (ὑποκρίσεων F), quae absurda et mendosa sunt. Immo hoc
dicit: „Xenophon illa tum non interpretandi somnii causa
narrabat." Quod ego restitui οὐχ ὑποκρίσεως ἕνεκεν, id ad verba
paullo superiora refertur: μὴ ὀνείρων ὑποκριτὰς τινας ἡμᾶς ὑπεί-
ληφας; οἶδ' ὡς ΩΨΛΦ. οὐδὲ ὡς τ. ἐν πολέμῳ ΒΨΛ. ἐν τῷ
πολέμῳ ΩΦΓΩ et τ. Post verba ἐν πολέμῳ Ϙ addit: καὶ μάχῃ,
refragante ipso Xenophonte. Nam etsi tum pugna mox videbatur
instare (cf. Anab. III, 1, § 13 fin. et § 16:: tamen illa quidem
nocte certo non pugnatum est. At vix dubito, quin hace lectio
καὶ μάχῃ potius significet: καὶ ἀμιχανίᾳ, sive ἀμηχανίᾳ glossema
est vocis ἀπογνώσει, sive Lucianus ipso ita utrumque conjunxit:
ἐν πολέμῳ καὶ ἀμηχανίᾳ καὶ ἀπογνώσει πραγμάτων.

18. τὸν ὄνειρον ΨΛ et m sec F. absunt τὸν vulgo et in Ω et
m pr F. ἐθελοκακεῖ ΩΨΛΦΓΩ et τ. ἐθελοκακεῖ s et codices
Dindorfii. τὴν ἥττω ΩΨΛΦΓΩΜ. τὰ ἥττω vulgo, quod Mehler
(Mnemos. II p. 79) et Bekker reduxerunt. Equidem μερίδα (l. c.
factionem) per ellipsin ab Luciano praetermissam esse arbitror.
ἀποκλίνων Λ. ἑαυτῷ Ψ ut Hemsterhusius conjecerat, ἑαυτοῦ
                                                                                              ́
caeteri (diserte ΩΑΦΓΩ) et vulgo.   ἀποδειλιάσας Α.

VARIETAS LECTIONIS IN LUCIANI SOMNIUM
PRIMUM EDITA ROSTOCHII MDCCCXXX.

P. 1. ed. Reitz. περὶ ἱππ*τίον* pr m G   πρόσχ*ρος ἐν* Α.
2. *μὲν οὖν* ἔδοξε Α   τόπον καὶ p m G   οὐ μικρᾶς ΑΠΔG. οὐ *σμικρᾶς* στ.   δ' ἡμέτερα Α. G. hic quidem δ' in ra‑ *sura* οἱ δὲ *fuisse* videtur. δ' *ἡμέτερα* D. δὶ ἡμέτερα στ.   μικρά τι Α τὰ δ' ἡμέτερα μικρά τι ἔδοξεν εἶναι grammaticus Hermanni De em. Hist. p. 338. ταχεῖαν τὴν α D. G pr m. Vulgo ταχεῖάν *τινα τὴν*.   ἐμμάθοιμι τούτων Α   μηκέτ' εἰκόστος ΑD. G pr m. Vulgo μηκέτι εἰκόστος.   3. εὐφραίνειν D   προσέιδη pr m G (ita semper pr m).   τρίτον ἄλλο pr m G   ἱππείρ*ας ἢ* γνώμης Α   πρὸ μητρός Π   δοκῶν λιθοξόος α ΑΒD. G pr m. Schmiederus ejicit verba λιθοξόος ἐν τοῖς μάλιστα εὐδοκίμοις. Neque ea legisse videtur Thom. Mag. s. v. Ἑρμογλύφος p. 365 aliter non dicturus ἑρμογλύφος καὶ ἱερογλυφικὸς οὐ λιθοξόος, quum hoc ipso loco utatur.   4. εὐδόκιμος L. Ilosius et T. Hemster‑ husius. Libri omnes εὐδόκιμος. Vide quae diximus Quaest. Lucr. p. 270 sqq. διδ*ασκε*] διδάσκον Χ. Thom. Mag. s. v. διδάσκομαι p. 273.   ὡς τοῦτο ἔχων γρ οἶσθα G. τοῦτο etiam D   ττχὼν Hemsterhusius Α. Legebatur ἔχων.   δεξιὸς Α. V. in γρ. WW3*ISN*. δεξιῶς στ.   ἐτεκμαίρετο, ταῖς Α   ὅτι γὰρ Π ὅτι γάρ γρ ὁτότε G.   *ὑπὸ* τῶν) *ἀπὸ* τῶν Α. ἀπὸ τῶν VΓΛWb. Brodaeus: lege ἀπό.   *ἢ τῇ* δὲ DG.   ἂν ἴπλαττον m sec B.

ἴππειρος ἦν ἐς τὴν εὐχ*ερίαν*. καὶ Α. ἐς τὴν εὐχερίαν D. ἐς pro τὰς etiam Ν.   καὶ εἶχον D. G pr m.   ἀπ' ἐκείνης τῆς B. 5. ἐπετίθε*τα* Α.   ἄρχεσθαι D   παραδιδόμην ΑD. G pr m.

μὴ *τὸν δί'* om Α   πρὸς ἡλ*ικιώτας* ΓΓ. γλύφειν D γλύφειν Α. G pr m. Scholiasta τὸ γλύφειν ἀντὶ τοῦ γλύφειν.   ἀγαλμάτια μικρά τινα ΑD. ἀγαλμάτια μικρά H α.   καὶ τότε Α   *ἐκεῖνο* τοῖς ἀρχομένοις καὶ συνήθες D.   ἐρίμ α om Α.   καλεγ*όνε*τερον κατευνηθέντος ὑπ' ἀπειρίας τὸν ἱκεσίαν, κατέαγεν ἢ *ὀλίγα* gram‑ maticus Hermanni p. 338.   6. συν*τάλλ*ειν W2. α h.   πλησίον *ατ*εμένη AD. G sec m. *κειμένης* πλησίον στ.   ἀνολολίζ*ων*] ἀναλίζων ΓΙΖ. V in γρ. ὀλολύζων Π ἀναλύζων praeter W W3 etiam Α: ut malo opinatus ait Hemsterhusius. Bourdelotium pro ἀναλύζων vitio scripsisse ἀναλύζων. Brodaeus: ἀναλύζων] Emendo ἀναλολίζων. τοὺς ὀφθαλμοὺς om quum ex W. D.   τὴν συν‑ τάλλ*ειν* α.   7. ἴδρωσεν, μὴ D   μὴ — τὴν τέχνην affert gramma‑ ticus Hermanni p. 338.   ἀγανακτησαμένης γρ ἀνακτησαμένης G. In Α sec m praefilit ἀγ et fuit α p m ἀνακτησαμένης. Brodaeus: Restitue ἀνακτησαμένης. Non haec est, uti Hemsterhusio vide‑

batur, conjectura Brodaei. Vulgatam scripturam habet Thom. M.
in Ἡγεσιστρσέμιν p. 416. τύπτε ὅλιν AHG. τύπτε ὅλην D.
8. τὰ δὲ μετα ταῦτα a G B. τὰ μετεταῦτα δὲ A. ἀκροατῶν]
ἀνδρῶν B K. ἀνδρῶν γρ ἀκροατῶν G. ἀνδρῶν καὶ ἀκροατῶν D.
Ἔτι γὰρ καὶ A σχήματα τῶν B παρετράφη. ὡς μικροῦ
D. γοῦν διεκτάσαντο D. G pr m. γ' οὖν a, quae ita scriplun.
καὶ γὰρ καὶ ἄρτι A G μὲν ἡ ἑτέρα A παραμικρὸν A a.
παταρμικρὸν γρ παρὰ παικρὸν G δ' ἦν αὖθις A. Vulgo δὲ ἦν
αὖθις. 9. πείρα τέλλον D καὶ τὸ σῶμα εὐτρεπὴς D
ἐφίασί μοι A ὁπότερα A εαν post πάττει om H εἰ δ'
ἐθέλεις D εἰ δ' ἐθέλεις A. εἰ δὲ θέλεις στ. ἀλλοδαπῆ G
10. οἱ δὲ ἐπὶ λόγοις, οὐκ ἐπὶ ἔργοις ἐπαινέσονταί ει, ἀλλ' ἐπὶ λό-
γοις W. W3. pro οὐδὲ etiam Γ' οἴδε et X οἱ δὲ. προαχθεὶς a

οἱ (?) W3. μισαχθεὶς B. τοῦ σώματος] τοῦ σχήματος Cloricus,
recte probatum Hemsterhusio. τὸ πιννερόν B a ἀπὸ γὰρ
τοιούτων AD ἀπὸ γὰρ τῶν τοιούτων στ. 11. καὶ πραξιτέλης,
ἐθαυμάσθη· καὶ μύρων, ἱπηρίδη. A. ἐθαυμαστώθη pro ἐθαυ-
μάσθη W3. καὶ προσκυνοῦνται οὗτοι A. τίς γίνεται, ζηλω-
τῶν μὲν καὶ intermediis omissis D 12. καὶ τὰ τούτων V
πάντοθεν V in γρ. W W3 ΓΊ d. Reliqui πάμπολλα. πειρω-
μένην A γάρ μοι τὴν μνήμην ἤδη A γάρ ἤδη μοι τὴν μνή-
μην στ. ἐπεὶ οὖν AB ἐγὼ δὲ πῶ G παιδεία A οὖν
τάγαθὰ A οὖν τὰ ἀγαθά στ. 13. αὕτη προσέρχεται Jacubus A.
αὕτη προσέρχεται στ. οὐδὲ γὰρ D. οὐδὲ γὰρ γρ οὐδὲν G
εὐτελῆ λαμβάνων B εὐτελῆ λαμβάνων γρ ἀγεννῆ G ἀγεννῆ d.
τὴν πρόσοδον οίη. e add m sec D. Brodaeus: Alii Codices τὴν
πρόσοδον. τὸν ἐκ τοῦ πολλοῦ δήμου εἰσαεὶ προϊόντα B et,
qui more suo προϊόντα, A. δῆμον εἰσαεὶ προϊόντα D. εἰσαεὶ
etiam G. Vulgo τὸν ἐκ τοῦ πολλοῦ δήμου εἰς, ἀεὶ τὸν προϊόντα.
14. πολλὰ θαυμαστὰ AD θαυμαστὰ πολλὰ στ. ὥστις τῶν
εἰδότων D B om εἰ et a m sec habet ἴχνη. ὅμοιος εει A.
εει ὅμοιος vulgo. χειμώναξ. Scribebatur χειμώναξ. ἀποχει-

ρραβῖντος A δ' ἐπεὶ Lehmannus. Libri δὲ μοι. αὐτὴν e
correctione pro αὐτοῖς B ἀπαγγελῶ — ἀποφανῶ ΓΧWW3 et
fortasse V. Brodaeus: Aliud exemplar: ἀπαγγελῶ et ἀποφανῶ.
ὑπὲρ ειι] ειι aut expungam aut transponam: ειι, ὑπερ. πολ-
λοῖς κεκμήκασι H. G pr m. 15. παλαιῶν BG τὰ μέλλοντα
Hemsterhusius H ap. Bastium ad Greg. Cor. p. 85. Reliqui libri
τὰ δέοντα. τά τ' ἀνθρώπινα A. τά τε ἀνθρώπινα στ. πάνυ
γὰρ γρ δὲ G. πάνυ δὲ λαμπρὸν D. 16. καὶ ἀγανῆς A. αἰδ'
ἀγανῆς στ. παραθήσω γρ περι G ἄξιον ἢ καὶ τοὺς] ἄξιον
ἢ τοὺς Schmiederus. Lehmannus ἄξιον τοὺς, Id quod praestat.

καταλαμβάνειν γε καταλαμβάνῃς G   Θαυμάζεταί σε τῆς δυνά-
μεως W3. Ergo ille etiam liber τῆς δυνάμεως τῶν λόγων, quod
ex AD reponi. Vulgo τῶν λόγων τῆς δυνάμεως.   17. ὡς ἄρα
καὶ ἀθάνατοί τινες γίγνονται] sic ex A qui tamen γίνονται. ὡς
ἄρα καὶ ἀθάνατοι etiam D. Vulgo ὡς ἄρα ἀθάνατοι γίγνονταί τι-
νες.   ἦν αὐτὸς sed correctum a p m ‾ A   καὶ προσομιλῶν
ABDG. abc. In Bourdelotiana et hinc in Reitziana incertum an
culpa typothetarum sed intercidit. Habet Graeviana.   προσομι-
λῶν. ὀρᾷς pr m G   ὡς τεμπακιεστραίς A ὡς τεμπακι.στρίας abc
I'X. ὡς etiam D. ὡς γρ ὡς G   ἀλλ᾽ ὅπως AD I' d. Brodaeus:
ὅπως] Legendum ὄπως.   ἰθεράπευεν; A   18. παρ᾽ αὐτῆς τε-
 τοραλξειν om A   δὲ αὐτοὺς] Legendum εσι, ut arbitror δὶ
τούς.   καὶ δυνάμεσι A   γενώνεόν τε ABDG. γενῶνόν τε σι.
αιντιερὸν B a.   καὶ μοχλεῖα καὶ γάργεια A. καὶ μοχλία καὶ
μοχλία BD n.   κολαμπτίζης A καμπτίζης D   χαμαιτεσὶς γρ
χαμαιτεσῖς G   ἀνακ́ετνων] ἀνατήρων WI'N a c d.   ελεύθερον
ABZN a c   19. εἰρνθμος καὶ A εἰρθμός τε καὶ σι.   ἐπεὶ
μοι εἰς A Vulgo ἐπεὶ μοι καὶ εἰς   πλ.γὰς οὐκ ὀλίγας εὐθὺς
ἀγτομένω A. πλ.γὰς εὐθὺς οὐκ ὀλίγας ἀγτομένω σι.   ἀπολι.γ-
θεῖσα a.   ανντερια ADN. ἐνέπεσε σι.   παράδοξα Γταθεν
D   20. ἐπόπτερον AB a c d   ὅπως εἴδῃς AWW3 I' c d. ὅπως
εἴδῃς D. Vulgo ὅπως ἴδῃς.   καὶ ἐλίμα om A   ἐπεὶ ἐπῆλθεν
pr m G   ἐπέρχει V ἐπιόχει c d   ἐσώτερον N c d   τὰ ἐσώτε-
ρια, πόλεις J. Cron vinx. τὰς ἐσωτερίας πόλεις A c d. τὰς ἐσωτερίας
πόλεις DV. τὰς ἐσωερίους πόλεις B τὰς ἐσώτερα πόλεις WI' ἐσωτε-
ρίας πόλεις W3. Brodaeus: τὰς ἐσωτερίας πόλεις] Corrige τὰς τῆς
ἐσωτέρας πόλεις. Vulgo ἐσώτερι πόλεις.   ἐς τὴν γῆν, τ In ra-
sura a rec m G   ἐκεῖνο om A ἐν ἐκεῖνο B   ἀγορᾶντες ἄν-
θρωποι ADD   μοι τοσαῦτα G   21. οὐκ ἔτι τὴν ἐσθῆτα ἐκεί-
νην ἐνδεδυκότα Thom. Mag. In Ἐρδεδνοῖς μ. 306. τὴν αὐτὴν ἐκεί-
νην ἐσθῆτα A. Vulgo τὴν αὐτὴν ἐσθῆτα ἐκείνην. ἐνείνην om pr
m G   ἀλλ᾽ ἐν ᾗ G   τὸν πατέρα ἑστῶτα καὶ περιμένοντα,
ἰθείανειν αὐτῷ om ABD. G. pr m. Similiter W3 κατεψδαλοῖσα καὶ
τὴν ἐκείνην ἐσθῆτα ubi vulgata in margg.   οἷς ἔκαιρε B   καὶ
τοι καὶ Q   οἷα μὴ μικροῦ Q   ἐβουλεύσατο W3. Ceteri omnes
ἐβουλεύσαντο, quod defendi potest.   Mallem cum Graevio ὅτι
μήκιστοι.   ὥσπερ] οἷόσπερ Q.   22. καὶ γεγραπότων ABD
ὀνείρων ὑποκριτάς τινας ἡμᾶς A ὀνείρων τινὰς ὑποκριτὰς ἡμᾶς
D. Legebatur ὀνείρων τινῶν ἡμᾶς ὑποκριτάς τινας τινῶν om
etiam BO a.   ἃ ἀγαθοὶ A   ὡς ἰδόναι αὐτῷ καὶ] Xen. Anab.
III, I, 11. Ceterum hic locus menda affectus est. Libri non va-
riant, nisi quod in A σατρῶια compendio scriptum in textu, plene
in marg et B οἰκεῖα habet. Exciderat nonnulla arbitrabatur Hem-
sterhusius, quem falli existimo. Haud absurde καὶ post αὐτῷ delet

Lehmannus. Sed praestat Urbani, egregii juvenis, conjectura: ὡς ἰδόπτι αὐτῷ καλεῖσθαι ἡ πατρῴα οἰκία —. οὐδ᾽ ὡς AD οὐδὲ ὡς στ. 21. ἐν πολέμῳ A ἐν τῷ πολέμῳ στ. τὸν ὄντιρον Δ. B οπ π πι Stravius conjecerat. Aberat τόν. διωγκώμενον A ἰθιλοκολαπτι a W2 W3 b τὴν ὕττω ADBGK. τὰ ὕττω στ.

ἀποκλίνων A ἑαντῷ Hemsterhusius. Libri ἑαυτοῖ. ἀποδελίδοντ A.

C. 1. μὴ μετ᾽ οἰκόοιτος] „In MSS. et aliis Editionibus quoties occurrunt duae vocales in duabus dictionibus, prior semper eliditur, quod semel monitam volui." Beurdelotius.

e. 3. παρεδεδόμι, τ] παρεδεδόμιν requirit Hemsterhusius, nescio quam recte.

ἀγαλμάτια μικρά εινα] De Histor. Conscr. c. 6. μικρόν τι ληθίδιον, rará etiam delete possix: cf. varr. lect. in Bacch. c. 1. πλησίον στιμένη, τ] Sic πλησίον στιμένον Tozas. 17.

e 4. ἀγανακτησαμένη, ς] Lectio ἀγανακτησαμένης quam recuperasset filiam ad sensum deterior est. Sed Medium illud tantiporemo olim offendit, ut Thomam non reveritus suspicarer scribendum esse ἀγανακτησάσης, quod quam facile in ἀγανακτησαμένης depravari potuerit, e sequente verbo λοιδορησαμένης apparet. Nunc tamen ut in pervulgata scriptura acquiescam, commoveor Palaephati loco XII. 7. Jam ab aliis allato, ubi est ἀγανακτησάμενος.

e. 6. Post πάντα ἦν rubrum punctum, vulgo novae personae indicium in A.

e. 7. Post ἀμφοτέρων comma delevit Hemsterhusius.

e. 8. μηδέ] μὴ δέ A ut semper.

πῶς — γένοιο;] Hunc locum depravatum esse, tam ostendit αν vocula solœce deficiens, tum vitiose iteratum verbum γένοιο. Clarius etiam patet e D, quem minime sequar.

Post οὐδέ πως iterum rubrum punctum in A.

e. 9. τὸν — εἰσαεὶ προΐχοντα] In hoc genere ἀεὶ usitatius est, sed εἰσαεὶ omnino ferri potest. Coterum cf. Gall. 22. εἰ μὴ τοῦ δήμου αν. Pro Merc. Cond. 13. ἀλλὰ τῷ ἐν τοῦ πολλοῦ δήμου. Saturnal. 2. ἰδιώτης εὐθὺς εἰμι καὶ που τοῦ πολλοῦ δήμου εἷς.

χειμῶνἰ] Schaeferus ad Demosth. IV. 669.

e. 10. ἦν δ᾽ ἐμοὶ πείθῃ] Diversi generis sunt haec. Tim. 56. εἰ γάρ μοι πίθοιο —. D. Meretr. 12, 2. καὶ ἦν μοι πείθῃ —.

Comma post ἐστὶ vulgo abest; ponit Maltbiae, habet A.

e. 12. ῷθεται. A a. Distinguebatur ῷθεται;

e. 13. δι᾽ αὐτοὺς] Conjectura δι᾽ τοὺς aeque lenis est ac quae mihi non placet Jacobsi δ᾽ αὖ τοὺς.

c. 14. συνέπρω vulgato ἐνέπρω praetulit etiam Bebaeferus ap. Erfurdt. ad Soph. Antig. v. 831.

c. 13. τῇδε All a b c. τῆς δὶ edd. novitlac.

ἡ μὲν ἔλαττε καὶ ἡσυχαίτερα] Ver. Hist. II, 45. ζεύξαντες δύο δελφῖνας ἤλαυνόν τε καὶ ἡνιόχουν. Sed ὑφ' ἡνιόχει hic denotare videtur quod Romani praeverbiis sub, succincta ὑπέδειν vel ad exprimunt, ut excinere, adεἰplεaro, bansben, bebih, boμι. De Saltat. 16. οἱ μὲν ἐχόρευον, ὑπωρχεῦντο δὲ οἱ ἄριστοι —, Ubi Gronovius comparat ἐπαυλεῖν. Vel possis ὑφηνιόχει vertere voce lentra, sicuti ὑπορχεῖσθαι etiam vertenjen designat.

ἀπὸ τῆς ἕω ἀρξάμενος ἄχρι πρὸς τὰ ἑσπέρια, πόλεις] Ita rectissime correxit Gronovius: nam id ipsum in Codicum scripturis recouditum latuit. Atque ut hic ἀπὸ τῆς ἕω — ἄχρι πρὸς τὰ ἑσπέρια conjunxit Lucianus, Ita pariter dixit D. Mort. 12. 6. ἐγὼ δὲ εἰ μὴ μικρὰ τὰ ἑσπέρια δόξας ἐπὶ τὴν ἕω μᾶλλον ὡρμημένα —, et Hermotim. 28. ἡ μὲν γὰρ ἐπὶ τὰ ἑσπέρια, ἡ δὲ ἐπὶ τὴν ἕω φέρειν ἔοικεν. Similiter Ver. Hist. I, 35. τὰ μὲν γὰρ ἑσπέρια — τὰ ἕφα δὶ —.

εἴκατε μέντοι A a. Vulgo εὔκατε μὲν τοι.

c. 18. ἐδοξότερος ex G consignatum habeo: sed quia sic in libris omnibus est, videtur ille nescio quid aliud tenere. In fine iterum titulus operis ut ab initio in A: ita ille ubivis. Addit G: ἐπίγραμμα ὁ ἐπέγραψε Λουκιανὸς ἐν στήλῃ προ...λεν λίθου πρὸς τῷ Δμάτι τῆς τῶν μακάρων νήσου ποιηθὶν αὐτῷ παρ' ὑμέρον.

Λουκιανὸς τάδι πάντα φίλος μακάρεσσι θεοῖσιν,
    εἴδι τε καὶ πάλιν ἦλθεν ἑὴν ἐς πατρίδα γαῖαν.

Vide Ver. Hist. II, 28. —

ΠΩΣ ΔΕΙ ΙΣΤΟΡΙΑΝ ΣΥΓΓΡΑΦΕΙΝ.

Reiz. II p. 1.

1. Ἀβδηρίταις φασὶ Λυσιμάχου ἤδη βασιλεύοντος
ἐμπεσεῖν τι νόσημα, ὦ καλὲ Φίλων, τοιοῦτο· πυρέττειν
μὲν γὰρ τὰ πρῶτα πανδημεὶ ἅπαντας, ἀπὸ τῆς πρώτης
εὐθὺς ἐρρωμένως καὶ λιπαρεῖ τῷ πυρετῷ· περὶ δὲ τὴν
ἑβδόμην τοῖς μὲν αἷμα * πολὺ ἐκ ῥινῶν ῥυὲν, τοῖς δ' 2
ἱδρὼς ἐπιγενόμενος, πολὺς καὶ οὗτος, ἔλυσε τὸν πυρε-
τόν, ἐς γελοῖον δέ τι πάθος περιέστησε τὰς γνώμας αὐ-
τῶν· ἅπαντες γὰρ ἐς τραγῳδίαν παρεκίνουν καὶ ἰαμβεῖα
ἐφθέγγοντο καὶ μέγα ἐβόων, μάλιστα δὲ τὴν Εὐριπίδου
Ἀνδρομέδαν ἐμονῴδουν καὶ τὴν τοῦ Περσέως ῥῆσιν ἐν
μέρει διεξῄεσαν, καὶ μεστὴ ἦν ἡ πόλις τραγῳδῶν, ὠχρῶν
ἁπάντων καὶ λεπτῶν, τῶν ἑβδομαίων ἐκείνων,

σὺ δ' ὦ θεῶν τύραννε κἀνθρώπων Ἔρως,

Adnotatio critica.

1. περιέττειν ΩΦΔΕΥΟΗΡΤΙΥ et libri Parisini. περιεαίνειν
edd. note Reitzium. λιπαρεῖ libri omnes, quod nunc probo. Recte
Gesner vertit „febri continua." Conjecturam, quam ad Arist. Thes-
mophor. p. 508 mihi cum U. L. Walchio communem esse dixi,
ἐρρωμένως καὶ λιπαρῶς τῷ πυρετῷ, etiamnunc tueror, nisi tam
voce και deleta scribendum esset ἐρρωμένως λιπαρίᾳ τῷ πυρετῷ.
Fuit autem λιπαρίας et maligna febris et vero continua.   δ' ἱδρὼς
Ωλ. δ' ἱδρὼς F. δὲ ἱδρὼς edd. ante Jacobitium.   πολὺς καὶ οὗτος]
πολὺς, οὗτος Α. οὗτος etiam T.   περιέστησε] ita ego correxi;
περιεστὰς Φ. περιέστα ΑΟΗ et ut videtur Ω. περιέστη vulgo.
παρεκίνουν ΩΦΕΗ Victorius. παρεκινοῦντο Α et vulgo.   μέρει
1
ΑΟΡΤΥΣΥ. μέρει F. μέλη ΩΦΕΩΗ et vulgo.   Libri hoc ordine,
ἡ πόλις ὠχρῶν ἁπάντων καὶ λεπτῶν (καὶ λιπτῶν καὶ Victorius),
τῶν ἑβδομαίων ἐκείνων τραγῳδῶν, σὺ δ' —. At ista modo ἁπάν-
των plane est absurda. Quare vocem τραγῳδῶν post v. πόλις

καὶ τἄλλα μεγάλῃ τῇ φωνῇ ἀναβοώντων, καὶ τοῦτο ἐπὶ
πολύ, ἄχρι δὴ χειμὼν καὶ κρύος δὲ μέγα γενόμενον
ἔπαυσε ληροῦντας αὐτούς. αἰτίαν δέ μοι δοκεῖ τοῦ
3 τοιούτου * παρασχεῖν Ἀρχίλαος ὁ τραγῳδός, εὐδοκιμῶν
τότε, μεσοῦντος θέρους ἐν πολλῷ τῷ φλογμῷ τραγῳδήσας

ἀναβοώντων] καὶ ἀνθρώπων ΦΛΩ. Lucianeam hujus
versum scripturam, quam nobi G. Dindorfio probata est, nullo modo
ferri posse, sed Euripideam ipsam ita scripsisse, οὓς δ᾽ ἂ τύραννε
θεῶν τε κἀνθρώπων Ἔρως ad Aristoph. Thesmophor. p. 506 de-
monstravi. Ea Andromeda autem haec taxisse solus docet Lucianus;
ceteri eadem sine nomine fabulae ex Euripide afferunt, ut Athe-
naeus XIII p. 561, b: οὓς δ᾽ ὦ τύραννε θεῶν τε κἀνθρώπων
Ἔρως, | ἢ μὴ δίδασκε τὰ καλὰ φαίνεσθαι καλά, | ἢ τοῖς ἐρῶσιν
ἂν οὖ δημιουργὸς εἶ | μοχθοῦσι μόχθους ἐυτρεπῶς συντεμόνει et
Stobaeus Flor. LXIV, 6 (secundum codd. Parisinos), Εὐριπίδου·
οὓς δ᾽ ὦ κἀκιστε θεῶν τε κἀνθρώπων Ἔρως, | ἢ μὴ δίδασκε τὰ
καλὰ φαίνεσθαι καλά, | ἢ τοῖς ἐρῶσιν ἐυτρεπῆ παρίστασο. (Stobaeus
continuo pergit. Εὐριπίδου Ἀνδρομέδας· Ἔρωτα — φιλεῖ.) Valcke-
narius in Diatribo p. 148 Stobaei locum modo non item ex Andro-
meda sed ex alio dramate petitam esse conjecit, quam opinionem
ad Thesmoph. p. 507 non bene secutus sum, modo eandem ab
Euripideo eo qui apud Athenaeum est non differre idcoque pro
κἄκιστε ex Athenaeo τύραννε reponendum putavit, qua sententia
nihil verius esse Meinekius Philol. Exerc. in Athenaeum II p. 76
optime demonstravit. Egregiis Meinekii rationibus adjutus A. Nauckius
(Tragg. Grace. Fragm. p. 318) recto hyno vidit, in Athenaeo Sto-
baeoque loci ductu tertii quartique versuum exhibita ita transponendos
esse: οὓς δ᾽ ὦ τύραννε θεῶν τε κἀνθρώπων Ἔρως | ἢ μὴ δίδασκε
τὰ καλὰ φαίνεσθαι καλά, | ἢ τοῖς ἐρῶσιν ἐυτρεπῆ συντεμόνει |
μοχθοῦσι μόχθους, ὧν σὺ δημιουργὸς εἶ. Quamquam ἐυτρεπῆ tertio
versu adhuc corruptum est. Sed fagit Nauckium l. l. p. 319, in
Stobaeo lemma Ἀνδρομέδας, ut ad Thesmoph. p. 508 recte viderum,
hoc modo transponendum esse: Εὐριπίδου Ἀνδρομέδας οὓς δ᾽ —
παρίστασο. Εὐριπίδου Ἔρωτα — φιλεῖ hicoque incertum esse,
a quanam Euripidis tragoedia posteriim fragmentum derivatum sit.
Nam si Stobaeus recivisset posterina esse ex Andromeda, recci-
visset hoc idem profecto etiam de priore ac tum bis scripsisset
Εὐριπίδου Ἀνδρομέδας, ut haud raro Stobaeus fecit in lemmatis
continuis. Contra nostra lemmatis transpositione id ipsum con-
tinetur, quod verissimum esse Lucianus h. l. testatus est.   τἄλλα G.
τἄλλα Υ et vulgo. τὰ ἄλλα ΩΦΛ11. τῶν ἄλλα Δ.   ἀναβοώντων
om Φ.   Οἴρους] τοῦ θέρους Υ.   περίξαι τι] παρίξιτε Φ.

αὐτοῖς τὴν Ἀνδρομίδαν, ὡς προῖξαι τι ἀπὸ τοῦ θεά-
τρου τοὺς πολλοὺς καὶ ἀναστάντας ὕστερον ἐς τὴν τρα-
γῳδίαν παραλισθαίνειν, ἐπὶ πολὺ ἐμφιλοχωροῦσι τῆς
Ἀνδρομίδας τῇ μνήμῃ αὐτῶν, καὶ τοῦ Περσέως ἔτι σὺν
τῇ Μεδούσῃ τὴν ἑκάστου γνώμην περιπετομένου. 2. ὡς
οὖν ἕν, φασίν, ἐπὶ παραβαλεῖν, τὸ Ἀβδηρικὸν ἐκεῖνο
πάθος καὶ νῦν τοῖς πολλοῖς τῶν πεπαιδευμένων περι-
λέληθεν, οὐχ ὥστε τραγῳδεῖν (ἔλαττον γὰρ ἂν τοῦτο
παρέπαιον, ἀλλοτρίοις ἰαμβείοις οὐ φαύλοις κατεσχημέ-
νοι), ἀλλ' ἀφ' οὗ δὴ τὰ ἐν ποσὶ * ταῦτα κεκίνηται, ὁ *
πόλεμος ὁ πρὸς τοὺς βαρβάρους καὶ τὸ ἐν Ἀρμενίᾳ
τραῦμα καὶ αἱ συνεχεῖς νῖκαι, οὐδεὶς ὅστις οὐχ ἱστορίαν
συγγράφει, μᾶλλον δὲ Θουκυδίδαι καὶ Ἡρόδοτοι καὶ
Ξενοφῶντες ἡμῖν ἅπαντες· καὶ ὡς ἔοικεν, ἀληθὲς ἄρ' ἦν
ἐκεῖνο τὸ „πόλεμος ἁπάντων πατήρ,“ εἴ γε καὶ συγγρα-
φέας τοσούτους ἀνέφυσεν ὑπὸ μιᾷ τῇ ὁρμῇ. 3. ταῦτα
τοίνυν, ὦ φιλότης, ὁρῶντα καὶ ἀκούοντά με τὸ τοῦ
Σινωπέως ἐκεῖνο εἰσῆλθεν. ὁπότε γὰρ ὁ Φίλιππος ἐλέ-
γετο ἤδη ἐπελαύνειν, οἱ Κορίνθιοι πάντες ἐταράττοντο
καὶ ἐν ἔργῳ ἦσαν, ὁ μὲν ὅπλα ἐπισκευάζων, ὁ δὲ λίθους

———————————

παραλισθαίνειν] παραλισθάνειν G. Dindorfius probante Cobeto
V. L. p. 23.

2. ἄρ om Α. Ἀρμενίᾳ] ἁρμονία Ω. ἁρμενίᾳ Va. ἄρ ΒΑΓc.
ἄρ' edd. ante Lehmannum. ἐκεῖνο τὸ πόλεμος ἁπάντων] ἐκεῖνο
τῷ val/αω ἁπάντων Φ. ἐκεῖνος ὁ πόλεμος ὁ πάντων Α. ὁρμή
ΩΦΑΓΕΡΒΤΥVΧ, ὁρμῇ G. ὁρμῇ Δ. πληγῇ edd. ante Britzium.
Iterum Lucianus in Anachars. c. 26 secundum omnes libros τὸ
μιᾷ τῇ ὁρμῇ scripsit. Cf. etiam Theocrit. XXV, 231. Quod autem
Diodorus XI, 16 habet ὥσπερ ἀπὸ μιᾶς ὁρμῆς, id cum Aristophaneo
in Lysistr. v. 1000 ἐπιπερ ἀπὸ μιᾶς ἐπιπληγίδος conferri recte potest.
Denique formulas ἀπὸ μιᾶς et ἀπὸ μιᾶς ὁρμῆς Schaefer ad Bosii
Ellipsea p. 336 sq. attigit.

3. ἐπελαύνειν] ἀπελαύνειν (ι supra a m recenti) Α. οἱ Κο-
ρίνθιοι in hac omnium librorum scriptura πάντες, quae vox nuquam
vim habere debet, nimis dilituerit. Ego vero pro his οἱ Κορίνθιοι
conjicio τοῖς Κορινθίοις (et Gesner, quasi id ipsum legisset, ita
convertit): ὁπότε γὰρ ὁ Φίλιππος ἐλέγετο ἤδη ἐπελαύνειν τοῖς
Κορινθίοις, πάντες ἐταράττοντο —. Cf. si opus Toxar. c. 26
ἐπελαύνομεν aliosque geminosque locos. ἐπεισοδομῶν ΩΦΑ et vulgo.

παραγέρων, ὁ δὲ ὑποικοδομῶν τοῦ τείχους, ὁ δὲ ἐπαλ-
ξιν ὑποστηρίζων, ὁ δὲ ἄλλος ἄλλο τι τῶν χρησίμων ὑπουρ-
γῶν. ὁ δὲ Διογένης ὁρῶν ταῦτα, ἐπεὶ μηδὲν εἶχεν ὅ τι
5 καὶ πράττοι (οὐδεὶς γὰρ * αὐτῷ ἐς οὐδὲν ἐχρῆτο), δια-
ζωσάμενος τὸ τριβώνιον σπουδῇ μάλα καὶ αὐτὸς ἐκύλιε
τὸν πίθον, ἐν ᾧ ἐτύγχανεν οἰκῶν, ἄνω καὶ κάτω τοῦ
Κρανείου· καί τινος τῶν συνήθων ἐρομένου· τί ταῦτα
ποιεῖς ὦ Διόγενες; κυλίω, ἔφη, κἀγὼ τὸν πίθον, ὡς μὴ
μόνος ἀργεῖν δοκοίην ἐν τοσούτοις ἐργαζομένοις. 4. καὶ
σὺ οὖν, ὦ Φίλων, ὡς μὴ μόνος ἄφωνος εἴης ἐν οὕτω
πολυφώνῳ τῷ καιρῷ μηδ' ὥσπερ κωμικὸν δορυφόρημα
κεχηνὼς σιωπῇ παραφέροιμεν, καλῶς ἔχειν ἐπέλαθον,
ὡς δυνατόν μοι, κυλίσαι τὸν πίθον, οὐχ ὥστε ἱστορίαν

ὑποικοδομῶν FM, quod etsi ferri et ipsum potest (ut sit, „mororum
partem reficiens"), vulgatam tamen praefero. Ἐποστηρίζων ΩΦ
et vulgo. Ἐποστηρίζων AC. ὁ δὲ — ὑπουργῶν] Male Cobetus V. L.
p. 114, scilicet ne unus homo in plures distrahatur, ἄλλος delet.
At eodem modo haud raro Lucianus loquitur ut in eo L. quem
C. F. Hermannus comparavit Pro Imagin. c. 14 γράφω δὲ ὁ μὲν
τὴν φύσιν ὡς παγίαν, — ὁ δὲ ἄλλος ἄλλο τι (ubi codex A interpungit
ὁ δὲ, ἄλλος ἄλλο τι). Idem Cobetus addit. ἄλλος ἄλλο τι ὑπουρ-
γοῦντες graece dici, non item ὑπουργῶν. At ne ipse quidem novarum
regularum artifex negabit, graece ὁ δὲ ὑπουργῶν dici, non item
ὁ δὲ ὑπουργοῦντες. πράττοι ΩΦ et vulgo. πράττει AC. ἐκύλιε]
ἐκύλιεν Φ. κρανείου EY et fortasse Ω. κρανίον ΦΑΡΘΗ et edd.
ante Brusium. τί ταῦτα ποιεῖς;] Interrogatur, qua de causa id
faciat, non quid faciat (nam id quidem in oculos incurrebat). Quare
H. Sauppii conjectura τί τοῦτο ποιεῖς; mihi non probatur, quum
praesertim librorum scripturae Diogenis responsum non minus con-
veniat. κυλίω] κυλίω Ω.

4. ὦ φίλων ΩΦ et vulgo. ὦ φίλος ΑΓ, in quo videri potest ὦ
φιλότης latere. πολυφώνῳ] πολεφωνοτάτῳ (sic) cod. Parisinus
ap. Lehmannum T. IV p. 711. γρ. πολεφωνοτάτῳ Y marg., quae
scriptura Harnecleter Quaestt. crit. p. 8 non recte usus est. κε-
χηνὼς ΦΛ et vulgo. κεχηνὸς ΩΠΙΙΔ, quae lectio ferri utique pot-
est. οὐχ ὥστε ἱστορίαν] Ita ego correxi. οὐχ ἱστορίαν codices
ad unum omnes (diserte ΩΦΑΕΓΘΗ). Omnes editores οὐχ ὡς
ἱστορίαν ex Aldina secunda et Juntina editione scribere solent, id
quod sententiae repugnat. Est autem ὡς mera conjectura correc-
toris Aldini, a Francisco Asulano illa primum recepta. Plane ejus-
dem generis in libro nostro hae conjecturae sunt: c. 9 init. ὥσπερ

συγγράφειν οὐδὲ πράξεις αὐτὰς διεξιέναι· οὐχ οὕτω με-
γαλότολμος ἐγώ, μηδὲ τοῦτο δείσῃς περὶ ἐμοῦ· οἶδα γὰρ
ἡλίκος ὁ κίνδυνος, εἰ κατὰ τῶν πετρῶν κυλίοι τις, καὶ
μάλιστα οἷον τοὐμὸν τοῦτο πιθάκνιον, οὐδὲ πάνυ καρ-
τερῶς * κεκεραμευμένον· δεήσει γὰρ αὐτίκα μάλα πρὸς 5
μικρόν τι λιθίδιον προσπταίσαντα συλλέγειν τὰ ὄστρακα.
τί οὖν ἔγνωσταί μοι καὶ πῶς ἀσφαλῶς μεθέξω τοῦ πο-
λέμου, αὐτὸς ἔξω βέλους ἑστώς; ἐγώ σοι φράσω. „τού-
του μὲν καπνοῦ καὶ κύματος" καὶ φροντίδων, ὅσαι τῷ

---

pro ἄπερ, c. 29 fin. ὀρθίαν ante φάλαγγα additum, c. 35 init. post
v. γυμναστὶς vocula οὐχ tenere inculcata, c. 40 fin. ἐπάγονται
conjectura pro ἐπάγεται. οὕτω ΦΛ et vulgo. οὕτως ΩΕ. κο-
λίος ΩΦΕΩΔ. κυλίοι ΛΓΠ et edd. ante Hipontinam. κεκεραμεν-
μένον Ω et vulgo. κεκεραμμένον Φ. κεκεραμωμένον Λ. προσπταί-
σαντα ΩΦ et qui λέγειν habet pro συλλέγειν Victorius et vulgo.

προσπταίσαντος ΛΗ. προσπταίσαντα Υ, qua scriptura adductus
Cobetus (V. L. p. 134) προσπταίσαντος (suppleto τοῦ πίθου) con-
ject. At ego vulgata nihil sanius esse judico. Quum enim dolium
mente praeditum non sit, apparet hominem qui istuc dolium volvit,
rectissime dici posse ipsum offendere (προσπταίσαντα). πῶς
ΦΛΣΗΜΤΥΥΥ. ὅπως ΩΓGΛ et edd. ante Hellsium. Post ἑστώς
(sic) Λ recte interpungit. Vide quae diximus in Praef. ad Quaest.
Luc. p. XXXI. τούτου ΦΛCΜ. τουτοῦ Υ. τοῦ ΩΓGIILΔ et edd.
ante Reitzium. τούτου μὲν καπνοῦ καὶ κύματος ex Homero Od.
μ', 219 sumta sunt, quo in l. τούτου retinendum puto, licet in
eodem versu ap. Aristot. Eth. Nic. II, 9, 3 pro hoc ipso τούτου
codices vel τοῦ, vel τοῦ τοῦ, vel τὰ τοῦ, vel ὡς τοῦ et Clemens
Alex. Protrept. p. 73 C al. Hylb. ejusdem loco nullos τοῦ exhi-
beant. Adeo τούτου et o bonis Luciani codd. et ex ipso Homero
receptum est. Altera lectio τοῦ, quae si in omnibus codd. ex-
staret, ferri sane posset, non tam verba Homeri quam proverbium
ex illo Homeri versu ductum repraesentat. Certo quasi quodam
proverbio eodem Homeri dicto usus est Philo περὶ Ὀνείρων Lib. II
(Vol. 1 p. 668 ed. Mangey) Ἀλλὰ σύ γε τοῦ μὲν καπνοῦ καὶ κύ-
ματος ἐκτὸς βαίνε· καὶ τὰς καταγελάστους τοῦ θνητοῦ βίου σπου-
δάς, ὡς τὴν φοβερὰν ἐκείνην χάρυβδιν ἀποδίδρασκε. __ ὅσαι]
ὅσαι Λ. συγγραφεῖ ΩΦCΕΓΠΥΔ et (cum litura post ι) Λ et
(ι erasо) Θ. συγγράφειν edd. ante Reitzium et fortassis codex nota
altera. At lectionem συγγραφεῖ C. F. Hermannus p. 26 et alio
modo Cobetus V. L. p. 147 refutarunt, qua probata pro Ἴσαιειν
certe σύνιεσιν scribendum esset. Libri omnes τῆς ἐπιγραφῆς

συγγράφειν ἔνιοιν, ἀρέξω ἐμαυτὸν εὖ ποιῶν, παραινέ-
σιν δέ τινι μικρὰν καὶ ὑποθήκας ταύτας ὀλίγας ὑπο-
θήσομαι τοῖς συγγράφουσιν, ὡς κοινωνήσωμι αὐτοῖς
τῆς οἰκοδομίας, εἰ καὶ μὴ τῆς ὑπογραφῆς, ἄκρῳ γε τῷ
δακτύλῳ τοῦ πηλοῦ προσαψάμενος. 3. καίτοι οὐδὲ παρ-
αινέσεως οἱ πολλοὶ δεῖν οἴονταί σφισιν ἐπὶ τὸ πρᾶγμα,
οὐ μᾶλλον ἢ τέχνης τινὸς ἐπὶ τὸ βαδίζειν ἢ βλέπειν ἢ
ἐσθίειν, ἀλλὰ πάνυ ῥᾷστον καὶ πρόχειρον καὶ ἅπαντος
εἶναι ἱστορίαν συγγράψαι, ἤν τις ἑρμηνεῦσαι τὸ ἐπελθὸν
δύνηται. τὸ δὲ οἶσθά που καὶ αὐτὸς, ὦ ἑταῖρε, ὡς οὐ
ἢ τῶν εὐμεταχειρίστων οὐδὲ ῥᾳθύμως συντεθῆναι * δυνα-

---

pro quo equidem τῆς ὑπογραφῆς correxi. Nam uti scriptor, qui
ipse historiam scribit, opus suum cum ἱστορίᾳ, aedificii titulo,
semel ipse cum architecto comparare apto potest: ita Lucianus,
qui παραίνεσιν tantum promittat, praecepta sua non cum titulo
aedificii, sed cum ὑπογραφῇ i. e. cum delineatione (Bauriß) conferre
debet, sicuti praecepta sua mox c. 3 τὸν κανόνα τοῦτον appellat.
Aut, inquit, hujus adumbrationis socius ero, aut extremo saltem
digito lutum attingam. Atque ut ὑπογραφῆς h. l. absurdum est, ita
nihil aptius voce ὑπογραφῆς, quae et de librorum prima adum-
bratione (ἱστορήματι) dici solet et vero de domus velut initiis, sicut
ὑπογραφὴ τῶν θεμελίων (Grundriß) ex Aristotele allatum est.
Ὑπογραφὴν latine dicas „lineamenta‟ (Cicero in Bruto c. 87.).
Verbum quoque de adumbratione saepius posuit Lucianus, ut in
Alexandro c. 3 αὐτὸν ὑπογράφω et in nostro libro c. 16, ubi pro
inepto ἀπογραφόμενος e codd. ὑπογραφόμενος restituam.

5. παραινέσεως — σφισιν] παραινέσεως οἱ πολλοὶ δεινοὶ ὄντες
σφισιν SREVH. παραίνεσοι πολλοὶ δεινοὶ ὄντες φασὶν Ψ. παραινέ-
σεως, πολλοὶ δεινοὶ ὄντες φασὶν A et haud dubie eodem modo C.
παραινέσαι οἱ πολλοὶ δεῖν οἴονται σφίσιν G. Tum schol. in cod. V
αι.
γρ καίτοι οὐδὲ παραινέσεως οἱ πολλοὶ δεῖν οἷον τι φασὶν et
οἷον τε φασὶν est etiam in N. συγγράψαι] συγγράφειν Victorius
fortassis recte. τὸ δὲ om J. Quae Hemsterhusius Juvenis in
Anecdotis p. 39, de h. l. male scripsit, omnino non edenda erant,
utpote ab ipso postea bene retractata ad Lucian. D. Mar. III. 1
(sive T. I p. 397). ὦ ἑταῖρε] ὦ om A. εὐμεταχειρίστων libri
omnes, pro quo εὐμεταχειρίστως correxi. Nam certum hic librarum
scriptura opus erit continuo novitia interpolatione. οὐδὲ τῶν ῥα-
θύμως, quam nunc Bekker recipere ausus est. οὐδὲ ῥαθύμως]
jp. ετι
οὐδὲ τῶν ῥαθύμως H solus. συντεθῆναι] μετατεθῆναι V et

μίνων τοῦτ' ἐστίν, ἀλλ', εἴ τι ἐν λόγοις καὶ ἄλλο, πολλῆς τῆς φροντίδος δεόμενον, ἤν τις, ὡς ὁ Θουκυδίδης φησίν, ἐς ἀεὶ κτῆμα συντιθῇ. οἶδα μὲν οὖν οὐ πάνυ πολλοὺς αὐτῶν ἐπιστρέψων, ἐνίοις δὲ καὶ πάνυ ἐπαχθὴς δόξων, καὶ μάλιστα ὁπόσοις ἀποτετέλεσται ἤδη καὶ ἐν τῷ κοινῷ δέδεικται ἡ ἱστορία. εἰ δὲ καὶ ἐπήνηται ὑπὸ τῶν τότε ἀκροασαμένων, μανία ἂν εἴη ἡ ἐλπίς, ὡς οἱ τοιοῦτοι μεταποιήσουσιν ἢ μεταγράψουσί τι τῶν ἅπαξ κεκυρωμένων καὶ ὥσπερ ἐς τὰς βασιλείους αὐλὰς ἀποκειμένων. ὅμως δὲ οὐ χεῖρον καὶ πρὸς αὐτοὺς ἐκείνοις εἰρῆσθαι, ἵν' εἴ ποτε πόλεμος ἄλλος συσταίη ἢ Κελτοῖς πρὸς Γέτας ἢ Ἰνδοῖς πρὸς Βακτρίους (οὐ γὰρ πρὸς ἡμᾶς γε τολμήσειαν ἄν τις ἅπαντων ἤδη κεχειρωμένων), ἔχωσιν ἄμεινον συντιθέναι τὸν κανόνα τοῦτον προσάγοντες, ἅπερ γε δόξῃ αὐτοῖς ὀρθῶς εἶναι· εἰ δὲ μή, αὐτοὶ μὲν καὶ τότε τῷ πήχεϊ πήχει ὥσπερ καὶ νῦν * μετροῦνταν [8] τὸ πρᾶγμα, ὁ ἰατρὸς δὲ οὐ πάνυ ἀνιάσεται, ἢν πάντες Ἀβδηρῖται ἐκόντες Ἀνδρομέδαν τραγῳδῶσι. 6. διττοῦ δὲ ὄντος τοῦ τῆς συμβουλῆς ἔργου (τὰ μὲν γὰρ αἱρεῖσθαι,

---

μεταπιθῆναι forlasais etiam M. ἀλλ' HAEF. ἀλλὰ Φ et vulgo. ὁ ΩΦ ol vulgo. om AFH. ἐς ἀεὶ UY cum Ipso Thucydide I, 22. ὡς ἀεὶ ΩΓU et in litura E. ὅς ἀεὶ AH. ὅσαεί Φ. οὐ om A. ἡ ἱστορία] ἡ om ΦΑ. μανία ἄν εἴη ἡ ἐλπίς] mea conjectura est, valde tamen incerta. μανία εἴ γε ἐλπὶς HH et in litura E et edd. ante Hipontinam. μανία ἡ γε ἐλπὶς FMA et (qui ἡ γε) G. μανία καὶ ἐλπὶς ΦΑC. Cf. Pseudolucianum De Parasito c. 7 μὴ καὶ μανίας ᾗ ζητεῖν. Ceterum pristina conjectura nostra (in diariis erholavi. a. 1830 p. 234) μανία ἡ ἐλπὶς saltem per se ferri potest. Bekkeri suspicio μανία καὶ ἡ ἐλπὶς ob molestam ac putidam vocem καὶ ferri vix potest. ᾗ omnino ab h. l. abhorret, ut nihil loci sit maiorum codicum scripturae μανία ἡ γε ἐλπίς. μεταποιήσουσιν] μεταποιήσουσιν ΩΦΑCEH. ᾗ] καὶ in texin a rec. m., ᾗ in marg. a sec. m Λ. μεταγράψουσί recte edd. ante Jacobillum. μεταγράψουσί ΗΕΠ et (?) C. μεταγγράψουσί ΑΦ. quod non probandum est. ἐς τὰς] εἰς τὰς Φ. ἵν' εἴ ΦΑ ol vulgo. ἤν εἴ ΩΕ. Diu est quam conjeci. ἵν' ἤν et deinceps συστῇ. συσταίη] συστῇ Π. ἤπερ γε] γε om A. Ἀβδηρῖται A. Ἀβδηρῖται edd. ante Lehmannum. τραγῳδῶσι]—σιν G recte, opinor.

6. φενατέον ΩΦ et vulgo. φενατὰ AC. ἔν τι] τὰ ἔν τε Y. Tredecim verba κεινὰ γὰρ — ἁρμονίᾳ omnibus libris invitis

τὰ δὲ φεύγειν διδάσκει), φέρε πρῶτα εἴπωμεν ἅτινα
φευκτέον τῷ ἱστορίαν συγγράφοντι καὶ ἐν μάλιστα καθα-
ρευτέον, ἔπειτα οἷς χρώμενος οὐκ ἂν ἁμάρτοι τῆς ὀρθῆς
καὶ ἐπ᾿ εὐθὺ ἀγούσης, ἀρχήν τε οἵαν αὐτῷ ἀρκτέον,
καὶ τάξιν ἥντινα τοῖς ἔργοις ἐφαρμοστέον, καὶ μέτρον
ἑκάστου, καὶ ἃ σιωπητέον, καὶ οἷς ἐνδιατριπτέον, καὶ
ὅσα παραδραμεῖν ἄμεινον, καὶ ὅπως ἑρμηνεῦσαι αὐτὰ
καὶ συναρμόσαι. ταῦτα μὲν καὶ τὰ τοιαῦτα ὕστερον·
νῦν δὲ τὰς κακίας ἤδη εἴπωμεν, ὁπόσαι τοῖς φαύλως
συγγράφουσι παρακολουθοῦσιν. ἃ μὲν οὖν κοινὰ πάν-
των λόγων ἐστὶν ἁμαρτήματα ἔν τε φωνῇ καὶ ἁρμονίᾳ
καὶ διανοίᾳ καὶ τῇ ἄλλῃ ἀτεχνίᾳ, μακρόν τε ἂν εἴη ἐπεξ-
ελθεῖν καὶ τῆς παρούσης ὑποθέσεως οὐκ ἴδιον· κοινὰ γάρ,
ὡς ἔφην ἁπάντων λόγων ἐστίν. [ἁμαρτήματα ἔν τε

ejecit Rudolphus Praefat. p. VI, quem nonnulli secuti sunt. Qui
comparare poterat falsam lectionem infra c. 9, ubi verba κμθὲλῳ
τῇ διαιρέσει χρώμενοι duo codd. recentiores bis exhibent alterique
loco male praefigunt ὡς εἴρηται. At h. l. prorsus inepte haec con-
tinuata essent: — οὐκ ἴδιον, ἃ δ᾿ ἐν ἱστορίᾳ —. Nam ipsa collo-
catio vocum ἐν ἱστορίᾳ oppositionem flagitat, quae oppositio in
illis ipsis tredecim verbis (ἁπάντων λόγων) proxime antecessit. Tum
in libris et verba οὐκ ἴδιον κοινὰ γάρ — praeclare conjuncta sunt,
et illud ipsum ἁπάντων λόγων hic quidem longe aptius dictum est,
quam foret πάντων, quod paullo ante scriptum legimus. Cf. etiam
similem locum infra c. 39 ἐν γὰρ, ὡς ἔφην —. His de causis ego
in Quaesst. Luc. p. 166 sola haec verba ἔν τε φωνῇ καὶ ἁρμονίᾳ,
quae sententiam perdunt, ut e proxime superioribus nata delevi:
quam rationem et Jacobitius et vere C. F. Hermannus (in edit.
sua p. 7 et p. 43) uulco secuti sunt. Ac tametsi in universum aos
jam tum recte judicasse apparet; tamen nunc caeteris haud dubie
servatis unam praetorem vocem ἁμαρτήματα ejeci itaque scripsi:
— τῆς παρούσης ὑποθέσεως οὐκ ἴδιον· κοινὰ γάρ, ὡς ἔφην, ἁπάν-
των λόγων ἐστίν, ἃ δ᾿ ἐν ἱστορίᾳ διαμαρτάνουσι —. Quodsi Sub-
jectam scriptor addere voluisset, non repetisset opinor ἁμαρτήματα,
sed scribere ita maluisset ἁπάντων λόγων ἐστὶ [ταῦτά γε]. Nam in
his quidem verbis ut vitia et alia, quae omnis orationis communia
sint, ab iis distinguuntur, quae sermonis sint mere historici. Tantum
igitur abest, ut tredecim illa verba deleri omnia possint, ut et
quae proxime antecedunt et quae contiuuo subsequuntur, clarissime
ostendant, nostra demum correctione Luciani manum vere resti-
tutam esse.

φωνῇ καὶ ἁρμονίᾳ] 7. ἃ δ᾽ ἐν ἱστορίᾳ διαμαρτάνουσι,
τοιαῦτα ἂν εὕροις ἐπιτηρῶν οἷα 'κἀμοὶ πολλάκις ἀκρο-
ωμένῳ ἔδοξε, καὶ μάλιστα ἢν ἅπασιν αὐτοῖς ἀναπετά-
σῃς τὰ ὦτα. οὐκ ἄκαιρον δὲ μεταξὺ καὶ ἀπομνημονεῦ-
σαι ἔνια * παραδείγματος ἔνεκα τῶν ἤδη οὕτω συγγε- 8
γραμμένων. καὶ πρῶτόν γε ἐκεῖνο ἡλίκον ἁμαρτάνουσιν
ἐπισκοπήσωμεν. ἀμελήσαντες γὰρ οἱ πολλοὶ αὐτῶν τοῦ
ἱστορεῖν τὰ γεγενημένα τοῖς ἐπαίνοις ἀρχόντων καὶ στρα-
τηγῶν ἐνδιατρίβουσι, τοὺς μὲν οἰκείους εἰς ὕψος αἴρον-
τες, τοὺς πολεμίους δὲ πέρα τοῦ μετρίου καταρρίπτοντες·
ἀγνοοῦντες ὡς οὐ στενῷ τῳ ἰσθμῷ διώρισται καὶ δια-
τετείχισται ἡ ἱστορίη πρὸς τὸ ἐγκώμιον, ἀλλά τι μέγα
τεῖχος ἐν μέσῳ ἐστὶν αὐτῶν, καὶ τὸ τῶν μουσικῶν δὴ
τοῦτο, δὶς διὰ πασῶν ἐστὶ πρὸς ἄλληλα, εἴ γε τῷ μὲν
ἐγκωμιάζοντι μόνου ἑνὸς μέλει, ὁπωσοῦν ἐπαινέσαι τε

. 7. δ᾽ ἐν ΩΦΓΘ. δὶ ἐν ΑΠ et vulgo.　τοιαῦτα Sommerhrodiua
cum II. Sauplio. Libri τὰ τοιαῦτα. Frustra Hemsterhusius in
Anecdotis p. 159, τάδε τοιαῦτα conjecit.　ἐνδιατρίβονσι ΩΦΕΓΘΠΥ,
at Marcilius conjecerat. διατρίβονσι A et odd. ante Reitzium. Pa-
risinos libros omnes ἐνδιατρίβονσι exhibero o Bekini sikutlo col-
ligunt. Quorum unus tamen, C, hic quoque cum A congruere
videtur.　εἰς ΩΦΘ. ἐς A et vulgo.　αἴροντες] φέροντες ΦΑΣΗΜ.
γε. ἐπαὶ
φέροντες F. ἐπαίροντες vulgo et Ω (?). Ego vero hic αἴροντες
correxi multa ante Cobetum V. L. p. 245. Nam neque alius scriptor
εἰς ὕψος ἐπαίρειν unquam dixisse videtur, et antiquorum codicum
vitio φέροντες nihil aliud nisi hoc ipsum αἴροντες continetur. Cum
emendatione nostra confer infra c. 14 ἐπὶ μεῖζον — αἴρειν, Som-
nium c. 15 ἀρθεὶς — εἰς ὕψος, Timonem c. 5 εἰς ὕψος ἄρας, tum
etiam dictionem Libanii πρὸς ὕψος αἴρειν et Aristidis ἐπὶ μέγα
αἴρειν atque ὑπὲρ κεφαλῆς αἴρειν apud C. F. Hermannum ad h. l.
p. 46, qui vitium ἐπαίροντες corrigere nescio quo modo oblitus
est.　πέρα] παρὰ AC. Libri τῷ ἰσθμῷ, pro quo G. L. Walchius
(Emend. Liv. p. 137 adn.) τῳ ἰσθμῷ ,,audacter" correxit. Infra
c. 40 similiter σὺ μικρῷ τῳ διελίττι τούτῳ conjeci. Walchii autem
generosae audaciae C. F. Hermannus p. 48 frustra opposuit meam
emendationem certam illam quidem in Charidemo c. 19 οὐκ ἐλίγῳ
τῷ μέσῳ, quacum idem p. 362 comparavit Heliodorum Aethiop.
VII, 16 οὐ μικρῷ τῷ μέσῳ.　ἐν μέσῳ ἐστὶν] ἐστὶν ἐν μέσῳ Π
solus.　ἐπαινέσαι τε καὶ] Ita conjeci. ἐπαινέσεται. καὶ Φ. ἐπαι-
νέσαι καὶ A et vulgo.　εὐφράναι Θ. εὐφράναι A et vulgo.　κἂν

καὶ εὐφρᾶναι τὸν ἐπαινούμενον, κἂν εἰ ψευσαμένῳ
ὑπάρχοι τυχεῖν τοῦ τέλους, ὀλίγον ἂν φροντίσειεν· ἡ δὲ
οἵα ἄν τι ψεῦδος ἐμπεσὸν ἡ ἱστορία οὐδ' ἀκαριαῖον
ἀνάσχοιτο, οὐ μᾶλλον ἢ τὴν ἀρτηρίαν ἰατρῶν παῖδές
φασι τὴν τραχεῖαν παραδέξασθαι ἄν τι ἐς αὐτὴν κατα-
ποθέν. 8. ἔτι ἀγνοεῖν ἐοίκασιν οἱ τοιοῦτοι ὡς ποιητι-
κῆς μὲν καὶ ποιημάτων ἄλλαι ὑποσχέσεις καὶ κανόνες
ἴδιοι, ἱστορίας δὲ ἄλλοι. ἐπεὶ μὲν γὰρ ἄκρατος ἡ ἐλευ-

7] Ita conjeci. καὶ ΩΦΑ et (in quo post ψευσαμένῳ punctum est)
E. καὶ etiam P pm et εἰ a secunda supra scriptum. κἂν H solus.
καὶ εἰ caeteri libri omnesque edd. Vitium non in illo εἰ inest, (quod
 οἱ male deleretur mala fuck loci structura, ut e cod. Williano E
colligitur,) sed in vacua καὶ error delituit. Nam Lucianea dictio
collato uno codice H hanc correctionem postulat, κἂν εἰ, qua for-
mula saepe Samosatensis utitur, velut in l. nostri simillimo Rhetor.
Praec. c. 11. Eodemque modo κἂν cum conditionis participio con-
jungi solet, uti De Morte. Cond. c. 27 κἂν ἄλλας ποιήσαντος. In
Halcyone c. 3 recte nuper (l. Dindorfius partim e codd. sic emen-
davit: κἂν ἐνθυμηθῆτι γάρ τῳ δέος ἐπέλθοι τὰς ἀστραπὰς ἰδόντα—.

ὑπάρχοι] Ita nomodum emendavit, quod in tam aperto vitio
οι
mirere. ὑπάρχει (οι a sec m) F. ὑπάρχειν Α. κάρχειν Φ. ὑπάρχει
vulgo et fortasais Ω. οὐδ' ἀκαριαῖον] Ita vulgo. οὐδὶ ἀκαριαῖον
F et (?) Ω. οὐδὶ ἄκαιρον ΦΑΚΤV. Postremo in E (de quo errat
Reitsius) nostro haud dubie l. litura est, sed alia manus vulgatam
οὐδ' ἀκαριαῖον reposuit. Antiquum vitium οὐδ' ἄκαιρον ἀνάσχοιτο
recte non perducit ad hanc conjecturam οὐδ' ἀκαρῆ ἀνάσχοιτο
(supplito αὐτοῦ i. e. „ne tantillum quidem mendaciam"). Οὐδ'
ἀκαρῆ formula est attiois porquam usitata. Erant tamen, qui
ἄκαιρον merum esse errorem pro ipsa lectione vulgata ἀκαριαῖον
contendant, praesertim quum Lucianus adjectivo ἀκαριαῖος in Her-
motimo c. 6 et Ibid. c. 62 nunc uti. Quamobrem vulgatam mutare
nolui. ἢ om ΦΑΙΙ.

8. ἀκρατὴς ΩΦΑ et vulgo. ἀκρατὴς cod. Vatic. 87 (i. e. opinor
ὁ
ἀκρατής, et ἀκρατὴς et supra pro varia lectione ἄκρατος). Adeo
Vaticanus Solani emendationem ἄκρατος confirmat, quam Bekkero
Sommerbrodiio et Dindorfio probatam recepi. Vulgatam C. F. Her-
mannus aliique defendere frustra studuerunt. Nam res ipsa notio-
nem poscit integrae, plenae illibataeque libertatis. Manu recte
tamen Solanus conjecturam suam laudatissimo Platonis l. tueri
conatus est De Rep. VIII p. 562, D ὅταν, οἶμαι, δημοκρατουμένη

θωρία καὶ νόμος εἰς, τὸ δόξαν τῷ ποιητῇ. ἔνθεος γὰρ
καὶ κάτοχος ἐκ μουσῶν [ὤν], κἂν ἵππων ὑποπτέρων
ἅρμα ζεύξασθαι ἐθέλῃ, κἂν ἐφ᾽ * ὕδατος ἄλλους ἢ ἐπ᾽ 10

πόλις ἐλευθερίας θωρήσεαι κακῶν οἰνοχόων προεστεούντων τ῵ξη
καὶ παρρησίᾳ τοῦ δίοντος ἀκράτον αὐτῆς μεθύσῃ. Nam quum
omnino ἄκρατος in pedestri sermone de ipso plerumque vino usur-
patum sit, tum in Platone allegoria est, non item hic in Luciano.
Deinde Platonicum ἀκράτον αὐτῆς (h. e. immodicae) reprehensio-
nem habet, si recte viderunt et Plutarchus Moral. p. 295, C et
Tullius De Rep. I, 43 init. sic illo interpretatus: „non modice
temperatam, sed nimis meracam libertatem," et quem Platonici loci
imitatorem ipse addo, T. Livius Hist. 39, 26 med. Ita alibi usur-
pantur ἄκρατος παρρησία et φιλονεικία. Quin tum quoque vita-
peratio inest, si „nimis fervidam" potius significat, qua notione
poetas maxime utuntur ut Aeschylus in Prometh. v. 679 ἄκρατος
ὀργήν. Quare Aristoteles in Rhetor. III, 3 init. ad γλώττας, i. e. ad
poetica et obsoleta hoc refert Alcidamantis dictum: ἀκράτῳ τῆς
διανοίας ὀργῇ τεθηγμένος. Attamen eodem fere modo loqui ausus
est Dionysius Hal. A. R. VIII, 54 δι᾽ ὀργῆς ἀκράτου. Atqui
Diodorus quoque tantum recte dixit, non rare id Lucianum agere,
ut poesin ullo modo reprehensam velit. Enimvero in Plutarchi
Vitis, in Compar. Timol. cum P. Aemil. c. 2 (sive II p. 325 R.)
eum corpore plane robusto et ad frigus aestumque ferendum justa
idoneo comparatur „ψυχῆς ἄκρατος εὐρωστία καὶ ἰσχύς" h. e.
„plenum animi robur," quae verba a Schaefero quoque Vol. IV
p. 426 recte explicata sunt. Tertium tamen hujusmodi l., in quo
ἄκρατος „plenum" designat sine ulla quidem reprehensione, adhuc
frustra quaesivi. At Vaticani lectio suffragari pristinae conjecturae
nostrae videtur: ἐπεὶ μὲν γὰρ ἀκράτος ἢ ἐλευθερία —. Con-
tuleram praeter alia Nostri Hermotim. c. 7 καθαρόν τι καὶ ἀκρά-
τον φέρειν τὸ θεῖον, Plat. Phaedr. p. 247, D ἐπιστήμῃ ἀκράτῳ
et Incert. Axioch. p. 371, D ἀκράτος ἀλυπία. Post verba ἐκ
μουσῶν ego retenta priore interpunctione addidi ὤν, quod a libris
abest omnibus. Olim equidem suppleveram ἐκ μουσῶν [ᾄδει.] cum
gravi etiam post ᾄδει interducta. Moverat me praeter hos locos
De Sacrific. c. 5 et De Saltat. c. 61 magna similitudo verborum
in Jove Confutato c. 2 εἰ ποιητεῖ — ᾄδωσιν. At praeterquam
quod altera conjectura vel per se multo lenior est: quomodo et
hic ὤν post ἐκ μουσῶν male exciderit et paullo post malo scriptum
sit ᾄδῃ pro ἐθέλῃ, clare docet liber Gorlicensis, cujus librarius
litteris partim quae primum male scripserat, eadem manu continuo
post ἐκ μουσῶν ita pergit: κἂν ἵππων ὑπὸ πτέρων ζεύξασθαι ᾄδῃ.
κἂν ἵππων ὑποπτέρων ἅρμα ζεύξασθαι ἐθέλῃ. Adeo scriba hoc
3 *

ἀνθρώπων ἄκρων θευτομένους ἀναβιβάσηται, φθόνος
οὐδείς· οὐδ᾽ ὁπόταν ὁ Ζεὺς αὐτῶν ἀπὸ μιᾶς σειρᾶς
ἀναστήσας αἰωρῇ ὑπὸ γῆν καὶ θάλατταν, δεδίασι μὴ
ὑπορραγείσης ἐκείνης συντριβῇ τὰ πάντα κατενεχθέντα,
ἀλλὰ κἂν Ἀγαμέμνονα ἐπαινέσαι θέλωσιν, οὐδεὶς ὁ κω-
λύσων Διὶ μὲν αὐτὸν ὅμοιον εἶναι τὴν κεφαλὴν καὶ τὰ
ὄμματα, τὸ στέρνον δὲ τῷ ἀδελφῷ αὐτοῦ τῷ Ποσειδῶνι,
τὴν δὲ ζώνην τῷ Ἄρει, καὶ ὅλως σύνθετον ἐκ πάντων
θεῶν γενέσθαι, εἰ δέοι, τὸν Ἀτρέως καὶ Ἀερόπης· οὐ

---

vidit, *e* et ἐπιπτέρων male disjunxisse, et ἄρμα plane omisisse
et perperam θέλῃ exarasse: illud homo optimus non vidit, se ante
haec ipsa verba πᾶν ἵππων (sive post verba ἐν μενοῦν) syllabam
ῶν non minus turpiter omisisse.   ἰθίη ΩΦΑΕΓΗ. θέλῃ idem
A et vulgo.   ἄκρων ΩΦ et vulgo. ἄκρον AC, scriptura magis
adcommodata ad hujus l. fontem Il. ἐ, 227 et 229, quorum priorem
vernum servato illo ἄκρον Pro Imagin. c. 20 totum attulit. Ita
ἄκρον etiam post verba ἐφ᾽ ὕδατος supplendum alt. At in sententia
Homeri reddenda Noster non homerice loqui solet sed alloco; ali-
cubi est autem ἐπ᾽ ἀνθερίκων ἄκρων.   οὐδ᾽ vulgo. οἰδὶ ΩΦΑCΓ.
ἀπὸ omnes codices Itemque Victorinus. ὑπὸ add. veteres. Horum
fons est Il. θ᾽, 18 sqq.   τὰ πάντα ΩΦΔ et vulgo. τὰ πάντα ὁμοῦ
ΟΔ, ortum e superioribus αἰωρῇ ὑπὸ nato, ut recte Lehmannus.
Ἀγαμέμνονα] Horum fons est Il. β᾽, 478 sq.   ἐπαινέσαι θέ-
λωσιν omnes libri ut videtur, lectione consimili superiorum ζεύξεσθαι
θέλῃ. Mallem tamen ἐπαινέσαι ἐθέλωσιν, uti nuper editum est a
Dindorfio.   σύνθετον ΩΦΑ et vulgo. σύνθετον καὶ Γ. σύνθεται Δ.
γενέσθαι, εἰ δέοι mea conjectura est. Libri omnes γενέσθαι
δεῖ. Δεῖ neque audacter deleri potest, ut visum est Rudolpho
Praef. p. VII, neque pro eo δή scribi, quae vocula ab h. l. ab-
horret, uti Creuzer (De Xenophonte hist. p. 126) et Jacobius
(Append. ad Porn. Advers. p. 283) conjecerunt. Recte tamen hi
omnes δεῖ viderunt corruptum esse. Nam etsi olim ad D. Deor.
XXVI, 2 p. 67 verbum δεῖ grammaticae rationi convenire mihi
demonstravi, ab sententia tamen idem alienum est. Neque enim
oportet poetam, sed tantummodo ei licet cum diis omnibus unum
comparare Agamemnonem. Quare et Infinitivus γενέσθαι a superio-
ribus verbis οὐδεὶς ὁ κωλύσων pendere debet et pro hisce γενέσθαι
δεῖ corrigendum est γενέσθαι, εἰ δέοι. — Etenim verba εἰ δέοι
prorsus idem significant quod illa superiora, κἂν Ἀγαμέμνονα ἐπαι-
νέσαι θέλωσιν. Notae sunt atticorum dictiones, εἰ δέοι, εἰ vero
ἦν δέῃ, (Luc. Toxar. c. 37, Thucyd. I, 58, ibid. II, 24 et ἢν τι
δέῃ, Thucyd. I, 44).   οὐδ᾽ ὁ vulgo, οἰδὶ ὁ ΩΦΑΓ.   οὐδ᾽ ὁ ἄρης

γὰρ ἱκανὸς ὁ Ζεὺς οὐδ' ὁ Ποσειδῶν οὐδ' ὁ Ἄρης μόνος
ἕκαστος ἀναπληρῶσαι τὸ κάλλος αὐτοῦ. ἡ ἱστορία δὲ
ἢν τινα κολακείαν τοιαύτην προσλάβῃ, τί ἄλλο ἢ πεζή
τις ποιητικὴ γίγνεται, τῆς μεγαλοφωνίας μὲν ἐκείνης
ἐστερημένη, τὴν λοιπὴν δὲ τερατείαν γυμνὴν τὴν μί-
τρων καὶ δι' αὐτὸ ἐπισημοτέραν ἐκφαίνουσα; * μέγα 11
τοίνυν, μᾶλλον δὲ ὑπέρμεγα τοῦτο κακὸν, εἰ μὴ εἰδείη
τις χωρίζειν τὰ ἱστορίας καὶ τὰ ποιητικῆς, ἀλλ' ἐπεισάγοι
τῇ ἱστορίᾳ τὰ τῆς ἑτέρας κομμώματα, τὸν μῦθον
καὶ τὸ ἐγκώμιον καὶ τὰς ἐν τούτοις ὑπερβολάς· ὥσπερ
ἂν εἴ τις ἀθλητὴν τῶν καρτερῶν τούτων καὶ κομιδῇ
πρινίνων ἀλουργίσι περιβάλλοι καὶ τῷ ἄλλῳ κόσμῳ τῷ
ἑταιρικῷ καὶ φυκίον ἐντρίβοι καὶ ψιμύθιον τῷ προσ-
ώπῳ, Ἡράκλεις, ὡς καταγέλαστον αὐτὸν ἀπεργάσαιτ' ἂν

GHJ Victorius. οὐδὶ ὁ ἄρης ΩΛΕΓ. οὐδ' ἄρης Φ (?) et vulgo.
γίγνεται Ω et vulgo. γίνεται ΦΑΓΓ. ἐκφαίνουσα ΩΦ et (de
quo errat Jacobitius) A et vulgo. ἐμφαίνουσα F. Vulgata hic qui-
dem manifesto longe aptior est. Cum altera lectione roufer D.
Deor. XXVI, 1 et D. Mort. XXI, 1. In Alexandro c. 12 pro ἐκ-
φαίνουσα vel ἐπιφαίνουσα ex optimo codice nuper ἐμφαίνουσα
edidi. Item in Jove Trag. c. 26 ἐμφαίνειν et ἐπιφαίνειν confusa
sunt. Omnino Lucianus verbum ἐμφαίνειν altero ἐκφαίνειν magis
frequentat. Item in codd. Lucianeis saepe variant ἐμφαίνω et ἐπι-
φαίνω, de qua re ad Alexandr. c. 3 disserui. τὰ ποιητικῆς] τὰ
cm A. ἐπεισάγοι ΕΗ et (?) Φ. ἐπεισάγοι G. ἐπεισάγειν Δ. ἐπεισ-
άγει ΩΑ et vulgo. ἑτέρας Α et vulgo. ἐκείρας ΦΓΗΜΠΤΥ, item
E a pm, item Ω a pm (ubi pro αι supra ε a rec. man., prorsus
γε. τὸ σκόμματα
αι in Ε). κομμώματα ΩΦ et vulgo. κομμώματα Π. σκόματα
A. σκόμματα EG Victorius. ἀλουργίσι Τ. ἀλουργίσι ει Η. ἀλουρ-
γίσιν Ω. ἀλουργίσι A (cum litura super ε et post ι). ἀλουργίσι FG.
ἀλουργίσι τε ΒΤ. ἀλουργίσι τε V. ἀλουργίσι ει ΦΕ. περιβάλλοι O.
περιβάλλοι ΔΓ. περιβάλλοι Γ. περιβάλοι ΩΦ et vulgo. φυκίον
ΑΓ. φύκιον vulgo. ἐντρίβοι ΩΦ et vulgo. ἐντρίβει Λ. ἐντρίβοι Δ.
ψιμύθιον ΩΕΓΟΗ. ψιμμύθιον ΦΛ. ψιμμύθιον edd. omnes ante
Hermannianam. τῷ προσώπῳ Ω et vulgo. τὸ πρόσωπον ΦΛΗ.
ἀπεργάσαιτ' ἂν mea conjectura est. Libri ἀπειργάσατο. Cf. Ica-
romen. c. 17 init. Et ἂν quidem utique excidit. Ceterum aut mea
ratio probanda aut F. Jacobii consilio (Append. ad Pors. Advers.
p. 293) ἂν post καταγέλαστον interponendum est. Jacobeio similis
in Anachars. c. 26 locus favet.

αἰσχίνης τῷ κόσμῳ ἐκείνῳ. 9. καὶ οὐ τοῦτό φημι, ὡς
οὐχὶ καὶ ἐπαινετέον ἐν ἱστορίᾳ ἐνίοτε· ἀλλ' ἐν καιρῷ τῷ
προσήκοντι ἐπαινετέον καὶ μέτρον ἐπακτέον τῷ πράγ-
ματι τὸ μὴ ἐπαχθὲς τοῖς ὕστερον ἀναγνωσομένοις αὐτά,
καὶ ὅλως, πρὸς τὰ ἔπειτα κανονιστέον τὰ τοιαῦτα, ὅπερ
12 μικρὸν * ὕστερον ἀποδείξομεν. ὅσοι δ' οἴονται καλῶς
διαιρεῖν ἐς δύο τὴν ἱστορίαν, ἐς τὸ τερπνὸν καὶ χρήσι-
μον, καὶ διὰ τοῦτο εἰσποιοῦσι καὶ τὸ ἐγκώμιον εἰς αὐ-
τὴν ὡς τερπνὸν καὶ εὐφραῖνον τοὺς ἐντυγχάνοντας, ὁρᾷς
ὅσον τἀληθοῦς ἡμαρτήκασι; πρῶτον μὲν καβδήλῳ τῇ
διαιρέσει χρώμενοι. ἓν γὰρ ἔργον ἱστορίας καὶ τέλος, τὸ

---

9. οὗ om ΩΑC et sine dubio E, in quo non οὗ sed τοῦτο de-
esse male narrator. τὰ ἔπειτα ΩΦΑ et vulgo. τοῖς ἔπειτα U.
τοῖς ἔπειτα Y. Ferri etiam vulgatum potest, cui simillimam Iliad
est infra c. 13 τὸ τήμερον, nec tamere antepono τοὺς ἔπειτα, quod
infra c. 61 legitur. Cum eadem confer c. 39 fin.   Libri omnes
τὰ τοιαῦτα, ὅπερ, sed ὅπερ idcirco falsum est, quod relativum non
ad τὰ τοιαῦτα sed ad sententiam totam pertinet. Hinc corrector
Aldinus ὥσπερ pro ὅπερ conjecit probante Lehmanno. Licerct
etiam τὰ τοιαῦτα, καθάπερ conjicere, nisi in promtu esset pro
ὅπερ una literula mutata ὅπερ scribere, ut supra reposui.   Libri
ἐπιδείξομεν, ultima syllaba partim aliter scripta partim malo ad-
aucta, sed constanti praeverbio ἐπι —. „Id quod, inquit, paullo post
demonstrabimus." At „demonstrare" non ἐπιδεικνύναι significat,
verum ἀποδεικνύναι. Itaque ἀποδείξομεν pro ἐπιδείξομεν correxi.
Cf. Eupolidis versus ap. Hephaestion. XIII. 4 p. 79 Galsf. ed. nec: φημι
δὲ βροτοῖσι πολὺ πλεῖστα παρέχειν ἐγώ | καὶ πολὺ μέγιστ' ἀγαθά·
ταῦτα δ' ἀποδείξομεν.   ἐπιδείξομεν. ὅσοι ΩΥ et vulgo. ἐπιδείξομαι.

N

ὅσοι ΓΜ. ἐπιδειξόμενος οἱ C. ἐπιδειξόμενος.   οἱ Α (sic plane; accentus
super οι et Ν supra a m sec.). Ex Florentino (Φ) Franciscus de
Furia tantum οἱ (sic) pro ὅσοι mihi enotavit, oblitus (ut ex hoc
ipso οἱ sine accentu et in AC scripto colligitur) praecedentis lec-
tionis ἐπιδειξόμενος pro ἐπιδείξομεν. Quare prorsus ut C legit
etiam Φ ἐπιδειξόμενος οἱ. Jacobitium aliosque, qui hic οἱ pro
ὅσοι quasi e Florentino scilicet et pluribus codicibus ediderunt,
fugit vero aestimanti hic in omnibus libris ὅσοι esse, οἱ ne in uno
quidem.   δ' V. δὶ ΩΦΑ et vulgo.   ἐς δύο ΩΑCΟ. εἰς δύο V et
vulgo.   Pro ἐς τὸ libri omnes ut videtur εἰς τὸ, praeter Victorium,
qui pro εἰς τὸ τερπνὸν habet ἐς ὧν τερπνόν.   εἰς αὑτὴν vulgo.
ἐς αὑτὴν ΩΦΑΓΟΔV.   χρώμενοι ΩΦ et vulgo. χρωμένοις Α.

χρήσιμον, ὅπερ ἐκ τοῦ ἀληθοῦς μόνου συνάγεται. τὸ
τερπνὸν δὲ ἄμεινον μὲν εἰ καὶ αὐτὸ παρακολουθήσειεν,
ὥσπερ καὶ κάλλος ἀθλητῇ, εἰ δὲ μή, οὐδὲν κωλύσει
[τὸν] ἀφ' Ἡρακλέους γενέσθαι καὶ Νικόστρατον τὸν

εἰς τὸ τερπνὸν usque ad χρώμενοι in antiquis libris omnibus ita
leguntur, ut ego supra posui. At eadem sic interpolata exstant in
ΑV: εἰς τὸ τερπνὸν καὶ χρήσιμον, εὐδήλως τῇ διαιρέσει χρώ-
μενοι, καὶ διὰ τοῦτο εἰσποιοῦσι (—σιν V) καὶ τὸ ἐγκώμιον —
deinceps ut in antiquis libris usque ad τάλ,θοῦς (ἀλ,θοῦς Α)
ἡμαρτήκασι, πρῶτον μὲν, ὡς εἴρηται, εὐδήλως τῇ διαιρέσει
χρώμενοι. Cf. quae supra ad c. 8 βn. diximus. κάλλος] γρ ἄλλος
V. κωλύσει ΩΦΑ et vulgo. κωλύει ΑΟ vitiose. Post κωλύσει
vel κωλύει libri omnes continuo ἀφ' Ἡρακλέους. Ego post κωλύ-
σει e coniectura τὸν inserui. Haec corrupta esse nunc vidit J.
Palmerius in Exerc. Crit. p. 356, qui quum e Pausania V, 21, 5
hunc Nicostratum docuisset, sicut olim Herculem, luctae et pan-
cratii palmam Olympiacam simul eodem reportasse die: non minus
recte negavit ἀφ' Ἡρακλέους γενέσθαι aliud quidquam significare
nisi „genus ab Hercule ducere", quae res ab hoc Nicostrato pro-
cul abhorret. Equidem τὸν ἀφ' Ἡρακλέους correxi motus simillimo
Luciani loco in Veris Histor. II, 22 πάλιν μὲν ἐνίησοι Κῦρος
(corrige cum eodem Palmerio, Κἆπρος) ὁ ἀφ' Ἡρακλέους, Ὀδυσσέα
περὶ τοῦ στεφάνου κατηγωνισμένος. Cum hac dictione ὁ ἀφ'
Ἡρακλέους notissimum illud οἱ ἀπὸ Πλάτωνος (h. e. „omnes Pla-
tonici") non videtur conferendum fuisse. Nam isto modo οἱ ἀφ'
Ἡρακλέους dicti essent et athletae ad unum omnes, quod longe
aeras est, et philosophi cynici, quorum fuit Ἡρακλῆς ἀρχηγέτης
(cf. Lucian. Convir. c. 16), et omnes parasiti. Immo qui athletam
post Herculem eodem victoriae genere potiti essent, ii demum ἀφ'
Ἡρακλέους στεφανοῦσθαι (i. e. „inde ab Hercule, post Herculem
coronari") et οἱ ἀφ' Ἡρακλέους (suppleto στεφανωθέντες) dice-
bantur, uti luculente patet ex his versibus in Corp. Inser. Gr.
Vol. I P. II p. 380 ed. Boeckh. v. 5 sq. τοῦ δὲ [παναξίου τοῦ]
Ἀσκληπιάδης στεφανοῦτο | τὴν πρώτην παίδων τάξιν ἀφ' Ἡρα-
κλέους. [Cohetne De Philostr. Περὶ Γυμν. p. 75 conjectura hic
nihil opus esse praefatus ipse locum addit, quo nostra emendatio
confirmatur, Galeni II, 14 Chart. ἀλλ' οὐδὲ τῶν ἀφ' Ἡρακλέους
τις ἰσχυρότερος ἢ θάττον ἰσχυρότερος ἂν φανείη. Tum Coheto haec
placent vulgata: αἴσχιστος ὀφθῆναι τὴν ὄψιν. Sed in altero
Luciani loco Palmerio Κἆπρος ipse quoque corrigit.] γενέσθαι
καὶ Νικόστρατον Α. γενέσθαι Νικόστρατον ΩΦ et vulgo, quod
servari potest. Tamen nostram conjecturam τὸν ἀφ' Ἡρακλέους

13 Ἰσιδότου, * γεννάδαν ὄντα καὶ τῶν ἀνταγωνιστῶν ἑκα-
τέρων ἡλικιώτερον, εἰ αὐτὸς μὲν αἴσχιστος εἴη τὴν ὄψιν,
Ἀλκαῖος δὲ ὁ καλὸς ὀφθῆναι ὁ Μιλήσιος ἀνταγωνίζοιτο
αὐτῷ, καὶ ἐρώμενος, ὥς φησι, τοῦ Νικοστράτου ἄν.
καὶ τοῦτον ἡ ἱστορία εἰ μὲν ἄλλως τὸ τερπνὸν παρεμ-
πορεύσαιτο, πολλοὺς ἂν τοὺς ἐραστὰς ἐπισπάσαιτο· ἄχρι
δ' ἂν ἐπὶ μόνον ἔχῃ τὸ ἴδιον ἐντελὲς, λέγω δὲ τὴν τῆς
ἀληθείας δήλωσιν, ὀλίγον τοῦ κάλλους φροντιεῖ. 10. ἔτι
κἀκεῖνο εἰπεῖν ἄξιον, ὅτι οὐδὲ τερπνὸν ἐν αὐτῇ τὸ κο-
11 μιδῇ μυθῶδες καὶ τὸ τῶν * ἐπαίνων μάλιστα πρόσαντες
τοῖς τὰ παρ' ἑκατέρων ἀκούουσιν· ἢν μὴ τὸν συργετὸν

probanti aut vocula aptissima videatur necesse est, cujus generis
permulta Heindorfius ad Plat. Gorgiam p. 271 (sive p. 523 d St.)
collegit. τὴν Ἰσιδότου Φ et vulgo. Ἰσιδότον Α et (?) Ω.
γεννάδαν ΩΦ et vulgo. γεννάδα Α et a pm Σ. Libri
αἴσχιστος ὀφθῆναι εἴη (εἴη ὀφθῆναι Γ) τὴν ὄψιν, Ἀλκαῖος δὲ ὁ
(ὁ supra scriptum in Γ) καλὸς —. Quum bonus codex ὀφθῆναι
paullum transponat, ego hac lectione quodammodo usus ipsum
ὀφθῆναι conjecturae ope ita potius transposui: αἴσχιστος εἴη τὴν
ὄψιν, Ἀλκαῖος δὲ ὁ καλὸς ὀφθῆναι —. Hoc enim multo praestat,
quam τὴν ὄψιν ita transposuisse: αἴσχιστος ὀφθῆναι εἴη, Ἀλκαῖος
δὲ ὁ καλὸς τὴν ὄψιν —. Vulgata, quibus Hemsterhusius ad Lucian. I
p. 59 sine ulla vitii suspicione usus est, equidem graece dicta esse
nego ac pornego. Graeci enim aut καλὸς ὀφθῆναι dicunt, aut
καλὸς τὴν ὄψιν, ut in casterie ipsius Hemsterhusii exemplis omnibus:
nusquam vero ullos dixit juncto utroque, καλὸς ὀφθῆναι τὴν ὄψιν.
πολλοὺς libri omnes. Sententiae tamen melius convenire videtur
πλείους. ἐραστὰς ΕΤΥΓ. ἐργάτας ΩΦΛΕΓΩΙΙ et edd. antiquissi-
mae. Jure ἐραστὰς restitutum est a correctore Aldino et longo
intervallo e codicibus a Graevio. Plane sic ipse noster in Toxar.
c. 13 ἐπισπάσασθαι ἐραστὴν usurpavit.
10. μυθῶδες ΩΦ et vulgo. θυμῶδες ΑC. θυμύδες (sic) Δ.
παρ' ἑκάτερον τοῖς ἀκούουσιν ΩΦΛ et vulgo. παρ' ἑκατέροις
v
(ἑκατέροις Γ) τοῖς ἀκούουσιν ΜΓ. Quae uso corrupta neque ex-
plicari posse vidit Hemsterhusius Anecdot. p. 59, sententiam nostrae
similem restituere conatus. Recepi meam conjecturam, τοῖς τα
παρ' ἑκατέρων ἀκούουσιν. „Nimia laus, inquit, magnae offensioni
iis est, qui utramque partem audiunt," h. e. qui audiunt etiam con-
traria. Neque enim unum illi historicum sed plures audiebant de
bello Parthico disserentem. Cf. Eurip. Androm. 958 λόγους ἀκούειν

καὶ τὸν πολὺν δῆμον ἐπινοήσῃς, ἀλλὰ τοὺς δικαστὰς
καὶ νὴ Δία συκοφαντικῶς γε προσέτι ἀκροασομένους,
οὓς οὐκ ἄν τι λάθοι παραδραμὸν, ὀξύτερον μὲν τοῦ
Ἄργου ὁρῶντας καὶ πανταχόθεν τοῦ σώματος, ἀργυ-
ραμοιβικῶς δὲ τῶν λεγομένων ἕκαστα ἐξετάζοντας, ὡς
τὰ μὲν παρακεκομμένα εὐθὺς ἀπορρίπτειν, παραδέ-
χεσθαι δὲ τὰ δόκιμα καὶ ἔννομα καὶ ἀκριβῆ τὸν τύπον·
πρὸς οὓς ἀποβλέποντα χρὴ συγγράφειν, τῶν δ' ἄλλων
ὀλίγον φροντίζειν, κἂν διαρραγῶσιν ἐπαινοῦντες. ἢν
δ' ἀμελήσας ἐκείνων ἡδύνῃς πέρα τοῦ μετρίου τὴν ἱστο-
ρίαν μύθοις καὶ ἐπαίνοις καὶ τῇ ἄλλῃ θωπείᾳ, τάχιστ'
ἂν * ὁμοίαν αὐτὴν ἐξεργάσαιο τῷ ἐν Λυδίᾳ Ἡρακλεῖ. 13
ἑωρακέναι γάρ σέ που εἰκὸς γεγραμμένον τῇ Ὀμφάλῃ

τῶν ἐναντίων πέρα. Conjecturam mea firmatur proximis verbis, quae
ad idem auditorum genus pertinent, τοὺς δικαστὰς — ἀκροασο-
μένους. Judicis enim vel maxime hoc est, ut partem audiat utram-
que. Cf. poetam incertum ap. nostrum Calum. n. 1. cred. c. 8 et
jusjurandum atticorum judicum ap. Demosth. in Timocrat. p. 151, 2
Bekker.   ἀκούσειν, ἢν μὴ ΩΦΑΓΗΙΤΥ Victorius et corrector
Aldinae. ἀκούσοιεν, εἰ μὴ G. ἀκούσοιεν ἢν. μὴ E et caeterno edd.
ante Reitzium.   ἐπινοήσῃς Relinus de Balbo. ἐπεννόησῃς Ω. ἐπι-
νοήσαι ΑΕΗ et vulgo. ἐπινοήσεις Y. ἐπινοῇ FM et Victorius.
ἐπινοῇ G. ἐπινοεῖ V. ἐπινόει cod. Parisinus, fortasse Δ (non C).
ἐπιλάθοι (pro verbis ἐπινοήσαι ἀλλὰ) Φ. Minus claro syllabao
νοήσῃς scriptao erant, ut patet ex hoc ipso Florentino, qui eas
omiserit. Aut conjectura ἐπινοήσῃς probanda, aut lectio ἐπινοῇς,
quam C. F. Hermannus primum recepit. Novitia et prava Luciano
scriptura ἐπινοῇ a Bekkero male recepta est.   συκοφαντικῶς γε
προσέτι mea conjectura est. Libri omnes συκοφαντικῶς προσέτι
γε praeter duo, FM, qui τοὺς συκοφαντικῶς προσέτι γε. Cf. D.
Marin. II, 2 ὁ δὲ ἀποκύσαι τὸν μετλὸν καὶ συκῶσαι γε προσέτι —.
Saspe ita Lucianus habet etiam γε πρότερον, quod eodem modo
in πρότερόν γε corruptam in Fugitivis c. 33 atque a me in Praef.
ad Quaestt. Luc. p. XXVII emendatum postmodo codices firmarunt.
ἀκροασομένους ΩΕΦΗΜ idque voluit corrector Aldinae. ἀκροα-
σαμένους ΦΑG et caetera add. ante Reitzium.   παραδραμὸν
ΩΦΑ et vulgo. παρὰ δρόμον EFV παράδρομον GII.   τὸν τύπον]
τὸν om Φ.   χρὴ] δεῖ Φ.   συγγράφειν ΩΦΑCEFGII καὶ συγγρά-
φειν edd. ante Schmiederam.   δ' ἄλλων Φ et vulgo. δὲ ἄλλων
ΩΑΥ.   ἢν δ' vulgo. ἢ δ' G. ἢν δὲ ΩΦΑΥ.   τάχιστ' ἂν Ω et
vulgo. τάχιστα μὲν ΦΑΗ.   εἴ που ΩΔΕΦΗ. κεύ τε vulgo et (?) Φ.

δουλεύοντα, πάνυ ἀλλόκοτον σκευὴν [ἑκάτερον] ἐνεσκευ-
ασμένον, ἐκείνην μὲν τὸν λέοντα αὐτοῦ περιβεβλημένην
καὶ τὸ ξύλον ἐν τῇ χειρὶ ἔχουσαν ὡς Ἡρακλέα δῆθεν

ἑκάτερον ego conjectura ductus inserui. σκευὴν ἐνεσκευασμένον
ΩΦΑ et vulgo. σκευὴν ἐνεσκευασμένον Vaticanus 87, conﬁrmata
Coheti V. L. p. 163 conjectura, qui docuit non olim (Quaestt. Luc.
p. 322) et in Icaromen. c. 14 e codicibus recte ἐνεσκευασμένος
edidisse et in Necyomant. c. 16 pro his βασιλικῶς ἐσκέασα vel
ἐσκεύασα non minus recto ex conjectura βασιλικῶς ἐνεσκεύασα
restituisse, postremo ipse Cobetus in Bis Accusato c. 20 pro his
ἐταιρικῶς ἐσκευασμένη optime correxit ἑταιρικῶς ἐνεσκευασμένη.
Tum ἑκάτερον, quod sententia flagitante supplevi, ante hoc ipsum
ἐνεσκευασμένον excidisse etiam e simillima collocatione in Jov. Tra-
goed. c. 12 Ἀνόητον ἑκάτερον τὸ ἔργον concluditur. Ἑκάτερον,
utrumque Luciana et Herculem dicit et vero Omphalen, qui ambo
vestitum inter se permutarunt. Tabulam pictam, in qua haec Om-
phale fuit, vidit etiam Plutarchus in Compar. Demetrii cum Anton.
c. 3. De veste quoque amborum invicem permutata alii scriptores
plane cum Luciano consentiunt, ut Ovidius in Fastis II, 318 et
v. 338 et Donatus ad Terent. Eunuch. V, 8, 3. Adeo pictura quae
Ἡρακλέα τῇ Ὀμφάλῃ δουλεύειν a Luciano dicitur, non unam per-
sonam sed duplicem eamque (ἑκατέρου) mutato et perverso utrius-
que vestitu exhibuit. τὸν λέοντα αὐτοῦ libri omnes. Cobetus
(V. L. p. 86) malam conjecturam suam τὴν λεοντὴν pro τὸν λέοντα
uni probavit Dindorﬁo Vol. II p. V. Rana librarii λέοντα pro
λεοντὴν vel πάρδαλιν pro παρδαλῆν nunquanquam falso dederunt.
At hic praeterquam quod nihil causae est, quare codicum scriptura
mutetur, τὸν λέοντα αὐτοῦ elegantissime dictum est. Neque enim
primi cujusque leonis pelle Hercules amictus erat, verum spolio
Nemeaei. Adeo Omphale hoc ipso spolio ridicule ornata videri
debebat, quum taceret, loqui et velut sic gloriari: „Ilia etiam jacet
moles Nemeaea lacertis!" Jam vero ipsa animalium nomina pro
pellibus eorum poni recte posse plerique judicarunt, ut Ruhnkenius
ad Timaei Lex. p. 254 sq. et Toupius Epist. cr. p. 97 ed. Lips.,
qui tamen certa memoria conﬁ aut dubiis exemplis uti aut in-
eptis non dubitarunt. Sed πάρδαλις etiam pro παρδαλῆ dictum
esse colligas ex Apollonii Lexic. Homer. p. 134, 6 ed. Bekker.
Deinde „tigris" pro pelle tigrina manifesto ponitur a Claudiano
De Raptu Proserp. I, 16: „laeniusque simul procedit Iacchus | Cri-
nali ﬂoreus hedera, quem Parthica velut | Tigris —." Quid, quod
dubio rem exempli ipse Homerus, abs quo βοῦς „clypeus" (quasi
tergum pellisve bovina) dicitur in Il. η, 238, ibidem ρ, 137 et
saepius. Tenendum est, primam originem ac rationem hujus usus

οὖσαν, αὐτὸν δὲ ἐν προπετῇ καὶ πορφυρίδι ἔρια ξαίνοντα
καὶ παιόμενον ὑπὸ τῆς Ὀμφάλης τῷ σανδαλίῳ· καὶ τὸ
θέαμα αἴσχιστον, ἀφεστῶσα ἡ ἐσθὴς τοῦ σώματος καὶ
μὴ προσιζάνουσα, καὶ τοῦ θεοῦ τὸ ἀνδρῶδες ἀσχημό
νως καταθηλυνόμενον. 11. καὶ οἱ μὲν πολλοὶ ἴσως καὶ
ταῦτά σου ἐπαινέσονται· οἱ ὀλίγοι δ᾽ ἐκεῖνοι, ὧν σὺ κα
ταφρονεῖς, μάλα ἡδὺ καὶ ἐς κόρον γελάσονται, ὁρῶντες
τὸ ἀσύμφυλον καὶ ἀνάρμοστον * καὶ δυσκόλλητον τοῦ 15
πράγματος. ἑκάστου γὰρ δὴ ἴδιόν τι καλὸν ἐστιν· εἰ δὲ
τοῦτο ἐναλλάξειας, ἀκαλλὲς τὸ αὐτὸ παρὰ τὴν χρῆσιν
γίγνεται. ἐῶ λέγειν ὅτι οἱ ἔπαινοι ἑνὶ μὲν ἴσως τερπνοί,
τῷ ἐπαινουμένῳ, τοῖς δ᾽ ἄλλοις ἐπαχθεῖς, καὶ μάλιστα
ἢν ὑπερφυεῖς τὰς ὑπερβολὰς ἔχωσιν· οἵους αὐτοὺς οἱ
πολλοὶ ἀπεργάζονται, τὴν εὔνοιαν τὴν παρὰ τῶν ἐπαι
νουμένων θηρώμενοι, καὶ ἐνδιατρίβοντες ἄχρι τοῦ πᾶσι
προφανῆ τὴν κολακείαν ἐξεργάσασθαι· οὐδὲ γὰρ κατὰ
τέχνην αὐτὸ δρᾶν ἴσασιν οὐδ᾽ ἐπισκιάζουσι .τὴν θω
πείαν, ἀλλ᾽ ἐμπεσόντες ἀθρόα πάντα καὶ ἀπίθανα καὶ
γυμνὰ διεξίασιν. 12. ὥστ᾽ οὐδὲ τυγχάνουσιν οὗ μάλιστα

a poetis repetendam esse ideoque ejusmodi exempla in ligata
oratione saepius reperiri quam in soluta; tam vero ambiguitatem
ubique devitandam esse. Recte igitur l. l. Lucianus τὸν λέοντα
scripsit pro τὴν λεοντὴν, quippe qui περιβεβλημένην addiderit.
Nam acute et prorsus vere id ipsum observatum est a scholiasta
Ven. ad ll. μ´, 103: τευτχει βόεσσαν) — οὐδέποτε δὲ βοῦν ἁπλῶς
λέγει (sc. Ὅμηρος) τὴν ἀσπίδα, ἀλλὰ μετά τινος, ἐξ οὗ γνωρί
ζεται —. τὸ ξίλον] τὸ om A. σανδαλίῳ ΩΦΑΣΕΘΠΛ. σαν
δάλῳ vulgo. προσιζάνουσα ΩΦ et vulgo. προσίζουσα AC.
ἀσχημόνως] ἀσχημοσύνως Victorius.

11. ταῦτά σου edd. omncs. ταῦτά σοι ΩΦΑΣΕΦΗΛΣΤΥ et fortasse V. οἱ ὀλίγοι Ω et vulgo. ὀλίγοι Φ. οἱ λόγοι A. δ᾽ ἐκεῖνοι
F. δὲ ἐκεῖνοι ΩΦΑ et vulgo. ἀσύμφυλον ΩΦΑΣΕΦGΗRTU et
(?) V et Victorius itaque voluit corrector Aldinus. ἀσύμφηλον editio
princeps. ἀσύμφηλον caeterae edd. ante Reitzium. γὰρ δὴ] δὴ
om A. ἐναλλάξ] ἀκαλλὲς ΦF. παρὰ τὴν χρῆσιν] Vide mea
Quaestt. Luc. p. 125. γίγνεται] γίνεται ΦAC. δ᾽ ἄλλοις ΩA et
vulgo. δι᾽ ἄλλοις ΦF. τῶν ἐπαινουμένων] τῶν ἐπαίνων Victorius.

ἐξεργάσασθαι ΩΦΑ et vulgo. ἐξεργάσασθαι ΒΗ. ἐξεργάσεσθαι
F. κατὰ τέχνην ΩΦΑ et vulgo. κατὰ τὴν τέχνην FM.

ἀφίενται· οἱ γὰρ ἐπαινούμενοι πρὸς αὐτῶν μισοῦσι μᾶλ-
λον καὶ ἀποστρέφονται ὡς κόλακας, εὖ ποιοῦντες, καὶ
μάλιστα ἢν ἀνδρώδεις τὰς γνώμας ὦσιν· ὥσπερ Ἀριστό-
βουλος μονομαχίαν γράψας Ἀλεξάνδρου καὶ Πώρου ...
17 [καὶ] " ἀναγνόντος αὐτῷ τοῦτο μάλιστα τὸ χωρίον τῆς
γραφῆς (ᾤετο γὰρ χαριεῖσθαι τὰ μέγιστα τῷ βασιλεῖ,
ἐπιψευδόμενος ἀριστείας τινὸς αὐτῷ καὶ ἀναπλάττων
ἔργα μείζω τῆς ἀληθείας), [ὁ δὲ] λαβὼν τὸ βιβλίον (πλέ-

12. ὥστ' ΩΦΑΓΩΜΔ. ὥστε vulgo. ἀριστόβουλος μονομαχίαν
γράψας ΩΛCEFGMRJa. verba ὥσπερ — γράψας in textu om., sed
in mrg habet ὥσπερ ἀριστόβουλος μονομαχίαν γράψας Η. Ἀριστο-
βούλου μονομαχίαν γράψαντος ceterae odd., etiam T et (qui ἀριστο-
βόλου) V et (ut e silentio colligas) Φ. Quae interpolatio est illa
quidem falsa, sed per necessitatem extorta, ut hic locus vel sine
iis verbis, quae jam tum male exciderant, intelligi possit. Alteram
scripturam propter optimorum codd. consensum C. F. Hermannus
p. 87 pacne comprobavit, ceterum de anacolutho tam inepto ipse
videtur dubitasse. Nempe antiqua lectio ita tantum ferri potest, si
post vocem Πώρου aliquid excidit: videntur autem haec ipsa duo
verba ἀνέτυχεν, οὗ excidisse. Ita enim haec expleri jubeo: ὥσπερ
Ἀριστόβουλος μονομαχίαν γράψας Ἀλεξάνδρου καὶ Πώρου [ἀνέτυχεν,
οὗ] καὶ ἀναγνόντος —. Aptissimum est enim praegresso τυγχάνειν
verbum illud solitum opponi (velut in Timone c. 26 init.) ἀνέτυχεν.
Sed etsi atticum est ὅς καὶ (ut in formula ὅ καὶ apud Sebacferam
ad Demosth. II p. 503): hic tamen quaeritur, utrum καὶ (ante
ἀναγνόντος) ipsius Luciani sit, an correctoris, qui hac vocula
rarere nullo modo poterat. Ceterum haec narratio ab Aristobuli
ingenio scriptoris fide dignissima) tota abhorret neque eam eis con-
ciliari potest, quae de Aristobulo nostro ab ipso Arriano Anabas.
Prooemio § 2 et Pseudoluciano in Macrobiis c. 22 memoriae pro-
dita sunt. At libri omnes et hic nomen Ἀριστόβουλος (sive Ἀριστο-
βόλου) et paullo post ὁ Ἀριστόβολος tuentur: quod nomen quam
removeri nequeat, sequitur non librarios sed jam Lucianum errasse,
virum in historia parum diligentem. τοῦτο μάλιστα τὸ χωρίον
τῆς γραφῆς ΩΦΑ et vulgo. τὸ χωρίον τῆς γραφῆς τοῦτο μάλιστα
FM. γὰρ om F. [ὁ δὲ] λαβὼν ego supplevi. λαβὼν ΩΦΛΕΡΟΗ
Victorius. λαβὼν ἐκεῖνος vulgo. Nempe quum id quo opus est
pronomine jam intercidisset, rocem corrector ἐκεῖνος male inseruit.
Satis certum est, ὁ δὲ λαβὼν potius ab ipsius scriptoris manu pro-
fectum esse. Namque hoc ipsum ὁ δὲ in tali l., id est et in oppo-
sitione et post participia tam est Lucianeum tamque omnino atticum,
quam quod maxime. Vide Toxar. c. 25 τοῦ δὲ ἔπαγε λέγοντος —,

οντες δ᾽ ἐτύγχανον ἐν τῷ ποταμῷ τῷ Ὑδάσπῃ) ἔρριψον
ἐπὶ κεφαλὴν ἐς τὸ ὕδωρ, ἐπειπὼν „καὶ σὲ δὴ οὕτως ἐχρῆν,
ὦ Ἀριστόβουλε, τοιαῦτα ὑπὲρ ἐμοῦ μονομαχοῦντα καὶ
ἐλέφαντας ἑνὶ ἀκοντίῳ φονεύοντα." καὶ ἔμελλέ γε οὕ-
τως ἀγανακτήσειν ὁ Ἀλέξανδρος, ὅς γε οὐδὲ τὴν τοῦ
ἀρχιτέκτονος τόλμαν ἠνείχετο, ὑποσχομένου τὸν Ἄθω
εἰκόνα ποιήσειν αὐτοῦ καὶ μετακοσμήσειν τὸ ὄρος εἰς
ὁμοιότητα τοῦ βασιλέως, ἀλλὰ κόλακα εὐθὺς ἐπιγνοὺς
τὸν ἄνθρωπον οὐκέτ᾽ οὐδ᾽ ἐς τὰ ἄλλα ὁμοίως ἐχρῆτο.
13. ποῦ τοίνυν τὸ τερπνὸν ἐν τούτοις; ἑκτὸς εἰ μή τις
κομιδῇ ἀνόητος εἴη, ὡς χαίρειν τὰ τοιαῦτα ἐπαινούμε-
νος, ὧν παρὰ πόδας οἱ * ἔλεγχοι· οἷόπερ οἱ ἄμορφοι 15
τῶν ἀνθρώπων, καὶ μάλιστά γε τὰ γύναια τοῖς γρα-

ὁ δὲ ταῦτα διεξιόντος ἀράμενος τὴν νύμφην ἀπῄει, Pausaniam IX,
32, 4 Λακεδαιμονίων δὲ χρήματα οὐ νομιζόντων πάσθαι —, ὁ δὲ
καὶ γρημάτων πόθεν σφίσιν ἐνεπείησεν ἱστορεῖ. De quo atticismo
plurimis certissimisque locis allatis in Quaestt. Luc. p. 46 sqq.
satis exposui. δ᾽ ἐτύγχανον vulgo. δὲ ἐτύγχανον ΩΦΑΓ. Ὑδάσπῃ
ΦΑΓ. Ὑδάσπει Ω et vulgo. ἐπὶ κεφαλὴν Φ et vulgo. ἐπεικεφαλὴν
Α. ἐπὶ τὴν κεφαλὴν Ω. De eo qui praeceps dejicitur, Lucianus
summa omnium librorum consuasione saepissime ἐπὶ κεφαλὴν usur-
pavit sine articulo, pro quo hic Marcianus falso exhibet ἐπὶ τὴν
κεφαλήν, uti vulgo exstabat etiam in Toxar. c. 19 fin., ubi tamen
Gorlicensis ἐπὶ κεφαλὴν verissimo. In eandem sententiam ἐπὶ
κεφαλῆς apud scholiastas tantum legere memini; certe a Luciano
illud quidem plane abhorret. Nam in malo loco De Morte Peregr.
c. 24 Jacobitius ἐπὶ κεφαλὴν ἐς τὸ πῦρ pro his ἐπὶ κεφαλῆς ἐς
τὸ πῦρ optime conjecit. At nostro in loco formula ἐπὶ κεφαλήν,
cujus sententiam nullus interpres ac ne Hermannus quidem p. 69 sq.
recte percepit, significat „sine ulla mora, über Hals und Kopf." Ita
plane Demosthenes semel 42, 12 atque ter Hyperides, cujus loci
ab Schneidewino in Hyperidis editione p. 75 sq. collecti sunt.

ἐπὶ ΓΟΜΥΥΔ. ἐν ΩΦΕΙΙ et a pm A, qui ἐν (quae supra, a m sec.)
et ἐν edd. ante Bipontinam. ἔμελλέ γε οὕτως ΩΦΑ et vulgo.
ἔμελλεν οὕτως γε F. ὅς γε vulgo et (?) Ω. ὥστε ΦΑΓΓ. ὅς γε
etiam F., sed a m. recentiore. ἄθω Α et vulgo. ἄθων ΩΦΙΗΜ.
εἰς ΩΑ. ἐς Φ et vulgo. οὐδ᾽] οὐδὶ Α.

13. ὧν παρὰ πόδας οἱ [ἔλεγχοι] Cf. Demosthenes Adv. Apatu-
rium 17, 6 B. Libri omnes ὥσπερ deficiente qui tum necessarius
est, verbi indicativo. Ita aut verbi finiti defectus servatus hoc

ψεύει παρακαλευόμενα ὡς καλλίστας αὐτὰς γράφειν· οὔον-
ται γὰρ ἄμεινον ἕξειν τὴν ὄψιν, ἢν ὁ γραφεὺς αὐταῖς
ἐρύθημά τε πλέον ἐπανθίσῃ καὶ τὸ λευκὸν ἐγκαταμίξῃ
πολὺ τῷ φαρμάκῳ. τοιοῦτοι οἱ πολλοὶ τῶν συγγραφόν-
των εἰσί, τὸ τήμερον καὶ τὸ ἴδιον καὶ τὸ χρειῶδες, ὅ τι
ἂν ἐκ τῆς ἱστορίας ἐλπίσωσι, θεραπεύοντες. οὓς μισεῖσ-
θαι καλῶς εἶχεν, ἐς μὲν τὸ παρὸν κόλακας προδήλους
καὶ ἀτέχνους ὄντας, ἐς τοὐπιὸν δὲ ὕποπτον ταῖς ὑπερ-
βολαῖς τὴν ὅλην πραγματείαν ἀποφαίνοντας. εἰ δέ τις
πάντως τὸ τερπνὸν ἡγεῖται ἐγκαταμεμίχθαι δεῖν τῇ ἱστο-
19 ρίᾳ, πᾶς .... " ἀλλ' ἃ σὺν ἀληθείᾳ τερπνά ἐστιν ἐν

ὥσπερ agnosci debet, aut sicut feci, ὥσπερ mutari in εἰσίνπερ
(scil. εἰσίν) —, medela tanto laniore, quod οι syllaba in τ. Πλείχοι
proxime praecessit.   πλέον Vaticanus 87 allics, πλείον ΩΦΑ et
vulgo. Vide Dindorfium ad h. l. (Vol. II p. VI), cui talia opponere
animo, quale hoc est Xenophontis Anabas. V, 4, 31: αἱ δὲ πλείον,
αἱ δὲ μεῖον et Luciani Piet. Excom. c. 9: ὅσῳ πλείον — τοσούτῳ
καὶ πλείων —.   ἐπανθίσῃ ΦΑΤΥ et fortasse CM. ἐπάνθιαι K.
ἐπανθίσῃ ΩΕΓΘΗΔ et edd. ante Reitzium.   τοιοῦτοι οἱ πολλοὶ
τῶν συγγραφόντων εἰσί] ita ego correxi. τοιοῦτοι πολλοὶ τῶν
συγγραφόντων εἰσὶ ΩΦ et, qui om εἰσί, Δ. τοιοῦτοι πολλοὶ τῶν
συγγραφόντων οἱ πολλοὶ εἰσι ΦΗΟ. τοιοῦτοι πολλοὶ habent etiam
E et Victorius. τοιοῦτοι τῶν συγγραφόντων οἱ πολλοὶ εἰσι vulgo.
Quod supra reponi, in nullo codice ita plane scriptum est, sed id
ipsum unice continetur omnium codicum scripturis, imprimis trium
(ΦΗΟ) dittographia. Falsum est πολλοί, necessarium vero οἱ πολλοί,
quod de eisdem historicis et de eadem re supra c. 7 init., c. 11 med.,
c. 13 fin. aliisque hujus libri locis exstat.   καὶ τὸ ἴδιον ΩΦΑ
Victorius et vulgo. τὸ ἴδιον a. καὶ τὸ ἴδιον GV.   χρειῶδες edd.
omnes. χρειῶδες ΩΦΑCEΗ.   θεραπεύοντες vulgo et (ut εἰσίοιας) Ω.
θεραπεύεσθαι ΦACΓΟΗΡΤUV Victorius, etiam E, sed in rasura.
Qui error e proxime μισεῖσθαι natus est.   ἐς τοὐπιὸν ΩΦ et
vulgo. εἰς τοὐπιὸν Δ.   ἡγεῖται ἐγκαταμεμίχθαι δεῖν τῇ ἱστορίᾳ,
πᾶς ...., ἀλλ' ἃ σὺν] ita scripsi, partim e Dindorfii conjectura.
ἡγεῖται καὶ τὸ μεμίχθαι δεῖν τῇ ἱστορίᾳ πᾶς ἀλλὰ σὺν Vaticani 87
et 99. ἡγεῖται καὶ τὸ μεμίχθαι δεῖν τῇ ἱστορίᾳ, τὰ ἄλλα ἃ σὺν
ΩΕΓΗ et qui κατὰ τὸ (pro καὶ τὸ) Ο. ἡγεῖται καὶ μεμίχθαι δεῖν
τῇ ἱστορίᾳ πᾶς, ἀλλὰ σὺν Φ. ἡγεῖται, καὶ μεμίχθαι δεῖν τῇ ἱστορίᾳ
πόσῃ, ἀλλὰ ἃ σὺν Δ. καὶ μεμίχθαι etiam C. πάσῃ om etiam Δι.
ἀλλὰ ἃ habet etiam V. τὰ om etiam ΤU. ἡγεῖται καταμεμίχθαι
δεῖν τῇ ἱστορίᾳ πάσῃ τὰ ἄλλα, ἃ σὺν vulgo. Recte Dindorfium

τοῖς ἄλλοις κάλλεσι τοῦ λόγου· ὧν ἀμελήσαντες οἱ πολλοὶ
τὰ μηδὲν προσήκοντα ἐπαινπλοῦσιν. 14. ἐγὼ δ' οὖν
καὶ διηγή,σομαι ὁπόσα μέμνημαι ἔναγχος ἐν Ἰωνίᾳ συγ-
γραφέων τινῶν, καὶ νὴ Δία ἐν Ἀχαίᾳ πρῴην ἀκούσας

vidil, non καταμεμίχθαι (ut omnes editores fecerunt) sed ἐγκατα-
μεμίχθαι corrigendum esse. Non debebat tamen Dindorfius ctiam
post καὶ τὸ defectus signa ponere et duas ex una facere lacunas.
Nam si quid (velut v. ἡδύ) etiam post καὶ τὸ excidisset, non ab
verba Lucianus collocasset, τὸ τερπνὸν ἡγεῖσθαι καὶ τὸ ἡδύ, sed
nimirum hoc ordine: τὸ τερπνὸν καὶ τὸ ἡδὺ ἡγεῖται. Ex quo se-
quitur, sine ulla hic quidem lacuna lectiones καὶ τὸ μεμίχθαι et
καὶ μεμίχθαι cum eodem viro docto in ἐγκαταμεμίχθαι mutandas
esse. Deinceps nullas codex vulgatam πάσῃ τὰ exhibet, sed aut
πᾶν (sive πάσῃ), aut τὰ —. Tantum olim plerique bene viderant,
v. ἱστορίᾳ πάσῃ conjungi non posse, quibus viris in Quaestt. Luc.
p. 167 adsensus sum. Mox in censura ed. Hermanneianae l. l. p. 235
recte monui pro vulgata τὰ ἄλλα, ἢ σὺν e codd. ἀλλὰ ἢ σὺν scri-
bendum esse, quam rationem ita Dindorfius dilaudat, ut tamen
amicos quae praecedunt scire se neget, utrum ego recte posuerim
ἀλλ' ἢ σὺν, an debuerim ponere ἀλλὰ σύν, quorum hoc vereor, ut
syntaxis vel in mutilo loco sat clara ulla modo ferat. Quod ad
lacunam attinet, eam Solanus non recte infra demum post verba
τοῦ λόγου esse voluit. Longe melius Longolius, Voratius, Gayetus
et in Anecdot. p. (69) Hemsterhusius circa haec ipsa verba vulgata
πάσῃ τὰ ἄλλα aliquid deesse (deesse autem verba paucissima)
judicarunt. Dindorfius vero prorsus recte post syllabam πᾶς sive
ante voces ἀλλὰ σύν lacunae signa posuit. Sed etsi verba omnium
fere supplementorum prorsus incerta sunt: nullum tamen tolerari
supplementum potest, in quo non et syllaba πᾶς et verba ἀλλ' ἢ
σὺν recte se habeant. Quare post protasin εἰ δέ τις πάντως τὸ
τερπνὸν ἡγεῖται ἐγκαταμεμίχθαι δεῖν τῇ ἱστορίᾳ, talem fere apo-
dosin explcta lacuna fingamus: πᾶς(αν προθυμίαν καὶ σπουδὴν
ποιείσθω τοῦ μὴ ἀπίθανα καὶ ἀλλόκοτα λέγειν,) ἀλλ' ἢ σὺν ἀλη-
θείᾳ —. Certe εἰ μὴ praegressum esse debet, ut patet ex oppo-
sitione ἀλλ' ἢ σύν, et simile quid verbis ἀπίθανα καὶ ἀλλόκοτα,
propterea quod tale quid postulant et proxima verba σὺν ἀληθείᾳ
et mox animis opposita τὰ μηδὲν προσήκοντα.   ἄλλοις om Vati-
canus B7 et codex saepe miserrimus, (qui idem tamen etiam cum
Marciano nostro interdum convenit) G.   ἀμελήσαντες ΦΑ et vulgo.
ἀμελήσαντες Ω.

14. ἐγὼ δ' οὖν καὶ Ω et vulgo. ἐγὼ δὲ καὶ Φ. ἐγὼ δὲ Δ.
ἐν Ἀχαίᾳ] nempe Corinthi, ut ex inferioribus locis c. 17 et c. 29
intelligitur.   ἀπιστήσῃ ΩΦΑ et vulgo. ἀπιστήσει Η. ἀπιστήσεις

τὸν αὐτὸν τοῦτον πόλεμον διηγουμένων. καὶ πρὸς Χα-
ρίνων μηδεὶς ἀπιστήσῃ τοῖς λεχθησομένοις· ὅτι γὰρ
ἀληθῆ ἐστι κἂν ἐπωμοσάμην, εἰ ἀστεῖον ἦν ὅρκον ἀντι-
θεῖναι συγγράμματι. ὡς μέν τις αὐτῶν ἀπὸ Μουσῶν
εὐθὺς ἤρξατο παρακαλῶν τὰς θεὰς συνιτάψασθαι τοῦ
συγγράμματος. ὁρᾷς ὡς ἐμμελὴς ἡ ἀρχὴ καὶ περὶ πόδα
20 τῇ ἱστορίᾳ καὶ τῷ * τοιούτῳ εἴδει τῶν λόγων πρέπουσα ;
εἶτα μικρὸν ὑποβὰς Ἀχιλλεῖ μὲν τὸν ἡμέτερον ἄρχοντα
εἴκαζε, Θερσίτῃ δὲ τὸν τῶν Περσῶν βασιλέα, οὐκ εἰδὼς
ὅτι ὁ Ἀχιλλεὺς ἀμείνων ἦν αὐτῷ, εἰ Ἕκτορα μᾶλλον ἢ
Θερσίτην καθῄρει, καὶ εἰ „πρόσθε μὲν ἐσθλὸς ἔφευγε,
δίωκε δέ μιν μέγ᾽ ἀμείνων.“ εἶτ᾽ ἐπῆγεν ὑπὲρ αὐτοῦ

C (?). ἐπωμοσάμην ΩΦΛ et vulgo. ἐπωμοσαίμην (sic) CΔ.
ἀντιθεῖναι] ἐντιθέναι libri omnes, quod utcunque corruptum C. F.
Hermannus interpretari (p. 100) more suo studuit. At praeterquam
quod libro historico jusjurandum inserere nihil vetat, servato hoc
ἐντιθέναι vox συγγράμματι ad hunc ipsum Luciani librum inepte
referenda esset, quae vox (prorsus ut paullo post τοῦ συγγράμματος)
ad adversarii historiam spectare debet. Ego vero, ut sententia
constaret, pro ἐντιθέναι scripsi ἀντιθεῖναι. „Dejerarem, inquit,
si urbanum esset, Jusjurandum (meum) historico libro (adversarii)
opponere.“ Ita Lucianus adversarios non jurando sed argumen-
tando revinci debere recto judicabit. ἐμμελὴς ΩΦΛ et vulgo.
ἀμελὴς G. εὐμελὴς mihi. περὶ πόδα Victorius et ΩΦΕGΗΡΤUV.
παρὰ πόδα C et edd. ante Reitzium. παραπόδα A. παρα πόδας F.
τῇ ἱστορίᾳ (ut jam Aldinus corrector voluit) Casaubonus ad
Theophrast. Char. p. 50 Fisch. ἡ ἱστορία ΩΦΑ et codices omnes.
In Apolog. Pro Merc. Cond. c. 4 περὶ πόδα τοίνυν καὶ οἱ τὸν
Γάλαιθον ἐκεῖνον εἶναι φαίη τις ἂν pro verbis καὶ οἱ corrigendum
est καὶ οεί. Cf. Adv. Indoct. c. 10 et Pseudologist. c. 23.
πρέπουσα;] Interrogatur vulgo et in A, melius tamen Bekker non
interrogat. εἴκαζε ΦΑ et vulgo. εἴκασε Ω. Formam vero atticam
ᾔκαζον, ᾔκασε cet. in Lucianeis codd. nusquam repperi. ἀμείνων
ἦν ΩΦΑ et vulgo. ἄμεινον ἢ FV et Victorius. Malim, ἀμείνων
ἂν ἦν. πρόσθε μὲν ἐσθλὸς ἔφευγε, δίωκε ex Homero Il. χ´, 158
Reitzius (dubitans ille tamen ob „ailciam mutationem“) et G. Din-
dorfius. πρόσθε μέν τις ἐσθλὸς ἔφευγεν, ἰδίωκε Vatic. 87 et (qui
ἰδίωκεν) F. πρόσθε μὲν ἔφευγεν ἐσθλός τις, ἰδίωκε Vatic. 90 et Ω.
πρόσθεν μὲν ἔφευγεν ἐσθλός τις, ἰδίωκε ΦΑ et vulgo. Plerique
opinantur, alterum modo Homeri hemistichium hic ita servatum
esse, ut tamen Ionico δίωκε atticum ἰδίωκε succederet. At ut

τι ἐγκώμιον, καὶ ὡς ἄξιος εἴη συγγράψαι τὰς πράξεις
οὕτω λαμπρὰς οὔσας. ἤδη δὲ κατιὼν ἐπῄει καὶ τὴν
πατρίδα τὴν Μύσιον, προστιθεὶς ὡς ἄμεινον ποιεῖν
τοῦτο ἢ τὸ τοῦ Ὁμήρου μηδὲν μνησθέντος τῆς πατρί-
δος. εἶτ᾽ ἐπὶ τέλει τοῦ φροιμίου ὑπισχνεῖτο διαρρήδην
καὶ σαφῶς, * ἐπὶ μεῖζον μὲν ἀρεῖν τὰ ἡμέτερα, τοὺς 21
βαρβάρους δὲ καταπολεμήσειν καὶ αὐτός, ὡς ἂν δύνη-
ται· καὶ ἤρξατό γε τῆς ἱστορίας οὕτως, αἴτια ἅμα τῆς
τοῦ πολέμου ἀρχῆς διεξιών· εὖ γὰρ μιαρώτατος καὶ κά-
κιστ᾽ ἀπολούμενος Οὐολόγεσσος ἤρξατο πολεμεῖν δι᾽

---

omittam integrum paene Homeri versum nunc in ipsis codd. in-
ventum esse: num Lucianus tam esse hebes potuit, ut quam prae-
claro integro hoc ipso Homeri versu usurus esset, ipse non videret?
Etenim plane ut in hoc Luciani loco, etiam in illo Homeri versu
Hector fugit persequente Achille. Quum igitur non homo incertus
sed ipse Hector b. l. dictus sit: etiam pronomen τις, quod in
omnibus codd., in aliis tamen alio loco legitur, expungendum est.
Ceterum similes locos jam in Quaesit. Luc. p. 134 adnot. cum
nostro comparavi.   μεῖζ ΩΦΑ et vulgo. μᾶλλον F. μᾶλλον Vatic.
87, errore (ut bene Dindorfius) a recordatione epici μᾶλλον ἀμείι-
νων exorto.   αὐτοί] αὐτοὶ ΩΦΑ.   ἄξιος ΩΦ et vulgo. ἄξιων Α.
    οὕτω ΦΑ et vulgo. οὕτως Ω.   ποιεῖν τοῦτο ἢ τὸ τοῦ] ita
scripsi. ποιεῖτο τοῦτο τὸ τοῦ Vatic. 87 et C. ποιεῖτο τοῦτο, τὸ,
τοῦ Α. ποιεῖτο etiam FT. ποιεῖ τοῦτο τοῦ Φlia. In V est γο-
ποιεῖτο καὶ ποιεῖ. denique ποιεῖ τοῦτο τοῦ vulgo et P, Ω. Constat
Lucianum attica potius optativi forma quam vulgari uti solere: ex
quo non sequitur verisimillem esse Dindorfi conjecturam, ὡς ἄμεινον
ποιεῖν τοῦτο Ὁμήρου, quae a codicum vestigiis nimium longe
recedit.   φροιμίου et hic libri omnes et infra c. 52 φροιμίῳ et
c. 53 φροιμιάζεται et in Anachars. c. 19 φροίμιον. Faceta Hellina
de Hallu φροίμιον ni atticam ob scripturae inconstantiam toti
Luciano ex conjectura restitutum voluit. At hujus formae exempla
in Luciano longe rarissima sunt, quae ipsa Dindorfius de vitio
suspecta habet. Ac certe in hoc libro c. 17 ita variatur, ut tamen
Marcianus novies non φροιμίου, sed recto προοιμίου exhibeat.
Contius enim Lucianus formis προοίμιον et προοιμιάζομαι usus
esse reperitur Itaque ipse Aristophanes in Eqq. v. 1310. Non recte
Moeris p. 382.   ἀρεῖν G. Dindorfius. Libri omnes αἴρειν.   γὰρ
om P.   κάκιστ᾽ vulgo. κάκιστα ΩΑCFGΔ.   Οὐολόγεσσος Ω.
οὐολόγεσσος G. οὐολόγεσσος ΦΑ et vulgo. Vulgatae ipsa prosodia
v. Vologesus sive Vologeses repugnat. Graecos ipsos, ut in nomine

αἰτίαν τοιάνδε." 13. οὗτος μὲν τοιαῦτα. Ἕτερος δὲ
Θουκυδίδου ζηλωτὴς ἄκρος, οἷος εὖ μάλα τῷ ἀρχετύπῳ
εἰκασμένος, καὶ τὴν ἀρχὴν ὡς ἐκεῖνος σὺν τῷ ἑαυτοῦ
ὀνόματι ἤρξατο, χαριεστάτην ἀρχὴν ἁπασῶν καὶ θύμου
τοῦ Ἀττικοῦ ἀποπνέουσαν· ὅρα γάρ· „Κρεπέριος Καλ-
πουρνιανὸς Πομπηιοπολίτης ξυνέγραψε τὸν πόλεμον
τῶν Παρθυαίων * καὶ Ῥωμαίων, ὡς ἐπολέμησαν πρὸς
ἀλλήλοις, ἀρξάμενος εὐθὺς ξυνισταμένου." ὥστε μετά
γε τοιαύτην ἀρχὴν τί ἄν σοι τὰ λοιπὰ λέγοιμι, ὁποῖα
ἐν Ἀρμενίᾳ ἐδημηγόρησε τὸν Κερκυραῖον αὐτοῦ ῥήτορα
παραστησάμενος, ἢ οἷον Νισιβηνοῖς λοιμὸν τοῖς μὴ τὰ

peregrino nunc Οὐολόγεσος nunc Οὐολόγαισος et scripsisse et
pronuntiasse recte observavit Lobeckius in Pathiolog. p. 430, quo-
rem Meinekius ad Stephan. Byz. s. Βολόγεσσος p. 115 consentit.
Formam Οὐολόγαισος Solanus ad h. l. et Lobeckius l. l. e Dione
Cassio, Meinekius l. l. Βολόγαισος etiam ex Jamblicho protulerunt.
Cuius formae quamvis usitatae quum per totum hunc librum nullum
in codd. vestigium exstare videatur: Οὐολόγεσσος e libro Mar-
ciano reposui, probabilia conieciura Solani et Cobeti V. L. p. 245
Οὐολόγαισος.

13. οὗτος μὲν τοιαῦτα om Victorinus.   θύμου ΦΑΗΥ et for-
tasse Ω. θυμοῦ ΕΓΩab. Vide Hemsterhusium in Anecdotis p. (86).
ἀποπνέουσαν ΩΦΑ et vulgo. γέμουσαν FM.   Κρεπέριος Her-
manns (p. 29). κρεπίριος ΩΕ. κρεπήριος Φ et vulgo. κρεπέριος
γάρ A. καὶ κρεσπέριος Δ. καὶ ἐπούριος Victorinus. καὶ ἰτέριος Γ.
καὶ ἱσπέριος lemma scholiastae idemque in γε Κρεπτέριος.
Καλπουρνιανὸς vulgo et fortasse Ω. καλπουρνιανὸς ΦΑCΗΔ Victo-
rinus. καλπυρνιανὸς FM. καρπουρνιανὸς Ω. καρπουΰ lemma scholit.
Πομπηιοπολίτης Cobetus V. L. p. 245. πομπηιοπολίτης ΩΦΑabcd.
πομπιευπολίτης Η. Παραγίου πολίτης FG et aliquot edd. Ana-
logiam a Stephano Byzantino monstratam prior Cobetus melius ex-
plicaret Lobeckius in Parergis ad Phrynichum p. 665, qui ut doceret
hanc legem non plane constantem esse neque carere exceptione,
praeter alias forma Νικτοπολίτης apte usus est.   ξυνέγραψε Din-
dorfius ex Thucydide l. l. συνέγραψε ΩΦ et vulgo. ἀνέγραψε ATV.
ἀρξάμενος ΩΑ et vulgo cum Thucydide. ἄρξε Φ.   ξυνιστα-
μένου libri (συνισταμένου F solus) recte, quod Creperium scripsit
more suo ὀλίγον ἐπέγραψε Thucydideum I, 1 καθισταμένου.
Ἀρμενία ΦΛ et vulgo. ἁρμενία Ω (qui ita fere etiam o. 2 peccavit).
ἀρμενία Γ.   ὁποῖα — παραστησάμενος] vide Thucyd. I, 32 sqq.
αὐτοῦ ῥήτορα] Victorinus. αὐτὸν ῥήτορα v.   παρὰ Θουκυδίδου]

Ῥωμαίων αἱρουμένοις ἐπήγαγε παρὰ Θουκυδίδου χρησάμενος ὅλον ἄρδην, πλὴν μόνου τοῦ Πελασγικοῦ καὶ τῶν τειχῶν τῶν μακρῶν, ἐν οἷς οἱ τότε λοιμώξαντες ᾤκησαν· τὰ δ' ἄλλα καὶ ἀπὸ Αἰθιοπίας ἤρξατο, ὡς τότε, καὶ ἐς Αἴγυπτον κατέβη· καὶ ἐς τὴν βασιλέως γῆν τὴν πολλήν· καὶ ἐν ἐκείνῃ γε ἔμεινεν εὖ ποιῶν. ἐγὼ δ' οὖν θάπτοντα αὐτὸν ἔτι καταλιπὼν τοὺς ἀθλίους Ἀθηναίους ἐν Νισίβι ἀπῆλθον ἀκριβῶς εἰδὼς καὶ ὅσα ἀπελθόντος ⁵ ἐρεῖν ἔμελλε. καὶ γὰρ αὖ καὶ τοῦτο ἐπι- 23 εικῶς πολὺ νῦν ἐστι, τὸ οἴεσθαι τοῦτ' εἶναι τοῖς Θουκυδίδου ἐοικότα λέγειν, εἰ ὀλίγον ἐντρέψας τὰ αὐτοῦ ἐκείνου λέγοι τις. οἳ μικρὸν δὲ κἀκεῖνο, ὡς καὶ αὐτὸς

II, 47 sqq.   πλὴν — μακρῶν] cf. Thucyd. II, 17.   οἱ τότε Ω et vulgo. ὁπότε ΦΛΕΓΗ.   ἀπὸ Αἰθιοπίας (αἰθιοπίας Ω sic) — τὴν πολλήν] haec quoque ὀλίγον ἐντρέψας sumsit iste ex Thucydide II, 48 init., qui sic: ἤρξατο δὲ (scil. ἡ νόσος) τὸ μὲν πρῶτον, ὡς λέγεται, ἐξ Αἰθιοπίας τῆς ὑπὲρ Αἰγύπτου, ἔπειτα δὲ καὶ ἐς Αἴγυπτον καὶ Λιβύην κατέβη καὶ ἐς τὴν βασιλέως γῆν τὴν πολλήν· ἤρξατο, ὡς τότε, καὶ] Ita correxi. Libri omnes ἤρξατο, ὥστε καὶ, quod corruptam esse etiam H. Sauppius et J. Sommerbrodtius viderunt. Quorum conjectura, ἤρξατο, εἶτα καὶ Thucydideae syntaxi, in qua est τὸ μὲν πρῶτον — ἔπειτα δὲ καὶ, convenit, a nostro autem loco, in quo est ἀπὸ Αἰθιοπίας ac tum καὶ ἐς Αἴγυπτον καὶ Λιβύην sibi respondent, eadem abhorret. Nostra emendatio ὡς τότε pro ὥστε quum per se lenis est eoque lenior, quod paullo ante οἱ τότε item depravatum est, tum vero ad syntaxin necessaria eoque non dubia. „Caeteroquin, inquit, pestis et ex Aethiopia venit, uti tunc (i. e. nil Thucydidis aetate), et in Aegyptum descendit." τὴν βασιλέως γῆν Ω Α et vulgo cum Thucydide. τὴν βασιλέως τὴν γῆν ΦΕΗ. ἐγὼ δ' οὖν ita hodie corrigo. ἐγώ που Φ. ἐγὼ γοῦν Ω.Λ. ἔγωγ' οὖν Γ et edd. antiquae. αὐτὸν ἔτι Ω et vulgo. ἔτι αὐτὸν ΦΛΓΗ. Νισίβι Ω et a sec m Γ, qui a pm Νισίβει, ut vulgo. ἐν Νισίβι ΦΛΗ. Restitui olim Νισίβι in censura ed. Hermann. I. I. p. 235 molas exemplorum similitudine grammaticii in Bekk. Anecd. p. 1192 sq. Genetivum Νισίβιος formavit etiam Menander (Protector) ap. Suidam s. Οὐ μίξον αὐτῷ.

τοῦτ' εἶναι ΩΦΛΣΕΓΗΜ. τοῦτο εἶναι vulgo.   τὰ αὐτοῦ ἐκείνου ΩΦΛ et vulgo recte. τὰ αὐτὰ ἐκείνου Ω solus, unde profectus Cobetus V. L. p. 147 τὰ αὐτὰ ἐκείνῳ conjecit. Id vero adsignificaret, ipsas res gestas quoque antiqui historici docta simul mutatas esse, quod nisi Creperejus partim facere ausus est, caeterorum autem

4 *

ἂν φαίης, οὐδ' ἔλαττον ἢ τῇ Δία κάκιον ὀλίγου δεῖν
παρέλιπον. ὁ γὰρ αὐτὸς οὗτος συγγραφεὺς πολλὰ καὶ
τῶν ὕλων καὶ τῶν μηχανημάτων, ὡς Ῥωμαῖοι αὐτὰ

---

via ullas fecisse videtur, ita ut superiora verba τοῦτο ἐπισκοπῶς
καλὰ νῦν ἐστι Coheti conjecturae repugnent. Immo multi tam
historici ipsis optimorum historicorum verbis paullum variatis uti
solebant, ut h. l. Crepereius Thucydidis, alius infra c. 16 Herodoti,
ex quo elucet, antiquam scripturam τὰ αὐτοῦ ἐκεῖνο nullo pacto
immutandam esse.   οὐ μικρὸν δὲ κάκιον] Ita correxi. μικρὰ
κάκιον ΩΙΙ Victorius. κάκιον etiam E. sed a m rec. μικρὰ κάκιον
ΦΑGV et vulgo. μικρὰ κακὰ a. μικρὰ κακία FM.   ὡς ΩΩ et
vulgo. ὅπως ΦΑΙΙΜΓV. Recentiorem lectionem κάκιον, ὅπως
ex hac κάκιον, ὡς natam esse suspicor, quae quum significaret
κάκιον, ὡς, male lecta fuerit.   οὐδ' ἔλαττον ἢ] Ita correxi. οὐ
δι' αὐτὴν ΩΦΑ et vulgo. οὐ δι' αὐτὴν Γ. οὐ δι' αὐτὸν V.   τῇ
Δία κάκιον] Ita correxi. ἰδίᾳ κάκιον ΩΙΙ. ἡ Δία κάκιον ΦΕ. τῇ
Δία κάκιον ΓΙΙ et vulgo. ἰδίᾳ κάκιον ΑΤVΥ. Totum igitur locum
mei codices ita legunt, Marcianus: μικρὰ κάκιον ὡς καὶ αὐτὸς ἂν
φαίης οὐ δι' αὐτὴν ἰδίᾳ κάκιον, Florentinus et Gorlicensis: μικρὰ
κάκιον. (sic interpungit A) ὅπως καὶ αὐτὸς ἂν φαίης οὐ δι' αὐτὴν
ἡ Δία (ἰδίᾳ A) κάκιον. Vulgo legitur: μικρὰ κάκιον, ὡς καὶ
αὐτὸς ἂν φαίης, οὐ δι' αὐτὴν τῇ Δία κάκιον. Meas conjecturas
recipere ausus sum. Sic enim interpretor: „Jam rem non levem
illam quoque, sicut et ipse (Philonem alloquitur) mihi concedas,
neque (priore) minorem vel mehercule pejorem paene silentio
praeterii." Turpe esse dictu, imitatorum Thucydidis ipsius verbis
uti, at non minus turpe atque adeo pejus, attico sermoni verba
inserere latina. Philonem in eadem re iterum alloquitur paullo
post his verbis: καί μοι ἐντύχοον. De formula Luciana ἢ τῇ Δία
in Quaestt. Lucian. p. 155 sq. dimerui. Priores de h. l. conjecturas
E. Hunziker in Quaestt. critic. p. 9 sqq. studiose collegit, quae
rarae sunt ad unam omnes, etiam pristina nostra in censura ed.
Horm. I. l. p. 237 et ibidem F. Jacobsi, qui pro his μικρὰ κάκιον
legi voluit μικρὰ φαύλα suamque conjecturam plerisque criticis
mire probavit. At vero illas communi omnes hoc errore nituntur,
quod haec adhuc partem fecerunt prioris enuntiati: Καὶ γὰρ οὐ
καὶ τοῦτο — atque in eodem errato versatur iaeculosa Halmii
conjectura οὗ Θουκυδίδεα pro his οὐ δι' αὐτὴν τῇ Δία. Immo
prius enuntiatum in verba τὰ αὐτοῦ ἐκεῖνο Λέγει τις certo desinit
ac tum continua a verbis corruptis μικρὰ κάκιον ὡς (ita enim
Marcianus) nova res, novum plane enuntiatum sic incipit: Οὐ
μικρὸν δὲ κάκιον ὡς —. Ita enim scribere malui quam, Οὐ

ὀνομάζουσιν, οὕτως ἀνέγραψε, καὶ τάφρον ὡς ἐκεῖνοι καὶ γέφυραν καὶ τὰ τοιαῦτα. καί μοι ἐγκόπτουν ἐλίκον τὸ ἀξίωμα τῆς ἱστορίας καὶ ὡς Θουκυδίδῃ πρῶτον, μεταξὺ τῶν Ἀττικῶν ὀνομάτων τὰ Ἰταλιωτικὰ ταῦτ' ἐγκεῖσθαι, ὥσπερ τὴν πορφύραν ἐπικοσμοῦντα καὶ ἐπιπρέποντα καὶ πάντως συνᾴδοντα. * 16. ἄλλος δέ τις αὐτῶν 2½ ὑπόμνημα τῶν γεγονότων γυμνὸν συναγωγὴν ἀνέγραψε κομιδῇ πεζὸν καὶ χαμαιπετές, οἷον ἐπὶ στρατιώτης ἦν τις τὰ καθ' ἡμέραν ὑπογραφόμενος συνέθηκεν ἢ τέκτων ἢ κάπηλός τις συμπερινοστῶν τῇ στρατιᾷ. πλὴν ἀλλὰ μετριώτερός γε ὁ ἰδιώτης οὗτος ἦν, αὐτὸς μὲν αὐτίκα δῆλος ὢν οἷος ἦν, ἄλλῳ δέ τινι χαρίεντι καὶ δυνησομένῳ ἱστορίαν μεταχειρίσασθαι προπεπονηκώς. τοῦτο μόνον ᾐτιασάμην αὐτοῦ, ὅτι οὕτως ἐπέγραψε τὰ βιβλία, τραγικώτερον ἢ κατὰ τὴν τῶν συγγραμμάτων τύχην. „Καλ-

---

μεερὸν δ' ὃν κάκεῖνο ὅτι —, quod videri potest commendari genuino novi enunciati initio c. 21: Καὶ μὴν κάκεῖνο λεπτόν, οὐ μικρὸν ὄν.

παρέλιπεν ΦΛ et vulgo. παρέλειπον ΒΕΗ.　　ὁ γὰρ αὐτὸς usque ad 'Ρωμαῖοι αὐτὰ] hacc bis scripta bt n.　　ἀνέγραψε ΦΛ et vulgo. ὃν ἔγραψεν Ω. ὃν ἔγραψεν Γ. ἀνέγραψεν Ga.　　ταῦτ' ἐγκεῖσθαι Φ et vulgo. ταῦτα ἐγκεῖσθαι ΛΓ et fortassis Ω.　　ὥσπερ τὴν πορφύραν libri omnes articulo miro et vix tolerabili. Quare ego ὥσπερ τινὰ πορφύραν, Sommerbrodius autem ὥσπερ δὴ πορφύραν conjecimus.

16. αὐτῶν vulgo. αὐτῷ ΩΦΛΠ. Vulgata recte habet. Plano sic c. 14 init. τίς μέν τις αὐτῶν —. ὑπόμνημα τῶν Ω et vulgo. ὑπομνημάτων ΦΛ.　　Libri omnes ἐν γραφῇ vocibus superrarcaneis plaueque absurdis. Deont vero qui deesse nequit verbi aoristus. Itaque ἀνέγραψε restitui. Cf. supra c. 15 fin. οὕτως ἀνέγραψε et Cronosol. c. 12. ὑπογραφόμενος ΦΛ. ἀπογραφόμενος vulgo et fortassis Ω, quod ineptum est. Immo verba τὰ καθ' ἡμέραν ὑπογραφόμενος significant „acta diurna paucis sibi adumbrans", (ὑπογραφόμενος sign. sibi adumbrans, ... in brevo compendium redigens)." Vide quae supra ad c. 4 fin. ad verba τῆς ὑπογραφῆς diximus.　　στρατιᾷ ΡΛ et vulgo. στρατιᾷ Φ.　　οὗτος ἦν ΩΦΛ et vulgo. ἦν οὗτος Γ. τινὶ] τι Φ.

προπεπονηκώς ΩΦΕΗΤΣΥ. προσπεπονηκώς GJ. πεπονηκώς ΛΓ et odd. ante Bellxinum.　　τὴν τῶν Ω et vulgo. utramque om Λ. τὴν om Φ interpungens illo post συγγραμμάτων, non post τύχην. τύχην libri omnes recte, pro quo Schaefer ad Dionys. De Comp. Verb. p. 81 τέχνην conjiciebat. At vox τύχην in malam

λιπόρχου Ἰατροῦ τῆς τῶν κοντοφόρων Γετῶν ἱστοριῶν
Παρθικῶν" (καὶ ὑπεγέγραπτο ἑκάστῃ ὁ ἀριθμός). καὶ
23 τῇ Ἰία · ὅτι καὶ τὸ προοίμιον ὑπέρυγχρον ἐποίησεν,
οὔτε συναγωγὸν, οἰκεῖον εἶναι Ἰατρῷ ἱστορίαν συγγρά-
φειν, εἴ γε ὁ Ἀσκληπιὸς μὲν Ἀπόλλωνος υἱός, Ἀπόλλων
δὲ μουσηγέτης καὶ πάσης παιδείας ἄρχων. καὶ ὅτι ἀρ-
ξάμενος ἐν τῇ Ἰάδι συγγράφειν, οὐκ οἶδ' ὅ τι δόξαν αὐ-
τίκα μάλα ἐπὶ τὴν κοινὴν μετῆλθεν, ἰητρικὴν μὲν λέγων
καὶ φάργην καὶ ὁκόσα καὶ τούτοι, τὰ δ' ἄλλα ὁμοδίαιτα
τοῖς πολλοῖς καὶ τὰ πλεῖστα οἷα ἐκ τριόδου. 17. εἰ δέ
με δεῖ καὶ ἀστοῦ ἀνδρὸς μνησθῆναι, τὸ μὲν ὄνομα ἐν

---

partem accipi debet neque ἐτεηίαν designat sed ἀτοχίαν, infor-
tunium, malum eventum (vermuthe, bei Riólingen). Καλλί-
μόρφον] καλλίμορφον Φ. Libri omnes καὶ τῇ Ἰία καὶ —. At
corrigendum erat siruti fecimus καὶ τῇ Ἰία (sive ἸΓ) ὅτι καὶ —
suppletis ante v. ὅτι e superiore loco τοῦτο γνισοάμην αὐτοῦ.
Nec inprimis e verbis claret quae dolacopa sequuntur, καὶ ὅτι ἀρ-
ξάμενος —, ubi item supplendum est καὶ (sc. τοῦτο γνισοάμην
αὐτοῦ), ὅτι ἀρξ. Quodsi quis nostro loco aut ὅτι post τῇ Ἰία
inserendum aut omnino quidquam mutandum esse negarit: idem
concedat necesse est, inferius ὅτι ante v. ἀρξάμενος depravatum
esse. Tertio enim loco ὅτι ita tantum ferri potest, si idem secundo
loco post τῇ Ἰία praecesserat.　ὑπέρυγχρον ΩΦ et vulgo, ὑπέρ-
υγχον Ι. ὑπέρυγχρον AC.　οὔτε vulgn. οὔτως ΩΦΑ.　μου-
σηγέτης] μουσηγέτης ΩΟ.　συγγράφειν Ι. γράφειν ΦΑ et vulgo.
υἱδ' ὅτι vulgo. οἶδα ὅτι ΩΦΑC.　ἰητρικὴν eum Solano [qui
idem ἰητρικὴν conjecerat) Hermannus in Adnot. p. 23 et Dindorßus.
ἰατρικὴν ΦΓΜ. ἰατρικὴν All. ἰατρικὴν Ήli edd. ante Reitzium et
in litera E.　καὶ φάργην libri omnes vitiose. Recte Dindorßus
καὶ φάργην edidit conjecturam illa suam non cod. Vaticanum se-
cutus, ut ad Luc. Vol. I p. XXII ipse monuit.　τὰ δ' ἄλλα ὅσα
ὁμοδίαιτα edd. ante Jacobitianam et liber O. Absurdum istæc
ὅσα olim merum conjecturam secutus deleveram, ut ipse monui in
censura ed. Herm. I. I. p. 237. Nec vero ὅσα legitur in libris
postea excusas. Exhibent enim certo τὰ δ' ἄλλα ὁμοδίαιτα ΩΦΑΙΙ
et fortasse V.　οἷα ἐκ ΩΦ et vulgo. ἐκ tantum AC. Vulgata
recte habet. Cf. Prometheum I, 1. φαυλότερος ἐμοὶ ὁ πηλός,
οἷος ἐκ τριόδου.　τριόδου Ω Victorius et vulgo. περιόδου
ΦΛΕΓΙΙΙα.

17. με δεῖ Ω et v. μέλει AC. μἰ . . λει Φ altero λ abrasa.
μνηοῦῆναι ΩΦ et v. μιμνῆοῦαι ACΟ.　τὸ μὲν ὄνομα ἐν ἀφανεῖ

ἀφανεῖ κεῖσθω, τὴν γνώμην δ᾽ ἐρῶ ἐπὶ τὰ πρῶτον ἐν
Κορίνθῳ συγγράμματα, κρεῖττον πάσης ἐλπίδος. ἐν ἀρχῇ
* μὲν γὰρ εὐθὺς ἐν τῇ πρώτῃ τοῦ προοιμίου περιόδῳ 26
συντρέψας τοὺς ἀναγιγνώσκοντας λόγον πάνσοφον,
δεῖξαι σπεύδων ὡς μόνῳ ἂν τῷ σοφῷ πρέποι ἱστορίαν
συγγράφειν. εἶτα μετὰ μικρὸν ἄλλος συλλογισμός, εἶτα
ἄλλος· καὶ ὅλως ἐν ἅπαντι σχήματι συντρέψιτο αὐτῷ
τὸ προοίμιον. τὸ δὲ τῆς κολακείας ἐς κόρον, καὶ τὰ
ἐγκώμια φορτικὰ καὶ κομιδῇ βωμολοχικά, οὐκ ἀσυλλό-
γιστα μέντοι ἀλλὰ συντετριμμένα κἀκεῖνα. καὶ μὴν
κἀκεῖνο φορτικὸν ἔδοξέ μοι καὶ ἥκιστα σοφῷ ἀνδρὶ καὶ

κεῖσθω] Eadem fere verba in Eunucho c. 10, similia in Hermot. c. 20
leguntur. Locutionem ἐν ἀφανεῖ κεῖσθαι a Thucydide I, 42 noster mu-
tuatus est. δ᾽ ἐρῶ vulgo. δὲ ἐρῶ ΩΦΑΕ. Aut συγγράμματα for-
tasse participium excidit, velut [ἀναγνωσθέντα] συγγράμματα. Neque
enim, ut male vertunt, libros editos Corinthi dicit, sed recitatos.
Cf. c. 16 init. et c. 29 fin., ubi de eadem re est ἀναγίγνωσκι. προοι-
μίου ΩΦ et v. φροιμίου AC falso. Vide quae supra ad c. 11 extr. dicta
sunt. περιόδῳ] περόδῳ Ω. ἀναφιγν. vulgo. ἀναφιν. ΣΦΑΕΕΡΩ.
λόγον] λόγων Α. Haec autem verba, συντρέψας τοὺς ἀναγι-
γνώσκοντας λόγον πάνσοφον, arcto cohaerent. Eodem modo dic-
tione λόγον συντρέψας sive ἐφελκτὴν Sextus Empiricus utitur (cf.
interpretes ad Pyrrh. I. 20, p. 207). πρῖπον ΦΑΕ et v. πρίπει
Ω, πρέπειν Δ. Post τὸ προοίμιον comma positum in Α. Mul-
tae edd. distinctione male carent. τὸ τῆς κολακείας libri omnes
asyndeto non servato. Hinc Jacobitius Appendice ad Pors. Advers.
p 293: καὶ τὸ τῆς κολακείας probante Lehmanno conjecit. At
aptior est δὲ quam καὶ particula. Quare ego Τὸ δὲ τῆς κολ. sup-
plevi. συντετριμμένα ΩΦΑ. συντετρημμένα καὶ συντγμένα vulgo
et (qui συντγμένα) F. Antiqui codices certo indicio sunt, συντετρι-
μένα verbi συντετριμμένα glossema esse vocesque καὶ συντγμένα
ab Jacobitio, Bekkero et Dindorfio recte expunctas. Et ad su-
perius illud συντρέψας conclusiras haec συντετριμμένα κἀκεῖνα,
quam συνηγμένα κἀκεῖνα referuntur. Cheterenqui doctam glossema
est συνηγμένα ipsumque verbum Lucianeum, de quo Hermannus
ad c. 16 extr. p. 117 paucis exposuit. σοφῷ ΩΦΑ, φιλοσόφῳ
v. Altera lectio hoc melior est, quod de eodem viro c. 17 init.
eadem verba σοφοῦ ἀνδρὸς ac paullo post iterum τῷ σοφῷ prae-
cedunt. Vulgata aut e verbo mox sequente φιλόσοφοι aut e vul-
gari scribarum errore nasci potuit, quem Jacobitius locis VII.
Auct. c. 21 et Jov. Trag. c. 27 collatis bene demonstravit.

πώγωνι πολιῷ καὶ βαθεῖ πρῶτον, τὸ ἐν τῷ προοιμίῳ
εἰπεῖν ὡς ἐξαίρετον τοῦτο ἔχει ὁ ἡμέτερος ἄρχων, οὗ γε
τὰς πράξεις καὶ φιλόσοφοι ἤδη συγγράφειν ἀξιοῦσι. τὸ
γὰρ τοιοῦτο . . , εἴπερ ἄρα, ἡμῖν καταλιπεῖν λογίζεσθαι

πρῶτον, τὸ ἐν vulgo et fortasaia Ω. πρῖτον ἐν H. πρῖσοντι,
ἐν Φ. πρίσοντι, ἐν A (a supra a m ner.). Codicam Floreatini et
Gorliceneis πρῖοντι, ἐν manifesto πρῖτον, ὅτι ἐν significat. Itaque
antiquitus etiam ita lectum est: πρῖτον, ὅτι ἐν τῷ προοιμίῳ
εἶτεν, quod vulgatae praetulerim, quamvis hodie in omnibus libris
εἰπεῖν exstare videntur.   οὗ γε) οὗ τι Φ.   „Post τ. πρῆξεις
in codice II sextum inter et septimum folium unum excidit. Hodie
septimum incipit: εἴδι μισοποταμίτης (c. 24 fin.)." J. H. Chr.
Schnbartus.   τὸ γὰρ τοιοῦτο ΩΦUa. τῷ γὰρ τοιοῦτῳ X in

οι.
γε   τὸ γὰρ τοιοῦτον A et τ. Post τοιοῦτο lacunae signa, quae
a libris absunt omnibus, ego posui.   εἴπερ ἄρα ΩΦA et τ. ἴδι··

οι
περ ἄρα (sic) ΛGT et in γε   X. Quisquis ita primus interpolavit,
potius voluit, ἴδει, εἴπερ ἄρα.   ἡμῖν καταλιπεῖν ΩΦ (ita Φ,
quod Jacobitius neglexit) ΛFGJ et (quod eidem Jacobitio assen-
itor) TX et Vaticani 87 et 90. ἡμῖν ἴδει καταλιπεῖν odd. omnes.
Itaque Marcianus et Florentinus ita habeat: τὸ γὰρ τοιοῦτο εἴπερ
ἄρα ἡμῖν καταλιπεῖν λογίζεσθαι ἢ αὐτὸν εἰπεῖν Itaque haud dubie
etiam Vaticani duo. In vulgata comparativum male deesse v. ἢ
ostendit, ut olim vidit Pellolus. Sed ipsum istue ἴδει falsum
supplementum est, quippe quod et ab antiquis codd. absit omnibus,
et vel in recentibus libris (quorum partim τοιοῦτο vel τοιοῦτον
ἴδει partim ἡμῖν ἴδει dant) sede vagetur incerta. Enimvero quam
optimi quique codd. hiatum intolerabilem τοιοῦτο εἴπερ propagent:
sequitur comparativum qui cum verbo ἢ excidit, tum post hoc
ipsum τοιοῦτο excidisse tum luceplase a consonanti. Praeterea
post v. ἡμῖν comparativum vel ideo inseri nolim, ne verba tam
arcte connexa ἡμῖν καταλιπεῖν violentius dirimantur. Quare ita
haec suppleo: τὸ γὰρ τοιοῦτο [μᾶλλον ἢν,] εἴπερ ἄρα, ἡμῖν κ. λ.
ἢ αὐτ. εἰπεῖν, collato l. De Lucia c. 10: μᾶλλον ἢν μὴ
ἔχειν τὰ παρόντα καταβαλεῖν. Tametsi etiam ita suppleri possunt:
τὸ γὰρ τοιοῦτο [πρεῖττον ἢν,] εἴπερ ἄρα, ἡμῖν κ. λ. ἢ αὐτ. εἰπεῖν.
Quin etiam si quis antiqua lectione τοιοῦτο contenta novitiam
τοιοῦτον probaritι ls vero quae desunt verba post ἄρα potius salvo
atticismo inserere poterit, velut hoc exemplo: τὸ γὰρ τοιοῦτον,
εἴπερ ἄρα, [μᾶλλον ἢν] ἡμῖν κ. λ. ἢ αὐτ. εἰπεῖν. Tenendum est
enim, formulam εἴπερ ἄρα et rei ad quam special nunc praemitti,
ut in Luc: Bacchο c. 3, nunc etiam ut in Gallo c. 21 postponi.

ἢ αὐτὸν εἰπεῖν. 18. καὶ μὴν οὐδ᾽ ἐκείνου ὅσιον ἀμνη-
μονῆσαι, ὃς τοιάνδ᾽ ἀρχὴν ἤρξατο „ἔρχομαι ἐρέων περὶ
'Ρωμαίων καὶ Περσέων,“ καὶ μικρὸν ὕστερον „ὧδε γὰρ
Πέρσας γενέσθαι κακῶς,“ καὶ πάλιν „ἦρεν Ὀσρόης,
τὸν οἱ Ἕλληνες Ὀξυρόην ὀνυμαίνουσι,“ καὶ ἄλλα πολλὰ

Ut in dubia re atque incerta supplementum meum contextui in-
serere non ausus satis habui post v. τοιάνδε lacunae signa addi-
disse. Ceterum conjectura a Dindorfio Vol. II p. VII proposita:
τὸ γὰρ τοιοῦτον, εἴπερ ἦρεν, ἡμῖν ἄμεινον ἦν καταλιπεῖν λογί-
ζεσθαι ἢ αὐτὸν εἰπεῖν, in haud dubio errore magnam tamen veri
partem videtur ad.ceula ewe.

18. ἀμνημονῆσαι ΦΑΕΓΟ Victorius. ἀμνημονεῦσαι vulgo et
diserte Ω. τοιάνδ᾽ Φ et v. τοιήνδε ΩΑΓΟ.   ἰδεε — κακῶς
Imitator maxime expressit Herodotcum I, 8: χρὴ γὰρ Κανδαύλη
γενέσθαι κακῶς, sed idem ἰδεε pro χρὴ sumsit ex II, 161 sive IV,
79 sive IX, 109 sive etiam V, 92, 4. Nam (prorsus ut Thucydidius
supra c. 15) Herodotum expressit ὀλίγον ἐντρέψας et hic ut in
proximis, ubi ne conjectura quidem ευπαίρουσι ob hujus verbi
significatum ratis est Herodotea.   ἦρεν Ὀσρόης, τὸν ε conjectura
scripsi h. e. „Osroes rastra movit.“ Possis ἤρξεν „exercitui praefuit.“
ἐρόεσσ φαίνεσα Vulic. 87. ἐν Ὀσρόης, τὸν vulgo et A, fortasse is etiam
ΩΦ, quod minime defendi potest Herodoteo I, 7, quo l. haec verba
cohaerent: ἐν Κανδαύλης τύραννος Σαρδίων. Neque omnino Imi-
tator ad unum Herodoti l. haec omnia efinxit, sed more verbisque
Herodoti τὸν οἱ Ἕλληνες formae nominis barbarae adjecit graecam.
(Cf. Herodot. I, 7: ἐν Κανδαύλης, τὸν οἱ Ἕλληνες Μυρσίλον ὀνο-
μάζουσι (optimus codex καλέουσι), τύραννος Σαρδίων, tum II, 144:
Ὦρον τὸν Ὀσίριος παῖδα, τὸν Ἀπόλλωνα Ἕλληνες ὀνομάζουσι,
deinde III, 27: Ἄπις, τὸν Ἕλληνες Ἔπαφον καλέουσι, postremo
IX, 20: Μασίστιος, εὐδοκίμων παρὰ Πέρσησι, τὸν Ἕλληνες Μα-
κίστιον καλέουσι.   οἱ Ἕλληνες Vatic. 87, ΩΦ et v. ἕλληνες
(omisso οἱ) A, quod non minus altero Herodoteum est.   ὀνυμαί-
νουσι Bekker. ὀμέωουσι Vaticanus 90. ἀνυμέουσι ΩΦΑ et v. Sed
pro vulgatis Ὀξυρόην ὀνομάνουσι Vatic. 87: ὀξυρόηντον ὀρνέουσι,
quo significatur, ut recte Dindorfius, Ὀξυρόην ὀνυμαίνουσι. Ipsius
error imitatoris correctus videtur per Sommerbrodii conjecturam
ὀνυμαίνουσι et Dindorfianam ὀνυμαίνουσι, qua hujus verbi forma
semel Herodotus nititur IV, 47 ὀνομαίνω (i. e. „nominatim re-
censebo“). At quum forma ὀνυμαίνουσι codicum auctoritate munita
sit, Schaefero ad Dionys. De Comp. Verb. p. 60 adsentiri malo,
ὀνυμίνουσι graecis auribus esse inauditum, sed acollcum ὀνυμαίνουσι
placere posse. Nam: „κατάζηλος ille, inquit, etiam dialectos videtur

27 τοιαῦτα. * ὁρᾷς, ὅμοιος οὗτος ἐκείνῳ, παρ' ὅσον ὁ μὲν
Θουκυδίδῃ, οὗτος δὲ Ἡροδότῳ εὖ μάλα ἔοικε. 19. ἄλλος
τις ἀοίδιμος ἐπὶ λόγων δυνάμει, Θουκυδίδῃ καὶ αὐτὸς
ὅμοιος ἢ ὀλίγῳ ὑπειδίων αὐτοῦ, πάσας πόλεις καὶ πάντα
ὄρη καὶ πεδία καὶ ποταμοὺς ἑρμήρευσε πρὸς τὸ σαφέ-
στατον καὶ ἐχυρώτατον, ὡς ᾤετο. τὸ δὲ ἐς ἐχθρῶν κεφα-
λὰς ὁ ἀλεξίκακος τρέψειεν, τοσαύτη ψυχρότης ἐνῆν, ὑπὲρ
τὴν Κασπιακὴν χιόνα καὶ τὸν κρύσταλλον τὸν Κελτικόν.
ἡ γοῦν ἀσπὶς ἡ τοῦ αὐτοκράτορος ὅλῳ βιβλίῳ μόγις
ἐξερμηνεύθη αὐτῷ, καὶ Γοργὼν ἐπὶ τοῦ ὀμφαλοῦ, καὶ
οἱ ὀφθαλμοὶ αὐτῆς ἐκ κυανοῦ καὶ λευκοῦ καὶ μέλανος,

---

ineptia miscuisse." Saltem Callimorphus (cf. supra c. 16) ab alia
ad aliam dialectum desubito transiluit.   ὁρᾷς, ΩΦΛ et v. ὁρᾷς; F.
ὁρᾷς εἴχ ΒΤV. Ὁρᾷς, quod ab Hemsterhusio in Aucrdot. p. (60)
et Reinno male mutatum est, vim habere Ironicam in Quaestt. Luc.
p. 96 demonstravi.   ὅμοιος οὗτος vulgo et diserte Ω. ὅμοιος
αὐτὸς ΦΛ et fortasse C.

        19. ὀλίγῳ ΩΦΛ et v. ὀλίγῳ F. ὀλίγον Δ. ὀλίγον U.   ἑρμή-
ρευσε] Ita correxi. ἑρμηνεύει Φ. ἑρμηνεύσας ΩΛ et v., participio
absolute scilicet posito. At verbi opus est indicativo.   σαφέστατον]
σαφέστερον Φ. σαφέστερον C.   καὶ ἐχυρώτατον] ita correxi. καὶ
ἐχυρότερον C. καὶ ἰσχυρότατον ceteri libri inepte. Thucydides
(qui fortasse ipse quoque scripserat πρὸς τὸ ἐχυρώτατον, voce
asus Thucydidea) haec omnia et verbis clarissimis et fide, ut
ipse putabat, certissima (gan] μαρτιό[σῃ) descripsisse traditor.
Librarii vocem ἐχυρὸς ἐχυρότης in ἰσχυρὸς ἰσχυρότης depravare solent,
cujus generis pauca tantum exempla a Scharfero in Melet. Crit.
p. 38 allata sunt. Sed in Thucydide vix ullus locus exstat, quin
pro vera lectione ἐχυρὸς aliquot codices ἰσχυρὸς male exhibeant.
Denique in h. l. etiam Cobetus V. L. p. 345 hausit iark, cujus viri
conjectura καὶ ἰσχυρότατον minime probari potest.   τρέψειεν·
τοσαύτη Bekker. τρέψειαι· τοσαύτην Ω. περιτρέψειαι. τοσαύτη Λ.
τρέψειαι· τοσαύτη v.   κασπιακὴν Φ et diserte Ω et v. κασπίαν
AC, qua adjectivi forma plerique utuntur. In his Lucianus ipse
Prometheo altero c. 4. Alteram tamen ,,Caspiacae" Prisciano
agnitam habet Statius Silv. IV, 4, 54.   καὶ τὸν] τὸν om Φ.
ἐξερμηνεύθη] ἐξερμηνεύθη Λ. ἐξερμηνεύθη U.   μόγις ἐξερμη-
νεύθη αὐτῷ] Cf. Cratinum Chironibus ap. Aristidem Vol. II p. 531
Dind.: ταῦτα δεσῖν δι' ἐτῶν ὑμῖν μόλις ἐξεπονήθη, quo in versu
ego δι' inserui.   ὀφθαλμοὶ αὐτῆς] ὀφθαλμοὶ αὐτοῦ Victorius.

καὶ ζώντι ἱροειδῇς, καὶ δράκοντες Ιλαηδὸν καὶ βοστρυ-
χηδόν. ὁ μὲν γὰρ Οὐολογέσου ἀνεξιφὴς ἢ ὁ χαλεπὸς
τοῦ Ἵππου, Ἡράκλεις ὅσαι μυριάδες ἐπὰν ἕκαστον τοί-
των, καὶ οἷα ἦν ἡ Ὀσρόου πόλη διηπύσιος τὸν Τί-
γρητα, καὶ ἐς οἷον ἄντρον κατέφιγε, ἐπισοῦ καὶ μηρρίνης
καὶ δάφνης ἐς ταὐτὸ συμπεφυτευκὼν καὶ σύσκιον ἀκριβῶς
ποιούντων αὐτό. ταῦτα ὡς ἀναγκαῖα * τῇ ἱστορίᾳ ταῦτα 28
καὶ ὡς, ἂν οὐκ ἂν ἄνευ ἐδεωμέν τι τῶν ἐπὶ πραχθέν-

ἱροειδὴς ΩΕ et v. ἱροειδεῖς Ω. ἱροειδῆς Β. ἱεροειδῆς Τ. ἱεροειδὴς
ΦΑΨΨΥΥ, sed F in pr. ἱροειδῆς. Ex lot scripluris nulla ad
ἱροειδὴς adhibit, quam formam ex Aristotele Meteorol. III. 1 Iler-
mannus comparavit.   καὶ βοστρυχηδόν om A, male.   ἱλαηδὸν
καὶ βοστρυχηδόν] eundem tumorem haec habent, quae Luciani sunt
Indev...de in Timono c. 3: οἱ ὀσφροὶ δὲ μοναχῶν, καὶ ἡ χιὼν
σωρηδὸν, καὶ ἡ γάλαξα σειρηδόν, ubi similia Hemsterhusius dedit
nostro tamen loco omisso.   Οὐολογέσου Ω. οὐολόγεσε F. οὐολο-
γίσου A et v. Cf. supra ad c. 11 fin.   μυρρίνης ΦΑ et v. μυρσύνης
(sic) Ω, id est μυρσίνης. Eadem varietas in Verr. Hist. II, 5. At
formam μυρρίνη non solum Moeris p. 263, sed ipse Lucianus in
Judic. Vocal. c. 9 fin. ut atticam alteri recte praetulit.   ἀναγκαῖα
om U solus.   τῇ ἱστορίᾳ ταῦτα ΩΔ et v. ταῦτα τῇ ἱστορίᾳ Φ
ordine fortasse meliore.   καὶ ὡς., ἂν] neque lacunas in libris
indicium est, neque καὶ ὡς ἂν ullum codex habet, sed omnes libri
dant καὶ ὡς (ita diserte ΩΦΑ et Vaticanus 90); in solis Poll Ex-
cerptis, in quibus etiam conjecturae lavant, pro eo legitur, καὶ ὧν.
Memoria antiqua καὶ ὡς ita servari potest, si hic quoque minuta
incet lacuna ac si oculi scribarum ab ὡς ad ἂν aberrarunt. Quare
ita supplevi: ταῦτα ὡς ἀναγκαῖα τῇ ἱστορίᾳ ταῦτα καὶ ὡς ⟨ἐπί-
ζοντα, ὧν⟩ —. Quodsi quis haec rejecerit, in Dindorfio auctore
voculam καὶ, quae in libris est omnibus audacter expungere et
sicut olim ipse fecoram pro ὡς conjicere ὧν debebit.   ὡς οὐκ
ἂν ἄτις partim nostra conjectura est partim Dindorfii. Post hoc
καὶ ὡς libri ita pergunt: οὐκ ἂν ἄνευ Victorius. οὐκ ἄνευ (sic)
ᾔδειμέν Ω. οὐκ ἄνευ ᾔδη μὲν Vaticanus 90 et Φ (ita Φ, de quo
erral Jacobilius). οὐκάνευ ᾔδειμέν A. οὐκ ἂν εἰ ᾔδειμέν F. εἰ οὐκ
ἂν εἰ etiam M. εὐτὸν om etiam Ε. οὐκ ἄνευ εὐτὸν ᾔδειμέν (ᾔδει
μὲν U) vulgo ut U. Ita plerique annus codices praeter unum U
vulgatam εὐτὸν non habent. Meam emendationem in consora editio-
nis Herm. L. l. p. 237 positam: ὧν ἄτις οὐκ ἂν ᾔδειμέν plurimi
secuti sunt, in his ipse Dindorfius in ed. Parisina, qui in ed.
Tauchnitziana eandem ita retinuit, ut tamen ordine verborum mu-
tato ὧν οὐκ ἂν ἄνευ ᾔδειμέν (sic) ederet. Hanc ordinem nescio ipse

των. 20. ὑπὸ γὰρ ἀσθενείης τῆς ἐν τοῖς χρησίμοις ἢ
ἀγνοίας τῶν λωτίων ἐπὶ τὰς τοιαύτας τῶν χωρίων καὶ
ἄντρων ἐκφράσεις τρέπονται· καὶ ὁπόταν ἐς πολλὰ καὶ
μεγάλα πράγματα ἐμπέσωσιν, ἐοίκασιν οἰκέτῃ νεοπλούτῳ,
ἄρτι κληρονομήσαντι τοῦ δεσπότου, ὃς οὔτε τὴν ἐσθῆτα
οἶδεν ὡς χρὴ περιβαλέσθαι οὔτε διπνῆσαι κατὰ νόμον,
ἀλλ' ἐπιτηδήσας ταῖς λοπάσιν, ὀρνίθων καὶ συείων καὶ
λαγῴων προκειμένων ὑπερεμπίπληται ἕτνους τινὸς ἢ τα-

quonque anteposui, partim quod codicum scripturis mebus etiam
convenit, partim ob elegantiorem verborum collocationem, quam
Dindorfius Luciani verbis in Rhetor. Praec. e. 14 ᾦν οὖν ἄν τι
ἄνευ γένοιτο apte iunctor. Longe saepius apud poetas hanc ipsam
collocationem inveni, velut ap. Euripidem Fragm. 1011 p. 531 ed.
Nauck (p. 491 Wagn.): θεοῦ γὰρ οὐδεὶς χωρὶς εὐτυχεῖ βροτῶν et
ap. Horatium Serm. 1, 3, 68: „nam vitiis nemo sine nascitur." In
eodem Odar. 1, 26, 9: „Piimplea dulcis: nil sine te mei | possunt
honores" verbis leniter transpositis ita corrigendum est: „Piimplea
dulcis: te sine nil mei | possunt honores" collato illo Vergiliano:
„te sine nil altum mens incohat" (Georg. III, 42).

20. λωτίων] λεχθέντων A, cujus erroris causa fuit superius
προφθέντων. ἐοίκασιν om A. κληρονομήσαντι τοῦ δεσπότου
ΩΦΑΕΓΘΤ. τοῦ δεσπότου κληρονομήσαντι v.   οἶδεν ὡς χρὴ|
οἶδε ὡς χρὴ F, ὡς χρὴ om Victorius.   περιβαλέσθαι ΦΩ et edd.
vetr res. περιβάλλεσθαι ΩΑΥ et edd. recentes Lehmannians priores.
διπνῆσαι] διιπνῆσαι A.   ἐπιτηδήσας ταῖς λοπάσιν.] Ita cor-
rexi. ἐπιτηδήσαντι πολλάκις A. ἐπιτηδίους πολλάκις UV. ἐπιτηδίους
πολλάκις vulgo et ut videtur ΩΦ. Quippe sententia haec est:
„postquam in patinas irruit." Tamen huic quoque mendo inveterato
scripto omnes indormierunt, rati v. πολλάκις h. l. „fortassis" signi-
ficare. At praeterquam quod ea res in talem locum minime cadit,
sicut ab Heindorfio ad Plat. Phaedonem p. 19 (60, e 81.) acute
demonstratum est: non fortasse, sed reapse tam lauta coena
tum adposita erat.   ὀρνίθων Y. ὀρνιθείων Schaefer ad Hos.
Ellips. p. 234. 'Ορνίθων cum Hermanno unice probavi in censura
l. l. p. 237 addito, ὀρνίθων in libris esse ad unum omnibus (sic
etiam ΩΦΑ), ὀρνιθίων autem conjecturam videri conjectoremque
ὀρνιθείων voluisse.   συείων ΔV. συῶν Victorius.   λαγῴων
Schaefer. λαγῷων Y et fortassis Ω. λαγωῶν vulgo.   προκειμένων]
non bene Hermannus p. 135 παρακειμένων conjecit immemor Ho-
merici: οἱ δ' ἐπ' ὀνείαθ' ἑτοῖμα προκείμενα χεῖρας ἴαλλον.
ὑπερεμπίπλ. ΩΦΑ et v. ἐπορεμπίπλ. E, quam formam probabat

ρίχον, ἔστ' ἄν διαρραγῇ ἐσθίων. οὗτος δ' οὖν, ὃν προ-
εῖπον, καὶ τραύματα συνέγραψε πάνυ ἀπίθανα καὶ θα-
νάτους ἀλλοκότους, ὡς εἰς δάκτυλον τοῦ ποδὸς τὸν μέγαν
τρωθείς τις αὐτίκα ἐτελεύτησε, καὶ ὡς ἐμβοήσαντος μό-
νον Πρίσκου τοῦ στρατηγοῦ ἑπτὰ καὶ εἴκοσι τῶν πολε-
μίων ἀπέθανον. ἔτι δὲ καὶ ἐν τῷ τῶν νεκρῶν ἀριθμῷ
τοῦτο μὲν ἐπὶ παρὰ τὰ γεγραμμένα ἐν ταῖς τῶν * ἀρ-
χόντων ἐπιστολαῖς ἐψεύσατο. ἐπὶ γὰρ Εὐρώπῳ τῶν μὲν
πολεμίων ἀποθανεῖν μυριάδας ἑπτὰ καὶ τριάκοντα ἓξ
πρὸς τοῖς διακοσίοις, Ῥωμαίων δὲ μόνους δύο, καὶ τραυ-
ματίας γενέσθαι ἐννέα. ταῦτα οὐκ οἶδα εἴ τις ἂν εὖ
φρονῶν ἀνάσχοιτο. 21. καὶ μὴν κἀκεῖνο Λεκτέον, οὐ

G. Hermannus ad Aristoph. Nub. v. 1488, non item attleistas qui-
dam neque ego apud ipsum Hermannum neque Lobeckius ad Phryn.
p. 98. τaρίξαν ΩΛ diserta ei v. τaρίξαν ΦΥ. Etiam in Gallo
c. 29 optimi libri masculinum tuentur. Plerumque tamen Lucianm
attice τὸ τάριχον. ἔστ' ἂν δ. ἐσθίων] Cf. De Mercede Cond.
c. 26 fin. et Saturnal. c. 22 init. τρώματα] τὰ τραύματα P.
τὸν μέγαν om A. ἑπτὰ καὶ εἴκοσι ΩΦΑΕΓΟΕΤUV. ἑπτὰ καὶ
ὀκτὼ edd. veteres, solemni ni bene Hermanns ἢ et π literarum
confusione. ἰξίθανον ΩΦΕΓV. ἰξανίθανον AO. ἀπίθανον A
et edd. ante Reitzium. Εὐρώπῳ τῶν] τὑρωπωτων τῶν Φ.
τριάκοντα]. l. a. ἓξ] libri omnes καὶ ἵξ. At etsi τριάκοντα
καὶ ἵξ ni regulae exceptio ferri per se potest: hoc tamen l. ob
ipsam ambiguitatem ante ἵξ delendam est. Alioquin enim
verba quae minime cohaerent μυριάδας ἑπτὰ καὶ τριάκοντα jun-
genda esse viderentur, quod nonnulli ni satis inepte facerent ab
eo impetrarunt. Immo milites 70, 236 non amplius caeldiase di-
cuntur. τοῖς διακοσίοις ΩΑCΓΔ. τὰς διακοσίας G. διακοσίοις v.
δύο om Φ, habent caeteri etiam a, in qua est . β. ἐννέα
ΩΦ et v. os CRT etiam A qui α et in summo margine ἐβδομή-
κοντα πέντε. Frequentissima in eodd. θ et ο literarum confusio
eti ble vero θ et οε inter se commutatae sunt. Cave enim con-
jicias, quod ad sententiam quoque deterius sit: Ῥωμαίων δὲ μόνους
ἐννέα, καὶ τραυματίας γενέσθαι ἐβδομήκοντα πέντε. Ceterum
verba longe gravissima ἐν ταῖς τῶν ἀρχόντων ἐπιστολαῖς, id quod
interpretes latini, recte acceptam videtur unus A. Majus ad Fron-
tonem P. I p. 116 (cf. ibid. p. 142) ed. Mediol. de literis victoriae
Parthicae nuntiis, quas Junius Maximus tribunus Romam attulit.
21. ὑπὸ ΩΕΓΟΤUs. ὑπὲρ vulgo et ΦΑCV. ἀττικῶς Ω et v.
ἀττικὸν ΦΔ. ἐπαπασθάρσθαι ἀπεπεάρσθαι Victorius. ἀπερι-

μικρὸν ὄν. ὑπὸ γὰρ τοῦ κομιδῇ Ἀττικὸς εἶναι καὶ ἀπο-
κεκαθάρθαι τὴν φωνὴν ἐς τὸ ἀκριβέστατον, ἠξίωσεν
οὗτος καὶ τὰ ὀνόματα μεταποιῆσαι τὰ Ῥωμαίων καὶ
μεταγράψαι ἐς τὸ Ἑλληνικόν, ὡς Κρόνιον μὲν τὸν Σα-
τουρνῖνον λέγειν, Φρόντιν δὲ τὸν Φρόντωνα, Τιτιανὸν
δὲ τὸν Τιτιανὸν καὶ ἄλλα πολλῷ γελοιότερα. ἔτι ὁ αὐ-
τὸς οὗτος περὶ τῆς Σεουηριανοῦ τελευτῆς ἔγραψεν ὡς οἱ
μὲν ἄλλοι πάντες ἐξηπάτηνται οἰόμενοι ξίφει τεθνάναι

βίαιοτ ΦΛ cl v. ἀκριβέστερον Ω. οὗτος ΦΛΓ. οὗτως ΩΟ.
οὗτω v. Οὗτος verissimum est: nam idem historicus a c. 19—21 fin.
ridetur, καὶ om JJ. Hnle. ποιῆσαι ΩΦΛ cl v. μεταποιῆσαι F.
ut in Append. ad Porr. Advern. p. 293 Jacobius conjeceral, quod
ille non finxerit nomina romana sed diffinxerit. Jacobsii emen-
dationem in bono codice nuper inventam jam olim in censura ed.
Herm. I. I. p. 238 probavi contuliique supra c. b μεταποιήσειεν
ᾗ μεταγράψαί τι. τὰ ΩΦΛ. τῶν v. μεταγράψαι Ω et v.
μετεγγράψαι Λ. μεταγράψω (sic) Φ. Κρόνιον ΑΓΟΗΤΙΥ. Φρό-
νιον ΩΦΕ. Κρόνον v. τὸν Σατουρνῖνον Hermannus lactio p. 37
Itaque Victoria. Caeteri libri omnes σατορνῖνον (σατορνῖνον Λ.
σατορνῖν G.), τὸν Φρόντωνα] Solanus de pluribus Frontonibus:
„hi omnes, inquit, nihil ad historiam illam." Mihi simile veri vi-
detur M. Cornelius Frontonem h. l. dictum esse. Hic enim, quod
Hermannus aliique scire jam poterant, Parthici quoque belli histo-
riam attigit. Principia hujus historiae P. II p. 337 sqq. od. Mediol.
partim servata sunt, historia ipsa, si tamen scripta est, (de quo
A. Majus P. I p. LXI non dubitat) interiit. Quae si quasquam scripta est,
probabile tamen fuerit ab historico isto hunc potissimum Frontonem
memoratam esse ut virum et doctum et consularem et Imperatorum
quondam magistrum. Τιτιανὸν] titeravr Λ. τιτιανὸν FM.
ἄλλα ΩΦΕΡΩ et qui ἄλλα πολλὰ Λ. πάλλα v. σεουηριανοῦ F.
qui sic ubique. σευηριανοῦ ΩΦΑCΓΜ. σεβηριανοῦ U. Σβεριανοῦ
edd. antiquae. περὶ — τελευτῆς cf. infra c. 25. Nostro autem
loco quod omnium communia ξίφει τεθνάναι creditos esse dicitur:
id lucem accipiet e Frontonis Principiis hujus historiae Fragm. IVto
(P. II p. 330 ed. Mediol.): „Bello Parthico utroque consulares
viri duo exercitum utrique ducentes obtruncati: Severianus quidem
Lucio ab Urbe . . . ." Itaque Severianus non sponte in
gladium incubuit, sed ab hoste obtruncatus est. Hoc Frontonis
loco etiam ipsius Luciani fides et ibidem Alexandri in Alexandro
c. 37 eadem tradentium plane confirmatur. Omnium accuratissime
at Alexander I. I. et Xiphilinus sive Dio Cass. LXXI, 2 Severianum
dicunt una cum exercitu Parthorum sagittis confixum periisse.

αὐτὸν, ἀποθάνοι δὲ ὁ ἀνὴρ ὀπίσω ἀποσχόμενος· τοῦ-
τον γὰρ αὐτῷ ἀλυπότατον δόξαι τὸν θάνατον· οὐκ εἰδὼς
ὅτι τὸ μὲν πάθος ἐκεῖνο πᾶν * τριῶν ἡμερῶν ἐγένετο, 36
ἀπόσιτοι δὲ οἶμαι καὶ ἐς ἑβδόμην ἀποκτοῦσιν οἱ πολλοί·
ἐκτὸς εἰ μὴ τοῦθ' ὑπολάβοι τις, ὡς Ὀσρόης τίνος εἰστή-
κει περιμένων, ἔστ' ἂν Σευηριανὸς λιμῷ ἀπόληται, καὶ
διὰ τοῦτο οὐκ ἐπῆγεν [ἕως] τῆς ἑβδόμης. 22. τοὺς δὲ

πάντες Ω diserte et Φ et v. ἅπαντες A.   οἰόμενοι ξίφει ΩΦA
et v. ξίφει οἰόμενοι A.   δὲ ὁ ἀνὴρ F. δὲ ἀνὴρ A (sic, quod omne
opinor δ' ὁ ἀνήρ). δὲ ἀνὴρ v. Ponit etiam δὲ ἀνήρ.   τοῦτον
γὰρ] τοῦτον μὲν A qui mox om τὸν ante θάνατον.   ἐκεῖνο ΩΦA
et v. ἐκείνῳ M et a sec mann F.   τριῶν ἡμερῶν ἐγένετο, ἀπό-
σιτοι δὲ οἶμαι καὶ] Ita scripsi verbo οἶμαι transposito. Libri omnes
τριῶν οἶμαι ἡμερῶν ἐγένετο, ἀπόσιτοι δὲ καὶ, praeterquam quod
οἶμαι om A. In vulgata primum notionem εἰδὼς et deinceps οἶμαι
meam invicem pugnant. Tum vero haec mali historici verba, ὀπίσω
ἀποσχόμενος, ridentur. Itaque hae verborum collocatione ἀπόσιτοι
δὲ οἶμαι plane opus est. Nam v. οἶμαι cum irrisione de re propo-
sita poni aliter solet, veluti infra c. 23 med. secundum libros
optimos et c. 38 fin. et apud Demosthenem Olynth. II p. 23, 1
Bekker.   ἐς ἑβδόμην ΩΦΑCEFGMA. ἑπτὰ vulgo, quod falsum
esse in censura L. l. p. 238 docui.   ὑπολάβοι] ὑπολάβῃ AC.
Ὀσρόης τίνος εἰστήκει] Ita correxi. ὀσρόης τις εἰστήκει Victorius et
ΣΦΑΕΓΟ. Ὀσρόης εἰστήκει vulgo. Antiqua lectio quam absurda
sit et τις e praegresso τις exortum: tamen ob ipsam librorum
consensionem alteram τις prorsus deleri non potest. Verba τίνος
εἰστήκει significant Osroen interim otiosum stetisse. Cum
verbo εἰστήκει, quod male vertunt, cf. Aristoph. Pac. v. 254;
ἵστηκει ὀργή;   εισσευηριανὸς F. σευηριανὸς ΩΦ (ita Φ) ΑCFM.
σεβηριανὸς O et v.   ἀπόληται ΩΑ et v. ἀπόλιτει Φ. ἀπόλοιτε A.
Malim ego quidem ἀπόλοιτο. Hujus structurae (ἔστ' ἂν – ἀπόλοιτο)
gemina exempla dedit Matthiae Gr. Gr. § 522 p. 1009 ed. sec.
ἐπῆγε ΩΦΑΕΓΟUVV Victorius. ἐπήγαγε v.   Post ἐπῆγε continuo
pergunt libri omnes διὰ τῆς ἑβδόμης (a habet . ς. pro ἑβδόμης).
At διὰ absurdum est neutiquae ex antecedente διὰ τοῦτο. Dubi-
tanter supplevi ἐπῆγεν ἕως τῆς ἑβδ., ratus justo audaciora esse
supplementa ἄχρι vel μέχρι vel ἐντὸς vel πρό. Sententia quidem
certissimo haec est: „et propterea Osroen in hostes impetum non
fecisse ante diem septimum."

22. τοῦ οἱ] τοῦ δ' ἂν ΦΑCF et fortasse Ω.   ἐλέλιξε vulgo
et fortasse Φ. ἐξελέλιξε Ω. ἐξέλιξε (supra Ι et ι m rec) A. Ho-

καὶ ποιητικοῖς ὀνόμασιν, ὦ καλὲ Φίλων, ἐν ἱστορίᾳ γρα-
μένους· ποῦ ἄν τις θείη, τοὺς λέγοντας, „ἐλέλιξε μὲν ἡ
μηχανή, τὸ τεῖχος δὲ πεσὸν μεγάλως ἐδούπησεν,“ καὶ
πάλιν ἐν ἑτέρῳ μέρει τῆς καλῆς ἱστορίας· „Ἔδεισαν μὲν
δὴ οὕτω τοῖς ὅπλοις περιεσπιπραγέντο, καὶ ὅτοβος ἦν
καὶ κόναβος ἅπαντα ἐκείνη,“ καὶ „ὁ στρατηγὸς ἐμεμνή-
ριζεν ᾧ τρόπῳ μάλιστα προσαγάγοι πρὸς τὸ τεῖχος.“
εἶτα μεταξὺ οὕτως εὐτελῆ ὀνόματα καὶ δημοτικὰ καὶ
πτωχικὰ πολλὰ παρενετίθυστο, τὸ, „ἐπέστειλεν ὁ στρα-
τοπεδάρχης τῷ κυρίῳ,“ καί, „οἱ στρατιῶται ἠγόραζον τὰ
ἐγχρήζοντα,“ καί, „ἤδη λελουμένοι παρ' αὑτοὺς ἐγίγ-
31 νοντο,“ καὶ τὰ τοιαῦτα · * ὥστε τὸ πρᾶγμα ἐοικὸς εἶναι

mericum (II. a', 330 et δ', 199) ἐλέλιξε Graevius sic accepit: „aries
murum quassavit,“ ad sensum apte, nisi tam hoc opus esset collo-
catione: ἐλέλιξε μὲν ἡ μηχανή τὸ τεῖχος, τὸ δὲ πεσὸν —. Ego
olim II. δ', 125 contuli scripsique ἔλυξε probata Gesneri versione
„dedit stridorem machina.“ Nam nimis dithyrambicum mihi vide-
batur ἐλέλιξε falsi Xenophontis ap. Demetrium De Eloc. § 96.
Sed aliis vitiosae lectionis ἐλέλιξε corrigendam relinquo.   τεῖχος
δὲ] δὲ τεῖχος F.   ἔδεισαν ΦΛ et v.   εἴδεισαν ΩΕ.   οὕτω] οὕτως Ω.
ὄτοβος ΩΦΕΩ. ὄττοβος A et v.   ἅπαντα ἐκείνη] „legerim
ἅπαντα τὰ ἐκεῖ“ Cobetus V. L. p. 315. Quae conjectura haud multo
praestat scripturae libri A: ἅπαντα ἐκείνη. Vide quae olim in
Quaest. Lucian. p. 69 et Praefat. p. XXIII et in Quaest. Aristoph.
p. 279 verissime docui.   καὶ ὁ στρατηγὸς — τὸ τεῖχος] haec
prioribus continuanda et a tertio Ἔδεισαν μὲν δὴ usque ad τεῖχος
pro una omnia loco habenda esse Schmieder acute conjecit: quem
ducem sequerer, si pro verbis καὶ ὁ στρατηγὸς potius ὁ δὲ στρα-
τηγὸς scriptum exstaret.   ᾧ] ὅτῳ FM.   προσαγάγοι ΩΦ et v.
προσάγει A. προσαγάγει Δ ut videtur. συναγάγοι FM.   δημοτικὰ
ΩΦΛΕΩΤ. δημοτικὰ edd. valeres et a p m F.   τὸ om ΦΛ.
ὁ στρατοπεδάρχης Φ.   τὰ ἐγχρήζοντα] Bene Hermannus obser-
vavit atticum fuisse τὰ ἐπιτήδεια, collata Xenoph. Anabas. I, 5, 10:
οἱ στρατιῶται ἠγόραζον τὰ ἐπιτήδεια.   λελουμένοι] λελουμένη U.
παρ' αὑτοὺς ἐγίγνοντο] Ita correxi. Libri παρ' αὑτοὺς ἐγίγνοντο
(ἐγένοντο A). „Jam loti, inquit, ad eos veniebant.“ V. γίγνεσθαι
in motus significatione saepe ponitur velut a Luciano Somnio
c. 15 fin. At in tali re se γίγνομαι quidem dici attice solet;
praeterea et ἤδη languet et λελουμένοι pro attice λελουμένοι
rarum est, in Luciano quidem semel obvium Gallo c. 10. Immo
haec attice sic dicenda erant: λελουμένοι ἧκον ἐπὶ τὸ δεῖπνον.

τραγῳδῶ τὸν ἕτερον μὲν πόδα ἐπ' ἐμβάτου ὑψηλοῦ ἐπι-
βεβηκότι, θατέρῳ δὲ σάνδαλον ὑποδεδεμένῳ. 23. καὶ
μὲν καὶ ἄλλους ἴδοις ἂν τὰ μὲν προοίμια λαμπρὰ καὶ
τραγικὰ καὶ εἰς ὑπερβολὴν μακρὰ συγγράφοντας, ὡς ἐλ-
πίσαι θαυμαστὰ ἡλίκα τὰ μετὰ ταῦτα πάντας ἀκού-
σεσθαι, τὸ σῶμα δὲ αὐτὸ τῆς ἱστορίας μικρόν τι καὶ
ἀγεννὲς ἐπαγαγόντας, ὡς καὶ τοῦτο ἐοικέναι παιδίῳ, εἴ
που Ἔρωτα εἶδες παίζοντα, προσωπεῖον Ἡρακλέους πάμ-
μεγα ἢ Πανὸς περικείμενον· εὐθὺς γοῦν οἱ ἀκούσαντες
ἐπιφθέγγονται αὐτοῖς τὸ „ὤδινεν ὄρος.“ χρὴ δὲ οἶμαι
μὴ οὕτως, ἀλλ' ὅμοια τὰ πάντα καὶ ὁμόχροα εἶναι καὶ
σύνᾳδον τῇ κεφαλῇ τὸ ἄλλο σῶμα, ὡς μὴ χρυσοῦν μὲν
τὸ κράνος εἴη, θώραξ δὲ πάνυ γελοῖος ἐκ ῥακῶν ποθὲν

Cf. Lucian. Timonem c. 54, D. Mort. VII, 2 init., De Merc. Cond.
c. 14, Asin. c. 7, Gallum c. 9, Navigium c. 32, Saturnal. c. 23.
Ceterum Dorvilli ad Charit. p. 265 conjectura περὶ αὐτοὺς ἐγίνοντο
cum Luciani reprehensione pugnat. Longe melior Gravii emen-
datio est *paullo tamen quam mea audacior*, qui verba εἰ στρα-
τιῶται — ἐγίνοντο ex unico loco deprompta esse ratus περὶ αὐτὰ
ἐγίνοντο scribi voluit.   ἐπιβεβηκότι Ω diserte et v. βεβηκότι ΦΑ.
θατέρῳ δὲ σάνδαλον Ω diserte et Φ et v. θάτερον δὲ σανδάλῳ
ΑCΓΜ.   ὑποδεδεμένῳ om A.
23. εἰς ὑπερβολὴν ΩΦΛΓ. ἐς ὑπερβαλὴν v.   ἀκούσεσθαι
ΦΑ et v. ἀκούεσθε ΔΕ.   αὐτὸ] ὑπὸ ΑC.   τῆς ΦΛ ot v. τὸ
τῆς Γ et fortasse Ω.   μικρόν τι καὶ Α. ut olim conjeceram.
μικρόν τι καὶ v.   ἐπαγαγόντας ΩΦΛΕΓΔ. ἐπάγοντας Ω et v.
ᾗ Τιτᾶνος libri omnes, quod Hermannus p. 130 sic explicuit, quasi
ᾗ Προμηθέως scriptum esset. Et omnino, quum praescribitur Ἡρα-
κλέους antecedat, certi nomen dei requiritur. Quamobrem recepi
O. Jahnii emendationem ᾗ Πανὸς Bekkero quoque (in Corrigendis)
atque Sommerbrodtio probatam. Cf. De Saltatione c. 79: κάθηνται
(Bacchicas satyricaeque saltationis spectatores) δι' ἡμέρας, Τιτᾶνας
καὶ Κορύβαντας καὶ Σατύρους καὶ βουκόλους ὁρῶντες. Hic quo-
que pro Τιτᾶνας idem Sommerbrodtius Πάνας optimo correxit.
εἶμαι additum ex ΩΦΛCΕΓΔ.   σύνᾳδον Lehmannus. συνᾴδοντα
Α. σύνᾳδον vulgo, in quo videri potest συνᾴδειν latere, quod par-
ticipia non deterius est.   τὸ ἄλλο] τῇ ἄλλο Α.   πάνυ γελοῖος
libri omnes. Bekkeri correctionem πάνυ γελοίου Dindorfio item
probatam recepi. Nec vero me fugit hisce verbis „θώραξ δὲ πάνυ
γελοίου ἐκ ῥακῶν ποθὲν“ senarium effici posse, recepto autem
altero γελοῖος non posse. At tantum abest, ut haec e comoedia

ἢ ἐκ δερμάτων σαπρῶν συγκεκαττυμένος καὶ ἡ ἀσπὶς οἱ
32 σύίνη καὶ χοιρίνη περὶ ταῖς κνήμαις. ἴδοις γὰρ * ἂν ἀφθό-
νους τοιούτους συγγραφέας, τοῦ Ῥοδίου κολοσσοῦ τὴν κε-
φαλὴν νανώδει σώματι ἐπιτιθέντας· ἄλλοις αὐτίκα μάλα ἀκε-
φάλα τὰ σώματα εἰσάγοντας [καὶ] ἀπροοιμίαστα καὶ εὐθὺς
ἀπὸ τῶν πραγμάτων [ἀρχομένοις·] οἳ καὶ προσεταιρίζονται

depromta videantur, ut aenarii species mera sit fortuita. χοιρίνη
π. τ. π.] apto ad sententiam ita vertual, „et corium porcinum
circa tibias,“ suppleto ad χοιρίνη v. δορά. At vocem χοιρίνη
attici ea tantum significatione nosse videntur, quam Pollux VIII, 16
exponit, „conchae marinae ejusdemque judicarn calculi.“ Quae
res quam ab h. l. abhorreat, paene suspicor vocem χοιρίνη h. l.
corruptam esse. Ῥοδίου ΩΦΛΟΛΟΥ, quam lectionem jam olim
in Quaestt. Lucian. p. 319 probavi. Ῥοδίων v. νανώδει Φ et v.
νανώδει Λ et fortassis Ω. Sic in eadem glossa ap. Hesychium et
Suidam v. Νάνος et Photium p. 286, 9 modo νάνος ac νᾶνος modo
νάννον ac νάννος scribitur. Sic in Aristoph. Pace v. 769 libri
ναννοφυεῖς exhibent pro νανοφυεῖς. Contra et in Lucian. De Saltat.
c. 75 νανώδες et in Aristotele De Part. Animal. IV, 10 νανώδη
atque νανώδες libri omnes tuentur. In latinis quidem scriptoribus
„nanus“ ubique legitur, nusquam „nannus“ eodemque modo non
νάννος attico scribendum est, sed aut νᾶνος aut alio accentu νανός,
quem accentum codices subinde habent ut Galeanus Photii p. 286, 9.
Vide imprimis A. Gellium N. A. XIX, 13 et ibidem Aristophanem:
„νάνους enim Graeci vocaverunt — scriptam hoc est in comoedia
Aristophanis, cui nomen est ΛΚΛΛΕΣ.“ Ubi M. Hertzius olevata
Brunckii conjectura ΛΩΚΑΛΟΥ bene nuper emendavit ΟΛΚΑΔΕΣ
probante Henrico Jacobi ad Meinekii Fragm. Com. Gr. Vol. V P. I
p. CXXXIX et p. CXLI. His adjice Vesp. v. 1029. ἐπιτιθέντας]
ἐπιθέντας Victorin. ἐπιτιθέντας Λ. τὰ σώματα Ω et v. τὰ σα ΦΛ.
εἰσάγοντας ἀπροοιμίαστα καὶ εὐθὺς ἐπὶ τῶν πραγμάτων οἱ libri
omnes. Principio vitiosum asyndeton ita sustuli, ut καὶ particulam
ante vocem ἀπροοιμίαστα insererem. Tum proxima verba, καὶ εὐθὺς
ἐπὶ τῶν πραγμάτων, quibus nihil nunc cogitari potest absurdius, tenui
lacuna expleta ita sanavi: καὶ εὐθὺς ἀπὸ τῶν πραγμάτων ἀρχο-
μένοις· οἳ —. Potuit autem hoc participium ἀρχομένοις, insequente
mox ejusdem et verbi et soni participio ἀρξάμενος, facili negotio
excidere. Enimvero nostra restitutio alio Luciani loco eoque si-
millimo confirmatur Pro Lapsu in Salut. c. 3 fin. ὁ Νικίας ἀπὸ
Σικελίας ἐπιστέλλων ἐν τῷ ἀρχαίῳ τῶν ἐπιστολῶν δάμενον ἀπ'
αὐτῶν ἀρξάμενος τῶν πραγμάτων (scil. sine ulla prae-
scriptione et quasi procoemio). Ceterum vox ἀπροοιμίαστας infra

τὸν Ξενοφῶντα οὕτως ἀρξάμενον· „Δαρείου καὶ Παρυ-
σάτιδος παῖδες γίγνονται δύο," καὶ ἄλλους τῶν παλαιῶν·
οὐκ εἰδότες ὡς δυνάμει τινὰ προοίμιά ἐστι, ἐληλυθότα
τοὺς πολλοὺς ὡς ἐν ἄλλοις δείξομεν.   24. καίτοι ταῦτα
πάντα φορτικὰ ἔτι, ὅσα ἡ ἑρμηνείας ἢ τῆς ἄλλης δια-
τάξεως ἁμαρτήματά ἐστι· τὸ δὲ καὶ παρὰ τοὺς τόπους
αὐτοὺς ψεύδεσθαι οὐ παρασάγγας μόνον ἀλλὰ καὶ σταθ-
μοὺς ὅλους, τίνι τῶν καλῶν ἔοικεν; εἰς γοῦν οὕτω ῥαθύ-
μως συνήγαγε τὰ πράγματα, οὔτε Σύρῳ τινὶ ἐντυχὼν οὔτε

c. 52 recorral.   παῖδες γίγνονται δύο] ita libri omnes. Atqui
ipse Xenophon inltio Anabaseos sine dubio ita scripsit: Δαρείου
καὶ Παρυσάτιδος γίγνονται παῖδες δύο, in quo verborum
ordine cum omnibus libris Xenophonteis consentiunt et Aristides
Vol. II p. 517 ed. Jebb. et Demetrius De Elocut. § 19, quorum
posterior e Xenophonte haec affert: „Δαρείου καὶ Παρυσάτιδος
γίγνονται," atque etiam e toto quo Xenophontica allata sunt con-
silio apparet, Demetrium ipsum quoque vulgatam lectionem γίγνονται
παῖδες δύο in suo codice iuvenisse. Quodsi in Luciano quoque
vel unus codex antiquus γίγνονται παῖδες δύο mihi suppeditasset,
libenter equidem recepissem. At per coniecturam meram talia
nullo pacto mutanda sunt. Immo uti nunc est, non scribae sed
ipse Lucianus a Xenophontea scriptura aberrasse videtur. Profecto
enim Lucianum hic quoque fallere memoria potuit, uti supra c. 1
afferendo Euripidis versu aliisque locis bene multis.   ἄλλους]
ἄλλους πολλούς F.   προοίμιά ἐστι libri omnes. Ego vero ita
dudum conjeci: προοίμια ἔνεστι (i. e. „quaedam prooemia quaedam
his insunt"), collato infra c. 52 fin.   δείξομεν] δείξωμεν ΩΕ.
   24. καίτοι ταῦτα] καὶ τοιαῦτα Φ. καίτοι τοιαῦτα U.   φορτικὰ
ἔτι ΦΔ. φορτικά ἐστιν Ω diserte ot v. Quam bis in formulis verbum
vix usquam addatur, scripturam ἔτι jam olim in cum. ed. Herm.
p. 238 probavi. Licet etiam v. ἐστιν ut e sequente ἐστί minus
ejicere collato De Sacrific. c. 6, De Saltat. c. 27 et Aristoph.
Acharn. v. 198. Licet denique φορτικά ἴσως conjicere, quod et
ipsum Atticis usitatum est. Vide De Mere. Cond. c. 36 init. ibid.
c. 35 med. et De Sacrific. c. 11 init.   τὸ δὲ] τὰ δὲ Φ.   παρὰ
ΣΦΛΕΓΩ. περὶ vulgo, quod et per se recte dictum est et pro-
batum omnibus praeter Bekkerum, quo uno duce antiquam lectio-
nem revocavi. Cf. supra c. 20 fin.: τοῦτο μὲν καὶ παρὰ τὰ γε-
γραμμένα — ἐψεύσατο.   τίνι τῶν καλῶν ἔοικεν;] Cf. Nigrinus
c. 25 init.: τίνι τῶν καλῶν (ita ibi duo codices pro vulgata τῶν
πολλῶν) εἰκάσομεν; Xenoph. Anabas. VI, 5, 17: τὸ μὲν ἀπιέναι
ἀπὸ τῶν πολεμίων οὐδενὶ καλῷ ἔοικε. Contra Timocles ap. Athen.

τὸ λεγόμενον δὴ τοῦτο, τῶν ἐπὶ κουρείῳ τὰ τοιαῦτα
33 μυθολογούντων ἀκούσας, ὥστε * περὶ Εὐφράτου λέγων
οὕτως ἔφη· „ἡ δὲ Εὔφρατος κεῖται μὲν ἐν τῇ Μεσοπο-
ταμίᾳ σταθμοὺς δύο τοῦ Εὐφράτου ἀπέχουσα, ἀπῴκισαν
δ᾽ αὐτὴν Ἐδεσσαῖοι.“ καὶ οὐδὲ τοῦτο ἀπέχρησεν αὐτῷ,
ἀλλὰ καὶ τὴν ἐμὴν πατρίδα τὰ Σαμόσατα ὁ αὐτὸς ἐν
τῷ αὐτῷ βιβλίῳ ἀράμενος· ὁ γενναῖος αὐτῇ ἀκροπόλει
καὶ τείχεσι μετέθηκεν ἐς τὴν Μεσοποταμίαν, ὡς περιερ-
ρίσθαι αὐτὴν ὑπ᾽ ἀμφοτέρων τῶν ποταμῶν, ἑκατέρωθεν
ἐν χρῷ παραμειβομένων καὶ μονονουχὶ τοῦ τείχους ψαυ-

VI p. 237, d: εἰ δ᾽ ἐστὶ τὸ φιλέταιρον ἔν τι τῶν καλῶν. τῶν ἐπὶ
κουρείῳ] lla correxi. τῶ ἐπικουρείω UE (sic E). τῶ ἐπικουρείω
AG (sic A). ἐπικουρείω etiam F. τῶν ἐπὶ κουρείων Υ, τῶν Ἐπι-
κουρείων vulgo ante Benedictum et habet ἐπικουρείων Victorina.
De libro Φ hic parum constat. Non recte omnes inde a Solano
τῶν ἐπὶ κουρείων scripserunt, quod per se ferri utique potest et
ita dictum est ut Iliad ap. Diog. Laert. I. 76: καθήμενον ἐπὶ κου-
ρεῖον. At vero antiqui codices claro ostendunt τῶν ἐπὶ κουρείῳ
scribendum esse, quod non minus atticum est altero. Prorsus ita
Aristophanes Pluto v. 338: καίτοι λόγος γ᾽ ἦν τῇ τὸν Ἡρακλέα
πολὺς | ἐπὶ τοῖσι κουρείοισι τῶν καθημένων. Jam apud Plutarchum
in Vita Niciae c. 30 init. pro verbis καθίσας ἐπὶ κουρείον aut cum
Coraë καθίσας ἐπὶ κουρείῳ, aut cum Reiskio καθίσας ἐπὶ κουρεῖον
videntur corrigenda esse. Denique in Luciano pro singulari ἐπὶ
κουρείῳ plurali ἐπὶ κουρείοις haudquaquam opus est. Nam in sin-
gulis tonstrinis plures congregari homines solebant.   μὲν ἐν]
μὲν om Λ.   δύο]. β. a.   ἀπῴκισαν] ἀπῴκισαν ΩΕ.   δ᾽ αὐτὴν
vulgo. δὲ αὐτὴν ΩΦΛF.   Ἐδεσσαῖοι ΦΛ et v. αἰδεσσαῖοι Ω.
αἰδεσσαῖοι Ε. ἰδεσσαῖοι G.   σαμόσατα Φ et v. σαμόσατα R.
σαμόσατα Λ pr m.   ὁ αὐτὸς Λ. αὐτὸς ΩΦ et v.   μετέθηκεν
Ω et v. μεθῆκεν Λ. τίθεικεν Φ.   ἐς ΩΦ et v. εἰς AG.
περιερρῖσθαι ΩΛ diserte et v. περιερρεῖσθαι (i. περιερρῖσθαι Φ,
quod me ipso auctore (in ceus. ed. Harm. p. 238) in multas editio-
nes transiit. Quam ego lectionem quasi antiquorum scilicet etiam-
num ita probabam, ut Lucian. De Lucta c. 3 init.: περιερρεῖσθαι
δὲ τὴν χώραν αὐτοῦ ποταμοῖς μεγάλοις conferrem. Adjice Xenoph.
Anabas. I. 5, 4: ἀφικνοῦνται ἐπὶ τὸν Μάσκαν ποταμόν —, ἐνταῦθα
ἦν πόλις —· περιερρεῖτο δ᾽ αὕτη ὑπὸ τοῦ Μάσκα κύκλῳ et Lycurg.
in Leocratem p. 96, 4 Π, ubi corrigo: λέγεται γὰρ κύκλῳ τὸν
τόπον ἐκεῖνον περιερρεῖσθαι τῷ πυρὶ (libri περιφέρεσθαι τὸ πῦρ).
Vide Quaest. Aristoph. I p. 239. Illo tamen περιερρῖσθαι, quod

ὄντων. τὸ δὶ καὶ γιλοῖον, εἴ σοι νῦν ὁ Φίλων ἀπολο-
γοίμην, ὡς οὐ Παρθναῖος οὐδὲ Μεσοποταμίτης σοι
ἐγὼ, οἱ με φέρων ὁ θαυμαστὸς συγγραφεὺς ἀπώκισε.
25. νὴ Δία κἀκεῖνο κομιδῇ πιθανὸν περὶ τοῦ Σευη-
ριανοῦ ὁ αὐτὸς οὗτος εἶπεν, ἐπομοσάμενος ἦ μὴν ἀκοῦ-
σαί τινος τῶν ἐξ αὐτοῦ τοῦ ἔργου διαφυγόντων. οὔτε
γὰρ ξίφει ἐθελῆσαι * αὐτὸν ἀποθανεῖν οὔτε φαρμάκου 31
πιεῖν, οὔτε βρόχον ἅψασθαι, ἀλλά τινα θάνατον ἐπι-
νοῆσαι τραγικὸν ἐπὶ τῇ τόλμῃ ξενίζοντα· τυχεῖν μὲν γὰρ
αὐτὸν ἔχοντα παμμεγέθη ἐκπώματα ὑάλινα τῆς καλλίστης
ὑάλου· ἐπεὶ δὲ πάντως ἀποθανεῖν ἔγνωστο, κατάξαντα
τὸν μέγιστον τῶν σκύφων ἑνὶ τῶν θραυμάτων χρήσασθαι

---

antiquio* one altero nunc Marrianus docet. et Diodorfio et Bakkero
jure meritoque probatam est.   καὶ γιλοῖον] καὶ om A.   παρ-
ο;
θναῖος οὐδὶ Δ et ut videtur V. ταρθεῖων ὡς οὐδὶ Φ. παρθναῖων.
ὡς οὐδὶ A (ος sec. m.). Παρθναῖων οὐδὶ vulgo et fortavsls Ω.
μεσοποταμίτας Φ.   οἱ με] ita in conx. ed. Herm. p. 239 correxi.
quod omnes ordine recenti sunt. Ad hoc οἱ με nihil varietatis
enotatur ex Ω. εἴμαι Φ. οἷς με A et vulgo.   ἀπώκισε ΦA et v.
ἀπώκισεν ΩΕ (sic E). ἀπώκωσεν G.
25. σευηριανοῦ EH. σευτηριανοῦ ΩΦΑCFM. Σεθηριανοῦ v.
νη
βρόχον Ω diserte et v. βρόχεν Γ. βρόχον ΦA, quod a plurimis
receptum est. Atqui βρόχον ἅψασθαι significaret „rodim attingero,"
quod ineptum est. Recte nunc Hermannus vulgatam βρόχον ser-
vavit, quaecum cf. Eurip. Hippol. v. 802: βρόχον κρίμαστον ἀγ-
κόνης ἀπήψατο.   τῇ τόλμῃ ΦA et v. τὴν τόλμην Ω.   ὑάλινα
PM/. ὑαλάνα G. ἰαλὰ Ω. ὕαλα A. ὑάλα (quae vox paene abrasa
est, et alia manus rescripsit ὕλης, etsi non satis distincte) Φ. ἰαλᾶ
vulgo, sed vulgatae antiqui codices ex parte favent. At Luciaous
constanter attice ὑάλινος utitur. Recentioris formae ὑαλοῦς aliquot
exempla dedit Lobeckius ad Phryn. p. 309, qui tamen quae Photio
tribuit, ea omnino non legantur in Photio, sed p. 614, 1 Τάλινα:
ἀντὶ τοῦ ὑαλᾶ.   κατάξαντα Ω et v. κατάξαντα ΦAE.   θραυ-
μάτων Ω. θαυμάτων Φ. θραυσμάτων A et v. Utriusque formae
et θραῦμα et θραῦσμα exempla Lobeckius ad Soph. Aj. v. 701
p. 329 ed. soc. collegit. Magis tamen attici saporis est et τίθθευ-
μας (παρατεθραυμένον Platoni De Legg. VI p. 757 E Bekker e
codd. reddidit) et θραῦμα (θραύμασιν in Aesch, Persis v. 420
Mediceus tentat). Postremo in Aristophano ap. Pollucem IX, 136

εἰς τὴν σφαγὴν, ἐντεμὼν τῇ ὕλῃ τὸν λαιμόν. οὕτως
οὐ ξιφίδιον, οὐ λογχάριον εὕρεν, ὡς ἀνδρείός γε αὐτῷ
καὶ ἡρωϊκὸς ὁ θάνατος γένοιτο. 26. εἶτ' ἐπειδὴ Θου-
κυδίδης ἐπιτάφιόν τινα εἶπε τοῖς πρώτοις τοῦ πολέμου
ἐκείνου νεκροῖς, καὶ αὐτὸς ἡγήσατο χρῆναι ἐπιπεῖν τῷ
Σεστριανῷ· ἅπασι γὰρ αὐτοῖς πρὸς τὸν οὐδὲν αἴτιον
τῶν ἐν Ἀρμενίᾳ κακῶν [τὸν] Θουκυδίδην ἡ ἅμιλλα.
θάψας οὖν τὸν Σεστριανὸν μεγαλοπρεπῶς, ἀναβιβά-
ζεται ἐπὶ τὸν τάφον Ἀφράνιόν τινα Σίλωνα ἑκατόνταρ-
χον, ἀνταγωνιστὴν Περικλέους, ὃς τοιαῦτα καὶ τοσαῦτα
ἐπερρητόρευσεν αὐτῷ, ὥστε με νὴ τὰς Χάριτας πολλὰ
πάνυ δακρῦσαι ὑπὸ τοῦ γέλωτος, καὶ μάλιστα ὁπότε ὁ
ῥήτωρ ὁ Ἀφράνιος ἐπὶ τέλει τοῦ λόγου δακρύων ἅμα
σὺν οἰμωγῇ περιπαθεῖ ἐμέμνητο τῶν πολυτελῶν ἐκείνων
δείπνων καὶ προπόσεων. εἶτα ἐπέθηκεν Αἰάντειόν τινα
35 τὴν κορωνίδα· σπασάμενος γὰρ τὸ ξίφος εὐγενῶς πάνυ *
καὶ ὡς Ἀφράνιον εἰκὸς ἦν, πάντων ὁρώντων ἀπέσφαξεν

verissime libri omnes παραθραύσει, pro quo παραθραύσεσι
Jungermanni conjectura et a Bekkero p. 392 et in fragmentorum
collectionibus male suffecta est.   εἰς τὴν σφαγὴν ΩΦΑΣΕΓΗ.
εἰς σφαγὴν vulgo. et εἰς εἰ τὴν om U.   ἐντεμὼν τῇ ὕλῃ]
ἐντεμὼν τῷ ὕλῳ AC.   ξιφίδιον ΦΑ et v. ξιφίδιον ΩΕ.
αὐτῷ καὶ ἡρωικὸς] καὶ ἡρωικὸς αὐτῷ Γ.
26. εἶτ' ΩΑΓΟ. εἶτα v.   ἐκεῖνον ΩΦΛΕΓΟΗ Victorius.
ἐκείνοις v.   σεστριανῷ Ell. σεστριανῷ ΩΦΑΣΓ. Σεστριανῷ v.
τὸν Θουκυδίδην ΩΦ et v. τὸν om A, quod Bekkero bene pro-
batum est.   σεστριανόν Ell. σετεριανόν ΩΦΑΣΓ. Σεστριανόν v.
ἐπερρητόρευσεν HG.   δακρῦσαι κ. δακρύσαι A et v.   ὁ ῥή-
τωρ] ὁ om ΩΦΛΕΓ. Scribendum puto servato hoc articulo, altero
autem deleto: ὁ ῥήτωρ Ἀφράνιος.   ἐκείνων δείπνων ΩΦΛ et v.
δείπνων ἐκείνων Γ.   εὐγενῶς πάνυ καὶ ὡς] conjeceram olim:
(nec poenitet conjecturae) εὐγενῶς πάνυ καὶ [ἀνδρεῖος,] ὡς εἰκὸς
καὶ [ἀνδρικῶς,] ὡς —. Cf. Aristophaneum τὸ ἀνδρεῖος εἰ τὸ ἀνδ-
ρικῶς et similia apud Meineklum in Fragm. Com. Gr. Vol. II,
P. II p. 633 et p. 789.   ἀπέσφαξεν ΩΦ et v. ἐπέσφαξεν (ε
supra m sec) A. Vulgata, quam verbum προσκατασφάξας c. 36 5a,
haud necessario requirit, amas Bolanus recte offensus est. Malim
sane ἐπέσφαξεν, quo composito attici de eo ipso uti solent, qui
juxta rogum vel tumulum sepulcri sive sua manu sive aliena

ἱππὸν ἐπὶ τῷ τάφῳ, οἷα ἀνάξιος ὢν μὰ τὸν Ἐνυάλιον
πρὸ πολλοῦ ἀποθανεῖν, εἰ τοιαῦτα ἐρρητόρευε. καὶ
τοῦτο ἔφη ἰδόντας τοὺς παρόντας ἅπαντας θαυμάσαι
καὶ ὑπερεπαινέσαι τὸν Ἀφράνιον. ἐγὼ δὲ καὶ τἆλλα μὲν
αὐτοῦ κατεγίγνωσκον, μονονουχὶ ζωμὸν καὶ λοπάδων
μεμνημένου, καὶ ἐπιδακρύοντος τῇ τῶν πλακούντων
μνήμῃ, τοῦτο δὲ μάλιστα ᾐτιασάμην, ὅτι μὴ τὸν συγ-
γραφέα καὶ διδάσκαλον τοῦ δράματος προαποσφάξης
ἀπέθανε. 27. πολλοὺς δὲ καὶ ἄλλους ὁμοίους τούτοις
ἔχων σοι, ὦ ἑταῖρε, ἀπαριθμήσασθαι, ὀλίγων ὅμως ἐπι-
μνησθεὶς ἐπὶ τὴν ἑτέραν ὑπόσχεσιν ἤδη μετελεύσομαι,
τὴν συμβουλὴν ὅπως ἂν ἄμεινον συγγράφοι τις. εἰσὶ
γάρ τινες, οἳ τὰ μεγάλα μὲν τῶν πεπραγμένων καὶ
ἀξιομνημόνευτα παραλείπουσιν ἢ παραθέουσιν, ὑπὸ δὲ
ἰδιωτείας καὶ ἀπειροκαλίας καὶ ἀγνοίας τῶν λεκτέων ἢ
σιωπητέων τὰ μικρότατα πάνυ λιπαρῶς καὶ φιλοπόνως
ἑρμηνεύουσιν ἐμβραδύνοντες· ὥσπερ ἂν εἴ τις τοῦ Διὸς

---

interiiciatur. Vide locum unum de mollis Eurip. Hecub. v. 505
ἆρα νῶμ' ἐπισφάξαι τάφῳ | δοκεῖν; Ἀχαιοῖς ἐλθὼν; Ἀπεσφά-
τιν et ἀπεσφάτεις in codd. confusa Jove Tragoedo c. 13.
ἐξηγήτορεν v. ἐριετόρευε ΑΓ. ἐριετόριεν Ω. ἐριετόριενεν Φ.
ἐρριτόρευσε Ω. Antiqua lectio ἐρρητόρευσε, quae nun o su-
periore ἐπιερριτόριενειν nata videtur, ejusmodi est, ut conjec-
turae locus sit: εἰ τοιαῦτα ἐξητορεύετε (i. e. "si talia decla-
maturus esset"). Non plus offensionis per se habet vulgata ἐρρη-
τόρευε, in qua imperfectum de conatu accipi posse in censura
l. l. p. 239 monui. Quod ad Hermanni conjecturam ἦ τοιαῦτα
(pro verbis εἰ τοιαῦτα) attinet, Hermannus syntaxeos πρὸ πολλοῦ
ἢ valde suspectae illius et fortasse ficiae nullum attulit exemplum.
τἆλλα] τὰ ἄλλα Α. κατεγίγνωσκον v. καταγιγνώσκων ΩΕΓ.
καταγιγνώσκων Φ. καταγιγνώσκετε Η. καταγινώσκω ΑC. λοπάδων]
λοπάδιων a.
27. καὶ om Α. ὁμοίους ΦΛ et v. ὁμοίως ΩΡ. τούτοις]
τοιαύτοις Α. Antiquas lectiones ὁμοίως et τοιαύτοις consideranti
verba vulgata ὁμοίους τούτοις ita scribenda et transponenda videri
debent τοιαύτους ὁμοίως. Corrigo: πολλοὺς δὲ καὶ ἄλλους τοι-
αύτους ὁμοίως ἔχων — et comparo c. 28 fin: καὶ ἄλλα πολλὰ
τοιαῦτα — τοὺς τοιαύτους. ἰδιωτείας ΦΛ et v. ἰδιωτίας ΩΕΗ.
ἢ σιωπητέων om ΦΛ. πάνυ om s. Pro πάνυ Victorius habet
ταῦτα. ἑρμηνεύουσιν ΩΦΔΗΓΩ. ἑρμηνεύσουσιν v. et Hermannus

τοῦ ἐν Ὀλυμπίᾳ τὸ μὲν ὅλον κάλλος τοσοῦτο καὶ τοι-
οῦτον ἂν μὴ βλέποι μηδ' ἐπαινοίη, μηδὲ τοῖς οὐκ εἰδό-
σιν ἐξηγοῖτο, τοῦ ὑποποδίου δὲ τό τε εὐθυεργὲς καὶ τὸ
36 εὔξεστον θαυμάζοι καὶ τῆς κρηπῖδος τὸ * εὔρυθμον, καὶ
ταῦτα πάνυ μετὰ πολλῆς φροντίδος διεξιοῖ;. 28. ἐγὼ
γοῦν ἤκουσά τινος τὴν μὲν ἐπ' Εὐφράτῃ μάχην ἐν οὐδ'
ὅλοις ἑπτὰ ἔπεσι παραδραμόντος, εἴκοσι δὲ μέτρα ἤ, ἔτι
πλείω ὕδατος ἀναλωκότος ἐς ψυχρὰν καὶ οὐδὲν ἡμῖν
προσήκουσαν διήγησιν, ὡς Μαῦρός τις ἱππεὺς Μαυσά-
κας τοὔνομα ὑπὸ δίψους πλανώμενος ἀνὰ τὰ ὄρη κατα-
λάβοι Σύρους τινὰς τῶν ἀγροίκων ἄριστον παρατιθεμέ-
νους, καὶ ὅτι τὰ μὲν πρῶτα ἐκεῖνοι φοβηθεῖεν αὐτόν,
εἶτα μέντοι μαθόντες ὡς τῶν φίλων εἴη κατεδέξαντο καὶ
εἱστίασαν· καὶ γὰρ τινα τυχεῖν αὐτῶν ἀποδεδημηκότα
καὶ αὐτὸν ἐς τὴν τῶν Μαύρων, ἀδελφοῦ αὐτῷ ἐν τῇ γῇ
στρατευομένου. μῦθοι τὸ μετὰ τοῦτο μακροὶ καὶ διη-
γήσεις, ὡς θηράσειεν αὐτὸς ἐν τῇ Μαυρουσίᾳ, καὶ ὡς

a mo l. l. p. 239 'castigatur. ὥσπερ ἂν] ὡς ἂν H. τοσοῦτο
ΩΦΛΕΓΗC. τοσοῦτον τ. τοιοῦτον ΩΦ et v. τοιοῦτο ΑΓΗ et
pr m Ε. βλέποι] βλέπῃ Λ. μηδ] μὴ δὲ ΛΓ. ἐπαινοίη
ΓΜΟJ. ἐπαινοῖ Ω diserte et Φ et v. ἐπαινῇ Λ et Victorius.
ἐξηγοῖτο ΩΦΛΕΓΗΟΩ et fortasse V. ἐξηγῆτο τ. θαυμάζοι]
θαυμάζῃ Λ. κρηπῖδος κρηπῖδος ΑΓΟ. διεξιοῖς Dekker.
διεξιῶν ΩΦΛ et v, et nec m Ε "sed non a p m, videturque prius
fuisse διεξίοι." Hoc ipsum διεξίοι praetulit Solanus: et absurdum
est participium. Ego vero cum Sommerbrodtio scribere malui
διεξιοίη, ratus in vulgata διεξιῶν id ipsum delituisse.
28. ἐγὼ γοῦν ΩΓ. ἤγωγ' οὖν Λ et v. Cf. Quaest. Luc.
p. 101. ἀναλωκότος ΩΦΛΕΓΗΓ. ἀναλωκότος Γ. ἀναλωκότα a.
ἀνηλωκότος v. et V. Victorius: γρ. ἀνηλωκότος ἐς. ἐς ΩΦΛΓΟJ,
εἰς τ. Μαυσάκας ΩΦΛ. Μαρσάκας Η. Μασάκας J. τὸ ὄνομα
γρ. παρα
Φ. ἀνὰ τὰ] ἄναιτὰ κ. παρατιθεμένους ΩΦΛ et v. προτιθε-
μένους Γ. καὶ ὅτι τὰ μὲν πρῶτα ἐκεῖνοι] καὶ τὰ μὲν πρὸ ἐκεί-
νου (πρὸ οὐκείνου Η) ΦΗ. εἱστίασαν ΩΓΟΗΗ. ἡστιάσαντο Φ ex
correctione. εἱστιάσαντο (εἱ— Ua) τ. et Λ. εἱστίασαν Hermannus
p. 34 primum restituit. τὴν τῶν Μαύρων Lehmannus. τὴν τῶν
μαύρων γῆν ΓΜ. τῶν μαύρων ΩΕΩΩa. τὸν μαύρων ΛΗΡΤΥ. τὴν
Μαύρων τ. et fortasse Φ. εἰς τὴν μαύρων Victorius. αὐτῷ
ΩΦΛ et v. αὐτοῦ ΓΜ. αὐτοῦ τοῦ Ω. τῇ γῇ om Γ (?). ὡς

ἴδοι τοὺς ἐλέφαντας * πολλοὺς ἐν τῇ αὐτῇ συννενιομέ- 37
νους, καὶ ὡς ὑπὸ λέοντος ὀλίγου δεῖν κατατρωθείη, καὶ
ἡλίκους ἰχθῦς ἐσρίπεε ἐν Καισαρείᾳ. καὶ ὁ θαυμαστὸς
συγγραφεὺς ἀφεὶς τὰς ἐν Εὐρώπῳ γιγνομένας σφαγὰς
τοσαύτας καὶ ἐπελάσεις καὶ σπονδὰς ἀναγκαίας καὶ φυ-
λακὰς καὶ ἀντιφυλακὰς, ἄχρι βαθείης ἑσπέρας ἑστιστήκει

θηράσειν αὐτὸς] αὐτὸς ferri vix potest. Coajlelo, ὡς θηράσειν
αὐτὸς (vel etiam, ὁ αὐτὸς —). Intelligitur is, quem supra dixit
ἀποδεδημηκότα et infra nominat Μαλχίωνα τὸν Σύρον. ἐν τῷ
αὐτῷ] inutilem Hemsterhusi in Aucedol. p. (60) conjecturam et ego
in Quaestt. Luc. Praef. p. XI et postea Schaefer ad Demosth. V
p. 43 refutavimus. στενομερίστοτε A p m. συγγραφεὺς ἀφεὶς
τὰς ἐν] συγγραφεὺς ἐφεστὰς ἐν Α. ἐπελάσεις ΩΦΑΕΓΘΗΤΙΙVΥ
Victorius. ἐπελάτοσεις edd. vett. φυλακὰς καὶ ἀντιφυλακὰς, ἄχρι
Hermannus p. 35 ex conjectura itaque ut videtur Ω. φυλακὰς καὶ
ἀρτιφυλακὰς καὶ ἄχρι Α. φύλακας καὶ ἀκρι (voce ἀντιφύλακας
omissa) Φ. φύλακας καὶ ἀντιφύλακας, (ἀντιφυλακίας ΙΙ) ἄχρι ΙΙ et
vulgo. Hanc Hermanni emendationem non minus quam superiorem
ἑστίασαν in censura p. 339 collaudavi. Sic ego ipse et in Aristoph.
Avibus v. 811 pro his φύλακας κατέστησαι olim correxi φύλακὰς
κατέστησαι et in Eurip. Phoenias. v. 709: περὶξ δὲ Καδμείων
πόλιν | φύλακας γ' ἐπήλθον recto scripsi φύλακάς γ' ἐπήλθον et in
Xenoph. Anabas. V, 1. 9: φύλακας (duo codd. φυλακῆς) δὴ μοι
δοκεῖ δεῖν περὶ τὸ στρατόπεδον εἶναι dedum emendavi φύλακας
(quarum emendationum nulla videtur occupata esse), et in eadem
Anabas. III, 2, 1: ἴδοξεν αὐτοῖς προφύλακας καταστήσαντας συγ-
καλεῖν τοὺς στρατιώτας ex optimo codice προφυλακὰς restitui, et
'illud addidi. In Thucydide II, 71 pro vulgata οἱ Ἀθηναῖοι φύλακας
κατεστήσαντο codices nonnullos φύλακας perperam exhibere. Jam
in Xenoph. Oeconomico IV, 6 de rege Persarum haec etiamnunc
ridicule scripta sunt: φύλακας ἐν ταῖς ἀκροπόλεσι τρέφει, quo loco
Cobetus demum (Novae Lectiones p. 573) accentu correcto φύλα-
κὰς reposuit. Omnimoque hic ipse librariorum error patet latissime.
Alia incorrupta manserunt, velut haec: Xenoph. Anabas. IV, 5, 21
φυλακὰς οἵας ἠδύναντο καταστησάμενοι, Arist. Avibus v. 1161 φυ-
λακαὶ καθεστήκασι, Thucyd. I, 113 φυλακὴν κατεστήσαντο, Arrian.
Anabas. V, 11, 2 φυλακαί τε αὐτῷ καθεστηκυῖαι ἦσαν, Diodor.
Sic. III, 12 med. φυλακαὶ — ἐφεστήκασιν, Arist. Lysistr. v. 847
αὕτως τῶν φυλακῶν. Eodemque modo scriptores latini, ut Caesar
De bello civ. III, 8: „custodiisque diligentius dispositis" atque
Tullius in Catilinam I, 3 fin. ἐφεστήκει ΩΦΑΕΓΘΗα. ἀφεστή-
και multae edd. Μαλχίωνα τὸν] μαλχίων ἀντὸν (sic) Α. Pro

ὁρῶν Μαλχίωνι τὸν Σύρον ἐν Καισαρείᾳ σκάροις παρα-
πηγέθεις ἀξίως ὠνούμενον· εἰ δὲ μὴ νὶξ κατέλαβε, τάχ'
ἂν καὶ συνεδείπνει μετ' αὐτοῦ, ἤδη τῶν σκάρων ἐπικυ-
σαμένων. ἅπερ εἰ μὴ ἐνεγέγραπτο ἐπιμελῶς τῇ ἱστορίᾳ,
μεγάλα ἂν ἡμεῖς ἠγνοηκότες ἦμεν, καὶ ἡ ζημία Ῥω-
μαίοις ἀφόρητος, εἰ Μαυσάκας ὁ Μαῦρος διψῶν μὴ
ὕδρα πιεῖν, ἀλλ' ἄδειπνος ἐπανῆλθεν ἐπὶ τὸ στρατόπε-
38 δον. καίτοι πόσα ἄλλα μακρῷ * ἀναγκαιότερα ἐκὼν ἐγὼ
νῦν παρίημι· ὡς καὶ αὐλητρὶς ἦκεν ἐκ τῆς πλησίον κώ-
μης αὐτοῖς, καὶ ὡς δῶρα ἀλλήλοις ἀντέδοσαν, ὁ Μαῦ-
ρος μὲν τῷ Μαλχίωνι λόγχην, ὁ δὲ τῷ Μαυσάκῃ πόρ-
πην, καὶ ἄλλα πολλὰ τοιαῦτα τῆς ἐπ' Εὐρώπῳ μάχης
αὐτὰ δὴ τὰ κεφάλαια. τοιγάρτοι εἰκότως ἄν τις εἴποι
τοὺς τοιούτοις τὸ μὲν ῥόδον αὐτὸ μὴ βλέπειν, τὰς
ἀκάνθας δὲ αὐτοῦ τὰς παρὰ τὴν ῥίζαν ἀκριβῶς ἐπισκο-
πεῖν. 29. ἄλλος, ὦ Φίλων, μάλα καὶ οὗτος γελοῖος,
οὐδὲ τὸν ἕτερον πόδα ἐκ Κορίνθου πώποτε προβεβηκὼς

Μαλχίωνα Victorius μαλχίωνα. Σύρον] σύρου F. ἀξίοις ΦΑ
et v. ἀξίου ΩGΛ et Victorius. ἀξίου etiam E sed a m sec., erase ς.
κατέλαβε] κατελάφθη Δ. τάχ' ἂν Schaefer Melet. crit. p. 49.
τάχα libri omnes. ἤδη] „δὶ E sed notatum ut sporium."
ἐνεγέγραπτο ἐπιμελῶς] ἐπιμελῶς ἐνεγέγραπτο Υ. ἀφόρητος, εἰ
libri. Sed malim: ἀφόρητος ἦν, εἰ —. ὕδρα] ὕδριν Ω. ἀλλ'
ἄδειπνος ἐπανῆλθεν] e codice Φ Franciscus de Furia aliam lectio-
nem daturus per errorem dedit vulgatam. Non male scribi posset:
ἀλλ' [ἄποτος καὶ] ἄδειπνος ἐπανῆλθεν. Cf. Timonem c. 15 init:
ἄποτος καὶ ἄγευστος. ἀναγκαιότερα ΩΛ et v. ἀναγκαιότερα Φ
(ita Φ). γελοιότερα Υ. Quod vulgatur, quasi ironice dictum non-
nulli probarunt. At tam neque signum ironiae (v. c. δὴ vel δῆ-
θεν) deesse poterat, neque omnino h. l. Lucianus jocatur. Contra
nihil aptius quam γελοιότερα dici hic posse et Halmius, et ego in
Quaestt. Luc. p. 329 et Bekker recte judicavimus. Quam tamen γε-
λοιότερα conjectura mera esse videatur (quales in illo ipso Al-
dinae primae margine bene multae insunt): esse in vitiosa ἀναγ-
καιότερα aliud quid latere conjicio, veluti μεταιότερα, vel δια-
κενότερα vel καταγελαστότερα. καὶ ὡς] ὡς om H. πόρπην
ΩΦΛ et v. πόρκην ΕΥVGY et Victorius. τῆς ἐπ'] τῆς δ' ἐπ' H.
τὸ μὲν ῥόδον → τὰς ἀκάνθας δὲ —] cf. Athenaeum III p. 97,
di τὰς ἀκάνθας συνάγων — ἀνθέων τῶν ἡδίστων μηδὲν συνα-
θροίζων.

οὐδ' ἄχρι Κτησιφῶντος ἀποδημήσας, οὔτε γε Συρίαν ἢ
Ἀρμενίαν ἰδὼν ὡδί πως ἤρξατο (μέμνημαι γάρ) „ὦτα * 39
ὀφθαλμῶν ἀπιστότερα· γράφω τοίνυν ἃ εἶδον, οὐχ ἃ
ἤκουσα." καὶ οὕτως ἀκριβῶς ἅπαντα ἑωράκει, ὥστε τοὺς
δράκοντας ἔφη τῶν Παρθυαίων (σημεῖον δὲ πλήθους
τοῦτο αὐτοῖς· χιλίοις γὰρ οἶμαι ὁ δράκων ἄγει) ζῶντας
δράκοντας παμμεγέθεις εἶναι γεννωμένους ἐν τῇ Περσίδι
μικρὸν ὑπὲρ τὴν Ἰβηρίαν· τούτους δὲ τέως μὲν ἐπὶ κον-
τῶν μεγάλων διαδεδεμένους ὑψηλοὺς αἰωρεῖσθαι καὶ πόρ-
ρωθεν ἐπελαυνόντων δέος ἐμποιεῖν, ἐν αὐτῷ δὲ τῷ ἔργῳ
ἐπειδὰν ὁμοῦ ὦσι, λύσαντες αὐτοὺς ἐπαφιᾶσι τοῖς πολε-
μίοις· ἀμέλει πολλοὺς τῶν ἡμετέρων οὕτω καταποθῆναι,
καὶ ἄλλοις περισπειραθέντων αὐτοῖς ἀποπνιγῆναι καὶ
συγκλασθῆναι· ταῦτα δ' ἑστηκὼς ὁρᾶν αὐτός, * ἐν ἀσ- 40
φαλεῖ μέντοι ἀπὸ δένδρου ὑψηλοῦ ποιούμενος τὴν σκο-
πήν. καὶ εὖ γε ἐποίησε μὴ ὁμόσε χωρήσας τοῖς θηρίοις,
ἐπεὶ οὐκ ἂν ἡμεῖς οὕτω θαυμαστὸν συγγραφέα νῦν εἴ-
χομεν, καὶ ἀπὸ χειρὸς αὐτὸν μεγάλα καὶ λαμπρὰ ἐν τῷ

---

39. κεγχρεῶν ΦΙΙ et v. Idque diserte hic legit Thomas Mag.
p. 520 B (p. 216 M). κεγχρίων A. κεγχρεῶνος Γ. κεγχρεῶν G. At κεγ-
χρεῶν E. κιγχρεῶν M. κεγχρεῶν RTV. Antiquior bie lectio est
Κεγχρεῶν, qua forma uti solet Thucydides. Sed vulgaris forma
Κεγχρεαὶ in Luc. Navigio c. 32 certae esse fidei videtur. οὔτε γε
libri recte. Nam et hoc et μήτε γε graecos nedum significat. Falso
G. Hermannus ad Viger. p. 803 ed. sec. οὔτε γε et μήτε γε
ubique substituenda esse conjecit, qui error a Bekkero et h. l. et
in Anachars. c. 11 et alibi repetitus est. Non magis probo, quod
ad h. l. p. 162 C. F. Hermannus et οὔτε γε et οὔτε γε juncta
nedum designare optimina est. ὡδί πως] ita correxi. ὡδὶ πῶς
Victorius. ὡδί v. ὁ δράκων ἄγει] ἄγει ὁ δράκων H. μικρὸν
ὑπὲρ] μικροῦ ὑπὲρ Victorius. ὁμοῦ ὦσι Cohetus V. l. p. 84.
Libri ὁμοῦ ἴωσι, quod in poeta ferri potest (cf. Soph. Oed. R.
v. 1007, Aristoph. Thesmoph. v. 69 et similia), in sermone pe-
destri ferri non potest. αὐτοὺς] αὐτοῖς Φ. αὐτῷ] οὕτω Ω.
περισπειραθέντων ΩΔΕΗUVG. περὶ σπειραθέντων Victorius.
περισπειραθέντων p m et περισπιραθέντων ese in Φ. περισπει-
ραθέντων vulga et F, quod primum a Menagio, tum ab aliis cer-
tatim ut Hemsterhusio Anecd. p. (69) correctum est. δ' ἑστη-
κὼς G. δὲ ἑστηκὼς v. ἐποίησε] ἐποίησεν Φ. οὕτω θαυμα-
στὸν ΔΦΛΗG. θαυμαστὸν οὕτω v. καὶ ἀπὸ χειρὸς αὐτὸν] ab

πολέμῳ τούτῳ ἐργασάμενον· καὶ γὰρ ἐκινδύνευσε πολλὰ
ἐπὶ ἐτρώθη περὶ Σούραν, ἀπὸ τοῦ Κρανείου δῆλον ὅτι
βαδίζων ἐπὶ τὴν Λίμναν. καὶ ταῦτα Κορινθίων ἀκουόν-
των ἀνεγίγνωσκε τῶν ἀκριβῶς εἰδότων ὅτι μηδὲ κατὰ τοί-
χου γεγραμμένον πόλεμον ἑωράκει. ἀλλ᾽ οὐδὲ ὅπλα ἐκεῖνός
γε ᾔδει οὐδὲ μηχανήματα οἷά ἐστιν οὐδὲ τάξεων ἢ κατα-
λοχισμῶν ὀνόματα. πάνυ γοῦν ἔμελεν αὐτῷ πλαγίαν
μὲν φάλαγγα τὴν [ἐπὶ κέρως.] ἐπὶ κέρως δὲ λέγειν τὸ

bis verbis res plane nova incipit, ut particula καὶ sola ferri ne-
queat. Corrigo: καὶ [ταῦτα] ἀπὸ μέρους αὐτὸν — ,,Idque quum,
praesertim quum —.'' Cf. Arist. Lysistr. v. 330 et Luc. Timone
c. 12 init.   κρανείου ΩΕV. κρανίου ΦΑΗΓΘ.   ἀνεγίγνωσκε
ΩΓ. ἀνεγίγνωσκε v.   τοίχου] τοῖχον Α, in quo τοίχων forsitan
latest.   ἀλλ᾽ οὐδὲ] ἀλλὰ οὐδὲ Φ.   πάνυ γοῦν] vide meas
Quaestt. Luc. p. 86.   ἔμελεν ΩΦΕΓ et v. ἔμελλεν ΑΗΘ Victorius
et c d.   πλαγίαν μὲν τὴν φάλαγγα, ἐπὶ κέρως δὲ codd. ad unum
omnes (diserte ΩΦΑΕΗΓΘ) et edd. a b. Sed in Aldina secunda
atque Juntina inter τὴν et inter φάλαγγα vox ὀρθίαν inserta est,
quam primum recepit Solano auctore Keltkino, Jacobitius autem
rursus delevit. Etsi nonnulla, quae his editionibus (c d) peculiaria
sunt, o codice promanarunt (ut hic modo ἔμελλεν pro ἔμελεν),
pleraque tamen hujus generis, uti supra ad c. 2 observavi, mera
nituntur Aldi conjectura, quam F. Asulanus in Juntinam trans-
fudit. Quum sententia non τὴν φάλαγγα in universum sed τὴν ἐπὶ
κέρως sive τὴν ὀρθίαν φάλαγγα requirat: apparet et in codicum
scriptura τὴν φάλαγγα aliquid falsi deesse et Aldam supplemento
suo sententiam bene assecutum esse. At vel sic conjectura Aldum
fefellit. Tum enim neque hoc patet, alteram sententiae partem
necessario addendam fuisse, et post verba πλαγίαν μὲν justa oppo-
sitio ὀρθίαν δὲ hoc verborum ordine poscebat: πλαγίαν μὲν τὴν
ἐπὶ κέρως φάλαγγα, [ὀρθίαν] δὲ λέγειν τ. i. m. ἄγειν. Utrique
vitio egregia Sommerbrodtii emendatio medetur: πλαγίαν μὲν τὴν
ἐπὶ κέρως φάλαγγα, ἐπὶ κέρως δὲ λέγειν — ἄγειν. Quum enim
hoc modo in una dictione ἐπὶ κέρως utromque linguae vitium ver-
tatur: patet et hanc πλαγίαν μέν — ἐπὶ κέρως δὲ justam esse
oppositionem neque alterum membrum deesse ullo modo potuisse;
ut ne addam, secundum hanc correctionem veram sententiam multo
eleganuius atque argutius expressam esse. Ego eadem ratione,
medela paullo etiam leniore hanc persanavi. Satis est enim φά-
λαγγα τὴν pro τὴν φάλαγγα scriptum ac tum verba ἐπὶ κέρως
iterasse, ut supra edidi: πλαγίαν μὲν φάλαγγα τὴν ἐπὶ κέρως, ἐπὶ
κέρως δὲ λέγειν τ. i. m. ἄγειν. Non minus concinna, audacior

ἐπὶ μετώπου ἄγειν. * 30. εἰ δέ τις βέλτιστος ἅπαντα 41
ἐξ ἀρχῆς ἐς τέλος τὰ πεπραγμένα, ὅσα ἐν Ἀρμενίᾳ,
ὅσα ἐν Συρίᾳ, ὅσα ἐν Μεσοποταμίᾳ, τὰ ἐπὶ τῷ Τίγρητι,
τὰ ἐν Μηδίᾳ παντοχοσίοις οὐδ᾽ ὅλοις ἔπεσι περιλαβὼν
συνέτριψε καὶ τοῦτο ποιήσας ἱστορίαν συγγεγραφέναι
φησί. τὴν μέντοι ἐπιγραφὴν ὀλίγου δεῖν μικροτέραν
τοῦ βιβλίου ἐπέγραψεν, „Ἀντιοχιανοῦ τοῦ Ἀπόλλωνος
ἱερονίκου" (δόλιχον γάρ που οἶμαι ἐν παισὶν ἐνενικήκει)
„τῶν ἐν Ἀρμενίᾳ καὶ Μεσοποταμίᾳ καὶ ἐν Μηδίᾳ τῶν
Ῥωμαίοις πραχθέντων ἀφήγησις." 31. ἤδη δ᾽ ἐγώ τινος
ἐπὶ τὰ μέλλοντα συγγεγραφότος ἤκουσα, καὶ τὴν λῆψιν
τὴν Οὐολογέσσου καὶ τὴν Ὀσρόου σφαγήν, ὡς παρα-

---

tamen haec conjectura fuerit: πλαγίαν μὲν φάλαγγα τὸ ἐπὶ κέρως,
ἐπὶ κέρως δὲ λέγειν τὸ ἐπὶ μετώπου ἄγειν. At interdum etiam ἡ
ἐπὶ κέρως φάλαγξ dicitur, velut afferente Gesnero ab Arriano De
Instr. Acie p. 63 ed. Blanc: ὀρθία δὲ (sc. φάλαγξ ἐστίν), ὅταν ἐπὶ
κέρας πορεύηται. Adde Xenoph. Anabas. IV, 8, 11. Itaque pri-
orem conjecturam recepi.   ἐπὶ κέρως δὲ] ἐπικαίρως δὲ A (ut
paullo ante idem A p m ἱππεοντῶν). ἐπικαιρως δὲ H. ἐπικαίρως
δὲ G.   ἐπὶ μετώπου] ἐπὶ τόπου All.
    30. τίγρητι ΩΦΛΕΓΗUG Victoriae. τίγρετι v.   Μηδίᾳ] μη-
δείᾳ ΦΗ.   συνέτριψε Φ et fortassis Ω. συνέγραψε A et v. Vul-
gatam συνέγραψε ineptam esse in censura ed. Herm. p. 240 docui
lectionemque συνέτριψε tum primis in lucem a me prolatam
unice probavi. Hoc verbum nostro I. significare videtur „disper-
didit, corrupit." Cf. Prometh. I, 2 μικρόν τις λίθον ἐμβαλὼν συν-
τρίψειεν ἂν ἅπαντα inprimisque Rhet. Praecept. c. 12 μὴ καὶ
συντρίψω που πεσὼν τὸν ἥρωα ὃν ὑποκρίνομαι.   ἐπέγραψεν]
ἐπέγραψαν (a supra m scr) A.   ἀντιοχιανοῦ Φ.   ἱερονίκου]
ἱεροσνίκου Φ.   δόλιχον] δούλιχον Φ. δολιχὸν FVG.   ἐν παι-
σὶν ἐνενίκησεν GΓ. ἐν παίδεσι νενίκηκε Φ. ἐν παισὶ νενικήκει F et
vulgo. ἐν παισὶ νενίκησεν E. ἐν παισὶ νενίκηκε AHG Victorius et
fortassis Ω. In omnibus editionibus ante Jacobitianam Plusquam-
perfectum legitur; in una Juntina est νενίκησεν. Sed pro vulgata
ἐν παισὶ νενίκησει cum Dindorfio augmento addito scripsi ἐν παι-
σὶν ἐνενίκηκει   τῶν] τὸν A.   Μηδίᾳ] μηδείᾳ E. μηδεία A
(sic A).   τῶν ῥωμαίοις ΩΦΛΗG. Ῥωμαίοις τῶν vulgo.
    31. συγγεγραφότος ΩΦΛΕΗG et Victorius. γεγραφηκότος F.
συγγεγραφηκότος v.   τὴν λῆψιν τὴν ΩΦ (ita Φ) EHG. τὴν λῆψιν
τοῦ ΑΓ. τὴν λῆψιν v.   Οὐολογέσσου Ω. ὀλογέσου A. ὀλογέσου F.

βλαθήσεται τῷ Λέοντι, καὶ ἐπὶ πᾶσι τὸν τροπόφητον
12 ἡμῖν θρίαμβον. οὕτω μαντικῶς " ἅμα ἔχων Ἰσπευθεν
ἤδη πρὸς τὸ τέλος τῆς γραφῆς. ἀλλὰ καὶ πόλιν ἤδη ἐν
τῇ Μεσοποταμίῃ φῆσι μεγέθει τε μεγίστην καὶ κάλλει
καλλίστην· ἔτι μέντοι ἐπισκοπεῖ καὶ διαβουλεύεται, εἴτε
Νίκαιαν [αὐτὴν] ἀπὸ τῆς νίκης χρὴ ὀνομάζεσθαι εἴτε
Ὁμόνοιαν εἴτε Εἰρηνίαν. καὶ τοῦτο μὲν ἔτι ἄκριτον καὶ
ἀνώνυμος ἡμῖν ἡ καλὴ πόλις ἐκείνη, λήρου πολλοῦ καὶ
κορύζης συγγραφικῆς γέμουσα· τὰ δ' ἐν Ἰνδοῖς πραχθη-
σόμενα ὑπέσχετο ἤδη συγγράψειν καὶ τὸν περίπλουν τῆς
ἔξω θαλάττης. καὶ οὐχ ὑπόσχεσις ταῦτα μόνον, ἀλλὰ
καὶ τὸ προοίμιον τῆς Ἰνδικῆς ἤδη συντέτακται, καὶ τὸ
τρίτον τάγμα καὶ οἱ Κελτοὶ καὶ Μαύρων μοῖρα ὀλίγη
σὺν Κασσίῳ πάντες οὗτοι ἐπεραιώθησαν τὸν Ἰνδὸν πο-
ταμόν· ὅ τι δὲ καὶ πράξουσιν ἢ πῶς δέξονται τὴν τῶν

εὐλογίσεο Φ et τ.　　Ὑερόον] εὐφόον Φ, quae lectio fortasse
significat Ὀξυρόον. Vide supra c. 18 med.　　τροπόφητον om E.
　　οὕτω μαντικῶς ΩΦΑΗF̣ι. οὕτω πάνυ μαντικῶς τ.　　φῆσι]
φησιν a. φησι,ος EΗ.　　κάλλει om ΦΑΗ.　　νίκαιαν αὐτὴν ἀπὸ
τῆς νίκης χρὴ ΩΦΑ et τ. νίκαιαν αὐτὴν ἀπὸ τῆς νίκης χρὴ αὐτὴν Ω.
Aut scribendum puto Νίκαιαν ἀπὸ τῆς νίκης χρὴ αὐτήν, aut quod
malim, αὐτὴν prorsus delendum est. Quis enim non conjuncta
voluerit verba Νίκαιαν ἀπὸ τῆς νίκης, sicut eadem conjunxit
Arrianus Anabas. V, 19, 4: καὶ τὴν μὲν Νίκαιαν τῆς νίκης τῆς
κατ' Ἰνδῶν ἐπώνυμον ὠνόμασε, τὴν δὲ Βουκεφάλα ἐς τοῦ ἵππου
τοῦ Βουκεφάλα τὴν μνήμην. Nam in Luciano quoque ἀπὸ τῆς
νίκης oppositionem habent, tacitam illam quidem, non ut in Arriano
verbis expressam.　　εἰρηνίαν ΩΦΑ et τ. εἰ α sce m F (pr α εἰρή-
ναιαν). εἰρηνείαν H, unde conjicias Εἰρήναιαν collatis urbium no-
minibus Νίκαια et Δίκαια. Potest etiam ex F Εἰρήνειαν scribi,
ut Ἀποδίκειαν.　　ἄκριτον] ἄκριτος Δ.　　γέμουσα — ἐνδεῖξ[α]
„haec desunt in antiquo libro." Victorius.　　συγγράψειν Φ. γράψειν
Δ et fortassis Ω et τ.　　θαλάττης] libri θαλάσσης.　　καὶ τὸ προ-
οίμιον H.　　μοῖρα] μοῖρα Δ, quasi voluerit μόρα, quod h. l.
ineptum, necessarium vero in Timone c. 50 fin., ubi pro μοῖρας
tandem μόρας a Dukkero correctum est.　　ὀλίγη ΩΦΑ et τ.
ὀλίγοι F. Conjeceram, Μαύρων μοῖρα οὐκ ὀλίγη. Historicus
enim, uti totus hic l. imprimisque verba πάντες οὗτοι indicant,
quasi de re ingenti et de altera alterius Alexandri adversus Indos
expeditione fabulatur.　　οὗτοι om Δ.　　Ἰνδὸν] ἴδιον Φ. om Α.

Πιπράντων ἐπέλασιν, οὐκ εἰς μακρὰν ἡμῖν ὁ θαυμα- 11
στὸς * συγγραφεὺς ἀπὸ Μουζίριδος ἢ ὑπ' Ὀξυδράκαις
ἱπανέλθῃ. 32. τοιαῦτα πολλὰ ὑπ' ἀπαιδευσίας λέγουσι,
τὰ μὲν ἀξιόρατα οὔθ' ὁρῶντες οὔτ' εἰ βλέποιεν, κατ'
ἀξίαν εἰπεῖν δυνάμενοι, ἐπινοοῦντες δὲ καὶ ἀναπλάττον-
τες ὅ τι κεν ἐπ' ὑκαιρίμαν γλῶσσαν, φασίν, ἔλθῃ, καὶ

ὅ τι δὲ καὶ ΩΑ. ὅ τι δὲ vulgo et fortasse Φ.   ὁ θαυμαστὸς
ΩΑ et v. ὁ om ΦΗΓ.   μουζίριδος ΩΑΕΗΓ. μουζείριδος F.
μουζίριδος ΦΙ. Μουζείριδος v. Olim scripserum: „lege ἀπὸ Μου-
ζίριδος collato Plinio II. N. VI, 26." Correxerunt etiam Gracvius,
Wielandius, Hermannus p. 202 et Jacobitius.   ἀπὸ ἐξυδράκων Α.
ἐπισυέλλοι ΦΑ. ἐπιτελεῖ G.
   32. ὑπ'] ὑπὸ ΩΦΑG.   ἀξιόρατα] ἐξιωθέντα Cobetus V. L.
p. 147 et iterum p. 245 conjecit, i. e. „res spectaculo dignae",
θέας ἄξιαι (Herodot. IX, 109, Lucian. Necyomant. c. 2) sive ut
idem in Zeuxide c. 12 ἄξιαι τοῦ θεάτρου. At ἀξιόρατα, quam
vocem eo magis sanam esse puto, quod hace ἀξιόρατα οὔθ' ὁρῶν-
τες coniiciae posita sunt, ea quoque significat, quae mente per-
spicere operae pretium est, quae eadem supra c. 27 ἀξιομνημό-
νευτα dicta sunt.   οὔθ'] οὔτε ΩΦΛΗΓ.   οὔτ' εἰ βλέποιεν]
οὔτε βλέποιεν ἢ ΩΕΛG Victorius.   ὅ τι κεν] ὅτι κεν G et ut
videtur Φ, ut olim ex ipso lyrico Solanus dedit. Fortasse recte.
   ἐπ' ὑκαιρίμαν Α et vulgo. ἐπί κε ῥῆμα Ωα et a see in E, qui
a pm ἐπικαιρίμαν. Tum ἐπὶ καίρι μαν Φ. ἐπὶ κε, ῥῖμ' Η. ἐπίκε
ῥῆμα F. ἐπεί κε ῥῆμα· Η. ἐπὶ καὶ ῥῆμα Τ et cod. Dourdelotii.
   γλῶσσαν ΩΦΑΕΗΓ. γλῶτταν v.   ἔλθῃ] ἐπέλθῃ Α solus, sed
pergit καὶ τῷ ἀριθμῷ (omisso ἐπί) —.   ὅ τι κεν — ἔλθῃ] hoc
lyrici carminis reliquiae recurrunt in Lucian. Rhetor. Praecept. c. 18,
Athenaeo V p. 217, c, Dionysio De Compos. Verb. c. 1 p. 12 Schaef.,
denique in Strabone I c. 2 p. 35 ed. Kramer. Lyricum poetam
Bergkius in Lyricis Graecis p. 1061 ed. sec. ita scripsisse conjecit:
        Οὐ γὰρ πρέπει πᾶν ὅττι κεν ἐπ' ἀκαιρίμαν
        γλῶσσαν ἵποε Πλθῃ κελαδεῖν.
At ἵποε saltem unius est Strabonis, non item poetae lyrici. Recte
vero Bergkius et πᾶν e Dionysio atque Strabone et ἵποε e solo
Dionysio et κελαδεῖν ex uno Strabone sumta videtur lyrico tribuisse.
Ceterum γλῶσσαν ἵποε ἔλθῃ scribi cum Bergkio vix poterit: id
quod numeri, qui choriambici generis sunt, aegre fieri patiuntur.
Immo, pro ἔλθῃ ex uno Strabone ἴῃ rescribendum erit hoc modo:
        Πᾶν, ὅττι κεν ἐπ' ἀκαιρίμαν
        γλῶσσαν ἵποε Ἰῃ, κελαδεῖν.

ἐπὶ τῷ ἀριθμῷ τῶν βιβλίων ἔτι σεμνυνόμενοι, καὶ μά-
λιστα ἐπὶ ταῖς ἐπιγραφαῖς. καὶ γὰρ σὺ καὶ αἵται παγ-
γέλοιοι· „τοῦ δεῖνος Παρθικῶν τινῶν τοσάδε,“ καὶ σὺ
„Παρθίδος πρῶτον, δεύτερον,“ ὡς Ἀτθίδος δῆλον ὅτι.
ἄλλος ἀστειότερον παρὰ πολύ, (ἀνέγνων γάρ) „Δημη-
τρίου Σηγαλασσέως Παρθινικά.“ . . . . οὐδ᾽ ὡς ἐν γέ-
λωτι ποιήσασθαι καὶ ἐπισκῶψαι τὰς ἱστορίας οὗτω καλὰς

Pro ludulitivo κελαδεῖν lyricus fortasse κελαδεῖ vel κελαδῶν posuerat.
αἵται] αἱ ται A. αἴται (sic) F.   τοῦ δεῖνος] τοῦ δεῖνος τοῦ A.
Παρθικῶν τινῶν τοσάδε] παρθικῶν τινῶντος ἄδε Ω. παρθικῶν τινῶν-
τος. ά δὲ Φ. παρθικὸν τινῶντος· ἄδε F. παρθικικῶν τινῶντος. ά δὲ A.
πρῶτον, δεύτερον] ά ή A (ita A) F. ά καὶ ή VO. a. β. ed. prin-
ceps.   ὡς Ἀτθίδος δῆλον ὅτι] Haec verba Schnieder et Cobetus
(Ornt. De Arte Interpr. p. 68) frustra delent. Immo Lucianus Παρθίς
litulum visit ut ad Philochori aliorumque indicem Ἀτθίς inepte
compositum. Ἀ λοτότε saepe est iroulcum, veluti supra c. 29.
παρὰ πολὺ] παρὰ πολλὰ Φ.   ἀνέγνων γὰρ) haec Solanus et me
ipso (Quaestt. Luc. p. 167) auctoribus recte nunc interpuncta sunt.
Σηγαλασσέως EG. σαγλασσέως Ω. σαγλασίως H. σαγαλασέως
ΦΑΓ et v.   Παρθινικά] ita correxi. παρθινικά Ω. παρθινικά
ΔΟ. παρθοτικικά A et vulgo. At nimis absurda forma est παρ-
θοτικικά, cui ipsa Marrianus repugnat. In antiqua lectione παρ-
θινικά delituit Παρθενικά forma prorsus usitata, in qua per se
nihil est „urbani". At urbanitas in eo inerat, quod primus lacuna
hanstum est substantivo, verbi causa μελετήματα.   Post παρ-
θινικά in Ω annotatam est ἰλλάτιος τι. Cf. Cobetum ad Ornt. De
Arte Interpr. p. 69. Hoc ipso loco nonnulla excidisse dudum
viderant Vorstius, Gesner in versione, Schmieder, Rudolphus, Her-
mannus p. 205 (qui De Saltat. c. 76 apte comparavit) et recentiores
editores plerique omnes. Equidem non majorem esse lacunam sed
pauca tantum verba deesse arbitror. Lucianus enim jam supra
omnia historicorum vitia deinceps castigavit elocutionis, dispositio-
nis et inventionis ipsius, immodicum librorum numerum, inscriptio-
nes denique perversas. Continuo autem c. 33 ad alteram operis
partem, ad historias bene scribendas praecepta transit. Quin etiam
plerasque alias hujus libri lacunas admodum brevis spatii esse
apparet. Sententiam eorum quae desunt jam Vorstius partim non
male divinasse videtur. Equidem haec tali fere modo exploverim:
Παρθενικά [μελετήματα." ταῦτα δὲ πάντα διῆλθον οὐχ ὡς λοι-
δορήσασθαι τοῖς κρείττοσιν,] οὐδ᾽ ὡς ἐν γέλωτι ποιήσασθαι —.
Cf. Lucian. Piscatores c. 2. Si quidquam praeterea excidit, ab
initio lacunae aliud absonae inscriptionis exemplum potest ob-

οὔσας, ἀλλὰ τοῦ χρησίμου ἕνεκα· ὡς ὅστις ἂν ταῦτα καὶ
τὰ τοιαῦτα φεύγῃ, πολὺ μέρος ἤδη ἐς τὸ ὀρθῶς * συγ- 44
γράφειν οὗτος προείληφεν, μᾶλλον δὲ ὀλίγου ἔτι προσ-
δεῖται, εἴ γε ἀληθῶς ἐκεῖνό φησιν ἡ διαλεκτική, ὡς τῶν
ὑμίσων ἡ θατέρου ἄρσις τὸ ἕτερον πάντως ἀντεισάγει.
33. καὶ δὴ τὸ χωρίον σοι, φαίη τις ἂν, ἀκριβῶς ἀνακε-
κάθαρται καὶ αἵ τε ἄκανθαι, ὁπόσαι ἦσαν, καὶ βάτοι
ἐκκεκομμέναι εἰσί, τὰ δὲ τῶν ἄλλων ἐρείπια ἤδη ἐκπε-
φόρηται, καὶ εἴ τι τραχὺ ἦν, [ὑπὸ] τοῦτο λεῖόν ἐστιν.
ὥστε οἰκοδόμει τι ἤδη καὶ αὐτός, ὡς δείξῃς οὐκ ἀνα-
τρέψαι μόνον τὰ τῶν ἄλλων γενναῖος ὢν, ἀλλά τι καὶ
αὐτὸς ἐπινοῆσαι δεξιὸν καὶ ὃ οὐδεὶς ἂν, ἀλλ' οὐδ' ὁ
Μῶμος μωμήσασθαι δύναιτο. 34. φημὶ δὴ τοίνυν τὸν
ἄριστα ἱστορίαν συγγράψοντα * δύο μὲν ταῦτα κορυ- 45

---

literatum case.　　οὗτος] οὕτως Α (ut ego enotavi). αὐτὸς Δ.
Οὗτος recte habet. Cf. Thucydidem II, 64: ὡς οἵτινες — οὗτοι —.
γρ. προο

προσείληφε ΦΛ et v. προσειλήφειν Ω.　　ἀντεισάγει F. Nostram
emendationem προείληφεν (in Quaesti. Lucian. p. 167) omnes ac-
cuti sunt.　　εἴ γε ἀληθῶς Victorin. εἴ γε ἀληθῆ vulgo.

33. εἰ εἴ] εἴην Φ.　　τραχὺ ἦν] hanc Belini conjecturam Bekker
aliique probarunt. τραχὺ ἤδη ΩΓΜΔCa. τραχὺ δὴ Ε p m (sed ἤδη
m rec.). τραχὺ δὴ ΦΑΙΙ et vulgo. καὶ τραχὺ δὴ (τραχίδη Τ) ΤV.
Neque ἤδη neque δὴ neque vero καὶ ferri posse in Quaesti. Luc.
p. 167 et in ecnarn p. 212 recte observavi. Belini conjectura
vitiosam καὶ non ablatum est. Quare καὶ ni suspectum uncis in-
clusi. Hodie conjicio, καὶ εἴ τι τραχὺ ἐδόκει, τοῦτο λεῖόν ἐστιν.

οἰκοδόμει τι ἤδη καὶ αὐτός] ita correxi in Quaesti. Luc. p. 167,
quod caeteri praeter unam Hermannum comprobarunt. οἰκοδομεῖ
τι ἤδη καὶ αὐτός Ε (non ut Solanus calami errore, οἰκοδομεῖ ἤδη
καὶ αὐτός, nam τι in codd. est omnibus). οἰκοδομεῖν τι ἤδη καὶ
αὐτός ΩΦΑΙΙΜΔG. αὐτὸς (κεντατο δεῖ) etiam F. οἰκοδομεῖν τι δεῖ
ἤδη καὶ αὐτὸν vulgo.　　ἀνατρέψαι] ἀναστρέψαι ΦΛ.　　τὰ τῶν
Φ et v. τὸ τῶν ΛΗΓG et fortasais Ω.　　ἀλλ' οὐδ' ὁ Ω et v.
ἀλλ' ὁ ΦΑ. ἀλλ' οὐδὶ ὁ Ω.

34. φημὶ τοίνυν ΩΦΛ et v., sed φημὶ δὴ τοίνυν Ε non im-
probante Dindorfio, qui affert Anacbars. c. 20 Τοῦτο δὴ τοίνυν —.
Adde Φίρε δὴ τοίνυν — Aristophanis ap. Stephan. Byz. s. Τιλ-
μησσός p. 613 Mein.　　συγγράψοντα libri omnes, verum συγ-
γράψοντα Υ conjectura Bekkero, Cobeto V. L. p. 100 aliisque
merito probata.　　κορυφαιότατα] ita recte libri omnes cum Thoma

Lucian. I.　　　　　　　　　　　　　　　　　　6

τιμιώτατα οἴκοθεν ἔχοντα ἥκειν, εὐγένειάν τε παλπαιὴν καὶ
δύναμιν ἐργιχρεσπικήν, τὴν μὲν ἀδίδακτόν τι τῆς φύ-
σεως δῶρον, ἡ δύναμις δὲ πολλῇ τῇ ἀσκήσει καὶ συνε-
χεῖ τῷ πόνῳ καὶ ξύλῳ τῶν ἀρχαίων προσγεγενημένη
ἴσαω. ταῦτα μὲν οὖν ἄτεχνα καὶ οὐδὲν ἐμοῦ συμβούλου
δεόμενα. οὐ γὰρ συνετοὺς καὶ ὀξεῖς ἀποφαίνειν τοὺς
μὴ παρὰ τῆς φύσεως τοιούτους φησὶ τοῦτο ἡμῖν τὸ
βιβλίον· ἐπεὶ πολλοῦ [ἂν] μᾶλλον δὲ τοῦ παντὸς ἂν
ἄξιον, εἰ μεταλλάσαι καὶ μετακοσμῆσαι τὰ τηλικαῦτα
ἐδύνατο, ἢ ἐκ μολύβδου χρυσὸν ἀποφῆναι ἢ ἄργυρον ἐκ
κασσιτέρου, ἢ ἀπὸ Κόνωνος Τιτορμίον ἢ ἀπὸ Λεπτρο-
18 φίδου Μίλωνα ἐξεργάσασθαι. * 35. ἀλλὰ ποῦ τὸ τῆς
τέχνης καὶ τὸ τῆς συμβουλῆς χρήσιμον; οὐκ ἐς ποίησιν
τῶν προσηκόντων, ἀλλ᾽ ἐς χρῆσιν αὐτῶν τὴν προσήκου-

Mag. p. 211, 8 Ritschl.   ἥκειν] Cobetus in V. L. p. 100 δεῖν post
ἥκειν desiderat. At φημὶ est „contendo. s. jubeo, s. anquam cen-
seo." Vide Heindorfium ad Plat. Protagor. p. 593.   ἀποφαίνειν]
ἀποφανεῖν Cobetus V. L. p. 100 conjecit. At recte habet, ἀπο-
φαίνειν — φημὶν h. e. „so reddere contendit." Cf. Eupolis ap.
Hephaest. XIII, 4 p. 77: φημὶ δὲ βροτοῖσι πολὺ πλείονα παρίχειν
ἐγώ —.   πολλοῦ ἂν] ἂν om ΩΦΛΕΙΙΡGa. Neque formula πολλοῦ,
μᾶλλον δὲ τοῦ παντὸς apud Demosthenem, Plutarchum, Lucianum
ipsum alio vocabulo nequam interpellatur, neque ἂν particula deesse
potest. Ex quo sequitur, ἂν post παντὸς demum hoc modo in-
serendum esse: ἐπεὶ πολλοῦ μᾶλλον δὲ τοῦ παντὸς ἂν ἦν ἄξιον —.
     μετακοσμῆσαι] μετακοσμῆσαι ΦG.   ἐδύνατο ΩΦΛ et τ. ἠδύνατο
Ω solus.   μολύβδου Ω. μολίβδου Λ et edd. auto Jacobitium.
ἄργυρον] ἀργύριον Λ.   ἐκ κασσιτέρου ΩΦΛΕΙΙΡUGa. ἀπὸ κασ-
σιτέρου τ.   ἀπὸ Κόνωνος et mox ἀπὸ Λεπτροφίδου libri omnes,
quod recte dictum esse verbum ἐξεργάσασθαι docet, (ut γλύφεσθαι
de statuario illud solemne, v. c. in Lucian. Somnio c. 9 fin. Ita
ἀπὸ h. l. non magis mutandum erit quam in Theocrito Epigramm.
VII, 4: καὶ τοῦ ἀπ᾽ εὐείδεος γλύψαι ἄγαλμα κίθρου. Frustra
igitur Cobetus in V. L. p. 215 vulgarem syntaxin maximeque usi-
tatam ἐκ Κόνωνος atque ἐκ Λεπτροφίδου h. l. substitui voluit.

35. ἀλλὰ ποῦ ΩΦΙΙΤVG. ἀλλὰ που ΛΓ et τ.   ἐς] εἰς ΑG
Victorius.   τῶν προσηκόντων] ita correxi. Libri τῶν προσόντων,
quod absurde dictum esse Solanus vidit. Jam Hermannus p. 217
τῶν μὴ προσόντων dubitanter conjecit probante Sommerbrodio,
denique Cobetus V. L. p. 100 τῶν οὐ προσόντων se emendasse
gloriatur. Qui si recte censuit ποίησιν τῶν προσόντων prave

σαν οἷόν τι ἀμέλει καὶ Ἴακος καὶ Ἡρόδαος καὶ Θίων
καὶ εἴ τις ἄλλος γυμναστῇ ὑπόσχοιντο ἄν σοι, οὐ τὸν * 47
Περδίκκαν παραλαβόντες (εἰ δὴ οὗτός ἐστιν ὁ τῆς μη-
τρυιᾶς ἐρασθεὶς καὶ δι' αὐτὸ καττεικελιμικός, ἀλλὰ μὴ Ἀν-
τίοχος ὁ τῆς Σελεύκου Στρατορίκης ἐκείνης,) ἀποφαίνειν

---

dictum esse: Ita in posterum censebit non solum pravum esse
quod ipse invenit ῥήσειν τῶν οὐ προσόντων. Quasi vero iis rebus
quae plane nullae sunt, uti liceat. Ego vero τῶν προσηκόντων
rescribendum esse dudum videram b. e.: „ars et consilium meum
non attinet ad creandas res ipsas necessarias, sed ad usum earum
necessariam." Τὰ προσήκοντα ea sunt, quae ad rem pertinent,
contra τὰ μηδὲν προσήκοντα supra c. 13 fin. quae eo non per-
tinent. Certae fidei nostram esse correctionem ex antithesi elucet
rhetorica τῶν προσηκόντων et τὴν προσήκουσαν. In antithesi
enim idem vocabulum leviter immutatum repeti eleganter solet,
sicuti De Merc. Conduct. c. 7: οὐχ ἡ τῶν ἀναγκαίων χρεία ἦν
ἤψασκεν, ἀλλ' ἡ τῶν οὐκ ἀναγκαίων ἐπιθυμία. De hoc ipso anti-
thetorum genere Tullius passim optima dedit praecepta (cf. Orator
c. 49 et c. 50).   ἀλλ'] ἀλλὰ Ω.   ἡρόδικος AFETVV. ἡρόδικος G.
ἡρόδικος lemma scholii in E. ἡροδίξης ΩΦΕ. et edd. vett. ἡρο-
δίξης H.   οὐχ (post γυμναστῇ) solus addidit Iustinae editor
contra omnes codices (οὐχ om diserte ΩΦΑΕΗFGabc). Vide quae
supra ad c. 4 init. dicta sunt.   ὑπόσχοιντο ΦΑ et v. ἐπόσχοιντο
ΩΕVG.   οὐ τὸν Περδίκκαν Bekker similiterque jam Marcilius.
τοῦ τὸν περδίκαν Α. τοῦ τὸν etiam G. περδίκαν etiam Victorius.
τοῦτον περδίκαν ΩΦ et v.   παραλαβόντες H et v. λαβόντες ΦΛ.
qui iidem paullo post hoc ipsum παραλαβόντες recte servant.
μητρυᾶς FH. μητρυοῦς G.   δι' αὐτὸ] Ita conjeci. δι' αὐτὰ ΩΕG.
διὰ ταῦτα v. Ita saepe Lucianus δι' αὐτὸ, uti De Merc. Cond.
c. 23 med. et supra c. 8 med., ubi Hermannus p. 60 plurima ejus-
modi collegit.   ὁ τῆς Σελεύκου] Ita conjeci. Libri omnes ὁ τοῦ
Σελεύκου. At tum verba Στρατορίκης ἐκείνης et frigent et cum
praegressis recte conatui nequeunt. Et Antiochum et Perdiccam
novercae amatores fuisse conatabat: parum congruebat, uter eorum
hoc amore conatabuisset. Qui τῆς pro τοῦ emendare noluerit, in
verba Στρατορίκης ἐκείνης ut praecedentium τῆς μητρυᾶς scholium
delere debebit. Et hanc quidem conjecturam olim in censura p. 243
posui posteaeque nonnullis probavi. Ceterum hanc parenthesin εἰ
δὴ — ἐκείνης totam quasi scholium scilicet Graevius atque Solanus
expungi voluerunt. At vero superius illud τὸν Περδίκκαν per se
solum καττεικελημένα ἄνθρωπον significare nullo modo potest. Quare
ista Graevii conjectura nihil est infelicius.   ἀποφαίνειν ὀλυμπιο-

6*

48 ὀλυμπιονίκην καὶ Θεαγένει τῷ Θασίῳ ἢ * Πολυδάμαντι
τῷ Σκοτουσσαίῳ ἀντίπαλον, ἀλλὰ τὴν δοθεῖσαν ὑπόθεσιν
εἴη νῦ πρὸς ἐπιδοχὴν τῆς γυμναστικῆς παρὰ πολὺ ἀμείνω
ἀποφαίνων μετὰ τῆς τέχνης. ὥστε ὑπέστω καὶ ἡμῶν
τὸ ἐπίφθονον τοῦτο τῆς ὑποσχέσεως, εἰ τέχνην φαμὶν
ἐφ' οὕτω μεγάλῳ καὶ χαλεπῷ τῷ πράγματι εἰρηκέναι.
οὐ γὰρ ὁντινοῦν παραλαβόντες ἀποφανεῖν συγγραφία
ἡμεῖν, ἀλλὰ τῇ φύσει συνετῷ καὶ ἄριστα πρὸς λόγους
ἐσκευμένῳ ἐποδείξειν ὁδούς τινας ὀρθὰς, εἰ δὴ τοιαῦται
φαίνονται, αἷς χρώμενος θᾶττον ἂν καὶ εὐμαρέστερον
τελέσειεν ἄχρι πρὸς τὸν σκοπόν. 36. καίτοι . . . . . . οὐ
γὰρ ἂν φαίης ἀπροσδεῆ τὸν συνετὸν εἶναι τῆς τέχνης

_____

νίκην et mox ἀμείνω ἀποφαίνειν libri omnes. Utrobique ἀποφανεῖν
conjicero Cobeto V. L. p. 100 placuit. At inter omnes constat
verbum ἐπισχνεῖσθαι cum praesentis infinitivo saepe construi, ut
recte Heindorfius ad Platon. Sophistas p. 329 et Hermannus ad
h. l. p. 219. Adde Schaefer ad Theocr. XXVII, 60, eundem ad
Euripp. Med. v. 731 et Stallbaumium ad Plat. Criton. c. 14 (p. 52, C).
Πολυδάμαντι] haec forma nostra ubique usus est (etiam in Hero-
doto c. 8, Pro Imagion. c. 19 et Deor. Concil. c 12). Contra
Philostratus De Arte Gymnast. c. 1 p. 4 ed. Daremb. habet Πολυ-
δάμαντος (quam formam alii ut Pausanias et ipse Plato solam
norunt); idem tamen c. 22 p. 34 Πολυδάμαντα τὸν Σκοτουσαῖον
(Σκοτούσιον apographum Mynae ibid. p. 100) et Ilerum c. 43 p. 72.
[Haec nunc etiam Cobetus De Phil. Η. Γυμν. p. 7) teligit.]
Σκοτουσαίῳ Bekker. κοττουσαίῳ Α. Σκοτουσσαίῳ vulgo.   μετὰ
τῆς τέχνης] μετὰ τέχνης U.   ἱερανίκει ΩΦΑΕΙΙΔΩ Victorius.
ἐφιερανεῖναι F et vulgo.   ὁντινοῦν] οὐν τιν' οὖν Φ. ὁντιοῦν Α.
ἀποφανεῖν Cobetus in V. L. p. 100. Libri ἀποφαίνειν.   συγ-
γραφία φαμὶν ἀλλὰ] συγγραφία μὲν, ἀλλὰ Φ.   τοιαῦται ΩΛ et ν.
τοιαῦτα ΦΕΙΙΩ.   φαίνονται] φαροῦνται Cobetus V. L. p. 109.
mutatione kintiH.   ἄχρι καὶ (καὶ Α) πρὸς libri omnes. ἄχρι πρὸς
eum G. Langio (Animadvv. ad locos Luciani p. 17) corrigendum
esse in Quaesti. Luc. p. 61 docui verbis adeo iisdem ἄχρι πρὸς
τὸν σκοπὸν e Nigrino c. 36 allatis.
    36. libri Καίτοι οὐ γὰρ ἂν φαίης, quibus verbis Graevius,
Solanus et Gesner merito offensi sunt. Ego nunc post v. καίτοι
signa posui lacunae. Deest autem ejusmodi aliquid: Καίτοι [οὐκ
ἀνωφελὴς οἷσ' εἴτη ἡ παραίνεσις εἰκότως δοκοίη ἂν οὐδ' εὐκατα-
φρόνητος.] Οὐ γὰρ ἂν φαίης —. Olim in Quaesti. Luc. p. 63, ac
quid excidisse videretur, καίτοι — γὰρ eodem modo quo ἀλλὰ —

καὶ διδασκαλίας ἃν ἀγνοεῖ, ἐπεὶ κἂν ἐκιθάριζε μὴ μα-
θὼν καὶ ηὔλει καὶ πάντα ἃν ἠπίστατο. νῦν δὲ μὴ μα-
θὼν οὐκ ἄν τι αὐτῶν χειρουργήσειεν, ὑποδείξαντος δέ
τινος ῥᾳστά ᵃ τε ἂν μάθοι καὶ εὖ μεταχειρίσαιτο ἐφ' αὐ- 49
τοῦ. 37. καὶ τοίνυν καὶ ἡμῖν τοιοῦτός τις ὁ μαθητὴς
νῦν παραδεδόσθω, συνεῖναί τε καὶ εἰπεῖν οὐκ ἀγεννὴς
ἀλλ' ὀξὺ δεδορκώς, οἷος καὶ πράγμασι χρήσασθαι ἄν, εἰ
ἐπιτραπείη, ἀλλὰ καὶ γνώμην στρατιωτικὴν μετὰ τῆς
πολιτικῆς καὶ ἐμπειρίαν στρατηγικὴν ἔχων, καὶ νὴ Δία
καὶ ἐν στρατοπέδῳ γεγονὼς ποτε καὶ γυμναζομένους ἢ
ταττομένους στρατιώτας ἑωρακὼς καὶ ὅπλα εἰδὼς καὶ
μηχανημάτων ἰδίαν καὶ τί ἐπὶ κέρως καὶ τί ἐπὶ μετώ-
που, καὶ πῶς οἱ λόχοι πῶς οἱ ἱππεῖς καὶ πόθεν καὶ
[διὰ] τί ἐξελαύνοιεν ἃν ἢ περιελαύνοιεν, καὶ ὅλως οὐ

γὰρ hic conjuncta voluit. At aequo καίτοι — γὰρ ita usurpatur,
neque ipsum ἀλλὰ — γὰρ hic quidem tolerari posset, neque quae
desunt tacito omnia supplero licet. ἀπροσδεῆ libri. At vero
alteram formam ἀπροσδεᾶ restituendam puto. Sic in Demonacte
c. 4 fn. προσδεᾶ libri habent omnes. ἀγνοεῖ] ἀγνοεῖς H.
αὐτῶν] αὐτὸν A et qui re om G. ῥᾳστά τε ἂν] ῥᾷστα ἂν A.
37. τοιοῦτός τις ὁ μαθητὴς vulgo et fortasse Ω. τοιοῦτός τις
ἔστιν ὃς μαθητής EG. τοιοῦτός τις ἐστιν ὁ μαθητής All Victorius.
τοιοῦτο τί ἐστιν ὁ μαθητής Φ. τοιοῦτός ἐστιν ὁ μαθητής V. In
additamento ἐστιν aliquid videtur latere. ἐπιτραπείη. ἀλλὰ καὶ
γνώμην στρατιωτικὴν μετά] Ita tacito correxit Sommerbrodius.
Libri ἐπιτραπείη. καὶ γνώμην στρατιωτικήν, ἀλλὰ μετά —. Nam
ἀλλὰ καὶ (quod οὐ μόνον non praegresso „quia etiam" significat,)
Luciano frequens est. De hoc usu quam alii exposuerunt, tum
Schaefer ad Bosii Ellips. p. 788 sq. nequeo ad Luc. D. D. III, 1 p. 5.
ἔχων libri omnes. Certatim ἔχων emendatum a Marcilio, Graevio,
Bekkero aliis. ᾗ ταττομένους om AG. μηχανημάτων ἰδίαν]
ita nunc correxi. μηχανήματα ὧτα E. μηχανήματα ἔνια ΩΦΑ et v.
Machinarum naturam (Beſchaffenheit) dixit ἰδίαν, quam vim ἰδία
habet in Herodoto I, 203, Dionysio Hal. Art. Rhet. X, 17 et alibi.
Prorsus eadem sententia bis verbis incst c. 20 μηχανήματα οἷά
ἔστιν. Quod vulgatur ἔνια corruptum esse in Quaest. Luc. p. 167
primus monui. Reliquas conjecturas, quae falsae sunt omnes, Bur-
moister in Quaestt. crit. p. 14 collegit. ἐπὶ μετώπου] ἐπὶ τόπου A.
καὶ πῶς οἱ λόχοι F. om καὶ ΩΦΑ et v. καὶ διὰ τί Ita cor-
rexi. Libri καὶ τί. ἐξελαύνοιεν ἂν ἢ περιελαύνοιεν] ita correxi.
Libri ἐξελαύνειν ἢ περιελαύνειν. Hoc dicit: „quomodo peditum

τῶν κατοικιδίων τις οἰδ' οἷος πιστεύειν μόνον τοῖς
ἀπαγγέλλουσι. 38. μάλιστα δὲ καὶ πρὸ τῶν πάντων
ἐλεύθερος ἔστω τὴν γνώμην καὶ μήτε φοβείσθω * μη-
δένα μήτε ἐλπιζέτω μηδέν, ἐπεὶ ὅμοιος ἔσται τοῖς φαύ-
λοις δικασταῖς πρὸς χάριν ἢ πρὸς ἀπέχθειαν ἐπὶ μισθῷ
δικάζουσιν. ἀλλὰ μὴ μελήτω αὐτῷ μήτε Φίλιππος ἐκκε-
κομμένος τὸν ὀφθαλμὸν ὑπὸ Ἀστέρος τοῦ Ἀμφιπολίτου
τοῦ τοξότου ἐν Ὀλύνθῳ, ὅτι τοιοῦτος οἷος ἐν δειχθή-
σεται· μήτε Ἀλέξανδρος, ὅτι ἀνιάσεται ἐπὶ τῇ Κλείτου
σφαγῇ ὠμῶς ἐν τῷ συμποσίῳ γενομένῃ, εἰ σαφῶς ἀνα-
γράφοιτο. οὐδὲ Κλέων εἰπὸν φοβήσει μέγα ἐν τῇ ἐκκλη-
σίᾳ δυνάμενος καὶ κατέχων τὸ βῆμα, ὡς μὴ εἰπεῖν ὅτι

---

ordines, quomodo equites et unde et quo consilio procurrere in
aciem debeant vel a tergo (hostem) aggredi et circumvenire."
Duplex vitium in librorum scriptura est, unum, quod verba τῶν
οἱ λόγοι τοῖς οἱ ἱππεῖς καὶ πόθεν plane nihil significant, alterum,
quod quasi solum etiam Cobetus V. L. p. 136 animadvertit, quod
vim notivalorum verborum ἐξελαίνειν et περιελαύνειν nemo igno-
rabat, ut absurde dictum sit, καὶ τὶ ἐξελαύνειν ἢ περιελαύνειν.
Cobeti l. l. conjectura: καὶ τὶ ἐξελίττειν ἢ περιελίττειν alteri de
vitiis duobus medetur, alteri non medetur eoque ipso in vitio est.
    τῶν om A.   ἀπαγγέλλοντες ΩΦΑΕ et v. ἀπαγγέλουσιν HO.
ἐπαγγέλλουσιν V.
    39. μήτε ἐλπιζέτω] ita correxi in ceusura p. 213. Libri μηδὲ
(μηδ' G) ἐλπιζέτω.   ἐν Ὀλύνθῳ, ὅτι τοιοῦτος] Ita correxi. ἐν
Ὀλύνθῳ. τοιοῦτος ΦΗ et (qui ante ἐν ὀλύνθῳ interpungit) A. ἐν
Ὀλύνθῳ, ἀλλὰ τοιοῦτος vulgo et fortasse Ω (?). Quod a Bekkero
non correctum esse jure mireris. Hic enim sciebat, quod ego olim
(cf. Quaestt. Luc. p. 168) scire nondum poteram, vocem haud dubie
falsam ἀλλὰ ante τοιοῦτος ab optimis codd. abesse. H. l. ὅτι (inter
ῳ et τοι) facile potuit interoidere.   libri μήτε (μήτ' U solus)
Ἀλέξανδρος ἀνιάσεται. Mela conjecturis adjutus Bekker scripsit
μήτε Ἀλέξανδρος, ὅτι ἀνιάσεται addito ὅτι, quod nunc recepi.
Quanquam idem Bekker debitam huic loco membrorum conclusi-
tatem minime reddidit, quam ego paullo ante sic restitui: μὴ με-
λήτω αὐτῷ μήτε Φίλιππος —, ὅτι τ. ο. η. δειχθήσεται· μήτε Ἀλέξ-
ανδρος, ὅτι ἀνιάσεται —. Mutilata haec esse in Quaestt. Luc.
p. 168 primus monui conjecique aut μήτε Ἀλέξανδρος, εἰ ἀνιάσε-
ται probante O. Hermanno, aut id quod C. F. Hermanno p. 43
aliisque probavi μήτ' εἰ Ἀλέξανδρος ἀνιάσεται. At si ego paullo
ante post Ὀλύνθῳ recte ὅτι inserui: necessario sequitur etiam h. l.

ὄλιθρος καὶ μανικὸς ἄνθρωπος οὗτος ἦν· οὐδὲ ἡ σύμ-
πασα πόλις τῶν Ἀθηναίων, ἣν τὰ ἐν Σικελίᾳ κατὰ
ἱστορῇ καὶ τὴν Δημοσθένους * λῆψιν καὶ τὴν Νικίου 51
τελευτὴν καὶ ὡς ἰδίων καὶ οἷον τὸ ὕδωρ ἔπινον καὶ
ὡς ἐφονεύοντο πίνοντες οἱ πολλοί. ἡγήσεται γὰρ (ὅπερ
δικαιότατον) ὑπ᾽ οὐδενὸς τῶν νοῦν ἐχόντων αὐτὸς ἕξειν
τὴν αἰτίαν, ἢν τὰ δυσπιχῶς ἢ ἀνοήτως γεγενημένα ὡς
ἐπράχθη διηγῆται. οὐ γὰρ ποιητής αὐτῶν, ἀλλὰ μηνυ-
τὴς ἦν· ὥστε κἂν καταναυμαχῶνται οἱ τότε, οὐκ ἐκεῖνος
ὁ καταδύων ἐστί, κἂν φεύγωσιν, οὐκ ἐκεῖνος ὁ διώκων·
ἐκτὸς εἰ μὴ εὔξασθαι δέον παρέλιπεν. ἐπεὶ τοί γε εἰ
σιωπήσας αὐτὰ ἢ πρὸς τοὐναντίον εἰπὼν ἐπανορθώσασ-
θαι ἐδύνατο, ῥᾷστον ἦν ἑνὶ καλάμῳ λεπτῷ τὸν Θουκυ-
δίδην ἀνατρέψαι μὲν τὸ ἐν ταῖς * Ἐπιπολαῖς παρατεί- 52
χισμα, καταδῦσαι δὲ τὴν Ἑρμοκράτοις τριήρη, καὶ τὸν
κατάρατον Γύλιππον διαπεῖραι μεταξὺ ἀποτειχίζοντα καὶ

ὅτι (non εἰ) excidisse.   ὄλιθρος Cobetus V. L. p. 213. Libri
ὀλίθριος errore notissimo.   μανικὸς vulgo ot furiosus Φ. μανι-
κὸς ΩΔΕΟ.   οὗτος ἦν Ω et v. οὐ ἦν Φ. ἦν οὗτος A.   ἦν τὰ]
εἰ τὰ Victorius.   μηνυτής ἦν] ἦν (scil. ὁ Θουκυδίδης). Imper-
fectum recte habet. Frustra hac civitas et Sommerbrodtins, qui v.
ἦν delebat, et ego ipse qui olim conjecit: οὐ γὰρ ποιητής αὐτῶν
ἦν, ἀλλὰ μηνυτής ἐστιν,   καταναυμαχῶνται οἱ τότε,] Ita cor-
rexi. Libri καταναυμαχῶνται, (καταμοτομαχῶνται, A) τότε. At
post τότε non antea duplicis anaphorae indicio jam in censura
p. 241 interpunctum tolui. Tum articulo inserto rescripsi οἱ τότε
(scil. Ἀθηναῖοι, et proximo antecedit ἡ πόλις τῶν Ἀθηναίων).
Formula οἱ τότε (i. e. „qui tum fuerunt") a Stallbaumio ad Plat.
Phaedonem c. 67 p. 251 ed. tert. exemplis illustrata est. Ceterum
inepta est Bekkeri conjectura, ὥστε κἂν καταναυμαχῶνται ποτε —.
Atqui h. l. sermo est de re et de tempore certissimo, de clade
Atheniensium Sicula.   τότε, οὐκ ἐκεῖνος] τότε οὐ κἀκεῖνος A
(sic A).   δέον, παρέλιπεν] Ita primam Solanus ad h. l., deinde
Reiferer ad Demosth. Vol. I p. 291 atque ego ipse in censura
p. 244 correximus. δέον, παρέλιπεν ΒΦΗ et μ cum E (ubi μή τι
supra scriptum). δέον, μή τι παρέλιπεν A et vulgo. Imitatur enim
Lucianus haec verba Demosthenis Olynth. III, 18, 4 Bekk: πλὴν
εἰ δέον εὔξασθαι παραλίπ... .   πρὸς τοὐναντίον ΩΛ. om πρὸς
rp. παρα
ΦΗ   παρατείχισμα] ἀνατείχισμα M.   ἀνατείχισμα Υ.
Γύλιππον ΩΦΛΕΗΥΘ. Γύλιπον add. rell.   ἀποτειχίζοντα] recte

ἀποταφρεύοντα τὰς ὁδοὺς, καὶ τέλος Συρακουσίους μὲν
ἐς τὰς μεθορμίας ἐμβαλεῖν, τοὺς δ᾽ Ἀθηναίους περι-
πλεῖν Σικελίαν καὶ Ἰταλίαν μετὰ τῶν πρώτων τοῦ Ἀλ-
κιβιάδου ἐλπίδων. ἀλλ᾽, οἶμαι, τὰ μὲν πραχθέντα οὐδὲ
Κλωθὼ ἂν ἔτι ἀνακλώσειεν οὐδ᾽ Ἄτροπος μεταιρέψειε,
39. τοῦ δὲ συγγραφέως ἔργον ἕν, ὡς ἐπράχθη, [ἕκαστα,]
εἰπεῖν. τοῦτο δ᾽ οὐκ ἂν δύναιτο, ἄχρι ἂν ἢ φοβῆται
Ἀρταξέρξην ἰατρὸς αὐτοῦ ὢν, ἢ ἐλπίζῃ κάνδυν πορφυροῦν

Jacobitius haec ad Thucyd. VII, 79 med. referri censet ideoque
malam esse conjecturam Letronnii ὑποστιχίζοντα (Topogr. de Syra-
cusæ p. 111).   συρρακουσίους Φλ. σιρακουσίους caeteri libri.
Συρακοσίους Dindorfius, quam formam e codd. Platoni Civitat. III
p. 401 d Bekker reddidit eandemque in Aristophane ap. Athen. XII
p. 527 c metrum postulat. Latini quoque poetae ei Ovidius „Sy-
racōsius" scribere solent. Item in viri nomine formam Συρακόσιος
metrum poscit in Aristoph. Avibus v. 1297 et in Eupolidis versu
ap. schol. ad Avv. v. 1297, ita ut etiam in Lysia Pro Polystrato
26, 3 B. pro Συρακοσίου malim Συρακοσίου. Favet etiam Ionicum
Συρηκόσιος. Aut Dindorfio prorsus adscutiendum est, aut utraque
forma, etiam Συρακούσιος probanda, quam tamen nonnisi vix ullis
nisi antiquissimis dochmiacisque aptam metrum nusquam exposcit.
Quanquam et e certissimo urbis nomine Συράκουσαι civium forma
Συρακούσιος recta poterat profluere, et „Syracusius" Cicero habet
in Tusc. Q. V, 33, 100, et apud ipsum Stephanum Byz. s. Συρά-
κουσαι p. 593 ed. Mein. haec exstant: τὸ ἐθνικὸν Συρακούσιος καὶ
Συρακουσία —, ubi tamen item conjicere licuibit Συρακόσιος καὶ
Συρακοσία.   ἐς ΩΦΛΓ G Victorina. εἰς v.   ἐμβαλεῖν] συμβα-
λεῖν Φ.   τοὺς δ᾽] vulgo. τοὺς δὲ ΩΦΛΓG.   τοὺς δ᾽ Ἀθηναίους]
inter Ἀθηναίους et περιπλεῖν aliquot verba excidisse suspicor,
velut haec verba: τοὺς δ᾽ Ἀθηναίους [ταχυφόρως ἀπεργάσασθαι,
ὥστε] περιπλεῖν.   τὰ μὲν] μὲν om A.   κλωθὼ ἂν ἔτι ΦΗFT
V edd. velt. excepta Florentina. κλωθὼ ἔτι ἂν A. κλωθὼ ἔτι
(omisso ἂν) ΩEGa.   οὐδ᾽] οὐδὲ ΩΦΛΓ.   μεταρέψειε] ἀναρρέψει
F solus.

39. τοῦ δὲ Ω, ut Bekker conjecerat. τοῦ δὴ ΦΛ et v.
Libri ὡς ἐπράχθη εἰπεῖν, quod mendosum est. Fugit editores mea
emendatio a censoro I. I. p. 244 proposita, qua nihil certius puto:
ὡς ἐπράχθη ἕκαστα, εἰπεῖν. Contuli praeter alia Luc. Conviv.
c. 2 init. εἰ βουλοίμεθα τἀληθῆ ἀκοῦσαι καὶ ὅπως ἐπράχθη ἕκαστα.
Verum esse hanc correctionem ex eo patet, quod verba τὰ μὲν
πραχθέντα et postea ὡς ἐπράχθη ἕκαστα ad se invicem referenda
sunt.   ἄχρι Ω. ἄχρις ΦΛ et v.   ἀρταξέρξην ΦΛ et v. ἀρτα-

καὶ στρεπτὸν χρυσοῦν καὶ ἵππον τῶν Νισαίων δέχεσθαι
μισθὸν τῶν ἐν τῇ γραφῇ ἐπαίνων. ἀλλ᾽ οὐ Ξενοφῶν
αὐτὸ ποιήσει, δίκαιος συγγραφεύς, * οὐδὲ Θουκυδίδης, 33
ἀλλὰ κἄν ἰδίᾳ μισῇ τινας, πολὺ ἀναγκαιότερον ἡγήσεται
τὸ κοινὸν καὶ τὴν ἀλήθειαν περὶ πλείονος ποιήσεται
τῆς ἔχθρας κἄν φιλῇ, ὅμως οὐ φείσεται ἁμαρτάνοντος.
ἓν γάρ, ὡς ἔφην, τοῦτο ἴδιον ἱστορίας, καὶ μόνῃ θυτέον
τῇ ἀληθείᾳ, εἴ τις ἱστορίαν γράψων ἴοι, τῶν δ᾽ ἄλλων
ἁπάντων ἀμελητέον αὐτῷ. καὶ ὅλως πῆχυς εἷς καὶ μέ-
τρον ἀκριβές, ἀποβλέπειν μὴ εἰς τοὺς νῦν ἀκούοντας,
ἀλλ᾽ εἰς τοὺς μετὰ ταῦτα συνεσομένους τοῖς συγγράμμα-
σιν. 40. εἰ δὲ τὸ παραυτίκα τις θεραπεύοι, τῆς τῶν
κολακευόντων μερίδος εἰκότως ἂν νομισθείη, οὓς πάλαι
ἡ ἱστορία καὶ ἐξ ἀρχῆς εὐθὺς ἀπέστραπτο, οὐ μεῖον ἢ
κομμωτικὴν ἡ γυμναστική. Ἀλεξάνδρου γοῦν καὶ τοῦτο * 34
ἀπομνημονεύουσιν, ὃς ἡδέως ἂν, ἔφη, πρὸς ὀλίγον
ἀνεβίουν, ὦ Ὀνησίκριτε, ἀποθανών, ὅπως μάθοιμι πῶς
ταῦτα οἱ ἄνθρωποι οἱ τότε ἀναγνώσκουσιν. εἰ δὲ νῦν

ἔφεξεν ΩΙΙ, quod Dinderfius olim probavit.   αὐτοῦ om A.
ἐλπίζει ΩΦΕΗΓΥ. ἐλπίζει A et v.   νισαίων ΦΑ et v. νησαίων
ΩΕΗ. νισσαίων F.   ἐγήσεται M et (ημι γρ. ἡγήσεται) F.   ποι-
ήσεται] ποιήσεται ΕΗ.   ἔχθρας] τέχνης Ca.   οὐ φείσεται A.
οὐκ ἀφέξεται Ω. οὐκ ἀφέξεται vulge et fortasse Φ.   γράψων]
συγγράψων Φ.   ἴοι ΩΦ diserte et v. ἴῃ ΑΓ.   δ᾽ ἄλλων] δὲ
ἄλλων ΩΛΓ.   νῦν om A.   συγγράμμασιν] συγγράμμασι a. γράμ-
μασιν ΦG.⁰

40. τεσσαράκοντα A (sic A more suo).   θεραπεύοι A.   καὶ
ἐξ ἀρχῆς ΩΦΛΕΗΓΥ. ἐξ ἀρχῆς v.   κομμωτικὴν ΩΦΕΥΓ Vic-
torius.   κομμωτικὴ A. κωμωτικὴν H et edd. primae.   ὡς ἡδέως
ΩΛ οἱ ἃ᾽ see ▫ E et v. ἰδίως Φ et p ▫ E. De attica syntaxi
τοῦτο δὲ in Epist. crit. p. XV exposui. Denique ὡς ἡδέως conjec-
tura est Solani, non e codice ullo petita sed ex edd. Basileensi
secunda et tertia. Et ὡς ἡδέως ab h. l. abhorret, quod ubique est
ardenter optantis ut in Aristoph. Ran. v. 512 et Philemone ap.
Stobaeum Flor. XXIX, 30.   ἀνεβίουν] ἂν ἐβίων A (p m). ἀνε-
βίουν Victorius.   Ὀνησίκριτε Solanus. ἀνεισίκρατες H. ὀνησίκραντες
caeteri libri (diserte ΦΑ, sed de Ω parum constat).   ὅπως μά-
θοιμι ΩΦΑΕΗΓΥ Ca. ὡς μάθοιμι v.   πῶς ΓG. ὅπως ΩΦΑ οἱ v.
πῶς breviter dictum idem fere significat quod πῶς ἰόντες ἴχοντες
(cf. Thucyd. I, 22 et de participio Arist. Lysistr. v. 1073).   οἱ

αὐτὰ ἐπαινοῦσι καὶ ἀσπάζονται, μὴ θαυμάσῃς· οἴονται
γὰρ οὐ μικρῷ τινι τῷ δελέατι τούτῳ ἀνασπάσειν ἕκαστος
τὴν παρ' ἡμῶν εὔνοιαν.· Ὁμήρῳ δ' οὖν, καίτοι πρὸς
τὸ μυθῶδες τὰ πλεῖστα συγγεγραφότι ὑπὲρ τοῦ Ἀχιλλέως,
ἤδη καὶ πιστεύειν τινὲς ὑπάγονται, μόνον τοῦτο εἰς
ἀπόδειξιν τῆς ἀληθείας μέγα τεκμήριον τιθέμενοι, ὅτι
μὴ περὶ ζῶντος ἔγραφεν· οὐ γὰρ εὑρίσκουσιν οὗ τινος
ἕνεκα ἐψεύδετ' ἄν.   41. τοιοῦτος οὖν μοι ὁ συγγραφεὺς
ἔστω, ἄφοβος ἀδέκαστος ἐλεύθερος, παρρησίας καὶ ἀλη-
θείας φίλος, [οἷος] ὡς ὁ κωμικός φησι, τὰ σῦκα σῦκα

ἄνθρωποι οἱ τότε] Ita correal. Libri οἱ ἄνθρωποι τότε. Ego οἱ
inserui, quod aboquin, uti recto Sulanus, futuro ἀναγνώσονται opus
owel. Sententia haec est: „ut cognoscam, quo animo haec ho-
minum qui tum futuri sunt legant."   ἀναγνώσονται E. ἀνα-
γινώσονσιν A et v.   τί δὶ νῦν] Poculus: τί δ' οἱ νῦν —.   μι-
κρῷ τινι] μικρόν τι ΦΑΠΡ'Μ. Proximum τῷ om G. Hinc ego οὐ
μικρῷ τῷ δελέατι τούτῳ supra ad c. 7 med. conjeci.   ἡμῶν]
ὑμῶν ΦΡ'.   δ' οὖν] Ita scripsi. γ'οὖν G. γοῦν cuieteri.   ἐψεύ-
δοντα libri omnes (diserte ΩΦΑ). ἐψεύγονται Juntina, scilicet ex
conjectura. Vide quae supra ad c. 4 init. dicta sunt.   ἐψεύδετ'
ἄν] ἐψεύδετο ἄν A.

41. Libri φίλος, ὡς. Inter quae verba ego οἷος inserui. Οἷος
cum Infinitivo junctum est in simillimis locis supra c. 37 bis et
infra c. 43. Adde Charidem. c. 8 fin. Nam aut οἷος aut ὥστε ex-
cidisse docet Infinitivus ὀνομάσαι, quae omnino vera scriptura vi-
detur, docet vero etiam ipsa syntaxis, his verbis παρρησίας καὶ
ἀληθείας φίλος ὡς ὁ κωμικός φησι recedam subesse. Immo verba
παρρησίας καὶ ἀληθείας φίλος minimo comici, sed unius sunt Lu-
ciani. Vulgata scriptura quae corrupta est in causa fuit,· ut Mei-
nekios in Addendis ad Fragm. Com. Graec. p. XXI ed. minor.
duo fragmenta quae haud dubie diversa sunt, confunderet ac per-
inkerto cogeretur. Neque enim hoc pertinet Elenchus deus in
prologo Meaandri apud Lucianum Pseudologid. c. 4 init. Immo
is comici locus, quem Lucianus hic unice spectat, legitur (ut So-
lanus bene viderat) in Luciani ipsius Jove Tragoedo c. 32 fin.:
ἐγὼ γὰρ, ὡς ὁ κωμικός φησι, ἀγροικός εἰμι τὴν σκάφην σκάφην
λέγων (Λέγω ibi Gorfteenais). Totus comici locus ita scribendus
videtur:

   „Ἀγροικός εἰμι, τὴν σκάφην σκάφην λέγων
   τὰ σῦκα σῦκα;"

Ad eundem comici locum alluserunt Philippus ap. Plutarcham
Apophth. p. 178 H: ἀγροίκους εἶναι Μακεδόνας καὶ τὴν σκάφην

τὴν σκάφην δὲ σκάφην ὀνομάσαι, οὐ μίσει οὐδὶ φιλίᾳ
νέμων, οὐδ᾿ * ἐφηδόμενος ἢ ἐλεῶν, ἢ αἰσχυνόμενος ἢ 55
δυσωπούμενος, ἴσος δικαστὴς, εὔνους ἅπασιν ἄχρι τοῦ
μὴ θατέρῳ τι ἀπονείμαι πλεῖον τοῦ δέοντος, ξένος ἐν
τοῖς βιβλίοις καὶ ἄπολις αὐτόνομος ἀβασίλευτος, οὐ τί
τῷδε ἢ τῷδε δόξει λογιζόμενος, ἀλλὰ τί πέπρακται λέ-
γων. 42. ὁ γοῦν Θουκυδίδης εὖ μάλα τοῦτ᾿ ἐνομοθέ-
τησε καὶ διέκρινεν ἀρετὴν καὶ κακίαν συγγραφικὴν, ὁρῶν
μάλιστα θαυμαζόμενον τὸν Ἡρόδοτον, ἄχρι τοῦ καὶ

σκάφην λέγοντας et Julianus Orat. VIII p. 208 A: κατὰ τὸν κω-
μικὸν τὴν σκάφην σκάφην λέγοντα. Plutarchi verba Hermannus
ad h. l. p. 218 attulit, qui sententiam comici hanc esse vidit, „sy-
cophantam appellare qui sycophanta sit, et qui inquilinus, inquili-
num. ὡς ὁ κωμικὸς] ὁ om Φ.   εὖ μὰ οὕτω τὴν σκάφην δὲ
σκάφην] οὕτω, οὕτω. τὴν κεφαλὴν, κεφαλήν. καὶ τὴν σκάφην σκά-
φην Α.   ὀνομάσαι ita F in χρ. ὀνομάσων Μ. ὀνομάσων ΩΑ et
fortasse Φ et v.   Hinc Junsius aliique ἀνομάζειν conjecerunt non
animadversa ea menda, quam paullo ante ad verba φίλος, ὡς no-
tavi.   οὐ μίσει οὐδὶ (οὐδὲ Α) φιλίᾳ νέμων] solvo deos accusa-
tivos. Hodie conjicio, οὐ μίσει οὐδὶν ἢ φιλίᾳ νέμων, collatis
verbis proximis, οὐδ᾿ ἐφηδόμενος ἢ ἐλεῶν. In censura p. 244 vo-
lueram, οὐ μίσει οὐδὶ φιλίᾳ τι νέμων. Non satis bene Valcke-
naerius ad Hippol. v. 1321 p. 306: οὔτι μίσει —. Hoc enim non
οὔτι καὶ οὐδὲν dicendum esset.   οὐδ᾿ ἐφηδόμενος] Ita correxi.
οὐδὲ φιλόμενος ΦΥ. οὐδὲ φειδόμενος (sic) Ω. οὐδὲ φειδόμενος
ΩΑ et vulgo. Vitiosam scripturam φειδόμενος e superiore voce
φιλίᾳ exulans esse apparet. Sed aeque falsam esse lectionem οὐδὲ
φειδόμενος nemo semel monitus negabit. Vult enim Lucianus hi-
storicam ab omni animi perturbatione liberum esse. Atqui nullam
perturbationem genus est φείδεσθαι, parcere. Tot habemus animi
motuum genera sibi opposita, primum amori odium et ad extre-
mum verecundiae pudori vitiosum. Itaque in mendo οὐδὲ φειδόμενος per-
turbatio latet contraria misericordiae. Hinc certa emendatione
scripsi, οὐδ᾿ ἐφηδόμενος, i. e. „neque malis aliorum gaudens, οὐδ᾿
ἐπιχαιρέκακος ὤν.“ De verbo ἐφήδεσθαι, quod etiam in Abdicato
c. 13 exstat, erudite disseruit Reisigius Enarrat. ad Soph. Oed. C.
v. 1383 p. CLXIX.   τι ἀπονείμαι libri. τι deletum volui in cen-
sura p. 244.   πλεῖον libri. At recte opinor Diodorius πλέον.
τοῦ δέοντος om A.
    42. γοῦν Bekker. Libri δ᾿ οὖν.   τοῦτ᾿ ΩΦΑΥΟ, τοῦτο v.
τὸν Ἡρόδοτον om A.   στῆμά τι γὰρ Solanus a Thucydide I, 22.

Μούσας ἑλχθῆναι αὐτοῦ τὰ βιβλία· κτῆμά τε γάρ φησι
μᾶλλον ἐς ἀεὶ συγγράφειν, ἤπερ ἐς τὸ παρὸν ἀγώνισμα,
καὶ μὴ τὸ μυθῶδες ἀσπάζεσθαι, ἀλλὰ τὴν ἀλήθειαν
τῶν γεγενημένων ἀπολείπειν τοῖς ὕστερον. καὶ ἐπάγει
56 τὸ χρήσιμον, καὶ ὃ τέλος ἄν τις εὖ φρονῶν ὑπόθοιτο "
ἱστορίας, ὡς εἴ ποτε καὶ αὖθις τὰ ὅμοια καταλάβοι,
ἔχοιεν, φησί, πρὸς τὰ προπεπραγμένα ἀποβλέποντες εὖ
χρῆσθαι τοῖς ἐν ποσί. 43. καὶ τὴν μὲν γνώμην τοιαύ-
την ἔχων ὁ συγγραφεὺς ἡμῖν μοι· τὴν δὲ φωνὴν καὶ
τὴν τῆς ἑρμηνείας ἰσχὺν, τὴν μὲν σφοδρὰν ἐκείνην καὶ
κάρχαρον καὶ συνεχῆ ταῖς περιόδοις καὶ ἀγκύλην ταῖς
ἐπιχειρήσεσι καὶ τὴν ἄλλην τῆς ῥητορείας δεινότητα ...

In quo est *κτῆμά τε —. κτήματα γάρ* libri (diserto ΦΛ). Deterior
mea conjectura est in censura p. 215: *κτῆμα γάρ*, quam ipsam
in Ω legi e silentio colligendum erat, ut propias fidem esset in Ω
(ut in cacteris libris) *κτήματα γάρ* exstarc.   *μᾶλλον ἐς ἀεί*] *μᾶλλον
ἀεί* Λ.   *τὸ μυθῶδες*] τὸ om Φ.   *ἀσπάζεσθαι*] ἀτάζεσθαι Ω.
ἀπολείπειν] ἀπολιπεῖν ΑΓΩ.   *καταλάβοι*] καταλάβη Λ.   *τὰ
προπεπραγμένα*] ita correxi. Libri τὰ προγεγραμμένα. At prae-
sentibus ante acta, non ante scripta opponi debent. Cum nostra
emendatione cf. Luc. Judic. Vocal. c. 2 fin. τοῖς προπεπραγμένοις
et Clemens Al. Strom. VI p. 637 ed. Sylb. ἐπὶ τοῖς προπεπραγ-
μένοις.   Sunt autem τὰ προπεπραγμένα „res ante gestae,“ sicuti
„res gestae“ τὰ πεπραγμένα dici solent (cf. supra c. 41 fin., infra
c. 31, Aeschyl. Pers. v. 522 ibid. v. 802: in Polybio III, 31 fin.
rum Reiskio et Bekkero scribendum est: τίνος χάριν ὑπάρχθη τὸ
πραχθέν). Non omiserim conjecturam sententiae non minus com-
modam, justo tamen audaciorem Cobeti V. L. p. 147: τὰ προγε-
γενημένα, qui Thucydidis I, 1 atque I, 70 furtasse meminerat. Nostro
loco Lucianus certissime Thucydidem I, 22 fin: καὶ ἐς μὲν ἀκρόα-
σιν — ξύγκειται respexit. Haec sola verba εἴσεσι καὶ αὖθις τὰ
ὅμοια καταλάβοι similia sunt Thucydidels II, 48: εἴ ποτε καὶ αὖ-
θις ἐπιπέσοι.   ἐν ποσὶ Longoli excerpta et teste Bourdeletio
Petri Golmani codex. ἐν πόλεσι diserto ΩΦΛΕΓΗΤΩ et edd. ante
Reitzium.

43. ἑρμηνείας] ἁρμονίας Λ.   ῥητορείας] ῥητορίας ΩΕ.   δεινό-
τητα] post hanc vocem signa posui lacunae. Nam accusativi τὴν
μὲν σφοδρὰν — δεινότητα neque a v. τεθειγμένος pendere possunt
neque omnino habent quo regantur. Quare haec aut corrupta sunt,
ut Hemsterhusio Anecd. p. (61) visum est, aut mutilata, uti Solano,
cui potius adsentior. Suppleas: δεινότητα [μὴ ἐπιδεικνύντος καὶ

μὴ κομιδῇ τεθηγμένος ἀρχέσθω τῆς γραφῆς, ἀλλ' εἰρη-
νικώτερον διατεθειμένος. καὶ ὁ μὲν τοῖς σύστοιχος ἴστω
καὶ πυκνός, ἡ λέξις δὲ σαφὲς καὶ πολιτική, οἵα ἐπιση-
μότατα δηλοῦν τὸ ὑποκείμενον. 44. ὡς γὰρ τῇ γνώμῃ
τοῦ συγγραφέως σκοποὺς ὑπεθέμεθα παρρησίαν καὶ ἀλή-
θειαν, οὕτω δὲ καὶ τῇ φωνῇ αὐτοῦ εἰς σκοπὸς ὁ πρῶ-
τος, * σαφῶς δηλῶσαι καὶ φανότατα ἐμφανίσαι τὸ πρᾶγμα, 37
μήτε ἀπορρήτοις καὶ ἔξω πάτου ὀνόμασι μήτε τοῖς ἀγο-
ραίοις τούτοις καὶ καπηλικοῖς, ἀλλ' ὡς τοὺς μὲν πολλοὺς
συνεῖναι, τοὺς δὲ πεπαιδευμένους ἐπαινέσαι. καὶ μὴν
καὶ σχήμασι κεκοσμήσθω ἀνεπαχθέσι καὶ τὸ ἀνεπιτή-
δευτον μάλιστα ἐχουσιν· ἐπεὶ τοῖς κατηρτυμένοις τῶν
ζωμῶν ἐοικότας ἀποφαίνει τοὺς λόγους. 45. καὶ ἡ μὲν
γνώμη κοινωνείτω καὶ προσαπτέσθω τι καὶ ποιητικῆς,
παρ' ὅσον μεγαληγόρος καὶ διηρμένη καὶ ἐκείνη, καὶ
μάλισθ' ὁπόταν παρατάξεσι καὶ μάχαις καὶ ναυμαχίαις
συμπλέκηται· δεήσει γὰρ τότε ποιητικοῦ τινος ἀνέμου
ἐπουριάσοντος τὰ ἀκάτια καὶ συνδιοίσοντος ὑψηλὴν καὶ
ἐπ' ἄκρων τῶν κυμάτων τὴν ναῦν. ἡ λέξις δὲ ὅμως * 58
ἐπὶ γῆς βεβηκέτω, τῷ μὲν κάλλει καὶ τῷ μεγέθει τῶν

ὅλως] μὴ κομιδῇ τεθηγμένος —. Cf. infra c. 57 init., c. 58 fin. et
mea ad Aristoph. Thesmophor. p. 676.   τεθηγμένος] τεθηγμένος
fortasse V.   εἰρηνικώτερον ΩG.   οἷα Lehmanns. οἷα A et
valgo.

44. οὕτω] οὕτως Ω.   δὲ (post οὕτω) om A solus. Cf. Quaestt.
Luc. p. 15.   φανότατα ΦΛ et v. φανότατα ΩΕ.   ἀπορρήτοις]
κατηλ
ἀπορρήτοις Ω.   πάτου om Ω.   καπηλικοῖς] πολιτικοῖς M (errore
nam e c. 43 fin. πολιτική).   τοὺς μὲν πολλοὺς F. μὲν τοὺς πολλοὺς
A et fortassis ΩΦ et v.   συνεῖναι ΩΦΑΕFG edd. vett. συνιέναι
HTV et edd. recentiores ante Lehmannum.   καὶ μὴν καὶ] καὶ
μὴν G.   κεκοσμήσθω A.   ἐπεὶ] ἐπὶ Φ.   ἀποφαίνειν Φ. ἀπο-
φαίνει A et fortassis Ω et v. ἀποφαίνει correxi in Quaestt. p. 168
idque in censura p. 213 recte tenui. Nam et subjectam esse debere
ὁ συγγραφεύς docui, et ἐπεί, ubi id quidam sit „nam alioqui,"
nostrum cum futuro componere solere, ut in D. Mort. X, 5, Timona
c. 9, supra c. 38.

45. μεγαληγόρος FG. μεγαλήγορος v.   καὶ ἐκείνη] καὶ om
F.   ἐπουριάσοντος] ἐπουριάσαντος ΦΕ.   ὅμως] ὁμοίως ΔG.

λεγομένων συνεπαιρομένη καὶ ὡς ἔνι μάλιστα ὁμοιου-
μένη, ξενίζουσα δὲ .. μηδ᾽ ὑπὲρ τὸν καιρὸν ἐνθουσιῶσα·
κινδύνων γὰρ αὐτῇ τότε ὁ μέγιστος, παρακινῆσαι καὶ
κατενεχθῆναι ἐς τὸν τῆς ποιητικῆς κορύβαντα, ὥστε
μάλιστα πειστέον τηνικαῦτα τῷ χαλινῷ καὶ σωφρονητέον,
εἰδότας ὡς ἱπποτυφία τις καὶ ἐν λόγοις πάθος οὐ μικρὸν
γίγνεται. ἄμεινον οὖν ἐφ᾽ ἵππου ὀχουμένη τότε τῇ
γνώμῃ τὴν ἑρμηνείαν πεζῇ συμπαραθεῖν, ἐχομένην τοῦ
ἐφιππίου, ὡς μὴ ἀπολείποιτο τῆς φορᾶς. 46. καὶ μὴν
καὶ συνθήκῃ τῶν ὀνομάτων εὐκρίτῳ καὶ μέσῃ χρηστέον,
οὔτε ἄγαν ἀφιστάντα καὶ ἀπαρτῶντα, (τραχὺ γὰρ) οὔτε
ῥυθμῷ παρ᾽ ὀλίγον, ὡς οἱ πολλοί, συνάπτοντα· τὸ μὲν
59 γὰρ ἐπαίτιον, τὸ δ᾽ ἀηδὲς τοῖς ἀκούουσι. * 47. τὰ δὲ

συνεπαιρομένη] ἐπαιρομένη Victorius. ξενίζεται δὲ μηδ᾽
ΩΦΑΗΓΩ. μὴ ξενίζεται δὲ μηδ᾽ vulgo. Ego post δὲ lacunae
signa posui. Excidisse puto haec verba: μηδὲ τότε. κινδύ-
νων ΦΑ. κίνδυνον ΩΕΗ et Juntina. κίνδυνος FGU edd. vett.
τότε] τό, τι F et multae edd. ὁ μέγιστος] ita correxi. μέγιστος U
et fortasse Φ. μέγιστον caeteri libri (diserto ΩΛΕΠFG) ut edd.
ante Reitzium, qui hanc Graevii conjecturam recepit: κίνδυνος γὰρ
αὐτῇ τότε μέγιστος. πιστέον Λ et v. πειστέον Ε. πιστέον ΦΗ.
πιστέον Ωκ. πιστευτέον Victorius. Eodem fere vitio et in Aristoph.
Ranis v. 499 pro πειστέον Ravennas πιστέον exhibet et Kuidas ita
loquitur: Πιστέον, δεῖ πιστεύειν, ubi Bernhardyus recte consuit in
Philostr. V. Soph. p. 6 ed. Kays. pro hic: εἰ πιστέα Λύσιππ sal-
tem πιστέα refingendum esse. ἱπποτυφία τις] ἱπποτροφία τ᾽
U. λόγοις] Λέξεσι ΩΕU Victorius. γίνεται ΦΓΩ. ὀχου-
μένῃ] ὀχουμένην ΩΡ. ὀλουμένη U. ἐφιππίου Ω et v. ἐφιππείου
ΦΑ falso. Vide Antiphanem ap. Athen. XI p. 503 b: πῶς οὖν
διωικώμεσθα; τὸ μὲν ἐφίππιον — et Horatius Epist. I, 14, 43:
,,optat ephippia bos.'' ἀπολείποιτο ΦΑΩ.

46. ἀφιστάντα] ἀριστῶντα FG. ὡς οἱ πολλοί] ego vero ὡς
οἱ ποιηταί conjicio, favente quodammodo libro Ω, qui pro συν-
άπτοντα habet συνάπτοντας. Repugnat enim librorum scripturae
nostraeque conjecturae patrocinatur Tullius in Oratore c. LVII
§ 195: ,,neque numerosa, ut poema, neque extra numerum, ut
sermo vulgi, esse debet oratio. Alterum nimis est vinctum —.''
Accedit, quod haec cum superioribus arcte cohaerent. Hoc enim
Lucianus docet, historico et dictionem poeticam (vide c. 45) et
numeros poeticos utique fugiendos esse. τὸ δ᾽] τὸ δὲ ΑF.

πράγματα αὐτὰ οὐχ ὡς ἔτυχε συνακτέον, ἀλλὰ φιλοπό-
νως καὶ ταλαιπώρως πολλάκις περὶ τῶν αὐτῶν ἀνακρί-
ναντα, καὶ μάλιστα μὲν παρόντα καὶ ἐφορῶντα, εἰ δὲ
μή, τοῖς ἀδεκαστότερον ἐξηγουμένοις προσέχοντα καὶ
οὓς εἰκάσειεν ἄν τις ἥκιστα πρὸς χάριν ἢ ἀπέχθειαν
ἀφαιρήσειν ἢ προσθήσειν τοῖς γεγονόσι. κἀνταῦθα ἤδη
καὶ στοχαστικός τις καὶ συνθετικὸς τοῦ πιθανωτέρου
ἔστω. 48. καὶ ἐπειδὰν ἀθροίσῃ ἅπαντα ἢ τὰ πλεῖστα,
πρῶτα μὲν ὑπόμνημά τι συνυφαινέτω αὐτῶν καὶ σῶμα
ποιείτω ἀκαλλὲς ἔτι καὶ ἀδιάρθρωτον· εἶτα ἐπιθεὶς τὴν
τάξιν, ἐπαγέτω τὸ κάλλος καὶ χρωννύτω τῇ λέξει καὶ
σχηματιζέτω καὶ ῥυθμιζέτω. 49. καὶ ὅλως ἐοικέτω τότε
τῷ τοῦ Ὁμήρου Διῒ ἄρτι μὲν τὴν τῶν ἱπποπόλων [εω]
Θρᾳκῶν γῆν ὁρῶντι, ἄρτι δὲ τὴν Μυσῶν. κατὰ ταὐτὰ
γὰρ καὶ αὐτὸς ἄρτι μὲν τὰ Ῥωμαίων ἰδίᾳ ὁράτω καὶ

---

47. συνακτέον ΩΦΛΕΙΙΗΤΥ. συνακτέον FG οἱ vulgo.　πολ-
λάκις om Λ.　ἀνακρίναντα ΦΛΗΥ. ἀνακρίνοντα Ω duorio et v.
τοῦ πιθανωτέρου] τοῦ πιθανωτέρου Η. τοῦ πιθανότερον Φ.　συν-
θετικὸς τοῦ πιθανωτέρου] De h. l. Cobetus V. L. p. 148 haud
dubie fallitur. Optime haec illustrantur verbis Thucydidis 1, 22:
ἐπιπόνως δὲ ηὑρίσκετο (sc. τὰ ἔργα), διότι οἱ παρόντες τοῖς ἔργοις
ἑκάστοις οὐ ταὐτὰ περὶ τῶν αὐτῶν ἔλεγον.

48. πρῶτα μὲν ΩΦ οἱ v. πρῶτον Λ.　αὐτῶν] καὶ αὐτῶν
Victorius, καὶ αὐτὸν G. Pro αὐτῶν ollam F. sec m αὐτόν, qui
a p m αὐτῶν.　ἀκαλλὲς] ἀκαλὲς ΦΓ.　καὶ σχηματιζέτω Solanus.
καὶ χρωματιζέτω ΕΦΛ Victorii codex, scholiastes in codd. Vossii
et Guelferb. secundo et sic vulgo. (do Ω parum constat.) verba
καὶ χρωματιζέτω om editio princeps sola probante Hemsterhusio
Anecd. p. (61). At cum Solani emendationo pulchre conveniunt
superiora c. 46 fin.: καὶ μὴν καὶ σχῆμας κεκοσμήσθω —.

49. τοῦ Ὁμήρου] Il. ν', 4 sq.　μὲν τῶν edd. ante Lehmannum,
sed recte μὲν τὴν τῶν ΩΦΛΓ et fortasse V, ut conjecerat Solanus
collato loco Icaromenipp. c. 11, ubi verba eadem sunt omnesque libri
μὲν τὴν τῶν exhibent.　κατὰ ταῦτα recte edd. vett. et plerasque
recentiorus ante Keitzium, κατὰ ταῦτα ΩΦΓGΗ. κατ ταῦτα Λ.
γὰρ ita vulgo et diserte ΩΦ. om Λ solus.　ἄρτι μὲν τὰ Ῥωμαίων
ἰδίᾳ vulgo recte. ἄρτι μὲν ῥωμαίων ἰδίᾳ ΩΕ. ἄρτι μὲν ἰδίᾳ ΦΛ
(Λ, de quo Jacobitius erravit, more suo ἴδια, hoc est ἰδίᾳ). Apud
Jacobitium II p m ἄρτι μὲν ἴδια et sec m ἄρτι μὲν ῥωμαίων ἴδια.
(At II quoque ut suspicor ἰδίᾳ sive ἰδία cum libris omnibus). Sane

δηλοίτω ήμῖν οἷα ἐγίνετο αὐτῷ ἀφ' ὑψηλοῦ ὁρῶντι,
ἄρτι δὲ τὰ Περσῶν, εἶτ' ἀμφότερα, εἰ μάχοιντο. καὶ ἐν
αὐτῇ δὲ τῇ παρατάξει μὴ πρὸς ἓν μέρος ὁράτω μηδ'
ἐς ἕνα ἱππέα ἢ πεζόν, εἰ μὴ Βρασίδας τις εἴη προπη-
δῶν ἢ Δημοσθένης ἀνακόπτων τὴν ἀπόβασιν, [ἀλλ']
ἐς τοὺς στρατηγοὺς μὲν τὰ πρῶτα, καὶ εἴ τι παρεκελεύ-
σαντο, κἀκεῖνο ἀκηκοέτω, καὶ ὅπως καὶ ἥτινι γνώμῃ καὶ
ἐπινοίᾳ ἔταξαν. ἐπειδὰν δὲ ἀναμιχθῶσι, κοινὴ ἔστω ἡ
θέα, καὶ ζυγοστατείτω ὥσπερ ἐν τρυτάνῃ τὰ γιγνόμενα,

<hr/>

antiqui libri τὰ articulo carent, quem tamen vulgo recte additum
esse opposita ἄρτι δὲ τὰ Περσῶν docent. Multo minus omnium
scriptura librorum ἰδίᾳ mutari potest, sicut opposita verba εἶτ'
ἀμφότερα satis demonstrant. Ita nihil neque sanius est lectione
vulgata neque importunius, quam Jacobiti conjectura, ἄρτι μὲν τὰ
ἴδια, a Bekkero recepta. Neque hic lacunae signis abutendum
erat, quasi incerta lectione et parum explorata. παρατάξει Ω
et v. τάξει ΦΑΗ. μηδ' ἐς vulgo. μηδὲ ἐς ΩΦΡ. μὴ δὲ ἐς Δ.
τὴν ἀπόβασιν] Ita correxi. libri τὴν ἐπίβασιν inepte. Nam
,,occensus in terram'' ita ut supra restitui, ἡ ἀπόβασις graece
dicendus est. Quid, quod Thucydides, quem noster h. l. sequitur, tum
de hac ipsa re IV. 12 habet ,,πειρώμενος ἀποβαίνειν ἀνεκόπη,'' tum
hanc ipsam rem appellat τὴν ἀπόβασιν IV, 9 tum IV, 10 fin. et IV, 11.
Postremo etiam Lucianus voce ἡ ἀπόβασις in D. Mort. XIX, 2, ibid.
XXIII, 1 et in Bis Accusat. c. 9 rectissime usus est.   ἐς τοὺς στρα-
τηγοὺς μὲν] ante haec verba ἀλλὰ, quod in libris deest, in Quaestt.
Luc. p. 168 inserui, emendatione necessaria, quae plerisque, etiam
Cobeto V. L. p. 82 et Sommerbrodtio jure probata est. At Gebtius
nuper ἐς τοὺς στρατηγοὺς μέντοι non bene conjecit. Nam neque
pro bis μὴ — ἀλλὰ dici graece μὴ — μέντοι potest, neque μὲν
mutare dicet, quum verbis ἐς τοὺς στρατηγοὺς μὲν proxima ἐπειδὰν
δὲ ἀναμιχθῶσιν opposita sint.   ἀκηκοέτω F (et in γρ. ἀκηκοέτω).
ἀκηκοέτω Ω. ἀκηκοέτω FΗ. ἀκήκοστο Φ. ἠκηκοέστο Ga. ἀκη-
κοέτω Τ. ἀκηκοέσθω Δ. ἀκουέτω καὶ ἀκηκοέσθω V. ἀκούετω
vulgo. Recte Cobetus V. L. p. 82 ἀκηκοέτω scripsit, ut ipse quo-
que Juvenis conjeceram. At postea Hermannus p. 53 scripturam
ἀκηκοέσθω primus probavit, cui in censura p. 245 respondi Per-
fectum ἠκουόμαι esse non ἀκήκοσμαι, at quod eandem scripturam
in Uorheenii ipse repperissem, postremo adsensus sum. Hinc etiam
Bekker ἀκηκοέσθω recepit. Nunc vero ita scripsi, uti triginta ab-
hinc annis ipse volui, ἀκηκοέτω, quam formam in ipsis codicibus
latere Cobetus l. l. recte ostendit.   καὶ ἥτινι] καὶ εἴ τινι Φ.
ἥτινι (sine καὶ) Δ.   ζυγοστατείτω ὥσπερ Victorii codex. ζυγοστα-

καὶ συνδιακείτω καὶ συμφεγγέτω. * 50. καὶ πᾶσι τού- 41
τοις μέτρον ἐπέστω [τὸ] μὴ ἐς κόρον μηδ᾽ ἀπειροκάλως
μηδὲ νεαρῶς, ἀλλὰ ῥᾳδίως ἀπολυέσθω· καὶ στήσας ἐν-
ταῦθά που ταῦτα ἐπ᾽ ἐκεῖνα μεταβαινέτω, ἢν καιπείγῃ·
εἶτα ἐπανίτω λυθεὶς, ὁπόταν ἐκεῖνα καλῇ. καὶ πρὸς
πάντα σπευδέτω καὶ ὡς δυνατὸν ὁμοχρονείτω καὶ μετα-
πετέσθω ἀπ᾽ Ἀρμενίας μὲν εἰς Μηδίαν, ἐκεῖθεν δὲ ῥοι-
ζήματι ἑνὶ εἰς Ἰβηρίαν εἶτα εἰς Ἰταλίαν, ὡς μηδενὸς
καιροῦ ἀπολείποιτο. 51. μάλιστα δὲ κατόπτρῳ ἐοικυῖαν
παρασχέσθω τὴν γνώμην ἀθόλῳ καὶ στιλπνῷ καὶ ἀκριβεῖ
τὸ κέντρον· καὶ ὁποίας ἂν δέξηται * τὰς μορφὰς τῶν 42
ἔργων, τοιαῦτα καὶ δεικνύτω αὐτὰ, διάστροφον δὲ ἢ
παράχροον ἢ ἑτερόσχημον μηδέν· οὐ γὰρ ὥσπερ τοῖς
ῥήτορσι . . γράψουσιν, ἀλλὰ τὰ μὲν λεχθησόμενα ἔστι

τείτω τότε ὥσπερ vulgo, quocum confer praegressa c. 49 init.
τοιαῦτο τότε.   γεγόμενα] γινόμενα A.   συνδιακείτω Ω et v.
δεικείτω ΦΛΗ. quod poeticum est.   συμφεγγέτω] συμφεγγέτω ΑΗ.
    50. μέτρον] μικρὸν Victorius.   ἐπέστω ΦΑΗΓΤUVV Victo-
rius. ἐπέσθω ΩΕΟ edd. ante Reitzium.   τὸ μὴ ἐς] ita correxi,
μὴ δὲ ἐς Γ solus, μὴ ἐς ceteri libri. Vulgata malo laborat anya-
deto. Reisferbytiani scriptura primo adspectu fortasse placebit. At
μὴ ἐς κόρον in ceteris libris recte scriptum raso et quem ego
addidi τὸ articulum post ἐπέστω excidisse quum alii ejusdem
generis loci tum superior ostendit c. 9 init.: μέτρον ἐπαιτίον τῷ
πράγματι τὸ μὴ ἐπαχθὲς —.   μηδ᾽ vulgo. μηδὶ ΩΑΓ et for-
tasse Φ.   ἀπολυέσθω] ἐπολυέσθω Π. ἐλυέσθω F.   σπευδέτω]
σπιεδέτω Λ p m.   εἰς Ἰβηρίαν εἶτα εἰς ΦΑΓ. ἐς Ἰβηρίαν εἶτα
ἐς Ω et v.   ἀπολίποιτο Φ.
    51. παρασχέσθω Η. παρεγέσθω Ο.   ἀθόλῳ ΩΑ et v. ἀδόλῳ
GTV. δήλῳ Φ.   τὸ κέντρον ΩΦΕΤV. τῷ κέντρῳ AFGH (in H
rasura est in ω vorin κέντρῳ).   παράχρουν] παράχρονον Φ.
Magis atticum est παράχρων, ut ἔγχρων in Arist. Thesmoph. v. 611,
ἄχρων in Plat. Charm. p. 168, D, μελάγχρως ap. Phodium p. 235, 3.
At μελάγχρως est in Luc. Navig. c. 2.   Libri, οὐ γὰρ ὥσπερ
τοῖς ῥήτορσι γράφουσιν (γράφεται s). G om verba τοῖς ῥήτορσι
usque ad πέπρακται γάρ. Ego post τοῖς ῥήτορσι signa posui la-
cunae. Hacc fere exciderunt: οὐ γὰρ, ὥσπερ τοῖς ῥήτορσιν [ἔθος,
ἐπίπλαστα] γράφουσιν —. De locutione ὥσπερ ἔθος in Quaest.
Luc. p. 195 exposui. Sententia enim hacc sana debet: „aeque
enim historici, ut rhetores, commentitia scribunt." Quare et accu-
sativus male deest, qui proximis verbis πέπρακται γάρ ἤδη oppo-

καὶ εἰρήσεται, πέπρακται γὰρ ἤδη, δεῖ δὲ τάξαι καὶ εἰ-
πεῖν αὐτά· ὥστε σὺ τί εἴπωσι ζητητέον αὐτοῖς, ἀλλ᾽ ὅπως
εἴπωσιν. ὅλως δὲ νομιστέον τὸν ἱστορίαν συγγράφοντα
Φειδίᾳ χρῆναι ἢ Πραξιτέλει ἐοικότα ἢ Ἀλκαμένει ἤ τῳ
ἄλλῳ ἐκείνων. οὐδὲ γὰρ οὐδ᾽ ἐκεῖνοι χρυσὸν ἢ ἄργυρον
ἢ ἐλέφαντα ἢ τὴν ἄλλην ὕλην ἐποίουν· ἀλλ᾽ ἡ μὲν
ὑπῆρχε καὶ προϋπεβέβλητο, Ἠλείων ἢ Ἀθηναίων ἢ Ἀρ-
γείων πεπορισμένων, οἱ δὲ ἐπλαττον μόνον καὶ ἔπριον
τὸν ἐλέφαντα καὶ ἔξεον καὶ ἐκόλλων καὶ ἐρρύθμιζον καὶ
ἐπεχνθιζον τῷ χρυσῷ, καὶ τοῦτο ἦν ἡ τέχνη αὐτῶν, ἐς
δέον οἰκονομήσασθαι τὴν ὕλην. τοιοῦτο δή τι καὶ
τὸ τοῦ συγγραφέως ἔργον, εἰς καλὸν διαθέσθαι τὰ πε-
63 πραγμένα καὶ εἰς δύναμιν * ἐναργέστατα ἐπιδεῖξαι αὐτά.

nenlas crat, et dativus τοῖς ῥήτορσιν, nti nunc est explicari nequit.
Quod nisi vox ἔθος vacidit, scribendum erit ὥσπερ οἱ ῥήτορσιν, nt
infra c. 53 legitur οἴχ ὥσπερ οἱ ῥήτορσς. Librorum scriptaram
ὥσπερ τοῖς ῥήτορσς ferri non posse unas fere vidit Holanus, a
Wirlandio nimis inepte derisus. Libri τὰ μὲν λεχθησόμενα ἔστι
καὶ εἴρησεται, oratione non prorsus intolerabili. Longe tamen id
praestat, quod adolescens conjeceram: „τὰ μὲν λεχθησόμενα,
[οἷα] ἐστι, καὶ εἴρησεται,“ collato Tullio De Senectute c. 6: „ut
anni, sic etiam nominantur senes.“ Similiter R. G. Welkinm con-
jeclam Hermannus p. 300 observavit. αὐτὰ Victorius et v.
αὐτῷ Ω. οὐ τί εἰτε Α. συγγράφοντα] γράφοντα Α. Φειδίᾳ
χρῆται ἢ Πραξιτέλει ΩΦΑΕΙΙΙΓΩ. Φειδίᾳ ἢ Πραξιτέλει χρῆναι v.
ἀλκαμένη Φ. ἢ τῳ] ἢ τῷ ΑΙΙΓ et add. quaedam. οὐδὲ
γὰρ οὐδ᾽ v, et fortassis Ω. οὐδὲ γὰρ οὐδὶ ΦΓ. οὐ γὰρ οὐδ᾽ (οὐδὶ Α)
ΑΕΙΙΙΓ. ἰλην om Α. προϋπεβέβλητο ΩΑΙΙ. προϋπεβέβλητο v.
ἠλείων ἢ ἀργείων, ἢ ἀθηναίων Φ hoc verborum ordine. ἐρύθμι-
ζον ΑΙΙα. ἐρ᾽ύθμιζον F. αὐτῶν ἐς vulgo recte. αὐτὰ ἐς ΩΓ.
αὐτὸς ἐς ΙΙΦ et p m (qui ex correctione αὐτοῖς ἐς). αὐτοῖς ἐς
ΑΓΥΩ. αὐτοὺς ἐς U. Lovito αὐτοῖς ἐς omnium paene recentissima
multis tamere probata est. οἰκονομήσασθαι ΩΦΑΕΙΙΓΩ. οἰκο-
δομήσασθαι v. τὴν ὕλην usque ad διαθέσθαι om Ω in textu,
sed in margine explens ἡ ὕλη pro τὴν ὕλην scribit et δή τοι
omittit: ἡ ὕλη τοιαῦτο καὶ τὸ τοῦ συγγραφέως ἔργον εἰς καλὸν
διαθέσθαι τὰ πεπραγμένα. Quae Jacobitius (Vol. IV p. 128) male
pro scholio habuit. τοιοῦτο] τοιοῦτον Μ. δή τι ΩΑΕΙΙΜ.
δή τοι F. δή τοι vulgo et fortasse Φ. τὸ τοῦ] τὸ om Α.
ἐναργέστατα v. et fortasse Ω et sic Φ ex correctione. ἐναργέστατα

καὶ ὅταν τις ἀκροώμενος οἴηται αὐτὰ ὁρᾶν τὰ λεγόμενα
καὶ κατὰ τοῦτο ἐπαινῇ, τότε δὴ τότε ἀπηκρίβωται καί
τὸν οἰκεῖον ἔπαινον ἀπείληφε τὸ ἔργον τῷ τῆς ἱστορίας
Φειδίᾳ. 52. πάντων δὲ ἤδη παρεσκευασμένων, καὶ ἀπρο-
οιμίαστον μέν ποτε ποιήσεται τὴν ἀρχήν, ὁπόταν μὴ
πάνυ κατεπείγῃ τὸ πρᾶγμα προδιασκήσασθαί τι ἐν τῷ
προοιμίῳ· δυνάμει δὲ καὶ τότε φροιμίῳ χρήσεται τῷ
ἀποσαφοῦντι περὶ τῶν λεκτέων. 53. ὁπόταν δὲ καὶ φροι-
μιάζηται, ἀπὸ δυοῖν μόνον ἄρξεται, οὐχ ὥσπερ οἱ ῥή-
τορες ἀπὸ τριῶν, ἀλλὰ τὸ τῆς εὐνοίας παρεὶς προσοχὴν
καὶ εὐμάθειαν ἐμποιήσει τοῖς ἀκούουσι. προσέξουσι μὲν

AFM et p m Φ.   οἴηται αὐτὰ ὁρᾶν τὰ λεγόμενα] sic olim cor-
rexi, ita ut αὐτὰ pro ταῦτα scriberem deleto praecedito μετά.
Libri, οἴηται μετὰ ταῦτα (μεταταῦτα AFa) ὁρᾶν τὰ λεγόμενα.
Bekker verba μετὰ ταῦτα falso delevit probante Coheto V. L.
p. 281.   καὶ κατὰ τοῦτο] Ita correctum est a Bekkero, probante
Coheto V. L. p. 281. Libri καὶ μετὰ τοῦτο (μετατοῦτο F), quod
corruptum esse primus vidit Solanus.   τῷ τῆς] τὸ τῆς ΦΑΗΓ.
    52. ὁπόταν ΩΦΡΗΜ. ὁπότ᾽ ἂν AEUVG. ὅταν (ὅτ᾽ ἂν κ) edd.
ante Schmiederum.   προδιασκήσασθαι] διασκήσασθαί Λ.   τότε]
τῷ τι ΑΜ.   Libri τῷ ἀποσαφοῦντι, quod non intelligo. Conjeci,
τῷ ἀποσαφεῖν τε h. e. „revera tum quoque quasi quodam prooe-
mio utetur clara rerum, de quibus dicendum est, expositione."
Plane sic rl praecessit in verbis προδιασκήσασθαί τι. Tum cf.
locutionem εὐδὴν ἀποσαφὲς Vitar. Auct. c. 11 et in Plat. Cratylo
p. 383, b.   περὶ om G.   λεκτέων Λ et v. λεκτῶν ΩΕG. λεκ-
τῶν Γ. δεκτῶν Φ.

    53. φροιμιάζεται p m F.   μόνον ΦΑΗ, μόν Ω. μό-
νοιν v.   ἄρξεται Λ.   προσοχὴν καὶ Μ et fortassis Ω. προσο-
χήν   ἢ F. προσοχὴν ἢ ΦΛ et v,   ἐμποιήσει Bekker probante
Dindorfio. ἐμποιήσει Φ᾽ΙΙα et p m F. εὐπορίαι᾽ι dλιερτο ΩΕ. ουε m
et vulgo. εὖ πορίαις Λ. οὐκ εὐπορίας G. ἱστορίαι᾽ F solus.
Ἐμποιεῖν est „aliquid alterius animo injicere" (ut in locis Her-
manni ad c. 29 p. 187) quae uatio h. l. requiritur. In cra-
ram p. 246 Lobeckium ad Phryn. p. 595 aocutus lectionem ἐπ-
ποιήσει comprobaram. Sane εὐπορεῖν τινί τι sacpe idem est
quod περιέχειν s. ἱστορεῖν, sicut in omnibus locis, quos Lo-
beckius l. l., Schneider ad Xenoph. Anabas. V, 8, 25 p. 316 et
Schaefer ad Demosth. T. II p. 262 collegerunt. Adjice Alexidis
verba ap. Athen. III p. 124, αι ἔχοντις, οὐδὲν ἐπηπορεῦμεν τοῖς
7*

γὰρ αὐτῷ, ἵν᾽ δείξῃ ὡς περὶ μεγάλων ἢ ἀναγκαίων ἢ
οἰκείων ἢ χρησίμων ἐρεῖ· εὐμαθῆ, δὲ καὶ σαφῆ τὰ ὕστερα
ποιήσει, τὰς αἰτίας προεκτιθέμενος καὶ προορίζων τὰ
64 κεφάλαια τῶν γεγενημένων. * 54. τοιούτοις προοιμίοις
οἱ ἄριστοι τῶν συγγραφέων ἐχρήσαντο, Ἡρόδοτος μὲν,
ὡς μὴ τὰ γενόμενα ἐξίτηλα τῷ χρόνῳ γίνηται, μεγάλα
καὶ θαυμαστὰ ὄντα, καὶ ταῦτα νίκας Ἑλληνικὰς δη-
λοῦντα καὶ ἥττας βαρβαρικάς· Θουκυδίδης δὲ, μέγαν τε
καὶ αὐτὸς ἐλπίσας ἔσεσθαι καὶ ἀξιολογώτατον [καὶ μείζω]
τῶν προγεγενημένων ἐκεῖνον τὸν πόλεμον· καὶ γὰρ πα-

τίλας. At εὐπορεῖν τινί τι potins est „alicui aliquid suppeditare,"
uti crebro dici videmus χρήματά τινι εὐπορεῖν, quae notio a
nostro l. abhorret.   μὲν γάρ] γὰρ om ΦΗ.   ἢ οἰκείων om Α.
ἢ tantum om Φ.   At verba ἢ οἰκείων ad sententiam aptissima
sunt.   τὰ ὕστερα ποιήσει diserte ΩΦ et v. τὰ ὕστερον ποιήσει
N et qui ὕστερα F, quod fortasse probandum. Pro verbis καὶ
σαφῆ — ποιήσει A sic: καὶ σαφέστερα ποιήσει τὰ ὕστερα.
προορίζων R. περιορίζων A et fortasse Φ et v. Ceterum apte
Hermannus contulit eadem fere verba apud Dionys. M. Judic.
De Thucyd. 19 p. 833, 11: αὐτὰ τὰ κεφάλαια τῶν μελλόντων
δηλοῦσθαι προλαμβάνοντες (ita ibi Reiskins pro προσλαμβάνοντες).

54. τὰ] τα A.   ἐξίτηλα τῷ χρόνῳ] ἐξιτηλα τῷ χρόνῳ A
(ita A), quod sic interpretor: ἐξίτηλα τῷ χρόνῳ [l. e. τῷ χρόνῳ
ἐξίτηλα). Hoc enim verborum ordine Herodotus l. 1 ipse utitur:
ὡς μήτε τὰ γενόμενα ἐξ ἀνθρώπων τῷ χρόνῳ ἐξίτηλα γίνη-
ται, μήτε ἔργα μεγάλα τε καὶ θαυμαστά —.   γίνηται, μεγάλα]
γίνηται, καὶ μεγάλα (l et fortasse Φ.   καὶ ταῦτα] καὶ αὐτὰ
ΦΑΗ.   μέγαν τε] μέγαν δὲ (G. Male Bekker μέγαν γε conjecit
invito etiam Thucydide.   Libri καὶ ἀξιολογώτατον καὶ μείζω.
At verba καὶ μείζω ego ut spuria seclusi duce Hermanno p. 316,
quem onus Sommerbrodius secutus est. Neque enim exstant haec
verba in eo loco, qui hic verbotenus repetitus est, Thucyd. I, 1:
ἐλπίσας μέγαν τε ἔσεσθαι καὶ ἀξιολογώτατον τῶν προγεγενημένων
(sc. τοῦτον τὸν πόλεμον). Quumque μέγαν τε καὶ μείζω ad se
invicem referenda essent; apparet verbis καὶ μείζω mortalis voces
καὶ ἀξιολογώτατον reluctante Thucydide delendas fore; nam tum
demum haec quoque por se recte dicta essent: μέγαν τε καὶ αὐτὸς
ἐλπίσας ἔσεσθαι καὶ μείζω τῶν προγεγενημένων —. Nec vero καὶ
μείζω defendere licet alio l., cujus loci hic ab Luciano nulla ratio
habita est, Thucyd. I, 21 Su: δηλώσει ὅμως μείζων γεγενημένος

δήματα ἐν αὐτῷ μεγάλα ξυνέβη γενέσθαι. 55. μετὰ
δὲ τὸ προοίμιον, ἀνάλογον τοῖς πράγμασιν ἢ μηκυνό-
μενον ἢ βραχυνόμενον, εὐαφὲς τε καὶ εὐάγωγος ἔστω ἡ
ἐπὶ τὴν διήγησιν μετάβασις. ἅπαν γὰρ ἀτεχνῶς τὸ λοι-
πὸν σῶμα τῆς ἱστορίας διήγησις μακρά ἐστιν· ὥστε ταῖς
τῆς διηγήσεως ἀρεταῖς κατακεκοσμήσθω, λείως τε καὶ
ὁμαλῶς προϊοῦσα καὶ αὐτῇ ὁμοίως, ὥστε μὴ προὔχειν
μηδὲ κοιλαίνεσθαι. ἔπειτα τὸ σαφὲς ἐπανθείτω, τῇ τε
λέξει, ὡς ἔφην, μεμηχανημένον καὶ τῇ συμπεριπλοκῇ
τῶν πραγμάτων. ἀπόλυτα γὰρ καὶ ἐντελῆ πάντα ποιή-
σει, καὶ τὸ πρῶτον ἐξεργασάμενος ἐπάξει τὸ δεύτερον
ἐχόμενον αὐτοῦ καὶ ἁλύσεως τρόπον συνηρμοσμένον, ὡς

αὐτῶν. ξυνέβη] συνέβη Ο. ξυνέβη Φ „ex correctione; quid
autem fuerit, non satis liquet." Facilior conjectura fuerit, quam
tutior, a prima manu in Florentino codice ξυνηνέχθη scriptum
fuisse. Nam haec verba: „καὶ γὰρ παθήματα — γενέσθαι" sano
ducta sunt e Thucydide I, 23 fuit: „παθήματά τε ξυνηνέχθη γε-
νέσθαι ἐν αὐτῷ τῇ Ἑλλάδι οἷα οὐχ ἕτερα ἐν ἴσῳ χρόνῳ." Potuit
igitur Thucydideum ξυνηνέχθη h. l. retinere, uti Dionysius H. Jud.
de Thucyd. 20 p. 860 retinuit; potuit vero etiam Lucianus ξυνέβη
substituere, quod ipsum verbum idem Dionysius substituit De ad-
mir. vi dic. in Demosth. 39 p. 1071.

55. μετὰ δὲ HUV, probantibus Schmiedero et Schaefero ad
Bos. Ellips. p. 287 et ad Gregor. Cor. p. 216. μέγαν δὲ (l. μέγα
δὲ ΦΛ et v. (de Ω parum constat). τὸ om F. post βραχυ-
νόμενον in V est ἀνάλογον. εὐαφὲς τε καὶ Schaefer H. H.
emendata etiam interpunctione. εὐαφὲς δὲ καὶ diserte ΩΦΛ et v.
εὐαγὴς καὶ H. κατακεκοσμήσθω] κατακεκοσμείσθω ΦH. αὐτῇ
ὁμοίως Solanus et fortasse H. Ceteri libri (diserte ΩΦΛ) αὐτὴ
ὁμοίως. προὔχειν] προέχειν Λ ut solet. μηδὲ κοιλαίνεσθαι]
ita scripsi Hermanno refutato in censura p. 217 itaque fortasse Ω.
Ceteri libri, μήτε κοιλαίνεσθαι. ἐπανθείτω, τῇ τε λέξει]
ΩΦΛHFG. ἐπανθείτω τῇ λέξει vulgo. In censura p. 218 ostendi,
verba ὡς ἔφην ad superius c. 43 et c. 44 referenda esse ideoque
hic τί recipiendum falsoque totumque locum, qui non intellectus
erat, sic accipi debere: „perspicuitas effloresceat (scil. in narratione),
quae (sc. perspicuitas) et dictione, ut supra ostendi, efficiatur et
rerum inter se comprehensione." σεμπεριπλοκῇ] συμπλοκῇ GV.

ἀπόλυτα (τη sce m) F. γὰρ om AG. τὸ πρῶτον] τὸ om
H. ἁλύσεως Victorius et v. ἀλύσεως Λα minus attice. τρόπον

μὴ διακεκύφθαι μηδὲ διηγήσεις πολλὰς εἶναι ἀλλήλαις
παρακειμένας, ἀλλ' ἀεὶ τῷ πρώτῳ τὸ δεύτερον μὴ γειτ
νιᾶν μόνον, ἀλλὰ καὶ κοινωνεῖν καὶ ἀνακεκρῖσθαι κατὰ
65 τὰ ἄκρα. * 56. τάχος ἐπὶ πᾶσι χρήσιμον, καὶ μάλιστα
εἰ μὴ ἀπορία τῶν λεκτέων εἴη· καὶ τοῦτο πορίζεσθαι
χρὴ μὴ τοσοῦτον ἀπὸ τῶν ὀνομάτων ἢ ῥημάτων, ὅσον
ἀπὸ τῶν πραγμάτων. λέγω δὲ, εἰ παραδείοις μὲν τὰ
μικρὰ καὶ ἧττον ἀναγκαῖα, λέγοις δ' ἱκανῶς τὰ μεγάλα·
μᾶλλον δὲ καὶ παραλειπτέον πολλά. οὐδὲ γὰρ ἣν ἑστιᾷς
τοὺς φίλους καὶ πάντα ᾖ παρεσκευασμένα, διὰ τοῦτο
ἐν μέσοις τοῖς πέμμασι καὶ τοῖς ὀρνίοις καὶ λοιπᾶι το
σαύταις καὶ συσὶν ἀγρίοις καὶ λαγῴοις καὶ ὑπογαστρίοις
καὶ σπιρῶν ἐνθήσεις καὶ ἔτνος, ὅτι κάκεῖνο παρε
σκεύασα, ἀμελήσεις δὲ τῶν εὐτελεστέρων. 57. μάλιστα
δὲ σωφρονητέον ἐν ταῖς τῶν ὀρῶν ἢ τειχῶν ἢ ποταμῶν

ΩΦΑΙΙΕΥVG Victorius. τρόπῳ vulgo.   τῷ πρώτῳ τὸ δεύτερον]
Ha correxi. τῷ πρώτῳ τῷ δευτέρῳ Φ. τὸ πρῶτον τῷ δευτέρῳ A
et fortassis Ω et vulgo.   ἀνακεκρῖσθαι AFΩ.
56. ἢ ῥημάτων om Ω.   λέγοις] λέγεις ΦΑ.   δ' ἱκανῶς Φ
et v. δὲ ἱκανῶς AF et fortassis Ω.   Post ἱκανῶς A addit μὲν.

παραλειπτέον Α. παραλειπτέον F.   λαγῴοις Hermannus, quod
in censura p. 237 comprobavi. λαγῴοῖς E. λαγῴοῖς vulgo et
fortassis ΩΦ, parum attice, qua forma Lucianus abstinuit. Nam
in Saturnal. c. 28 pro λαγῴων hinc super λαγῴων editum
est. Denique etiam in Convivio c. 72 λαγῴῷ corruptum videtur.   ὑπογαστρίοις] ὑπογαστρίων Γ. ὑπογαστρίαν V. Tum
A cum verbis: καὶ λαγῴοις καὶ ὑπογαστρίοις.   Verba sic transponenda esse censeo: — καὶ τοῖς ὀρνίοις καὶ συσὶν ἀγρίοις καὶ
λαγῴοις καὶ ὑπογαστρίοις καὶ λοιπᾶι τοσαύταις καὶ σπιρῶν
δὴν ἐνθήσεις —. Etenim verba καὶ λοιπᾶι τοσαύταις quam significare videantur: "denique inter tot patinas" (de quo verulas καὶ
usu in Quaestil. Luc. p. 67 disserui): in ipso fine reponi debent.
Cui transpositioni verborum quam ex A modo enotavi omnino
favere videtur. Ceterum verba ὀρνίοις καὶ συσὶν ἀγρίοις καὶ λα
γῴοις etiam alibi, ut supra c. 20 arctissime conjuncta sunt.
σπιρῶν δὴν] πίρῶν V.   ἐνθήσεις vulgo. ἐνθήσῃς Φ. ἐνθῇς A.
ἐνθῇσει ΩΕΙΙ.   ὅτι ΩΦΑΙΙV et ipse E a p m. εἴ τι idem E rec m.
et vulgo. Veram esse lectionem ὅτι in censura p. 248 docui.
κάκεῖνο libri omnes. Ego vero malim κάκεῖνα.   ἀμελήσεις A.   ἀμε
λήσῃς Η.

ἑρμηνείαις, ὡς μὴ δίναμιν λόγων ἀπειροκάλως παρεπι-
δείκνυσθαι δοκοίης καὶ τὸ σαυτοῦ δρᾶν παρεὶς τὴν ἱστο-
ρίαν, ἀλλ' ὀλίγον προσαψάμενος τοῦ χρησίμου καὶ σα-
φοῖς ἕνεκα μεταβήσῃ, ἐκφυγὼν τὸν ξὸν τὸν ἐν τῷ πράγ-
ματι καὶ τὴν τοιαύτην ἅπασαν λιχνείαν, οἷόν τι, ὁρᾷς,
καὶ Ὅμηρος ὁ μεγαλόφρων ποιεῖ· καίτοι ποιητὴς ὢν
παραθεῖ τὸν Τάνταλον καὶ τὸν Ἰξίονα καὶ τὸν Τιτυὸν
καὶ τοῖς ἄλλους. εἰ δὲ Παρθένιος ἢ Εὐφορίων ἢ Καλ-
λίμαχος ἔλεγε, * πόσοις ἂν οἴει ἔπεσι τὸ ὕδωρ ἄχρι 66
πρὸς τὸ χεῖλος τοῦ Τανάλου ἤγαγεν, εἶτα πόσοις ἂν
Ἰξίονα ἐκύλισε; μᾶλλον δὲ ὁ Θουκυδίδης αὐτὸς ὀλίγα τῷ
τοιούτῳ εἴδει τοῦ λόγου χρησάμενος σαίφαι ὥσπερ εὐθὺς
ἀφίσταται, ἢ μηχάνημα ἑρμηνεύσας, ἢ πολιορκίας σχῆμα
δηλώσας ἀναγκαῖον καὶ χρειῶδες ὄν, ἢ Ἐπιπολῶν σχί-

---

57. δοκοίης καὶ σαφοῖς ἕνεκα continual II medils omissis.   τὸ
σαυτοῦ] τὸ σαυτοῦ A (sic A).   μεταβήσῃ] μεταβὴς ΦΑΙΙ.   τοι-
αύτην] τοιαίτην F.   οἷον ὁρᾷς τι καὶ libri omnes. At ego traus-
possui: οἷόν τι, ὁρᾷς, καὶ — similique modo Sommerbrodtius. De
v. ὁρᾷς mediae orationi interposito in Quaest. Luc. p. 86 uxposui.
Tum οἷόν τι prorsus eodem modo priora continuat supra c. 35 init.,
Verr. Hist. 1, 2 init., Anacbars. c. 20, Ibid. c. 35. Οἷόν τι etiam
alibi exstat ut in D. Mort. XXVII, 4. Contra haec verborum collo-
catio, οἷον ὁρᾷς τι, quam Diodorfius Vol. I p. XIX probat, in
Luciano nusquam reperitur. Omittam falsas de h. l. conjecturas,
in his mean ipsius in censura p. 249 et Durmeistori in Quaestt.
crit. p. 44.   ὁ μεγαλόφρων F solus, ut Hermannus p. 333 con-
jecerat, me in censura p. 249 non improbante. ὡς μεγαλόφρονε Y.
ὡς μεγαλόφρων A. ὡς μεγαλόφρων ΩΦ et v.   καὶ τὸν Τιτυὸν
FG. καὶ Τιτὸν Φ. καὶ Τιτυὸν ΩΑ et v.   καὶ τοὺς ἄλλους ΩΦ
et v. καὶ ἄλλους A.   Εὐφορίων] εὐφρονίνη F.   Καλλίμαχος]
Luciano plane adsentiuntur judices lupritaus Idonei. Naukius in
Opusc. Vol. II p. 9 ed. Welcker. et Meinekius in Aualect. Alexandr.
p. 36: qui „Callimachus, inquit, in summa brevitate est loqua-
cissimus."   ἤγαγεν, εἶτα] ἤγαγε. εἶτα Φ. εἶτα om II.   ἐκύλισε]
ἐκύλισεν Φ, ut paullo ante G habet Ἔλεγεν.   πολιορκίας σχῆμα
antiqui libri omnes (diserto ΩΦΑ). πολιορκίας χρῆμα VY et Jun-
tina ed., interpolatione inepta.   χρειῶδες] χρήσιμον A.   ἢ om
AF. pro eo ἦν habet E.   ἢ πόλεων σχῆμα libri omnes (diserto
ΩΦΑ). Pro ἢ πόλεων Gesner ad b. l., Marklandus ap. Dorvillium
ad Chariton. p. 370. Hemsterhusius in Anecd. p. (61) alii Ἐπι-
πολῶν certatim restituerant. At σχῆμα quoque, quod e verbis

χάσμα, ἢ Συρακοσίων λιμένα. ὅταν μὲν γὰρ τὸν λοιπὸν
διηγῆται καὶ μακρὸς εἶναι δοκῇ, σὺ τὰ πράγματα ἐννόη-
σον· εἶσῃ γὰρ οὕτω τὸ τάχος, καὶ ὡς φεύγοντος ὅμως
ἐπιλαμβάνεται αὐτοῦ τὰ γεγενημένα πολλὰ ὄντα. 58. ἐν
δέ ποτε καὶ λόγους ἐροῦντά τινα δέῃσῃ εἰσάγειν, μά-
λιστα μὲν ἐοικότα τῷ προσώπῳ καὶ τῷ πράγματι οἰκεῖα
λεγέσθω, ἔπειτα ὡς σαφέστατα καὶ ταῦτα· πλὴν ἐφεῖταί
σοι τότε καὶ ῥητορεῦσαι καὶ ἐπιδεῖξαι τὴν τῶν λόγων
δεινότητα. 59. ἔπαινοι μὲν γὰρ ἢ ψόγοι πάνυ πεφεισ-
μένοι * καὶ περιεσκεμμένοι καὶ ἀσυκοφάντητοι, καὶ μετὰ
ἀποδείξεων, καὶ ταχεῖς καὶ μὴ ἄκαιροι, ἐπεὶ ἔξω τοῦ δι-
καστηρίου ἐκεῖνοί εἰσι. καὶ τὴν αὐτὴν Θεοπόμπῳ αἰτίαν
ἕξεις φιλαπεχθημόνως κατηγοροῦντι τῶν πλείστων καὶ

---

praegressa *poliorciae* σχῆμα originem duxit, manifesto corruptum
est. Emendavi autem Ἐπιπολῶν τείχισμα. Voce τείχισμα Thu-
cydides VII, 4 utitur. Quam correctionem Lucianus ipse stabilivit
supra c. 38, ubi recte docuit Atheniensibus optandum fuisse ἀνα-
τρέψαι τὸ ἐν ταῖς Ἐπιπολαῖς παρατείχισμα. Nam illud ipsum παρα-
τείχισμα Thucydide VII, 42 auctore fuit Syracusanorum. Adde
Thucyd. VII, 4: ἐτείχιζον οἱ Συρακόσιοι καὶ οἱ ξύμμαχοι διὰ
τῶν Ἐπιπολῶν ἀπὸ τῆς πόλεως ἀρξάμενοι ἄνω πρὸς τὸ ἐγκάρ-
σιον τεῖχος ἁπλοῦν. At quod ego hic restitui Ἐπιπολῶν τείχισμα,
id etiam ad Athenienses pertinet, qui Epipolas prius munierant, quam
eandem Atheniensibus rursum ereptas munirent Syracusani. Ceterum
Bekker h. l. Ἐπιπολῶν forma cum dubitatione conjecit. Συρα-
κοσίων Diodorus. libri Συρακουσίων. τὸν λοιπὸν vulgo et Sur-
lassia Ω. τὸν πόλεμον H. τὸν τόπον Victorius, τε ... μὲν (sic,
abrasis literis nonnullis) Φ. το μὲν F. τομὸν A (sic A). Eodem
spretat E, in quo pro λοιπὸν legi μὸν dicitur. εἴση γάρ] εἰσὶ
γάρ Φ. οἶτω ΦΛ et v. οὕτως Ω. αὐτοῦ om A. τὰ om
H. αὐτοῦ τὰ usque ad καὶ ταῦτα. πλὴν (c. 58) om a.

58. λόγους] λόγος p m et λόγον ex correctione Φ. δέῃσῃ]
δέῃσαι FH Victorius. ἐοικότα] ἐοικότας FMU.

59. μετὰ ἀποδείξεων] μετὰ ἀποδείξεως Φ, quod non deterius
est vulgato. Certe Polybius X, 24 in simili ac paene gemello loco
bis scripsit μετ' ἀποδείξεως. ταχεῖς] σαφεῖς M lu marg. καὶ
μὴ ἄκαιροι — καὶ τὴν αὐτὴν] Haec quoque aut mutilata videntur
aut corrupta. Nam et verbum, a quo v. Ἔπαινοι pendeat decerni
possit: at neque vocem ἐκεῖνοι intelligere licet, neque καὶ „allo-
quiu" usquam significat. Ilodie lacunam et eam talem fere agnoscere
videor: — ἐκεῖνοί εἰσι, [περὶ ὧν γράφεις. εἰ δ' ἄλλως ποιήσεις,

διατριβὴν ποιουμένῳ τὸ πρᾶγμα, ὡς κατηγορεῖν μᾶλλον
ἢ ἱστορεῖν τὰ πεπραγμένα. 60. καὶ μὴν καὶ μῦθος εἴ
τις παραμπέσοι, λεκτέος μὲν, οὐ μὴν πιστωτέος πάν-
τως, ἀλλ᾽ ἐν μέσῳ θετέος τοῖς ὅπως ἂν ἐθέλωσιν εἰκά-
σουσι περὶ αὐτοῦ· σὺ δ᾽ ἀκίνδυνος καὶ πρὸς οὐδέτερον
ἐπιρρεπέστερος. 61. τὸ δ᾽ ὅλον ἐκεῖνον μοι μέμνησο
(πολλάκις γὰρ τὸ αὐτὸ ἐρῶ) καὶ μὴ πρὸς τὸ παρὸν μό-
νον ὁρῶν γράφε, ὡς οἱ νῦν ἐπαινέσονταί σε καὶ τιμή-
σουσιν, ἀλλὰ τοῦ σύμπαντος αἰῶνος ἐστοχασμένος πρὸς
τοὺς ἔπειτα μᾶλλον σύγγραφε καὶ παρ᾽ ἐκείνων * ἀπαί- 68
τει τὸν μισθὸν τῆς γραφῆς, ὡς λέγηται περὶ σοῦ· „ἐκεῖ-
νος μέντοι ἐλεύθερος ἀνὴρ ἦν καὶ παρρησίας μεστὸς,
οὐδὲν οὔτε κολακευτικὸν οὔτε δουλοπρεπὲς, ἀλλ᾽ ἀλή-
θεια ἐπὶ πᾶσι.“ τοῦτ᾽, εἰ σωφρονοίη τις, ὑπὲρ πάσας
τὰς νῦν ἐλπίδας θεῖτο ἄν, οὕτως ὀλιγοχρονίους οὔσας.
62. ὁρᾷς τὸν Κνίδιον ἐκεῖνον ἀρχιτέκτονα, οἷον ἐποίη-

ἢ κόλαξ εἶναι δόξεις, ἢ καὶ τὴν αὐτὴν —. Vide inprimis infra
c. 63 init.
60. παρεμπέσοι Α. παρεμπέσοι ΩΦΕΥΗΘ. πιστωτέος] πιστω-
τέος a. οἳ δ᾽ ΗΥ et fortasse Φ et Juntina. οἱ δ᾽ ΩΕΥΟ et
qui at solet οἱ δ᾽ Α et reliquae edd. vett. οὐδέτερον] οὐδὲν Α.
61. γὰρ accessit ex ΩΦΑΕΗΥ. τὸ αὐτὸ ΩΕ et vulgo. τοῦτο
ΦΑΥΗ et Juntina. μόνον ὁρῶν] ὁρῶν μόνον Α. γραφίας ι
p m et ex correctione γράφε ὡς οἱ νῦν Φ. ἐπαινέσονται οἱ καὶ
τιμήσουσιν ΩΑΕΗΥΙa et qui se omittere videtur, Φ. ἐπαινέσονταί
οι καὶ τιμήσουσιν vulgo. Cf. censuram nostram p. 219. πρὸς
τοὺς ἔπειτα μᾶλλον σύγγραφε] Ego ut infelicem Schaefari ad
Dionys. II. De Comp. Verb. p 403 adn. conjecturam refellerem,
non alii mero errore Jacobitius scripsit. D. Mort. V, 2 locum
alienissimum, sed aptissimum De Hist. Conser. c. 63 init. in cen-
sura p. 230 comparavi. Adde Isocratem ad Demonic. 11, 4 Bekker.
Post λέγηται delevi καὶ cum ΦΑΥΗ, praeeunte Bekkero. ἐκεῖ-
νος] ἐκεῖνο Υ. μισθὲ] μισθὸς ΩΑΕ. οὔτε — οὔτε Hermannus.
Libri οὐδὲ — οὐδέ. δουλοπρεπές ΩΦΑΕΗΘΥa. δουλοπρεπὲς
ceterae odd. vett. εἰ σωφρονοίη Α et v. εἰ σωφρονεῖ ΩΕΗ.
εἰ σωφρονεῖ Υ. εἰ σωφρονεῖ Ga. εἰ σοι φρονεῖ Φ. πάσας τὰς νῦν
vulgo. τὰς πάσας νῦν ΩΕ. τὰς πάσας τὰς νῦν ΦΑΗ. Scribendum
videtur, ἁπάσας τὰς νῦν. ὀλιγοχρονίους] ὀλιγοχρονίους Victorius.
62. πέργον ΩΦΑΥΗ. πέργον Ο edd. vett. καὶ κάλλιστον]
καὶ om Η. ἔργων ΩΑ et v. ἔργων ΦΕΥΟ. ἐς ΩΦΟ, εἰς Α

σενι οἰκοδομήσας γὰρ τὸν ἐπὶ τῇ Φάρῳ πύργον, μέγι-
στον καὶ κάλλιστον ἔργον ἁπάντων, ὡς πυρσεύοιτο ἀπ'
αὐτοῦ τοῖς ναυτιλλομένοις ἐπὶ πολὺ τῆς θαλάτης καὶ
μὴ καταφέροιντο ἐς τὴν Παραιτονίαν, παγχάλεπον, ὥς
φασιν, οὖσαν, καὶ ἄφυκτον, εἴ τις ἐμπέσοι εἰς τὰ ἕρ-
ματα· οἰκοδομήσας οὖν τὸ ἔργον ἔνδοθεν μὲν κατὰ
τῶν λίθων τὸ αὐτοῦ ὄνομα ἔγραψεν, ἐπιχρίσας δὲ τι-
τάνῳ καὶ ἐπικαλύψας ἐπέγραψε * τοὔνομα τοῦ τότε βα-
σιλεύοντος, εἰδὼς ὅπερ καὶ ἐγένετο, πάνυ ὀλίγου χρόνου
συνεκπεσούμενα μὲν τῷ χρίσματι τὰ γράμματα, ἐκφα-
νησόμενον δέ, „Σώστρατος Δεξιφάνους Κνίδιος θεοῖς
σωτῆρσιν ὑπὲρ τῶν πλωϊζομένων." οὕτως οὐδ' ἐκεῖνος
ἐς τὸν τότε καιρὸν οὐδὲ τὸν αὐτοῦ βίον τὸν ὀλίγον
ἑώρα, ἀλλ' ἐς τὸν νῦν καὶ τὸν ἀεί, ἄχρι ἂν ἑστήκῃ ὁ

<hr>

ἐί v. Παραιτονίαν] παραιτονίαν ΦΛΕΓΩ. ἐς τὴν Παραιτονίαν]
ἐν τῇ παραιτονίῳ Victorius. ἄφυκτον Bulanus. Libri omnes
ἄφινιτον (diserte ΩΦΛΕΓΩ odd. ante Kritzium). Vide quae in
censura p. 250 dixi. εἰς] ἐς U. τὸ ἔργον] αὐτὸ τὸ ἔργον ΦΛ,
lectione inepta, quae unde nata sit, nunc Marcianus docet, in quo
continuo pro τὸ αὐτοῦ ὄνομα legitur: τὸ αὐτὸ ὄνομα. τὸ αὐτοῦ
ὄνομα Reitzius. τὸ αὐτοῦ ὄνομα ΦΛ et v. τὸ αὐτὸ ὄνομα Ω.
ἔγραψεν Λ. ἐπέγραψεν Η. ἐπέγραψεν Φ et v. totum hoc verbum
om Ω. ἐπέγραψε] ἐπέγραψεν Η. βασιλεύοντος] βασιλέως Λ.
Σώστρατος Δεξιφάνους Κνίδιος] Ita libri et h. l. et in schollo
Vossiano ac Guelferbytano ad Icaromen. s. 17 (T. IV p. 291 ed.
Jacobit.). At Σώστρατος Κνίδιος Δεξιφάνους male legitur apud
Strabonem XVII p. 791, D: τοῦτον δὲ (sc. τὸν πύργον) ἀνέθηκε
Σώστρατος Κνίδιος φίλος τῶν βασιλέων, τῆς τῶν πλωϊζομένων
σωτηρίας χάριν, ὥς φησιν ἡ ἐπιγραφή. [Ἐπίγραμμα· Σώστρατος
Κνίδιος Δεξιφάνους θεοῖς σωτῆρσιν ὑπὲρ τῶν πλωϊζομένων.] Ἀλα-
μένου γὰρ οὔσης —. Quae ancis inclusi, ea recte vidit Cobetus
V. L. p. 216 non Strabonis verba esse sed Luciani, ex hoc ipso
loco illa perperam in Strabonem transfusa. Cujusmodi additamentis
pleni sunt codices Strabonis, uti Meinekius in Vindic. Strabon.
p. 8, p. 11, p. 84, p. 241 et alibi verissime docuit. Ego vero dudum
suspicor, marginum scholia Strabonis verbis ipsius tempore inserta
esse: pleraque enim hujus generis, velut haec ipsa de Sostrato ab
scholiastis conscripta esse in oculos lacurrit. πλωϊζομένων]
πλωϊζομένων ΕΗΙG. οὕτως] οὕτος Ω. οὐδ] οὐδὲ ΦΛ. τὸν
αὐτοῦ βίον Reitzius. τὸν αὐτοῦ βίον ΩΦΛ et v. ἐς F. εἰς ΩΦΛ

πύργος καὶ μόνη αὐτοῦ ἡ τέχνη. 63. χρὴ τοίνυν καὶ
τὴν ἱστορίαν οὕτω γράφεσθαι, σὺν τῷ ἀληθεῖ μᾶλλον
πρὸς τὴν μέλλουσαν ἐλπίδα ἤπερ σὺν κολακείᾳ πρὸς τὸ
ἡδὺ τοῖς νῦν ἐπαινουμένοις.

οὗτός σοι κανὼν καὶ στάθμη ἱστορίας δικαίας. καὶ
εἰ μὲν σταθμήσονταί τινες αὐτῇ, εὖ ἂν ἔχοι καὶ εἰς
δέον ἡμῖν γέγραπται, εἰ δὲ μή, κεκύλισται ὁ πίθος ἐν
Κρανίῳ.

ει v.   ἄχρι ἂν F. ἄχρις ἂν ΩΦΛ ει v. μέχρις ἂν Victorius.
ἐστήκει ΥΗGκ. ἐστήκῃ V in γε.

63. ἥπερ] ὕπερ Φ. ἥπερ Λ.   αὐτῇ] αὐτοῦ Victorius.   εἰς
δέον] ubique alias (si recte memini) Lucianus ἐς δέον scripsit.
πίθος ΩΦΛΕΗFGYας. λίθος caeterae edd. ante Reitsiam et U.
κρανίῳ ΦΗG et p m E. κρανίῳ ΩΛΓ ut acc m E et edd.
ante Reitsiam.

Beitz. II p. 702.

1. ΜΙΚΥΛΛΟΣ. Ἀλλὰ σὲ, ὦ κάκιστε ἀλεκτρυών, ὁ Ζεὺς αὐτὸς ἐπιτρίψειε φθονερὸν οὕτω καὶ ὀξύφωνον ὄντα, ὅς με πλουτοῦντα καὶ ἥδιστα ὀνείρατι ξυνόντα καὶ θαυμαστὴν εὐδαιμονίαν εὐδαιμονοῦντα διάτορόν τι καὶ γεγωνὸς ἀναβοήσας ἐπήγειρας, ὡς μηδὲ νύκτωρ γοῦν τὴν πολύ σου μιαρωτέραν πενίαν διαφύγοιμι. καίτοι εἰ
703 γε χρὴ τεκμαίρεσθαι * τῇ τε ἡσυχίᾳ πολλῇ ἔτι οὔσῃ καὶ τῷ κρύει μηδέπω μετὸ ὄρθριον ὥσπερ εἴωθεν ἀποπηγνύντι (γνώμων γὰρ οὗτος ἀψευδέστατός μοι προσελαυνούσης ἡμέρας), οὐδέπω μέσαι νύκτες εἰσίν. ὁ δ᾽ ἄϋπνος οὗτος ὥσπερ τὸ χρυσοῦν ἐκεῖνο κώδιον φυλάττων ἀφ᾽ ἑσπέρας εὐθὺς ἤδη κέκραγεν· ἀλλ᾽ οὔτι χαίρων γε. ἀμυνοῦμαι γὰρ ἀμέλει σε, ἢν μόνον ἡμέρα γένηται, ξυντρίβων τῇ βακτηρίᾳ· νῦν δέ μοι πράγματα παρέξεις μεταπηδῶν ἐν τῷ σκότῳ. ΑΛΕΚΤΡΥΩΝ. Μίκυλλε δέσποτα, ᾤμην τι χαριεῖσθαί σοι φθάνων τῆς νυκτὸς

Admotatio critica.

1. ὦ κάκιστε Φ et v. κάκιστε A. ὦ κάκιστ᾽ ἀλεκτρυόνων, Cobetus ad Orat. De Art. Interpr. p. 128 frustra conjecit. Vide infra c. 7 et c. 26. De genetivi usu ipse ad c. 19 p. 292 ed. pr. exposueram. ὀνείρατι AC. ΙVY. ὀνείρῳ ΦΟ et v. Illud in Praefat. Quartell. p. XXVIII probavi. ὄρθριον in A (nunc etiam in O) inventum De Atticism. Luc. I p. 4 comprobavi. ὄρθρινόν Φ et v. ἀποπηγνύντι (sic) AC. ἀποκναίοντι et in m. γε. ἀποπηγνύντι G. ἀποκναίοντι Φ et v. ὁ δ᾽] ὁ δὲ ΑΦ et v. ἀμέλει AC. εὐθὺς Φ et v. ξυντρίβων Φ. συντρίβων A et v. τόν δὲ ΦLMz. νῦν γάρ A et v. μεταπηδῶν ΑΦGTUV. ἀνεπηδῶν v. φθάνων Φ et v. προλαμβάνων AV, quod mihi glossema videtur. Vide Hesychium s. Φθάνει. Photium p. 646, 3, Suidam s. Φθάσειν et s. Φθάνης, donique Eustathium ad Il. p. 510, 42 et p. 586, 48.

ὁπόσον ἂν δυναίμην, ὡς ἔχοις ἱπορθρευόμενος ἀνύειν
τὰ πολλὰ τῶν ἔργων· ἢν γοῦν πρὶν ἥλιον ἀνίσχειν μίαν
κρηπίδα * ἐργάσῃ, πρὸ ὁδοῦ ἔσῃ τοῦτ' ἐς τὰ ἄλητα 701
πεποιηκώς. εἰ δέ σοι καθεύδειν ἥδιον, ἐγὼ μὲν ἡσυ-
χάσομαί σοι καὶ πολὺ ἀφωνότερος ἔσομαι τῶν ἰχθύων,
σὺ δ' ὅρα ὅπως μὴ ὄναρ πλουτῶν λιμώττῃς ἀνεγρόμενος.
2. ΜΙΚ. ὦ Ζεῦ τεράστιε καὶ Ἡράκλεις ἀλεξίκακε, τί
τὸ κακὸν τοῦτ' ἐστίν; ἀνθρωπίνως ἐλάλησεν ἀλεκτρυών.
ΑΛΕΚ. εἶτά σοι τέρας εἶναι δοκεῖ τὸ τοιοῦτον, εἰ
ὁμόφωνος ὑμῖν εἰμι; ΜΙΚ. πῶς γὰρ οὐ τέρας; ἀλλ'
ἀποτρέποιτε ὦ θεοὶ τὸ δεινὸν ἀφ' ἡμῶν. ΑΛΕΚ. σύ
μοι δοκεῖς ὦ Μίκυλλε κομιδῇ ἀπαίδευτος εἶναι μηδ'
ἀνεγνωκέναι τὰ Ὁμήρου ποιήματα, ἐν οἷς καὶ ὁ τοῦ
Ἀχιλλέως ἵππος ὁ Ξάνθος μακρὰ χαίρειν φράσας τῷ
χρεμετίζειν ἕστηκεν ἐν μέσῳ τῷ πολέμῳ διαλεγόμενος, * 705
ἔπη ὅλα ῥαψῳδῶν, οὐχ ὥσπερ ἐγὼ νῦν ἄνευ τῶν μέ-
τρων· ἀλλὰ καὶ ἐμαντεύετο ἐκεῖνος καὶ τὰ μέλλοντα
προεθέσπιζε, καὶ οὐδέν τι παράδοξον ἐδόκει ποιεῖν οὐδ'
ὁ ἀκούων ἐπεκαλεῖτο ὥσπερ σὺ τὸν ἀλεξίκακον ἀποτρό-
παιον ἡγούμενος τὸ ἄκουσμα. καίτοι τί ἂν ἐποίησας,
εἴ σοι ἡ τῆς Ἀργοῦς τρόπις ἐλάλησεν, ὥσπερ ποτέ, ἢ

ἂν] vulgo om. habent ACΦGΛ. ἱπερθρευόμενος ACΦGΛTV.
ὀρθρευόμενος v. et Thomas p. 255, 14. ἀνύειν AGΛV. προ-
ανύειν LM et plerique libri Thomae. διανύειν v. De Φ parum
constat. ἀνίσχειν ἥλιον Schmieder et ego olim quam ex A. At
recta Kloizian alteram ordinem requirit. Et habent ἥλιον ἀνίσχειν
AG (ἀνίσχειν etiam CΛV). ἥλιον ἀνατεῖλαι Φ. ἀνατεῖλαι ἥλιον v.
ἐργάσῃ AC. ἐξεργάσῃ Φ non male. ἐργάσαιο v. πρὸ — ἄλητα]
vulgatam tuetur A sed habet τοῦ ἐς pro τοῦτο ἐς (l. e. τοῦτ' ἐς).
ἐν ἐσθῃς τὰ ἄλητα ΦMa et in quo ἐσθίεις l.. οὐ δ' Φ. οὐ
δέ Λ et v.
2. ἡράκλεις Φ et v. ἡρακλεῖς AG. τοῦτ' Α. τοῦτο Φ et
v. ἀνθρωπίνως Φ et v. ἀνθρωπικῶς A, quod et ego p. 273 et
l. l. p. 131 Cobetus rejeceramus. ἀλεκτρυών] ἀλεκτρυών Λ. ὁ ἀλεκ-
τρυών Φ et v. τοιοῦτον Φ et v. τοιοῦτο A. ἀποτρέποιτε
AΦCGΛV. ἀποτρέποιτο v. μηδ' Φ. μηδὲ Λ et v. καὶ ὁ ATV.
καὶ om. ΦG et v. ἀλλὰ καὶ A et v. ἀλλ' Φ. οὐδ' ὁ Φ.
οὐδὲ ὁ A et v. ὥσπερ σὺ A et v. ὥσπερ σὺ νῦν ΦGΛ. εἴ
σοι Φ et v. σοι om. A. Reliquam in editione vulgatam, ἐλά-

ἢ ἐν Δωδώνῃ φηγὸς αὐτόφωνος ἐμαντεύσατο, ἢ εἰ βύρ-
σας εἶδες ἑρπούσας καὶ βοῶν κρέα μυκώμενα ἡμίοπτα,
περπεπαρμένα τοῖς ὀβελοῖς· ἐγὼ δὲ Ἑρμοῦ πάρεδρος
ὢν λαλιστάτου καὶ λογιωτάτου θεῶν ἁπάντων καὶ τἆλλα
ὁμοδίαιτος ὑμῖν καὶ σύντροφος οὐ χαλεπῶς ἔμελλον ἐκ-
μαθήσεσθαι τὴν ἀνθρωπίνην φωνήν. εἰ δὲ ἐχειμυθήσειν
108 ὑπόσχοιό μοι, οὐκ ἂν ὀκνήσαιμι * σοι τὴν ἀληθεστέραν
αἰτίαν εἰπεῖν τῆς πρὸς ὑμᾶς ὁμοφωνίας καὶ ὅθεν ὑπάρ-
χει μοι οὕτω λαλεῖν. 3. ΜΙΚ. ἀλλὰ μὴ ὄνειρος καὶ
ταῦτά ἐστιν, ἀλεκτρυὼν οὕτω πρός με διαλεγόμενος; εἰπὲ
δ' οὖν πρὸς τοῦ Ἑρμοῦ, ὦ βέλτιστε, ὅ τι καὶ ἄλλο σοι
τῆς φωνῆς αἴτιον. ὡς δὲ σιωπήσομαι καὶ πρὸς οὐδένα
ἐρῶ, τί σε χρὴ δεδιέναι· τίς γὰρ ἂν πιστεύσειέ μοι, εἴ
τινι διηγοίμην ὡς ἀλεκτρυόνος αὐτὰ ἐκιόντος ἀκήκοα;

λησεν, ὥσπερ ποτὶ ἡ φηγὸς ἐν Δωδώνῃ αὐτόφωνος, quam plane
habet Φ. φηγὸς ἐν Δωδώνῃ αὐτόφωνος etiam Ω ap. Cobet. l. l.
p. 131. ἐλάλησεν ἡ Δωδώνη αὐτόφωνος AV, in quo brae habet ἦ,
ceteris absurda. Nam vulgata quoque inepta est: quasi vero non
Argus navis carina et ipsa vulgo credita sit vocalis fuisse. Recte
jam adolescens correxeram, ἐλάλησεν, ὥσπερ ποτὶ, ἦ ἡ ἐν Δωδώνῃ
φηγὸς αὐτόφωνος ἐμαντεύσατο. Conuleram Amores c. 31 ἡ ἐν
Δωδώνῃ φηγός, cui l. nunc addo Apoll. Rhod. I, 527 Δωδωνίδος —
φηγοῦ. ἐμαντεύσατο ΑΦCVΩ et qui ἐμαντεύσατο αὐτόφωνος Θ.
ἐμαντεύσατο v.   ἢ εἰ Α et v.   εἰ om. Φ.   Hic quoque in edit.
vulgatam reliqueram quamvis corruptam, ἡμίοπτα καὶ ἐχθὰ (l. e.
καὶ - ἰχθῦ
ἡμίοπτα sive pro „ἡμίοπτα" legitur etiam „ἡμίεφθα"). Ω ut
vulgo ἡμίοπτα καὶ ἰχθῦ. Sed ἡμίεφθα καὶ ἀπτὰ L (l. c. pro
„ἡμίεφθα" legitur etiam „ἡμίοπτα"). Pro his solum ἡμίεφθα
habent ΑΦCOΛ idque a Klotzio malo receptum est. Immo scri-
bendum erat μυκώμενα ἡμίοπτα περπικεαρμ. Nam et nunc
ἡμίοπτα probatur, flagitat et res ipsa et quo respicitur Homeri l.
Odyss. μ', 395 et Lucianus Retrimal. c. 23, ubi est μεταξὺ ὀπτώ-
μενα. Addo quae dixi in Quaestt. Luc. p. 187. Cobetus l. l. p. 131
recte illo quidem ἡμίοπτα scribit, sed malo tacet de Marciano.
Nam quod Athenaeus dixit IX, p. 381, a ἡμίοπτον καὶ ἡμίεφθον,
id ab h. l. alienum est.   τἆλλα Α. τἆλλα ΦCΘ. τὰ ἄλλα v.
ἀνθρωπίνην φωνήν Φ et v. itaque ego p. 276 et l. l. p. 131 Co-
betus. ἀνθρώπων φωνήν Α.
   3. πρός με Α. πρὸς ἐμέ Φ et v.   δ' οὖν ΑΦ et v. δ' οὖν
μοι Ο.   εἴ τινι Φ et v. itaque ego p. 276 et p. 131 Cobetus.

ΑΛΕΚ. ἄκουε τοίνυν· παραδοξότατά σοι εὖ οἶδ' ὅτι λέξω, ὦ Μίκυλλε· οὑτοσὶ γὰρ ὁ νῦν σοι ἀλεκτρυὼν φαινόμενος οὐ πρὸ πολλοῦ ἄνθρωπος ἦν. *ΜΙΚ.* ἤκουσά τι καὶ πάλαι τοιοῦτον ἀμέλει περὶ ὑμῶν, ὡς Ἀλεκτρυών τις νεανίσκος φίλος γένοιτο τῷ Ἄρει καὶ ξυμπίνοι τῷ θεῷ καὶ ξυγκωμάζοι καὶ κοινωνοίη τῶν ἐρωτικῶν· ὁπότε γοῦν ἀπίοι παρὰ τὴν Ἀφροδίτην μοιχεύσων ὁ Ἄρης, ἐπάγεσθαι καὶ τὸν Ἀλεκτρυόνα, καὶ ἐπειδήπερ τὸν Ἥλιον μάλιστα ὑφεωρᾶτο, μὴ κατιδὼν ἐξείποι πρὸς τὸν Ἥφαιστον, ἔξω πρὸς ταῖς θύραις ἀπολείπειν ἀεὶ τὸν νεανίσκον μηνύσοντα ὁπότε ἀνίσχοι ὁ Ἥλιος. * εἶτά ποτε 707 κατακοιμηθῆναι μὲν τὸν Ἀλεκτρυόνα καὶ προδοῦναι τὴν φρουρὰν ἄκοντα, τὸν δὲ Ἥλιον λαθόντα ἐπιστῆναι τῇ Ἀφροδίτῃ καὶ τῷ Ἄρει ἀφρόντιδι ἀναπαυομένῳ διὰ τὸ πιστεύειν τὸν Ἀλεκτρυόνα μηνύσαι ἂν εἴ τις ἐπίοι· καὶ οὕτω τὸν Ἥφαιστον παρ' Ἡλίου μαθόντα συλλαβεῖν αὐτοὺς περιβαλόντα καὶ σαγηνεύσαντα τοῖς δεσμοῖς, ἃ πάλαι ἐπεποίητο ἐπ' αὐτούς· ἀφεθέντα δὲ ὡς ἀφείθη· τὸν Ἄρη ἀγανακτῆσαι κατὰ τοῦ Ἀλεκτρυόνος καὶ μεταβαλεῖν αὐτὸν ἐς τουτὶ τὸ ὄρνεον αὐτοῖς ὅπλοις, ὡς ἔτι τῆς κόρυθος τὸν λόφον ἔχειν ἐπὶ τῇ κεφαλῇ· καὶ διὰ

εἶ τε ATV. αὐτὰ Φ οἱ τ. αὐτὸ ΛVY. παραδοξότατά σοι εὖ οἶδ' ὅτι λέξω] Ita correxi. παραδοξότατόν σοι εὖ οἶδ' ὅτι λέγω Φίλα. παραδοξότατόν σοι εὖ οἶδ' ὅτι λέγον Α. λέγω om V. παραδοξότατόν σοι λέγον εὖ οἶδ' ὅτι λέγω τ. Ω αἱ vulgo εὖ οἶδ' ὅτι λέγω. Cobetns p. 131 ἐρῶ pro λέγω conjecit. Fortassis ἀμέλει ita transponendum, ΜΙΚ. Ἀμέλει ἤκουσά τι καὶ πάλαι τοιοῦτο περὶ ὑμῶν —. Cf. D. Meretr. XII, 3. ξυμπίνοι AU schol. συμπίνοι Φ οἱ τ. ξυγκωμάζοι U schol. ξυγκωμάζει Α. συγκωμάζοι Φ οἱ τ. ὁπότε ΑΦ οἱ τ. εἴποτε Ω.Λε. καὶ ἐπειδήπερ] Alibi Lucianus κἀπειδήπερ. τὸν ἥλιον μάλιστα (sic) Α. μάλιστα τὸν ἥλιον Φ οἱ τ. ἐξείποι ΑΦCUΛ. ἐξείπῃ τ. ἀεὶ τὸν τ. ἀεὶ τὸν ΑΦ. ἀεὶ om. a. ἀνίσχοι CVY. ἀνίσχει Α. φαίνει ΦΛε. φαίνοι τ. μὲν Φ οἱ τ. malo om. Α. διὰ τὸ πιστεύειν Α οἱ τ. τῷ πιστεύειν Φ. ἐπιποίητο VYΛ. πεποίητο AU. μεμηχένητο Φ οἱ τ. ἐμεμηχάνητο vel ἐπεποίητο U. ἵν' Φ οἱ τ. ἐπὶ Α. ἀφεθέντα δὲ ὡς ἀφείθη] Quaestt. Luc. p. 169. Ἄρη Αα. Ἄρην Φ οἱ τ. ἵς Α. εἰς Φ οἱ τ. ἔτι τῆς κόρυθος Α. ἀντὶ τοῦ κόρυθος Y. ἀντὶ τοῦ κράνους Φ οἱ τ. Scribi etiam poterat ἔτι

τοῦτο ὑμᾶς ἀπολογουμένους, τῷ γ' Ἄρει οὐδὲν ὄφελος,
ἐπειδὰν αἴσθησθε ἀνατέλλοντα τὸν Ἥλιον, πρὸ πολλοῦ
βοᾶν ἐπισημαινομένοις τὴν ἀνατολὴν αὐτοῦ. 4. ΑΛΕΚ.
φασὶ μὲν καὶ ταῦτα, ὦ Μίκυλλε, τὸ δ' ἐμὸν ἱεροῖον τι
γέγονε καὶ πάνυ ἔναγχος εἰς ἀλεκτρυόνα σοι μεταβέβηκα.
ΜΙΚ. πῶς; ἐθέλω γὰρ τοῦτο μάλιστα εἰδέναι.   ΑΛΕΚ.
ἀκούεις τινὰ Πυθαγόραν Μνησαρχίδην Σάμιον; ΜΙΚ.
708 τὸν σοφιστὴν * λέγεις τὸν ἀλαζόνα, ὃς ἐνομοθέτει μήτε
κρεῶν γεύεσθαι μήτε κυάμους ἐσθίειν, ἥδιστον ἐμοὶ
γοῦν ὄψον ἐκτράπεζον ἀποφαίνων, ἔτι δ' ἔπειθε τοὺς
ἀνθρώπους, ὡς πρὸ τοῦ Πυθαγόρου Εὔφορβος γίνοιο·

τοῦ κράτους, ut patet ex Anacliars. c. 33 et Aristoph. Ran. v. 1036.
Sed ἔτι τῆς πόρνθος jam olim p. 277 jure probavi. Nam ἔτι ne-
cessario requiri patebit conferenti Ar. Avv. v. 485; v. 488 et
Lucianea in Quaestt. p. 288 collecta. Quod Cobeto l. l. p. 131
conjicere placuit ἀντὶ τῆς πόρνθος, ineptissimum est.   ἐπὶ ΑΦ.
ἐν U.I.   καὶ διὰ AG. καὶ om. Φ et v.   τῷ γ' Ἄρει οὐδὲν
ὄφελος] ita corroxi. τῷ Ἄρει οὐδὲν ὄφελος A. τῷ Ἄρει ὅτ' οὐδὲν
ὄφελος Φ et v. In scholio pro καὶ τε corrigendum erat Ἄρει id
est τὸ ἰξύς, Ἄρει οὐδὲν ὄφελος. Adeo ne scholiasta quidem ὅτ'
legit. Cohaeret autem ὄφελος cum verbo βοᾶν. Plane sic Hom.
Il. χ', 513 ἀλλ' ἤτοι τάδε πάντα καταφλέξω πυρὶ κηλέῳ, | οὐδὲν
σοί γ' ὄφελος. —. Cum vulgata confer vulgatam De Merc. Cond.
c. 3. Hinc alias ὅτε transponebam: ἀπολογουμένους, ὅτι τῷ Ἄρει
οὐδὲν ὄφελος, —.   ἀνατέλλοντα τὸν ἥλιον v. τὸν ἥλιον ἀνα-
τέλλοντα Φ. ἀνελισσόμενον τὸν ἥλιον AC. Jam olim p. 277 vul-
gatam probavi, ad quam proxima τὴν ἀνατολὴν referuntur. Frustra
Cobetus p. 132 ἀνιόντα τὸν ἥλιον conjecit.   αὐτοῦ A et v.
om. Φα.

4. καὶ ταῦτα] καὶ om. Φ.   ταῦτα ΑΦ et v. ταῦθ' G.   τὸ δ'
ΑΦ. τὸ δὲ v.   γέγονε AC. ἐγένετο Φ et v.   τις Ψ et v. εἰς A.
Ἀκούεις τινὰ ACGTV. οἶσθα ἄρα τὸν M. οἶσθα ἄρα τὸν Φ
et v.   Μνησαρχίδην Σάμιον om. Φα.   ἐκτράπεζον ἀποφαίνων
ΑΦα. ἐκτράπεζον ἄτοπον ἀποφαίνων v.   ἔτι δ' ἔπειθε τοὺς] ita
conjeci. ἔτι δὲ πείθων τοὺς ΑΦΘα. ἔτι δὲ καὶ πείθων τοὺς v.
τοὺς ἀνθρώπους ἐς κένα ἔτι μὴ διαλύεσθαι; ΑΛΕΚ. Ἴσθι δῆτα
κἀκεῖνο (pro κἀκεῖνο ΦΘα. ἐκεῖνον), ὡς πρὸ τοῦ Πυθαγόρου Εὔ-
φορβος γίνοιτο. ΜΙΚ. Γόητα φασι καὶ τερατουργὸν (τερατουργὸν Φ)
τὸν ἄνθρωπον, ὦ ἀλεκτρυών. ΑΛΕΚ. Ἐκεῖνος αὐτὸς — ΦΘα et v.
Sed in A omissis primum octo verbis, omissa Micylli persona et
omisso τὸν ἄνθρωπον haec ita leguntur, τοὺς ἀνθρώπους ὡς πρὸ

γόης τά φασι καὶ τερατουργὸν ὦ ἀλεκτρυών. *Α.ΙΕΚ.*
ἐκεῖνος αὐτὸς ἐγώ σοι εἰμι ὁ Πυθαγόρας, ὥστε καὶ'
ἀγαθὶ λοιδορούμενός μοι, καὶ ταῦτα οὐκ εἰδὼς οἷός τις
ἦν τὸν τρόπον. *ΜΙΚ.* τοῦτ' αὖ μικρῷ ἐκείνου τερα-
τωδέστερον, ἀλεκτρυὼν φιλόσοφος. ἐκεὶ δὲ ὅπως ὦ Μνη-
σάρχου παῖ, ὅπως * ἡμῖν ἀντὶ μὲν ἀνθρώπου ὄρνις, 709
ἀντὶ δὲ Σαμίου Ταναγρικὸς ἀνατέφηνας· οὐ πιθανὰ
γὰρ ταῦτα οὐδὲ πάνυ πιστεῦσαι ῥάδια, ἐπεὶ καὶ δύ' ἤδη
μοι τετηρηκέναι ἐν σοὶ δοκῶ πάνυ ἀλλότρια τοῦ Πυθα-
γόρου. *Α.ΙΕΚ.* τὰ ποῖα; *ΜΙΚ.* ἓν μὲν ὅτι λάλος εἶ
καὶ κρακτικός, ὁ δὲ σιωπᾶν ἐς πέντε ὅλα ἔτη οἶμαι παρ-
ήνει, ἕτερον δὲ καὶ παντελῶς παράνομον· οὐ γὰρ [ἄλλο]
ἔχων ὅ τι σοι παραβάλοιμι [ἦ] κυάμοις χθὲς ἦκον ὡς

τῷ πυθαγόρου εὔφορβος γένοιτο. γόης τά φασι καὶ τερατουργὸν ὦ
ἀλεκτρυών. *Α.ΙΕΚ.* ἐκεῖνος αὐτὸς —. Gorlicensem plano secutus
sum, retas etiam Ἴσθι δῆτα ab eo interpolatam esse, qui supra
Οἶσθα ἄρα legimet. Quamquam scriptura Ἴσθι δῆτα ἐκεῖνος ὡς
oti sic licet, ut Ἴσθι δῆτα ὡς infra inseras ante ἐκεῖνος, hoc modo:
Α.ΙΕΚ. [Ἴσθι δῆτα, ὡς] ἐκεῖνος αὐτὸς —: potest suim primarius
error natus videri e duplici ὡς (ἀνθρώπος ὡς et δῆτα ὡς) temere
confuso. Denique τὸν ἄνθρωπον utrum delere an retinere praestet
dubita. Sed Micyllus infra demum dicit, σιωπᾶν ἐς πέντε ὅλα ἔτη
οἶμαι παρήνει, quae sic dicta sunt, ut hoc primum loco silentium
memorari necesse sit. Recte igitur ab A absunt verba Micyllo in-
digna, ἐς πέντε ἔτη μὴ διαλέγεσθαι, in quibus μὴ διαλέγεσθαι
inepto scriptum est pro σιωπᾶν sive ut in Vit. Auct. e. 3 μηδὲν
λαλεῖν. Deinde quam dicendum fuerit Ἀκοέως ἄρα κάκεῖνο, vitio-
sum est Ἴσθι δῆτα κάκεῖνο, vitiosus Optativus γένοιτο pro ἐγένετο.
Omnium minimo vero gallus hoc quidem l. Euphorhi mentionem
facere potest, ut qui unico agat de Pythagora in gallum trans-
formato. Ceterum Klotzius librum Gorlicensem h. l. miro con-
tempsit. Me ducem Sommerbrodtius et Dindorfius, rejectis tamen
aliiter, nunc seculi sunt. καὶ' A. παίων Φ et v. ἀγαθὶ U.
ὦ γαθὶ A. ὦ γαθὶ C.4. ὦ ἀγαθὶ Φ et v. οἷός τις ἦν τὸν
τρόπον A et v. τὸν τρόπον οἷός τις ἦν Φ. Τοῦτ' αὖ — τερατω-
δέστερον A et v. ταῦτα (ταῦτα αὖ (l.) — τερατωδέστερα ΦΙΛα.
ταναγρικὸς A. ταναγραῖος Φ et v. δύ' ἤδη ΑΦΩ. δύο
ἤδη v. μοι om. (l.) τετηρηκέναι ἐν σοὶ δοκῶ πάνυ ἀλλότρια]
ita conjeci. τετηρηκέναι δοκῶ πάνυ ἐν σοὶ ἀλλότρια A. τετηρη-
κέναι δοκῶ πάνυ ἀλλότρια ἐν σοὶ Φ et v. οἶμαι κατα παρήνει
om Φ. οὐ γὰρ [ἄλλο] ἔχων ὅ τι σοι παραβάλοιμι [ἦ] κυάμοις

Lucian. l. 8

οἶσθα καὶ σὺ οὐδὲν μελήσας ἀνέλεξας αὐτούς· ὥστε ἢ
ἐψεῦσθαί σοι ἀνάγκη καὶ ἄλλῳ εἶναι ἢ Πυθαγόρᾳ ὅτι
710 παρανενομισμέναι καὶ τὸ ἴσον * ᾑσθῃκέναι κυάμους
φαγόντα, ὡς ἂν εἰ τὴν κεφαλὴν τοῦ πατρὸς ἐδηδόκεις.
5. ΛΙΒΚ. οὐ γὰρ οἶσθα, ὦ Μίκυλλε, ἥτις αἰτία τούτων
οὐδὲ τὰ πρόσφορα ἑκάστῳ βίῳ. ἐγὼ δὲ τότε μὲν οὐκ
ἤσθιον τῶν κυάμων, ἐφιλοσόφουν γάρ· νῦν δὲ φάγοιμι
ἄν, ὀρνιθαὶ γὰρ καὶ οὐκ ἀπόρρητος ἡμῖν ἡ τροφή.
πλὴν ἀλλ᾽ εἴ σοι φίλον, ἄκουε ὅπως ἐκ Πυθαγόρου τοῦτο
νῦν εἰμι καὶ ἐν οἷοις πρότερον ἐβιότευσα βίοις καὶ ἅτινα
τῆς μεταβολῆς ἀπολέλαυκα ἑκάστης. ΜΙΚ. λέγοις ἂν
ὡς ἐμοί γε ὑπερήδιστον ἂν τὸ ἄκουσμα γένοιτο, ὥστε
εἴ τις αἵρεσίν προσθείη, πότερα μᾶλλον ἐθέλω σοῦ ἀκού-
ειν τὰ τοιαῦτα διεξιόντος ἢ τὸν πανευδαίμονα ὄνειρον
ἐκεῖνον αὖθις ὁρᾶν τὸν μικρὸν ἔμπροσθεν, οὐκ οἶδα
ὁπότερον ἂν ἑλοίμην· οὕτως ἀδελφὰ ἡγοῦμαι τὰ σὰ τοῖς
711 ἡδίστοις φαντεῖσι καὶ ἐν ἴσῃ τιμῇ ὑμᾶς ἄγω * σέ τε καὶ
τὸ πολυτίμητον ἐνύπνιον. ΛΙΕΚ. ἔτι γὰρ σὺ ἀνα-
πεμπάζῃ τὸν ὄνειρον ὅστις ποτὲ ὁ φανείς σοι ἦν καὶ

χοῖς ἥκων ὡς οἶσθα,] Deleto semel ἔχων, quod in codd. bis scriptum
est, ἄλλο et deinceps ἢ addidi. Nam libri omnes, οὐ γὰρ ἔχων ὅ
τι σοι παραβάλοιμι, κυάμους. Post κυάμους pergit A χοῖς ἵκον
ὡς οἶσθα, ἔχων. Φ autem ut vulgo χοῖς ὡς οἶσθα ἔχων ἥκον.
οὐδέν Φ et v. οὐδὶ ΑΟ. Ω οὐδὶ μέλλησας (sic). ἄλλῳ ΑΥΥ. ἄλλο
ΦΙΙ et v. ἄλιος L. ἄλλον Λ. πυθαγόρᾳ ὄντι] πυθαγόρειόν τι L
(o scholio scilicet). ἐδηδόκεις Φ et v. βιβρώκεις Λ. ἐβιβρώκεις
VY. Actum egit Cobetus V. L. p. 283.

5. φάγοιμι ἂν ΑΦΟ et grammaticus Hermanni afferens ἐγὼ
δὲ — φάγοιμι ἂν Do Ε. R. G. Gr. p. 374. φάγοιμι ἂν v. οὐκ
Φ et v. καὶ Α om. πλὴν ἀλλ᾽ Ο. πλὴν ἀλλὰ ACΛ. ἀλλ᾽ Φ
et v. ἄκουε ὅπως Λ. ἄκουε πῶς Φ et v. οἷοις Α. ὅσοις Φ
et v. πρότερον ἐβιότευσα βίοις καὶ ἅτινα (ἅτινα om Φ) τῆς
μεταβολῆς ἀπολέλαυκα (Ο ἀπέλαυσα, quasi velit ἀπέλαυσα) ἑκάστης
ΦΗ et v. βίοις πρότερον ἐβιότευσα καὶ ἅτινα τῆς μεταβολῆς
ἑκάστης ἀπολέλαυσα Α ordine parum rhetorico. πότερα ΑΥ.
πότερον Φ et v. ἡδίστοις Φ et v. Ω ut vulgo ἡδίστοις, καὶ
Α om. φαντεῖσι] φαντεῖσιν Ο omissis proximis usque ad ἐνύπνιον.
τιμῇ ὑμᾶς ἄγω Φ et v. ὑμᾶς τιμῇ ἄγω Α. At cohaerent ὑμᾶς
ἄγω οἵ τε, non τιμῇ ἄγω οἵ τε. ὅστις ποτὲ Φ et v. τίς ποτε Α.
καὶ ἥτις — αὐτήν] om. a. λόγος Α et v. λόγος φησὶν GLa.

τινα ἰνδάλματα μάταια διαφυλάττεις, κενήν καὶ ὡς ὁ ποιητικὸς λόγος ὑπενηνήν τινα εὐδαιμονίαν τῇ μνήμῃ μεταδιώκων· 6. ΜΙΚ. ἀλλ' οὐδ' ἐπιλήσομαί ποτε, ὦ ἀλεκτρυὼν, εὖ ἴσθι τῆς ὄψεως ἐκείνης· οὕτω μοι πολὺ τὸ μέλι ἐν τοῖς ὀφθαλμοῖς ὁ ὕπνος ἐπιλείπων ᾤχετο, ὡς μόγις ἀνοίγειν τὰ βλέφαρα ὑπ' αὐτοῦ εἰς ὕπνον αὖθις ἀπασπώμενα. οἶον γοῦν ἐν τοῖς ὦσι τὰ πτερὰ ἐργάζεται σμηχόμενα, τοιοῦτον γάργαλον παρεῖχέ μοι τὰ ὁρώμενα. Α.ΛΕΚ. Ἡράκλεις δεινόν τινα τὸν ἔρωτα φῆς, εἰ γε πτηνὸς ὤν, ὡς φασι, καὶ ὅρον ἔχων τῆς πτήσεως τὸν ὕπνον ὑπὲρ τὰ ᵇ ἐπικαρπίνα ἤδη πτηνὰ καὶ 712 ἐνδιατρίβει ἀνεῳγόσι τοῖς ὀφθαλμοῖς, μελιχρὸς οὕτω καὶ ἐνεργὴς φαινόμενος· ἐθέλω οὖν ἀκοῦσαι οἷός τις ἐστιν

Λόγος φησὶ Φ. Apta Kleinias compara Platonem De Legg. IV
p. 715, ὁ ὥσπερ καὶ ὁ παλαιὸς λόγος.
6. οὐδ' Φ et v. οὐδὲ ΑΩ. εἰς ὕπνον Φ et v. ἐς ὕπνον
Α. γοῦν ΑΦC.I. γ' οὖν Ω. οὖν v. παρεῖχέ μοι ΑΩ. παρεί-
χετό μοι Φ et v. cum Thoma Mag. s. Γαργαλισμός p. 72. δει-
νόν τινα τὸν ἔρωτα φῆς, εἰ γε] Ita conjeci, δεινόν τινα τὸν ἔρωτα
φῆς τοῦ ἐνυπνίου, εἴγε Α. δεινόν τινα φῆς τὸν ἔρωτα τοῦ ἐνυπνίου,
εἴγε Φ et v. cum lemmate scholII. Primum ex A collocationem
semel Lucianeam, ut in Icaromen. c. 1 6a., Imagg. c. 1, D.D.7.2,
Charont c. 11, Ennuch. c. 6, Fugitiv. c. 2 et in ipso Gallo c. 23.
Tum τοῦ ἐνυπνίου quod in omnibus libris est delevi ut glossema
accusativo τὸν ἔρωτα adscriptum. Etenim τοῦ ἐνυπνίου, praeter-
quam quod pessimo collocatum est, quum verbo φῆς orationis
membrum finitum sit, masculinis quae sequuntur non solum genere
repugnat, quod fieri potest (ut in Aeach. Prometh. v. 42 Ἔρωτος
duas masculinum est), sed etiam reapse verbis εἴ γε πτηνὸς ὤν,
ὡς φασι repugnat, quod fieri nullo modo potest. Κεφρο enim τὸ
ἐνύπνιον, sed unico ὁ ὄνειρος quae non tam rei quam personae
notio est πτηνὸς a poetis dici solet, ut ab Euripide in locis Solani
Phoenica. v. 1545, Iphig. Taur. 571, quibus adde Hecub. 71 et
nostram Verr. Illut. II, 31. Recte igitur J. F. Gronovius vidit τοῦ
ἐνυπνίου et πτηνὸς conjungi non posse, errans idem in eo, quod
τοῦ ὀνείρου pro τοῦ ἐνυπνίου conjecit. Immo delctis verbis τοῦ
ἐνυπνίου ad πτηνὸς mente supplendum est ὁ ὄνειρος o superioribus
illis ὁ ὄνειρος καταλειπὼν ᾤχετο. Quare ita rescripsi, Ἡράκλεις
δεινόν τινα τὸν ἔρωτα φῆς, εἴ γε πτηνὸς ὤν (scil. ὁ ὄνειρος) —.
οὕτω v. οὕτως Φα. οὕτος Α. ἐθέλω οὖν] Libri omnes, ἐθέλω
γοῦν. ωσι on α. τρωπόφητες codd. omnes, etiam ΑΦ. Quam

8*

116   *ΛΟΥΚΙΑΝΟΥ*

οὕτω σοι τριπόθητος ὤν. ΜΙΚ. ἕτοιμος λέγειν· εἰ δὲ
γοῦν μοι τὸ μεμνῆσθαι καὶ διεξιέναι τι περὶ αὐτοῦ. σὺ
δὲ πιγνάκα, ὦ Πυθαγόρα, διηγήσῃ τὰ περὶ τῶν μετα-
βολῶν· ΛΙΕΚ. ἐπειδὰν σύ, ὦ Μίκυλλε, παύσῃ ὀνει-
ρώττων καὶ ἀποσῇσῃ ἀπὸ τῶν βλεφάρων τὸ μέλι· νῦν
δὲ πρότερος εἰσί, ὡς μάθω εἴτε διὰ τῶν ἐλεφαντίνων
πυλῶν εἴτε διὰ τῶν κερατίνων σοι ὁ ὄνειρος ἧκε πεπό-
μενος. ΜΙΚ. οὐδὲ δι' ἑτέρας τούτων, ὦ Πυθαγόρα.
ΛΙΕΚ. „καὶ μὴν Ὅμηρος δύο μόνας ταύτας λέγει.“
ΜΙΚ. ἔα χαίρειν τὸν λῆρον ἐκεῖνον ποιητὴν οὐδὲν εἰ-
δότα ὀνείρων πέρι. οἱ πένητες ἴσως ὄνειροι διὰ τῶν
τοιούτων ἐκφοιτῶσιν, οἵους ἐκεῖνος ἑώρα οὐδὲ πάνυ σα-
φῶς τηλὸς αὐτοὺς ὤν· ἐμοὶ δὲ διὰ χρυσῶν τινων πυλῶν
ὁ ἥδιστος ἀνέῳκτο, χρυσοῖς καὶ αὐτὸς [ὢν] καὶ χρυσᾶ
πάντα περιβεβλημένος καὶ πολὺ ἐπαγόμενος χρυσίον.
713   ΛΙΕΚ. παῦε, ὦ Μίδα βέλτιστε, * χρυσολογῶν· ἀτεχ-

πολλάκις οὕτω εἰ τριπόθητος mihi inter se pugnare visae essent,
olim ex una „ed. Salm." i. e. Salmuricusl J. Benedicti a. 1619,
minime ut Klotzius nihil displiceat ait, „οι ed. Salmasi" pro τρι-
πόθητος edidi περισσόθητος, quod postea etiam Dindorfius in ed.
Paris. recepit. At ejusdem generis haec sunt infra c. 24 init. οὕτω
τρισάθλιος ἦν τότε, fortassis etiam Sophoclea ap. Plutarch. Moral.
p. 21 F. ὡς τρισάθλιοι | κεῖνοι βροτῶν —, quo l. Grotius ὦ τρισ-
όλβιοι conjecit.   γοῦν μοι τὸ ΑΩ. γοῦν τὸ Φ et v.   μεμνῆσθαί
τι pro μεμνῆσθαι sola Reitziana typothetae errore, ut recto Leh-
mannus.   ἀποσῇσῃ ΑΦ et v. ἀποσῇσῃς Ω. ἀποσάξῃ (e scholio
will.) Α.   τὸ μέλι. τὸν Φα. τὸ μέλι. τὸ τῶν Α et v.   πετό-
μενος Φ et v. πετόμενος etiam Ω, sed hic in marg. γρ. πεμπό-
μενος. habent πεμπόμενος ΑΥ. Vulgatam nunc quoque ut olim
servavi, quippe cui unice conveniant superiora πηγῆς ἂν — τῆς
πηγῆς.   Ante καὶ μὴν nulla nova persona in Α.   μόνας
ταύτας ΑΩ. ταύτας (omisso μόνας) Φ. ταύτας μόνας v. Hoc loco
scenarius continetur, qualos hic scriptor lusit permultos.   ἐκφοιτῶσιν
Φ et v. ἐξίασι (i. ἐξίασιν Α. Vulgatam olim verissime retinui. Vide
Platonem in Phaedone p. 60, c πολλάκις μοι φοιτῶν τὸ αὐτὸ
ἐνύπνιον ἐν τῷ παρελθόντι βίῳ, Aeschyl. Prometh. v. 658 νυκτί-
φοιτ' ὀνείρατα imitante Lycophrone v. 225, et Eurip. Alcest. v. 355
ἐν δ' ὀνείρασι | φοιτῶσά μ' εὐφραίνοις ἄν.   χρυσοῦς Α et v.
χρυσεός Φ.   καὶ αὐτὸς [ὢν] καὶ χρυσᾶ] ὢν e mara conjectum
addidi. καὶ αὐτὸς καὶ χρυσᾶ ΦΩ et v. καὶ αὐτὸς χρυσᾶ Α.   in

νῆς γὰρ ἐκ τῆς ἐκείνου εὐχῆς σοι τὸ ἐνύπνιον καὶ μέ-
ταλλα ὅλα χρύσεια κεκομίσθαί μοι δοκεῖς. 7. ΜΙΚ.
πολὺ ὦ Πυθαγόρα χρυσίον εἶδον, πολύ, πῶς οἴει καλόν,
ἢ οἴαν τὴν αὐγὴν ἀπαστράπτον; τί ποτε ὁ Πίνδαρός φησι
περὶ αὐτοῦ ἐπαινῶν; ἀνάμνησον γάρ με, εἴπερ οἶσθα,
ὁπότε ὕδωρ ἄριστον εἰπὼν εἶτα τὸ χρυσίον θαυμάζει,
εὖ ποιῶν, ἐν ἀρχῇ εὐθὺς τοῦ καλλίστου τῶν ᾀσμάτων
ἁπάντων; ΑΛΕΚ. μῶν ἐκεῖνο ζητεῖς,

Ἄριστον μὲν ὕδωρ, ὁ δὲ χρυσὸς αἰθόμενον πῦρ

Ἅτε διαπρέπει νυκτὶ μεγάνορος ἔξοχα πλούτου;
ΜΙΚ. νὴ Δία τοῦτ' αὐτό· ὥσπερ γὰρ τοὐμὸν ἐνύπνιον
ἰδὼν ὁ Πίνδαρος οὕτως ἐπαινεῖ τὸ χρυσίον. ὡς δὲ ἤδη
μάθῃς οἷόν τι ἦν ἄκουσον ὦ σοφώτατε ἀλεκτρυών. ὅτι
μὲν οὐκ οἴκοσιτος ἦν χθὲς οἶσθα· Εὐκράτης γάρ με ὁ
πλούσιος ἐντυχὼν ἐν ἀγορᾷ λουσάμενον ἥκειν ἐκέλευε
τὴν ὥραν ἐπὶ τὸ δεῖπνον. * 8. ΑΛΕΚ. οἶδα τοῦτο, 711
πάνυ πεινήσας παρ' ὀλίγην τὴν ἡμέραν, ἄχρι μοι βαθείας
ἤδη ἑσπέρας ἧκες ὑποβεβρεγμένος τοῖς πέντε κυάμοις
ἐκείνους κομίζων οὐ πάνυ δαψιλὲς τὸ δεῖπνον ἀλεκτρυ-

<hr/>

ρῆς] φύσης G.   εὐχῆς σοι] Libri omnes σοι εὐχῆς.   χρύσεια
ACGV. χρυσίον Φ et v. Cf. Jungermannum ad Polluc. VII, 98.
κεκομίσθαί ΑΦΘα. κεκομίσθαι U. κεκομίσθαι TV et v.   δοκεῖς
ΑΦ et v. δοκεῖ U.

7. In A μεταλλου signum ante πολύ. πῶς οἴει καλόν: Tum
rursus nova persona: οἴαν τὴν κ. τ, λ.   οἴαν ΑΦ et v. ἢ οἴαν
U.l. Hodie ἢ οἴαν scribo cum Bekkero.   εἴπερ οἶσθα Φ et v.
τί οἶσθα A.   τοῦ καλλίστου τῶν ᾀσμάτων Φ et v. τοῦ κάλλιστόν
τι ᾀσμάτων (l. τοῦ βιβλίου κάλλιστόν τι ᾀσμάτων A. Quo recepto
certe scribendum esset, τοῦ βιβλίου κάλλιστον δ' ἐστὶ ᾀσμάτων —
Sed βιβλίου e scholio irrepsimo puto. In quo haec fere fuerint:
[Κεῖται μὲν ταῦτα παρὰ Πινδάρῳ ἐν ἀρχῇ τοῦ βιβλίου.] ἡ δὲ
caetera ut in schol. Vossiano, ἡ δὲ σύνταξις οὕτως· ἄριστον —
πλοῦτον.   τοῦτ' αὐτὸ A. αὐτὸ τοῦτο Φ et v.   ἤδη habent A
et v. sed om. Φ.   ὅτι μὲν — οἶσθα] Decom h. l. aliquid jam
olim e numeris parum Lucianeis collegi. Pro οἶσθα L καὶ τοῦτο
αὐτὸς οἶσθα. Hinc possis, οἶσθά τον καὶ αὐτός.   ἥκειν ἐκέλευε
(ἐκέλευεν G) ΑΦU et v. ἐκέλευσεν ἥκειν A.

8. Οἶδα τοῦτο, πάνυ πεινήσας Φ. πεινήσας olim A. πεινή-
σαι G. Οἶδα πάνυ τοῦτο πεινάσας A et v.   ἤδη ἑσπέρας ἑσπέ-
ρας ἤδη U.   ἧκες] ἥκεις La.   κυάμους ἐκείνους ΑΦU. ἐκείνους

ὅτι ἀθλητῇ ποτε γενομένῳ καὶ Ὀλύμπια οὐκ ἀφανῶς
ἠγωνισμένῳ. ΜΙΚ. ἐπεὶ δὲ δεκετήσας ἐπανῆλθον,
ἐκάθευδον εὐθὺς ταῖς κνήμοις σου παραγγέλων, εἶτά
μοι κατὰ τὸν Ὅμηρον ἀμβροσίην διὰ νύκτα θεός τις
ὡς ἀληθῶς ὄνειρος ἐπιπτὰς — ΛΙΕΚ. τὰ παρὰ τῷ
Κυπρίῳ πρότερον, ὦ Μίκυλλε, διήγησαι καὶ τὸ δεῖπνον
οἶον ἐγίνετο καὶ τὰ ἐν τῷ συμποσίῳ ἅπαντα· κωλύει
γὰρ οὐδὲν αὖθίς σε διαπνεῖν, ὥσπερ ὄνειρόν τινα τοῦ
δείπνου ἐκείνου ἀνακαλέοντα καὶ ἀναμηρυκώμενον τῇ
μνήμῃ τὰ βεβρωμένα. 9. ΜΙΚ. ᾤμην ἐνοχλήσειν καὶ
713 ταῦτα διηγούμενος, ἐπεὶ δὲ σὺ προθυμῇ, καὶ δὴ λέγω. *
οὐ πρότερον, ὦ Πυθαγόρα, παρὰ πλουσίῳ τινὶ δεπνή-
σας ἐν ἅπαντι τῷ βίῳ, τύχῃ τινὶ ἀγαθῇ ἐντυγχάνω χθὲς
τῷ Εὐκράτει· καὶ ἐγὼ μὲν προσειπὼν αὐτὸν ὥσπερ εἰώ-
θειν δεσπότην ἀπηλλαττόμην, ὡς μὴ καταισχύνοιμι αὐ-
τὸν ἐν τριβακῷ τῷ τρίβωνι συμπαρομαρτῶν, ὁ δὲ, Μί-
κυλλε, φησὶ, θυγατρὸς τήμερον ἑστιῶ γενέθλια καὶ παρε-
κάλεσα τῶν φίλων μάλα πολλούς· ἐπεὶ δέ τινά φασιν
αὐτῶν μαλακῶς ἔχοντα οὐχ οἷόν τε εἶναι συνδειπνεῖν
μεθ' ἡμῶν, σὺ ἀντ' ἐκείνου ἧκε λουσάμενος, ἢν μὴ ὅ
γε κληθεὶς αὐτὸς εἴπῃ ἀφίξεσθαι, ὡς νῦν γε ἀμφίβολός
ἐστι. τοῦτο ἀκούσας ἐγὼ προσκυνήσας ἀπῄειν εὐχόμενος

κτέμοτι τ.　καὶ — ἀγωνισμένῳ om. G. ἀσφαλῶς pro ἀγανῶς
V.　εὐθὺς om. Φα, sed recte habent A et v. Ἐπεὶ — παρα-
βάλλων (sic) affert grammaticus Hermanni I. l. p. 368 retinuit ille
εὐθὺς sed scribunt τοὺς εὔτες sei παραβάλλων.　διὰ A et v.
cum Homero II. β΄, 57.　κατὰ ΦL.　ὡς om. a.　τὰ auto παρὰ
om. G.　πρότερον Φ et v. sed A om.　ἅπαντα ACG.I. πάντα
Φ et v.　ἀνακαλέοντα ACG.ΠVY. προάγοντα v. et sic for-
tasse Φ.　ἀναμηρυκώμενον Φ et v. ἀναμαρτύμενον A. Inepiit
Klotzius.

9. προθυμῇ AΦ et v. προθυμεῖς G. προθυμεῖ I.　παρὰ
πλουσίῳ A et v. παρὰ πλησίῳ Φl. Schol. (alui περὶ πλουσίῳ
(voluit παρὰ ἀl.) diserte probat l. c. et recte Schneider, tacite
reiicit Ivelionem παρὰ πλησίῳ.　αὐτὸν om G.　καταισχύνοιμι
A. καταισχύναιμι G. καταισχύναιμι Φ et v.　ἐν τριβακῷ Din-
dorfius. οἷν τριβακῷ AG idemque in schol. V. exstat ut lemma.
ἐν τριτριβῷ Φ et v. idemque in schol. V exstat quasi scholium.
φησὶ] φασὶ A.　αὖθις ACG.I. αὐτὸς Φ et v.　προσκυνήσας

ἅπασι θεοῖς ἠπίαλόν τινα ἢ πλευρῖτιν ἢ ποδάγραν ἐπι-
πέμπει τῷ μαλθακιζομένῳ ἐκείνῳ, οὗ ἔριθρος ἐγὼ καὶ
ἀρείδεστος καὶ διάδοχος ἐκκαλύμμην· καὶ τὸ ἄχρι τοῦ
λουτροῦ αἰῶνα * μήκιστον ἐπιθείμην συνεχῆς ἐπισκοπῶν, 716
ὁποσάπουν τὸ στοιχεῖον εἴη καὶ πηνίκα ἤδη λοῖσθαι
δέοι. κἀπειδή ποτε ὁ καιρὸς ἀφίκετο, πρὸς τάχος ἐμαυ-
τὸν ἀπορρύψας ἄπειμι κοσμίως μάλα ἐπηγκατισμένος,
ἀνιστρέψας τὸ τριβώνιον ὡς ἐπὶ τοῦ καθαρωτέρου γέ-
νοιτο ἡ ἀναβολή. 10. καταλαμβάνω δὲ πρὸς ταῖς θύ-
ραις ἄλλοις τε πολλοῖς καὶ δὴ κἀκεῖνον φοράδην ἱπὸ
τεττάρων κεκομισμένον, ᾧ με ὑποδεικνύειν ἔδει, τὸν νο-
σεῖν λεγόμενον, καὶ ἰδήλου δὲ πονήρως ἔχειν· ὑπέστενε
γοῦν καὶ ὑπέβηττε μήχιόν τι καὶ ἐχρέμπτετο δυσπρόσο-

ΑΦ αὶ ν. sed om. a οἱ αἱ videtur Τ. τὸ auto ἄχρι habent Α
et ν. sed om. Φ. ἄχρι τοῦ λουτροῦ ΑΓΝ. ἄχρι λουτροῦ Φ et ν.
λουτροῦ pro λουτροῦ Υ. αἰῶνα Α et ν. ἀγῶνα Φ.fn. μήκι-
στον Φ et ν. μήγιστον ΑΟΓ.fVΥ. Pro αἰῶνα μήκιστον, quod jam
olim probavi, falso lectum est ἀγῶνα μέγιστον. συνεχῆς ΑΦ et ν.
συνεχῶς Ο.f. πηνίκα in Α legitur in ra..nra, ut primae usuras
esse potuerit ἐπιγνᾶα. Λοῦσθαι] Libri Λελοῦσθαι. At et prae-
cessit τὸ ἄχρι τοῦ λουτροῦ, et sequitur ἐμαυτὸν ἀπορρύψαι. Ac-
tum egit Cubetus V. L. p. 81. Verba ἐπειδήποτε — τὸ τρι-
βώνιον affert grammaticus Hermanni l. l. p. 388. ἀπορρύψας
Ο.f. ἀπορρύψας ΑΟΥ. ἀπορρίψας Φ et ν. et diserte grammaticus
Hermanni. ἄπειμι ΑΟ et grammaticus Hermanni. ἀπέρχομαι
Φ et ν. Hermanno optimi codd. tuentur ἀπέρχομαι, respuunt
ἄπειμι. Cf. varr. lect. Necyomant. c. 16 et c. 18, Piscatt. c. 13 et
c. 43 et contra Philopseud. c. 31 atque Nigrin. c. 77. In germinis
Luciani dialogia εἶμι raro vim habet praesentis, de quo genere a
Bimvio L. l. p. 209 et a memet ipso Ep. Crit. p. XII minus recte
expositum est. Hinc suspectae videri possunt lectiones h. l. ἄπειμι
et supra c. 6 fin. ἔξιασιν. ἀνιστρέψας ΑΦΟ et grammaticus
Hermanni. ἀντιστρέψας ν. ἀναβολή ΑΦ et ν. μεταβολή ΥΥ.
10. καταλαμβάνω δὲ] libri καταλαμβάνω τε. ἔχων Α et ν.
ἔχειν Φ. ἐπέστενε γοῦν] ὑπέστενεν οὖν Ο. καὶ ὑπέβηττε μύ-
χιόν τι καὶ ἐχρέμπτετο δυσπρόσοδον] ita conjeci. Legebatur καὶ
ἐπέβηττε καὶ ἐπιχρέμπτετο (ita ν. et Τ, sed ἐχρέμπτετο ΦΟΛ.
ἐχρέμπτετο τὸ Α. ἐχρέμπετο a) μήχιόν τι καὶ δυσπρόσοδον. Quae
mirum est nec jam a Lehmanno correcta esse, quam bene allu-
lisset Incert. Philopatr. c. 20 ὑπέβηττε μύχιον, ἐχρέμπτετο ἐποσι-
ευρρίνου. Adde D. Mort. 6, 4, ubi conjicio, ὡς τιθηξέρεσθαι δο-

δον, ὠχρὸς ὅλος ὢν καὶ διωιδηκὼς ἀμφὶ τὰ ἑξήκοντα ἔτη
σχεδόν· ἐλέγετο δὲ φιλόσοφός τις εἶναι τῶν πρὸς τὰ μει-
ράκια φιλιπρούντων· ὁ γοῦν πώγων μάλα τραγικὸς ἦν
ἐς ὑπερβολὴν κομῶν. καὶ ἀντιμερίτου γε Ἀρχιβίου τοῦ
717 ἰατροῦ, διότι οὕτως ἔχων ἀφίκετο, * τὰ καθήκοντα, ἔφη,
οὐ χρὴ προδιδόναι καὶ ταῦτα φιλόσοφον ἄνδρα, κἂν μυ-
ρίαι νόσοι ἐμποδὼν ἱστῶνται· ἡγήσεται γὰρ Εὐφράτης
ὑπερεωρᾶσθαι πρὸς ἡμῶν. οὐ μὲν οὖν, εἶπον ἐγώ, ἀλλ'
ἐπαινέσεταί σε, ἢν οἴκοι παρὰ σαυτῷ μᾶλλον ἀποθανεῖν
ἐθέλῃς ἤπερ ἐν τῇ συμπασίᾳ, συναποχρεμψάμενος τὴν
ψυχὴν μετὰ τοῦ φλέγματος. ἐκεῖνος μὲν οὖν ὑπὸ μεγα-
λοφροσύνης οὐ προσεποιεῖτο ἀκηκοέναι τοῦ σκώμματος·
ἐφίσταται δὲ μετὰ μικρὸν ὁ Εὐφράτης λελουμένος καὶ
ἰδὼν τὸν Θερμόπολιν (τοῦτο γὰρ ὁ φιλόσοφος ἐκαλεῖτο)
„διδάσκαλε, φησίν, „εὖ μὲν ἐποίησας αὐτὸς ἥκων παρ'
ἡμᾶς. οὐ μεῖον δ' ἄν τί σοι ἐγένετο καὶ ἀιόντι, ἅπαντα
γὰρ ἑξῆς ἀπέσταλτο ἄν." καὶ ἅμα λέγων ἐσῄει χειραγω-

κῶν καὶ ὁπότε ἰσίοιμι ὑποστίνων μικρόν τε καὶ καθάπερ (libri
ὑποστίνων καὶ μικρόν τε καθάπερ) ἐξ οὗ νεωτέρις ἀτελὲς ἐπο-
κρείζων. Ita μεγαῖιος σταναγμός dixit scriptor nescio quis ap. II.
Steph. Thes. L. Gr. p. 11131 ed. Lond. Nostro l. minus recte
olim conjeceram ordine non mutato, s. l. p. τ. καὶ δυσπρόσοδος
ὴν, ὠχρὸς —. ὅλος ὢν A. ὢν ὅλος Φ et τ. τὴν ὑπερβολὴν
schol. γε AGV. δὶ Φ et τ. ἔχων ἀφίκετο A et τ. ἀφίκετο
ἔχων Φ. ἡμῶν] ἡμᾶς a. In A signum novae personae solu
ὤμετοσν, quod cum Dindorfio scripsi οὐ μὲν οὖν. ἐγώ] ἔγωγε
G. σαυτῷ A. σιαντῷ Φ (qui παρασαυτῷ) et τ. ἐθέλῃς AΓΔ.
ἐθέλοις Φΐ et τ. συναποχρεμψάμενος] Libri συναποχρεμψάμε-
νος. Vide si opus Harmonid. c. 2, Pro Laps. in sal. c. 3 et in-
primis Navig. c. 20. ὁ Εὐφράτης Φ et τ. Εὐφράτης A, qui λε-
λορμένως et mox φησι pro φησιν. παρ' ἡμᾶς A. πρὸς ἡμᾶς Φ
et τ. δ' ἄν τι A. δ' ἂν τί σοι Φ et τ. δι' ἀντί σοι Ω. Ω ut vulgo
δ' ἄν τί σοι. Hinc σοι retinendum est, salva emendatione nostra:
ἅπαντα γάρ. ἐγένετο καὶ ἀπόντι, ἅπαντα γάρ] ita correxi. Libri
omnes ἐγένετο, καὶ ἀπόντι γὰρ ἅπαντα, praeterquam quod l.
ἀπόντι pro ἀπόντι. ἀπέσταλτο AUGL. ἐπέσταλτο Φ et τ.
λέγων habent A et τ. sed om. Φΐia. ἐσῄει A. ἰσῄει Φ et τ.
χειραγωγῶν τὸν Θερμόπολιν ὑπερειδόμενον AVZ. χείρας ὀρέγων
αὐτῷ ὑπερειδόμενῳ Φ et τ. et dativum ὑπερειδομένῳ legit etiam
schol. V.

γῶν τὸν Θεσμόπολιν ἐπερειδόμενον καὶ τοῖς οἰκέταις.
11. ἐγὼ μὲν οὖν ἀπιέναι παρεσκευαζόμην, ὁ δὲ ἐπιστρα-
φεὶς καὶ ἐπὶ πολὺ ἐνδοιάσας, ἐπεί * με πάνυ σκυθρω- 718
πὸν εἶδε, πάριθι, ἔφη, καὶ σὺ ὦ Μίκυλλε καὶ συνδείπνει
μεθ᾽ ἡμῶν· τὸν υἱὸν γὰρ ἐγὼ κελεύσω ἐν τῇ γυναικω-
νίτιδι μετὰ τῆς μητρὸς ἑστιᾶσθαι, ὡς σὺ χώραν ἔχῃς.
ἐσῄειν οὖν μάτην λύκος χανὼν παρὰ μικρόν, αἰσχυνό-
μενος ὅτι ἐδόκουν ἐξηλακέναι τοῦ συμποσίου τὸ παι-
δίον τοῦ Εὐκράτους. κἀπειδὴ κατακλίνεσθαι καιρὸς ἦν,
πρῶτον μὲν ἀράμενοι ἀρέθισαν τὸν Θεσμόπολιν οὐκ
ἀπραγμόνως μὰ Δία πέντε οἶμαι νεανίσκοι εὐπαγέσιν,
ὑπαυχένια παραβύσαντες αὐτῷ πάντοθεν, ὡς διαμένοι
ἐν τῷ σχήματι καὶ ἐπὶ πολὺ καρτερεῖν δύναιτο. εἶτα
μηδενὸς ἀνεχομένου πλησίον κατακεῖσθαι αὐτοῦ ἐμὲ
ἐπικατακλίνουσι φέροντες, ὡς ὑπατράπεζοι εἴημεν. τοὐν-
τεῦθεν ἐδειπνοῦμεν, ὦ Πυθαγόρα, πολύοψόν τε καὶ ποι-
κίλον δεῖπνον ἐπὶ χρυσοῦ πολλοῦ καὶ ἀργύρου· καὶ ἐκπώ-
ματα ἦν χρυσᾶ καὶ διάκονοι ὡραῖοι καὶ μουσουργοὶ καὶ γε-
λωτοποιοὶ μεταξύ, καὶ ὅλως ἡδίστη τις ἦν ἡ διατριβή·
πλὴν ἀλλ᾽ ἔν με ἐλύπει οὐ μετρίως, ὁ Θεσμόπολις ἐνοχ-
λῶν καὶ ἀρετήν τινα πρός με διεξιὼν καὶ διδάσκων * 719
ὡς αἱ δύο ἀποφάσεις μίαν κατάφασιν ἀποτελοῦσι καὶ
ὡς εἰ ἡμέρα ἐστὶ νὺξ οὐκ ἔστιν, ἔνιοτε δὲ καὶ κέρατα
ἔφασκεν εἶναί μοι. τοιαῦτα πολλὰ οὐδὲν δεομένῳ προσ-
φιλοσοφῶν συνέτριβε καὶ ἐπετίμειτο τὴν εὐφροσύνην οὐκ

---

11. κελεύσω] κελεύω π.   ἑστιᾶσθαι ΑΒΥΥ. ἑστιᾶσθ῾ραι Φ
et v.   ἔχῃς Φ et v. ἔχοις ΑΓΟΒΔΙ.   ἐσῄειν Α. εἰσῄειν Φ schol.
et v.   παραμικρὸν ut solent ΑΦ et Α ἑσεβ ἐξηλακέναι.   πρῶ-
τον μὲν Α et v. πρῶτως μὲν Φ.   μὰ Δία ΑΦΟΗΓΥ. μὰ Δία
ἐς ΤΥ. τῇ Δία v.   παραβύσαντες ita conjeci. Libri περιβύσαν-
τες.   διαμένοι Α.   ἐπὶ πολὺ Θ. ἐπιπολὺ ΑΦ et v.   ἐπι-
κατακλίνουσι ΑΟΘΥΔΙ. κατακλίνουσι v. ut fortasse Φ.   πολὺ
ὄψον τε καὶ ποικίλον ἐπὶ Φ. δεῖπνον om. etiam a.   μεταξὺ addi-
tum ex ΑΟΘΔΙ. om. Φ et v. Cf. Convir. c. 18.   τις ἦν om Φa.
ἀλλ᾽ ἔν με Dindorfius. ἀλλὰ ἔν με Φ et v. ut vulgo ἀλλὰ ἔν
με Ω. ἀλλ᾽ ἐμὲ Α.   ἔφασκεν εἶναί μοι.] Numerosius fuerit, εἶ-
ναί μοι ἔφασκεν. Cf. Hermothin. c. 81.   τοιαῦτα Α sic inter-
pungens. τοιαῦτα etiam C. καὶ τοι τοιαῦτα Δ. καὶ τοιαῦτα Φ

τῶν ἀκούειν τῶν κιθαριζόντων ἢ ᾀδόντων. τοιοῦτο μέν
σοι, ὦ ἀλεκτρυών, τὸ δεῖπνον. Α.ΛΕΚ. οἷς ἥδιστον,
ὦ Μίκυλλε, καὶ μάλιστα ἐπεὶ συνεκληρώθης τῷ λίρῳ
ἐκείνῳ γέροντι. 12. ΜΙΚ. ἄκουε δὲ ἤδη καὶ τὸ ἐνύπ-
νιον· ᾤμην γὰρ τὸν Εὐκράτην αὐτὸν ἄπαιδα ὄντα οἶα
οὐδ' ὅπως ἀποθνῄσκειν, εἶτα προσκαλέσαντά με καὶ δια-
θήκας θέμενον, ἐν αἷς ὁ κληρονόμος ἦν ἁπάντων ἐγώ,
μικρὸν ἐπισχόντα ἀποθανεῖν· ἐμαυτὸν δὲ παρελθόντα ἐς
τὴν οὐσίαν τὸ μὲν χρυσίον καὶ τὸ ἀργύριον ἐξαντλεῖν
σκάφαις τισὶ μεγάλαις ἀεναόν τε καὶ πολὺ ἐπιρρέον, τὰ
δ' ἄλλα τὴν ἐσθῆτα καὶ τραπέζας καὶ ἐκπώματα καὶ δια-
κόνους πάντα ἐμὰ ὡς τὸ εἰκὸς εἶναι. εἶτα ἐξέλαυνον
720 ἐπὶ λευκοῦ ζεύγους ἐξενετιάζων, περίβλεπτος ἅπασι
τοῖς ὁρῶσι καὶ ἐπίφθονος· καὶ προῄσθεον πολλοὶ καὶ προ-
ίππευον καὶ εἵποντο πλείους. ἐγὼ δὲ τὴν ἐσθῆτα τὴν
ἐκείνου ἔχων καὶ δακτυλίους βαρεῖς ὅσον ἑκκαίδεκα ἐξηρ-
μένος τῶν δακτύλων ἐκέλευον ἑστίασίν τινα λαμπρὰν εὐ-
τρεπισθῆναι ἐς ὑποδοχὴν τῶν φίλων· οἱ δὲ ὡς ἐν ὀνείρῳ
εἰκὸς ἤδη παρῆσαν καὶ τὸ δεῖπνον ἄρτι ἐσεκομίζετο καὶ
ὁ πότος συνεκροτεῖτο. ἐν τούτῳ ὄντα με καὶ φιλοτησίας
προπίνοντα ἐν χρυσαῖς φιάλαις ἑκάστῳ τῶν παρόντων
ἤδη τοῦ πλακοῦντος ἐσκομιζομένου ἀνεῳχθείς ἀκαίρως
συνετάραξας μὲν ἡμῖν τὸ συμπόσιον, ἀνέτρεψας δὲ τὰς
τραπέζας. τὸν δὲ πλοῦτον ἐκεῖνον διασκίδασας ὑπηνέ-

---

et v.   σνναΐψε Pelletue, Guyetus, Struvlua L. L. p. 710, ego jam
olim p. 784, Dindorflus. Libri σνναΐψει, qnod arrisit Klotalo.
τοιοῦτο AU. τοῦτο Φ et v. δεῖπνον] διαπτεῖν Λ.
    12. δὲ ἤδη ATV. δὴ ἤδη C. δὴ ΦU et v.   τὸν Εὐκράτην
αὐτὸν] malim, τὸν αὐτὸν Εὐκράτη.   οἷδ' ὅπως] οἶδα ὅπως Λ.
    προσκαλέσαντα] προκαλέσαντα Λ.   ὁ additum ex AUV. om.
Φ et v.   ἀεναόν τε U et v. ἀένναόν τε ΦCL. ἀένναόν τι Λ.
    προίππευεν ΛΦUGLV. περώππευον v.   τὴν ἐσθῆτα τὴν ἐκείνου
Λ et v. τὴν ἐσθῆτα ἐκείνου Φα.   ἐξηρμένος cum Rulano AC.
ἐξημμένος ΦU et v.   ἄρτι Λ et v. sed om. Φα.   ἐσεκομίζετο
ΛΦC. ἐσκομίζετο U, εἰσεκομίζετο V. συνεκομίζετο v.   ἐσκομιζο-
μένου ΛCVV. ἐσκομιζομένου Φ(i et v.   ἐκεῖνον διεσκέδασας]
ita conjeci, Pleriqno libri etiam Φ ἐκεῖνον διασκεδάσας, sed Λ
διεσκεδάσας hao loco omissum tribus verbis post habet scribens
παρεσκεύασας διασκεδάσας manifesto errore.   ὑπηνέμιον Φ et v.

μιαν φέρεσθαι παρασκευάσας. ἆρά σοι ἀλόγως ἀγανακτῆσαι κατὰ σοῦ δοκῶ, ὅς τρισσότερον ἂν ἡδέως ἐπεῖδον τὸν ὄνειρόν μοι γενόμενον; * 13. ΑΛΕΚ. οὗτω φι- 721 λόχρυσος εἶ καὶ φιλόπλουτος, ὦ Μίκυλλε, καὶ μόνον τοῦτο ἐξ ἅπαντος θαυμάζεις καὶ ἐγὼ εὔδαιμον εἶναι πολὺ κεκτῆσθαι χρυσίον; ΜΙΚ. οὐκ ἐγὼ μόνος, ὦ Πυθαγόρα τοῦτο, ἀλλὰ καὶ σὺ αὐτὸς, ὁπότε Εὔφορβος ἦσθα, χρυσὸν καὶ ἄργυρον τῶν βοστρύχων ἐξημμένος οὗτως ᾔεις πολεμήσων τοῖς Ἀχαιοῖς, καὶ ἐν τῷ πολέμῳ, ἔνθα σιδηροφορεῖν μᾶλλον ἢ χρυσοφορεῖν ἄμεινον ἦν, σὺ δὲ καὶ τότε ἠξίους χρυσῷ ἀναδεδεμένος τοῖς πλοκάμοις διαγωνίζεσθαι. καί μοι δοκεῖ ὁ Ὅμηρος διὰ τοῦτο Χαρίτεσσιν ὁμοίας εἰπεῖν σου τὰς κόμας, ὅτι ‚χρυσῷ τε καὶ ἀργύρῳ ἐσφήκωντο.* μακρῷ γὰρ ἀμείνους δηλαδὴ καὶ ἐρασμιώτεραι ἐφαίνοντο συναναπεπλεγμέναι τῷ χρυσίῳ

ἐπίνεμον ΑC. φέρεσθαι Α et v. φέρειν ΦΙ. παρασκευάσας exhibere videtur edit. Florentina (a) ex qua afferunt παρασκευάσας liaque Lucianus scripserat. παρεσκεύασας ΑΦ et v. Pro edita διασκεδάσας ὑπηνέμιον φέρεσθαι παρεσκεύασας scribendum putavi, διασκίδασας, ὑπηνέμιον φέρεσθαι παρασκευάσας. δοκῶ, ὅς τρισσότερον] Schneider et J. Seager. δοκῶ, ὡς τρισσότερον Φ et v. δοκῶ; τρισσότερον Α et ὡς om. etiam V. ἐπεῖδον ΑG. ἔτι εἶδον Φ et v. Cf. Prometh. II. c. 20.

13. εἶ ex ΑΦtia. om. v. malim καὶ τοῦτο μόνον ἐ. ἅ., uti Pro Imagin. c. 18 et De Cal. n. t. er. c. 13. πολὺ ΑΦ et v. τὸ πολὺ G.f. quod olim receperam. Recepit nunc Bekker, non item Dindorfius. τοῦτο] malim, τοῦτο θαυμάζω. ἄργυρον ΑΦ et v. ἀργύριον A. τῶν βοστρύχων ἐξημμένος Α. ἐξημμένος τῶν βοστρύχων Φ, et v. U habet: ἐξημμένος τῶν βοστρύχων ᾔεις πολεμήσων. οὗτος ᾔεις] ᾔεις ΑΦCU.ia. ἔξιες v. Jam οὗτως vulgo deest, practerquam quod Parisina Bourdelotii (e codice opinor) οὕτω ἔξιις. Sed Α οὗτω mox inserit scribens, ᾔεις πολεμήσων τοῖς Ἀχαιοῖς οὗτω καὶ, et in V quoquo οὗτω insertum est. Hinc suo loco vocem reposui. Actum egit Halmius apud Sommerbrodtium p. 101. ἐν τῷ πολέμῳ Φ et v. ἐν πολέμῳ Α. σιδηροφορεῖν om. U. μᾶλλον ἢ χρυσοφορεῖν om. Φa. ἦν, σὺ δὲ] fugerunt quosdam quam scripsi in Qu. Lnc. p. 46. καὶ ante τότε om. Φa. ἀναδεδεμένος τοῖς πλοκάμοις ΑC. ἀναδεδεμένος τοὺς πλοκάμους ἔχων GUVY. διαδεδεμένος τοὺς πλοκάμους ἔχων v. De Φ parum constat. διαγωνίζεσθαι ΑCUVY. διακινδονεύειν καὶ διαγωνίζεσθαι U. διακινδονεύειν Φ et v. ὁ Ὅμηρος ΑΦG. Ὅμηρος v.

καὶ συναπολάμπουσαι μετ' αὐτοῦ. καίτοι τὸ μὲν σά,
722 ὦ χρυσοκόμη, * μέτρια, εἰ Πάνθου υἱὸς ὢν ἐτίμας τὸ
χρυσίον· ὁ δὲ πατὴρ ἁπάντων ἀνδρῶν καὶ θεῶν, ὁ Κρό-
νου καὶ Ῥέας, ὁπότε ἠράσθη τῆς Ἀργολικῆς ἐκείνης μει-
ρακος, οἷα εἶχεν εἰς ὅ τι ἐρασμιώτερον αὐτὸν μεταβάλοι
οὐδὲ ὅπως [ἂν] διαφθείρειε τοῦ Ἀκρισίου τὴν φρουράν,
ἀκούεις δήπου ὡς χρυσίον ἐγίνετο καὶ ῥυεὶς διὰ τοῦ τέ-
γους συνῆν τῇ ἀγαπωμένῃ. ὥστε τί ἄν σοι τὸ ἐπὶ
τούτῳ ἔτι λέγοιμι, ὅσας μὲν χρείας παρέχεται ὁ χρυσός,
ὡς δὲ οἷς ἂν παρῇ. καλούς τε αὐτοὺς καὶ σοφοὺς καὶ
ἰσχυροὺς ἀπεργάζεται τιμὴν καὶ δόξαν προσάπτων, καὶ
ἐξ ἀφανῶν καὶ ἀδόξων ἐνίοτε περιβλέπτους καὶ ἀοιδί-
μους ἐν βραχεῖ τίθησι; 14. τὸν γείτονα γοῦν μοι τὸν
ὁμότεχνον οἶσθα τὸν Σίμωνα, οὐ πρὸ πολλοῦ δειπνή-
723 σαντι παρ' * ἐμοί, ὅτε τὸ ἔτνος ἥψησα τοῖς Κρονίοις
δύο τόμους τοῦ ἀλλᾶντος ἐμβαλών. ΑΛΕΚ. οἶδα τὸν
σιμόν, τὸν βραχύν, ὃς τὸ κεραμεοῦν τρυβλίον ἐγελόμενος
μετὰ τὸ δεῖπνον ᾤχετο ὑπὸ μάλης ἔχων, ὃ μόνον ἡμῖν
ἐπῆρχεν, εἶδον γὰρ αὐτός, ὦ Μίκυλλε. ΜΙΚ. οὐκοῦν
ἐκεῖνος αὐτὸ κλέψας εἶτα ἐπωμόσατο θεοὺς τοσούτους·
ἀλλὰ τί οὐκ ἐβόας καὶ ἐμήνυες τότε, ὦ ἀλεκτρυών, λη-

Χαρίτεσσιν ΑΦΩ. Χαρίτεσσιν ν.　συνααπολάμπουσαι] συναπολ-
πλαμπίται Φη.　ὦ χρυσοκόμη Φ (i. c. furtasais ὦ χρυσοκόμη.
πατὴρ ἁπάντων ἀνδρῶν καὶ θεῶν Λ. πάντων θεῶν πατὴρ καὶ
ἀνδρῶν Φ et ν.　ὁπότε ΑCVYn. ὃς ποτε Φ[L]Λ.Ι et ν.　εἰς
ὅ τι] Φ et ν. εἰ ὅ τι Λ.　ὅπως ἄν libri. Delo ἄν cum Cobeto
V. L. p. 103.　δήπου ΑCG.ΙVY. ἤδη που ν. et furtasse Φ.
ὥστε — ἔτι λέγοιμι] ὡς πᾶρ σοι τὸ ἐπὶ τούτων ἐπιλέγοιμι Φ et
ἐπιλέγοιμι etiam n.　οἷς ἄν] οἷς ἐὰν Φ.　προσάπτων ΑCV.
συνάπτων ΦΩ et ν.
14. Σίμωνα] σίμωνα Λ.　ἥψησα C.ΙVY. ἥψηκα Λ. ἕψησα G.
ἕψεσε Φ et ν. parum attice.　τόμους Φ et ν. itaque diserte
schol. V, quod ut atticum servavi. τιμάχη ΑCG.ΙVY. τοῦ ἀλλᾶν-
τος ἐμβαλών; Λ.　σιμόν] Σίμωνα ΤVY. τρυβλίον Reitzian,
sed Dindorfius cum libris τρύβλιον hic et infra.　μετὰ τὸ δεῖπνον
ᾤχετο ὑπὸ μάλης ἔχων] ita haec transposui. In libris omnibus
μετὰ τὸ δεῖπνον post ἔχων demum legitur. Ibidem ὑπὸ μάλης Φ
et ν. ὑπὸ μάλην CU.Ι et qui ὑπομάλην Λ. Vide quae dixi De
Atticism. Luc. I p. 10 sq.　αὐτός, ὦ Μίκυλλε] αὐτὸς, μάκελλε Φ.
ἐπωμόσατο] ἀπωμόσατο L. ἐβόας καὶ ἐμήνυες ΑΦCUGL.Ι.

ζομένους ἡμᾶς ὁρῶν; ΑΛΕΚ. ἐπόπτιζον ὃ μόνον μοι
τότε δυνατὸν ἦν. τί δ' οὖν ὁ Σίμων; ἱππεὺς γάρ τι
περὶ αὐτοῦ ἐρεῖν. ΜΙΚ. ἀνεψιὸς ἦν αὐτῷ πλούσιος ἐς
ὑπερβολήν, Δημύλος τοὔνομα. οὗτος ζῶν μὲν οὐδὲ ὀβο-
λὸν ἔδωκε τῷ Σίμωνι· πῶς γὰρ, ὃς οὐδὲ αὐτὸς ἥπτετο
τῶν χρημάτων; ἐπεὶ δὲ ἀπέθανε πρώην, ἅπαντα ἐκεῖνα * 724
κατὰ τοὺς νόμους Σίμωνός ἐστιν, ἃ νῦν ἐκεῖνος ὁ τὰ
ῥάκια τὰ πιναρά, ὁ τὸ τρυβλίον, περιλείχων ἄσμενος
ἐξελαύνει ἁλουργῇ καὶ ὑσγινοβαφῇ ἀμπεχόμενος, οἰκέτας
καὶ ζεύγη καὶ χρυσᾶ ἐκπώματα καὶ ἐλεφαντόποδας τρα-
πέζας ἔχων, ὑφ' ἁπάντων προσκυνούμενος, οὐδὲ προσ-
βλέπων ἔτι ἡμᾶς· ἔναγχος γοῦν ἐγὼ μὲν ἰδὼν προσι-
όντα, χαῖρε, ἔφην, ὦ Σίμων, ὁ δὲ ἀγανακτήσας, εἴπατε,
ἔφη, τῷ πτωχῷ τούτῳ μὴ καταοπικρύνειν μου τοὔνομα·
οὐ γὰρ Σίμων ἀλλὰ Σιμωνίδης ὀνομάζομαι." τὸ δὲ μέ-
γιστον ἤδη καὶ ἐρῶσιν αὐτοῦ αἱ γυναῖκες, ὁ δὲ θρύπ-
τεται πρὸς αὐτὰς καὶ ὑπερορᾷ καὶ τὰς μὲν προσίεται
καὶ ἵλεώς ἐστιν, αἱ δὲ ἀπειλοῦσιν ἀναρτήσειν ἑαυτὰς

ἐμφύνει καὶ ἰβίας v.   τότε ἀλεκτρυὼν Φ. τότε om. G.
ἐπζομένους Bekker. ἐπιζομένους v. ἀειζομένους A, in quo non gk,
acma latere, sed antiquioris codicis literae quadratae All cum
simillimis AK confusae videntur. De passivo ἐπζομαι vide Suidam
s. Ἀρίζεται ibique Bernhardy.   ὁ μόνον μοι Φ et v. at vulgo ὁ
μόνον μοι B. μόνον ὁ AC. Δημύλος] ita conjeci. Δημύλος nomen
exstat etiam apud ipsum Luc. Philopsaudo c. 25. Actum egit Bekker
p. 414. δίμυλος A. δίμυλλος G. Δημύλος v. et fortasse Φ. μὲν
om. Φη.   Σίμωνός ἐστιν, ἃ νῦν ἐκεῖνος] ita conjeci. Σιμωνός
ἐστι καὶ νῦν ἐκεῖνος ACGA. Vulgo et in Φ tantum Σίμων, pro
qua voce καὶ νῦν ἐκεῖνος VY. Et olim quidem in Qu. Luc. p. 98 sq.
certe collato Icaromen. c. 30 cum sententia simcioram asserentia
sum. Nunc quoque verba ἃ περιλείχων cohaerere judico. Vulgata,
secundum quam ἅπαντα ἐκεῖνα περιλείχων conjungenda sunt, for-
tasse correctioni potius quam errori debeter.   ῥάκια] περιβεβλη-
μένος addit V.   καὶ ante ζεύγη om. A.   ἰδὼν προσιόντα]
προσιόντα ἰδὼν G. Pro προσιόντα hodie malim cum Sommer-
brodtto προσιόντα.   τούτῳ additum ex ACGA. om. Φ et v.
ἤδη ΑΦΨΓΑ. ὅτι v.   αὐτοῦ αἱ ΑΦ. αὐτοῦ καὶ αἱ v.   πρὸς
αὐτὰς A. καὶ om. etiam C. καὶ πρὸς ταύτας Φ et v. Cf. D. Mar.
XIII. 1 σὺ δ' ἰθρύπτου πρὸς αὐτήν.   καὶ ante ὑπερορᾷ om. G.
ἀναρτήσειν ACGAY. ἀναρτήσειν ἢ ἀναρτῆσαι V. ἀνελεῖν v. et

ἀμελούμενοι. ὁρᾷς ὅσον ἀγαθὸν ὁ χρυσὸς ἵππος, εἴ γε
καὶ μετασποιεῖ τοὺς ἐμπόρους καὶ ἐμπορίοις ἐπεργάζεται
723 ὥσπερ * ὁ ποιητικὸς ἐκεῖνος κεστός· ἀκούεις δὲ καὶ τῶν
ποιητῶν λεγόντων·

  ὦ χρυσέ, δεξίωμα κάλλιστον [βροτοῖς]

καὶ

  χρυσὸς γάρ ἐστιν ὃς βροτῶν ἔχει κράτη.

ἀλλὰ τί μεταξὺ ἐγέλασας, ὦ ἀλεκτρυών; 15. Α.ΛΕΚ.
ὅτι ἐπ' ἀγνοίας, ὦ Μίκυλλε, καὶ σὺ τὰ ὅμοια τοῖς πολ-
λοῖς ἐξετάζεαι περὶ τῶν πλουσίων· οἱ δ' εὖ ἴσθι πολὺ
ὑμῶν ἀθλιώτερον τὸν βίον βιοῦσι· λέγω δέ σοι καὶ πέ-
νης καὶ πλούσιος πολλάκις γενόμενος καὶ παντὸς βίου
πεπειραμένος· μετὰ μικρὸν δὲ καὶ αὐτὸς εἴσῃ ἕκαστα.
ΜΙΚ. νὴ Δία, καιρὸς γοῦν ἤδη καὶ σὲ εἰπεῖν ὅπως ἠλ-

---

fortasse Φ. ἰαντᾶς ΑCΛ. αὐτᾶς ΦGV et v. ἀμόρφους ΛGTV.
ἀμφοτέρους Φ. ἀμφορωτέρους v. δεξίωμα] δεξίαμα G. κάλ-
λιστον [βροτοῖς] conjectura Schmiederi a Guyeto Reisioque moniti.
κάλλιστον Α. κάλλιστον κτέρας Φ et v. Hic versus ab Athenaeo IV
p. 159 b et septem aliorum scriptorum locis collectis illis a Matthiae
Eurip. Fragm. p. 151 et a Wagnero p. 142 sq. recte ita afferur,
ὦ χρυσέ, δεξίωμα κάλλιστον βροτοῖς, ita ut scripturae κάλλιστον
κτέρας nullum usquam vestigium sit praeterquam in Luciano tam
hoc Galli loco tum in Timone c. 41, ubi ceteri codd. recte κάλ-
λιστον βροτοῖς, sed Augustanus (fortasse e Galli loco) κάλλιστον
κτέρας. Quod vocabulum quum Euripide dignum sit nequo glosse-
matis speciem habeat, conjicio in scholiis Galli deperditis similem
versum hunc fere allatum fuisse, „ὁ χρυσὸς ἀνθρώποισι κάλλιστον
κτέρας," ejusque finem e margine in textum irrepsisse. Sed qui
in Gallo exstat versus, is ipse a Seneca Epist. CXV Bellerophonti
Euripidis adscribi videtur, cui Senecae loco et erroribus plane
nihil tribui posse ad Aristoph. Ranas p. 68 monui ac potius Sto-
baeo XCI, 4 vol. III p. 217 ed. Gaisf. adscatiendum esse, in cujus
codice Parisino hic versus ad Danaen Euripidis refertur. Com-
probavit catroma A. Nauckius Trag. Gr. Frr. p. 303, quem confer ibid.
p. 689. Ex eadem Danae proximus quoque versus, χρυσὸς — κράτη
fluxisse conjicio sed conjicio, non adsevero. Cf. Gallum nostrum c. 13
med. et Timonem c. 41 fin. ἐγέλασας ΑΦ et v. ἐγέλας LΛ.
15. περὶ om G. οἱ δ' Φα. οἵδ' v. οἱ δὲ ΑG. πολὺ ὑμῶν
ἀθλιώτερον Α. πολὺ ἡμῶν ἀθλιώτερον Φ. ἡμῶν pro ὑμῶν etiam
LΛα. πολὺ ἀθλιώτερον ὑμῶν v. τὸν Φ et v. sed om. Α.
παντὸς ΑG. ἅπαντες Φ et v. Cf. infra c. 21 init. εἴσῃ] malim

λάγῃς καὶ ἃ σύνοισθα τῷ βίῳ ἑκάστῳ. Α.ΛΕΚ. ἄκουε
τοσοῦτόν γε προειδὼς μηδένα με σοῦ εὐδαιμονέστερον
βιοῦντα ἐπιφανῆναι. ΜΙΚ. ἐμοῦ ὦ ἀλεκτρυών; οὕτω
σοί γένοιτο. προάγῃς γάρ με λοιδορεῖσθαί σοι. ἀλλ' εἰσὶ
ἀπὸ τοῦ Εὐφόρβου ἀρξάμενος, * ὅπως ἐς Πυθαγόραν 726
μετεβήθης, εἶτα ἑξῆς ἄχρι τοῦ ἀλεκτρυόνος· εἰκὸς γὰρ
σε ποικίλα καὶ ἰδεῖν καὶ παθεῖν ἐν πολυειδίαις τοῖς βί-
οις. 16. Α.ΛΕΚ. ὡς μὲν ἐξ Ἀπόλλωνος τὸ πρῶτον ἡ
ψυχή μοι κατασταμένη ἐς τὴν γῆν ἐνέδυ ἐκ ἀνθρώπου
σῶμα, ἥντινα τὴν καταδίκην ἐκτελοῦσα, μακρὸν ἂν εἴη
λέγειν, ἄλλως τε οὔθ' ὅσιον οὔτ' ἐμοὶ εἰπεῖν οὔτε σοὶ
ἀκούειν τὰ τοιαῦτα. ἐπεὶ δὲ Εὔφορβος ἐγενόμην —
ΜΙΚ. τοῦτό μοι πρότερον εἰπέ, εἰ κἀγώ ποτε ἠλλάγην
ὥσπερ σύ. Α.ΛΕΚ. καὶ μάλα. ΜΙΚ. τίς οὖν ἦν πρό
γε τούτου, ὦ θαυμάσιε, τίς ἦν; εἴ τι ἔχεις εἰπεῖν

ἄκουε τοίνυν, quod supra c. 3 legitur.   ἐφανῆναι] poetarum
atticorum formam ἐφάναι, quam Diodorus Luciano tribuit, in
codd. Lucianeis vix usquam reperi. Adde mea ad Aristoph. Thes-
moph. v. 32.   οὕτω] οὕτως Φα.   προάγῃ (LΑΤVΥ. προάγει
Α. προάγεις v. et fortasse Φ.   ἀλλ'. (l. ἀλλὰ ΑΦ et v.   τοῦ
additum ex ΑΓΓΑ. om. v. et fortasse Φ.   καὶ ἰδεῖν] haec duo
verba om. Φ.   ἐν Φ et v. sed om. Α.

16. μοι] μου Α.   κατασταμένη ΑΦ et v. κατεσταμένη V.
ἐς τὴν ΑΦΓΟ. εἰς τὴν v.   τίς Α. ἐς Φ et v. ἔν Α.   ἥντινα
τὴν Α et v. τινὰ τὴν Φ. ἥντινα Ο (omisso τὴν).   τε] γε Α.
οὔθ' ΤΥ. οὐδὲ ΑΙΙ. οὔτε v. et fortasse Φ.   οὔτ' ἐμοὶ Α. οὔτε
ἐμοὶ Φ et v.   ἐπεὶ δὲ Φ et v. Ἐπεὶ' Α, ut scribere liceat, ἐπεὶ
δ'.   ΜΙΚ. τοῦτό μοι ΑΟ. ΜΙΚ. ἐγὼ δὲ πρό γε τούτου, ὦ θαυ-
μάσιε, τίς ἦν; τοῦτό μοι Φ et v. Novem ista verba non ni Klotzio
visum supposita sunt, sed ab ipso Luciano posita non illa tamen
hoc loco, sed inferiore. Ileno vero idem Klotzius: „ne recte qui-
dem, inquit, videtur quaerere Micyllus quis ante fuerit, deinde
vero unum ex mutatus, quod contra videtur debuisse fieri."
τοῦτό μοι πρότερον εἰπέ] haec verba bis scripta in Ο.   ἠλλάγην
ΑΦ et v. ἠλλάγμην VΥ.   Τίς οὖν ἦν πρό γε τούτον, ὦ θαυμά-
σιε, τίς ἦν;] Ita meo periculo scribere malui quam, Τίς οὖν ἦν
ὅγωγε πρὸ τούτου, ὦ θαυμάσιε, τίς ἦν; Plerique codices, etiam Α
et v. τίς οὖν ἦν; Αt Φ τίς οὖν ἦν ὦ θαυμάσιε τίς ἦν; E qua
scriptura liquet novem fere verba quae paullo ante ab ΑΟ recte
absunt, hoc ipso loco inserenda esse: quae h. l. inseri praeterea

ἐθίλω γὰρ τοῦτο εἰθέναι. ΛΙΕΚ. σὺ· μύρμηξ Ἰνδικὸς
τῶν τὰ χρυσίον ἀνορυττόντων. ΜΙΚ. εἶτα ὤκνουν ὁ
777 κακοδαίμων κἂν ὀλίγα τῶν ψηγμάτων ἔχειν * ἐς τόνδε
τὸν βίον ἐξ ἐκείνου ἐπισιτισάμενος· ἀλλὰ καὶ τί μετὰ
τοῦτο ἔσομαι, εἰπέ· εἰκὸς δὲ εἰθέναι σε, εἰ γάρ τι ἀγα-
θὸν εἴη. ἀπάγξομαι ἤδη ἀναστὰς ἀπὸ τοῦ κατταύλου,
ἐφ' οὗ σὺ ἕστηκας. 17. ΛΙΕΚ. οὐκ ἂν μάθοις τοῦτο
οὐδεμιᾷ μηχανῇ. πλὴν ἀλλὰ ἐπείπερ Εὔφορβος ἐγενό-
μην (ἐπάτειμι γὰρ ἐπ' ἐκεῖνα), ἐμαχόμην ἐπ' Ἰλίῳ καὶ
ἀποθανὼν ὑπὸ Μενέλεω χρόνῳ ὕστερον ἐς Πυθαγόραν
ἧκον. τέως δὲ περιήμετον ἄοικος καὶ ἀνέστιος, ἄχρι δὴ
ὁ Μνήσαρχος ἐξειργάσατό μοι τὸν οἶκον. ΜΙΚ. ἄπι-

---

jubet quam tota sententia tum verborum τίς οὖν ἦν; atque τίς ἦν;
repetitio. Quum enim paulio post Micyllum expectatio fallat, hoc
l. describi ut exspectatione plenum debebit, ita ut ne proxima
quidem verba τί τι ἔχεις κ. τ. λ. ullo modo delenda videantur.
Nempe Lucianus h. l. comicorum more παρὰ προσδοκίαν παίζει.

In A post τίς οὖν ἦν; statim nova persona dicit μύρμηξ, no-
vem verbis omissis. Ο vulgatam habet, praeterquam quod ἦ τί
scribit pro εἴ τι et postea σὺ; omittit. Φ plane habet vulgatam
dimrto h. l. mihi enotatam. In loco semel novem fere verbis trun-
cato etiam proxima novem verba ex A excidisse nemo jure mira-
tur. Quare haec quae in A est discrepantia non hanc vim habet,
ut novem verba (male illa Schmiedero Klotiique suspecta) delenda
sint, sed mulium valet ad conjecturam nostram lectionemque quae
in Φ est confirmandam. ΜΙΚ. εἶτα om. Φ. ὁ κακοδαίμων]
ὦ κακόδαιμον (sed in fine o a m. rec.) A. κἂν ὀλίγα ACO.f.
ὀλίγον ΦV et v. ἥκειν] ἥκων Φa. ἐς τόνδε τὸν βίον ACO.
ἐς τὸν βίον Φ et v. εἰκὸς δὲ AGV. εἰκὸς γὰρ Φ et v. ἀπάγ-
ξομαι A et v. ἀπάγξομαι Φn. ἀπὸ] ὑπὸ Ο.

17. ἐπ' Ἰλίῳ AVV. ἐν Ἰλίῳ Φ et v. Μενέλεω cum Be-
linο Lehmannus. Μενέλεῳ A et v. Μενέλαον ΦΙ.Λ. Recte
libri ἧκον. ἄοικος Φ, lemma rebulli et v. ἄνοικος O. ἄοικος
ACTV. Ἀοίκητος active dictam in Demosthene 45, 70 B. (p. 1123 R.)
a Reiskio et Schaefero T. V. p. 194 defendo. Omnino vide Por-
sonum ad Eurip. Hecubam v. 1117. libri ἑστώς, quod recte
vidit etiam Bekker corruptum esse probante Hemmerbrodio. Ego
certa correctione καὶ ἀνέστιος reposui memor eorundem verborum
in libro De Sacrific. c. 11: μὴ ἄοικος μηδὲ ἀνέστιος. Quare etiam
h. l. ἄοικος nunc praetuli. ἄχρι δὴ] ἄχρις A. ἐξειργάσατο A.
ἐξειργάσῃται A et v. ἐξειργάσεται ΦΟa. ἐξειργάζεται L. Olim equi-

τος, ὦ τὰν, καὶ ἄποτος; Α.ΛΕΚ. καὶ μάλα· οὐδὶ γὰρ
ἴδει τούτων ᾖ μόνῳ τῷ σώματι. ΜΙΚ. οἰκοῦν τὰ ἐν
Ἰλίῳ μοι πρῶτον εἰπέ· τοιαῦτα ἦν οἷά φησιν Ὅμηρος
γενέσθαι αὐτά; Α.ΛΕΚ. πόθεν ἐκεῖνος ἠπίστατο, ὅ
Μίκυλλε, ὃς γιγνομένων ἐκείνων ⁸ κάμηλος ἐν Βάκτροις 128
ἦν; ἐγὼ δὲ τοσοῦτόν σοι φημι ὑπεραγὴς μηδὲν γενέσθαι
τότε μήτε τὸν Αἴαντα οὕτω μέγαν μήτε τὴν Ἑλένην
αὐτὴν οὕτω καλὴν ὡς οἴονται. εἶδον γὰρ λευκὴν μέν
τινα καὶ ἐπιμήκη τὸν τράχηλον, ὡς εἰκάζειν κύκνου θυ-
γατέρα εἶναι, τὰ δὲ ἄλλα πάνυ πρεσβῖτιν ἡλικιῶτιν σχε-
δὸν τῆς Ἑκάβης, ἥν γε Θησεὺς πρῶτον ἁρπάσας ἐν
Ἀφίδναις εἶχε κατὰ τὸν Ἡρακλέα γενόμενος, ὁ δ' Ἡρα-
κλῆς πρότερον εἷλε Τροίαν κατὰ τοὺς πατέρας ἡμῶν
τοὺς τότε μάλιστα. διηγεῖτο γάρ μοι ὁ Πάνθους ταῦτα
κομιδῇ μειράκιον ὢν ἑωρακέναι λέγων τὸν Ἡρακλέα.
ΜΙΚ. τί δαί; ὁ Ἀχιλλεὺς τοιοῦτος ἦν, ἄριστος τὰ
πάντα, ᾖ μῦθος ἄλλως καὶ ταῦτα; Α.ΛΕΚ. ἐκείνῳ μέν
οὐδὲν συνεγενόμην, ὦ Μίκυλλε, οὐδ' ἂν ἔχοιμί σοι ἀκρι-
βῶς οὕτω τὰ παρὰ τοῖς Ἀχαιοῖς λέγειν· πόθεν γάρ, πο-
λέμιος ὤν; τὸν μέντοι ἑταῖρον αὐτοῦ τὸν Πάτροκλον
οὐ χαλεπῶς ἀπέκτεινα διελάσας τῷ δορατίῳ. ΜΙΚ.

---

dem p. 290 ἐξειργάζετο malui quam il quod nunc reponai, ἐξειρ-
γάσατο. Postea Lehmannus utramque conjecit felicior Dindorfio,
qui ἐξειργάσατο scripsit. Scholiastam, qui haec verbis ἐκτεὶ μοι
οἶκον explicarit, ἐξειργάσατο legisse manifestum est. Cf. Piscat. c. 32
ibid. c. 36, Verr. Hist. II, 43. Convic. c. 19.   ἄσιτος Α. ἄσιτος
ὢν Φ et r.   ὦ τὰν ΑΟ et lemma scholii. ὦ τὰν r.   οὐδὶ γὰρ]
οὐ γὰρ Ω.   μοι πρῶτον Α. μοι πρότερον Ψli. πρότερόν μοι r.
γιγνομένων] γινομένων ΑΦΩ.   ἐκείνων om. Α, ut videri possit
scribendum esse, ὢν γιγνομένων κάμηλος.   δὲ om. a.   μηδὲν
ΑΦ:ΤΙVΥ, μηδὲ r.   οἴονται.] οἴόν τι. Ω.   τὰ δὲ ἄλλα Α.
τἄλλα δὲ vel τἄλλα δὴ caeteri.   πρεσβῦτιν Lehmannus. πρεσβῦτιν
r. πρεσβῦτιν Α.   πρῶτον Α et r. πρῶτος ΦΩ.   Ἀφίδναις]
Ἀθήναις L.   ὁ δ' Α. ὁ δὶ r.   τί δαί ΑΩ. τί δὶ Φ et r.
ἄλλως et codd. omnes (diserte ΑΦΩΛ) et edd. praeter quam
Heitsiano, in qua Lehmannus ostendit typothetae errore scribi
ἄλλος.   μὲν οὐδὲν Α. μὲν οὐδὶ Φ et r.   ἀκριβῶς οὕτω Α et
(qui οὗτος) Ω. οὕτως ἀκριβῶς Φ et r.   δορατίῳ ΑCΟΛ. δόρατι
r. et fortasse Φ. Vide quae olim p. 291 scripsi.   εἷτα σὲ Α.
Lucian. I.   9

729 εἶπα * οἱ ὁ Μενέλαος μικρῷ σαφερίστερον. ἀλλὰ ταῦτα
μὲν ἱκανῶς, τὰ Πυθαγόρου δὲ ἤδη λέγε. 16. ΑΛΕΚ.
τὸ μὲν ὅλον, ὦ Μίκυλλε, σοφιστὴς ἄνθρωπος ἦν· χρὴ
γὰρ οἶμαι τἀληθὲς λέγειν· ἄλλως δ᾽ οὔτε ἀπαίδευτος οὐδ᾽
ἀμελέτητος τῶν καλλίστων μαθημάτων, ἀποδημήσαι δὲ
καὶ ἐς Αἴγυπτον, ὡς συγγενοίμην τοῖς προφήταις ἐπὶ
σοφίᾳ, καὶ ἐς τὰ ἄδυτα κατελθὼν ἐξέμαθον τὰς βίβλους
τὰς Ὥρου καὶ Ἴσιδος καὶ αὖθις ἐς Ἰταλίαν ἐπιπλεύσας
οὕτω διέθηκα τοὺς κατ᾽ ἐκεῖνα Ἕλληνας, ὥστε θεὸν ἡγόν
με. ΜΙΚ. ἤκουσα ταῦτα καὶ ὡς δόξειας ἀναβεβιωκέναι
ἀποθανὼν καὶ ὡς χρυσοῦν τὸν μηρὸν ἐπιδείξαιτό ποτε
αὐτοῖς. ἐκεῖνο δέ μοι εἰπέ, τί σοι ἐπῆλθε νόμον ποιή-
σασθαι μήτε κρεῶν μήτε κυάμων ἐσθίειν; ΑΛΕΚ. μὴ
ἀνάκρινε ταῦτα, ὦ Μίκυλλε. ΜΙΚ. διὰ τί, ὦ ἄλεκ-
τρυών; ΑΛΕΚ. ὅτι αἰσχύνομαι λέγειν πρὸς σε τὴν
730 ἀλήθειαν ὑπὲρ αὐτῶν. * ΜΙΚ. καὶ μὴν οὐδὲν ἐχρῆν
ὀκνεῖν λέγειν πρὸς ἄνδρα σύνοικον καὶ φίλον· δεσπότην
γὰρ οὐκέτ᾽ ἂν εἴποιμι. ΑΛΕΚ. οὐδὲν ὑγιὲς οὐδὲ σο-
φὸν ἦν, ἀλλ᾽ ἱερῶν, ὅτι εἰ μὲν τὰ συνήθη καὶ ταὐτὰ
τοῖς πολλοῖς νομίζοιμι, ἥκιστα ἐπισπάσομαι τοὺς ἀν-
θρώπους ἐς τὸ θαῦμα, ὅσῳ δ᾽ ἂν ξενίζοιμι, τοσούτῳ
θειότερος ᾤμην αὐτοῖς ἔσεσθαι. διὰ τοῦτο καινοποιεῖν

ἐπεὶ οι v. ὁ Μενέλεως ΑCA. ὦ μενέλεως (l. ὁ Μενέλαος v. et
fortasse Φ. ἀλλὰ ταῦτα] his quoque notae personae signum
praemissum in A.

16. τἀληθὲς ΑΦΤ. τἀληθῆ v. δ᾽ οὔτε Ω. δὶ οὔτε Α et v. οὐδ᾽ v.
οὐδὶ ΑΦU. δὲ καὶ ἐς ΑCA. δὲ ἐς (l. δὲ εἰς Φ et v. Ὥρου]
ὥρου A. ἐς ΑCΗΛ. εἰς v. ἡγόν ΑΟΤVY, fortassis etiam CL.
ἡδὲν ΦΛ et v. ταῦτα] τὰ τοιαῦτα V non male quum per v.
tum quod mox pro τὰ τοιαῦτα vicissim ταῦτα scribendum est.
Pro ἐπιδείξαιο recte Cobetus V. L. p. 263: ἐπιδείξαις. ταῦτα
ΦΩ. τὰ τοιαῦτα Α et v. πρὸς σε] scribebatur πρὸς σέ.
ὑπὲρ ΑΦ et v. recte defensum a Reitzio et Lehmanno. περὶ ΟLYa.
ἐχρῆν ὀκνεῖν ΑΦΩ. ὀκνεῖν ἐχρῆν v. χρὴ pro ἐχρῆν a. οὐκέτ᾽
ἂν εἴποιμι] ita conjeci. οὐκ ἂν ἔτ᾽ εἴποιμι Α. οὐκ ἂν εἴποιμι Φ
(omisso ἔτι). οὐκ ἂν εἴποιμι ἔτι v. Ante οὐδὲν nulla personae
nota in Φ. οὐδὶ Α et v. καὶ Φα. ἀλλὰ ἱερῶν Α. ταῦτα
Φ et v. ταὐτὸν Α. ἐπισπάσομαι] ἐπισπάσομαι (l. δ᾽ ἂν Α.
δὶ ἂν Φ et v. θειότερος ita collato Tozari v. I nunc conjeci.

εἱλόμην ἀπόρρητον ποιησάμενος τὴν αἰτίαν. ὡς ἐθελά-
ζοντες ἄλλος ἄλλως ἅπαντες ἐκπλήττωνται καθάπερ ἐπὶ
τοῖς ἀσαφέσι τῶν χρησμῶν. ὁρᾷς καταγελᾷς κἀμοῦ ἐν
τῷ μέρει. *ΜΙΚ.* οὐ τοσοῦτον ὅσον Κροτωνιατῶν καὶ
Μεταποντίνων καὶ Ταραντίνων καὶ τῶν ἄλλων ὁπόσων
σοι ἑπομένων καὶ προσκυνούντων τὰ ἴχνη· ἃ σὺ πιστῶν
ἀπολιμπάνοις. 19. ἀποδυσάμενος δὲ τὸν Πυθαγόραν

---

quam olim p. 293 J. Reugeri conjecturam etiam a Bekkero re-
ceptam probassem, *εὐμένέτεροι*. Libri omnes *καινότεροι* etiam A,
sed in hoc supra nas fortasse aliquid erasum. Qui error e proximo
καινοτέρῳ manavit.   αὐτοῖς Φ et v. αὐτοῦ A,   εἱλόμην]
ἑλοίμην A, quem calami lapsum scria Klotzius tuetur.   ἄλλος
ΑΦCΙΛΥ. ἄλλος v. ἄλλως ἄλλος hoc ordine O.   ἐπὶ ΑΦΟΥΛ.
ἐν v.   Volgo *ΜΙΚ.* persona ponitur ante ὁρᾷς; καταγελᾷς —.
Sed in A nulla est nota personae ante haec verba et post μέρει
demum nova loquitur persona. Eandem personam Jacobitius nunc
tribuit et codici suo V et (de qúo hariolatur tacente Belino) C.
Idem addit in O post ὁρᾷς; καταγελᾷς signum sequi personae. De
personis libri Φ et scholiastae infra dicam. Klotzius, quem Jaco-
bitius ubique exscribit, merito ille quidem probat et personas libri A
et mox ejusdem scripturam οὐ τοσοῦτον, sed libri A scripturam
mihi tam quidem p. 293 non magis quam Schmiedero cogitam
fuisse sciens dissimulat.   Continuo post ὁρᾷς; καταγελᾷς vulgo
pergant μου καὶ σὺ ἐν τῷ μέρει et sic ΑΤΥ. Sed G habet καὶ
σὺ ἐν τῷ μέρει (omisso μου). Pro vulgata μου καὶ σὺ ἐν habent
μου κἂν ἐν ΦΛ lemma scholii, μου κἂν α. Ceterum pro μου καὶ
sensu postulante κἀμοῦ correxi jam in Qu. Luc. p. 193. quo opus
esse falso negat Klotzius. Quamquam μου καὶ σὺ antiqua lectio sit,
videri potest hic quoque trimeter restituendus esse, „ὁρᾷς; σὺ
κἀμοῦ καταγελᾷς ἐν τῷ μέρει." σὺ τοσοῦτον ΑCΙI. τοσοῦτον
ΦV et v. Ceterum Φ personam habet ut vulgo ante ὁρᾷς; sed
post μου posita puncta id est personae signo porgit κἂν ἐν τῷ
μέρει. Similiter ex parte scholiasta legerat, *ΜΙΚ.* Κἂν ἐν τῷ
μέρει σὺ τοσοῦτον ὅσον —. Corrigo enim, Κἂν ἐν τῷ μέρει] Καὶ
ἐν μέρους, φησί, καταγελᾷ σου (codex V κατεγέλασεν σου) καὶ οὐχ
(codex καὶ σὺ) ὅσον κατεγέλασα (ita idem codex) Κροτωνιατῶν καὶ
τῶν ἄλλων. Frustra Solanus e Collectaneis Galei haec sic mutavit,
quasi scholiasta non suum ipsius lemma, sed vulgatam legisset.
μεταποντίνων ΑΥ. μετακοντίνων Φ et v. καὶ Μεταποντίνων om. O.
    ἀπολιμπάνοις Φ et v. ἀπολυμπάνεις ΑC absorde. Requiritur
h. l. aut vulgata aut ἐπιλίμπανοις.
    19. Nova persona ante ἀποδυσάμενος in A.   ἀποδυσάμενος
ΑΦΟ (non G). ἀποδυσσάμενος v.   τίνα v. τινα Φ. τίνας ΑΟ.

731 τίνα * μεταμφιάσω μετ' αὐτήν; Α.ΙΕΚ. Ἀσπασίαν
τὴν ἐκ Μιλήτου ἑταίραν. ΜΙΚ. φεῦ τοῦ λόγου, καὶ
ρωνὴ γὰρ ἐν τοῖς ἄλλοις ὁ Πυθαγόρας ἐγίνετο, καὶ ἦν
ποτε χρόνος ὅτε καὶ σὺ ποτόπεις, ὦ γεννιότατε ἀλεκτρυ-
όνων, καὶ σιτήσθε Περικλεῖ Ἀσπασίᾳ οὖσα καὶ ἔκτεκε
ἀπ' αὐτοῦ καὶ ἐμ' ἔξαινες καὶ κρόκην κατήχες καὶ ἐγυ-
ναικίζου ἐς τὸ ἑταιρικόν: Α.ΙΕΚ. πάντα ταῦτα ἐποίουν
οὐ μόνος, ἀλλὰ καὶ Τειρεσίας πρὸ ἐμοῦ καὶ ὁ Ἐλάτου
παῖς ὁ Καινεύς, ὥστε ὁπόσα ἂν ἀποσκώψῃς εἰς ἐμὲ
καὶ εἰς ἐκείνους ἀποσκώψας ἴσῃ. ΜΙΚ. τί οὖν πότερος
ὁ βίος ἡδίων σοι ἦν ὅτε ἀνὴρ ἦσθα, ἢ ὅτε σε ὁ Περι-
κλῆς ὤπυεν: Α.ΙΕΚ. ὁρᾷς οἷον τοῦτο ἠρώτησας. οὐδὲ

μεταμφιάσω Φ. μεταμφιάσομαι Α et v. „In Hermotimo c. 86 etiam-
nunc legitur μεταφρίάσομαι. Corrige μεταφρύιάσομαι. Sic in
Nigrino c. 11 libri omnes habent ἐφρουσομένος, nec minus recte in
Necyomant. c. 16 plerique libri μεταφρυίάσασα praeter Guelferbyta-
num secundum, in quo est μεταφρυιάσασα. Formam ἀφρειάζω mere
alexandrinam esse docuit Sturzius De dial. Alex. p. 116." Ex
Addendis. Eadem forma nunc est Plutarchus et in Moral. p. 406. D
ἀτιμφρίάζε, et fortassis in vita C. Gracchi c. 2, ubi optimus codex
ἀφρειάζειν dat pro vulgata ἀφρείζειν. Formam ἀφρειάζειν in Plu-
tarcho ferendam esse Schaefer vol. VI p. 331 recte negavit. Vulgo
illa quidem exstat etiam in Moral. p. 310, E μεταφρυίάζουσι, ubi
recte μεταφρυιάζουσιν scribendum est. Ex his corrigenda sunt, quae
Cobetus in Nov. Lect. p. 751 minus recte disputavit.   ἑταίραν Α.
ἑταίραν edd. ante Lehmannum.   γὰρ ἐν τοῖς ἄλλοις ὁ πυθαγόρας
ἐγίνετο; ΑΘ. γὰρ οὖν τοῖς ἄλλοις ὁ πυθαγόρας ἐγίνετο; Φ. γὰρ
ἐγίνετο ἐν τοῖς ἄλλοις ὁ Πυθαγόρας v. οὖν pro ἐν etiam a.
ὦ γεννιότατε ἀλεκτρυόνων Α. ὦ ἀλεκτρυόνων γενναιότατε Φ et v.
Vide quae p. 392 contuli D. D. 5, 7 et Jov. Trag. c. 41.
σιτήσθα] σιτεῖς Α. σιτήσθαι Cl.   Ἀσπασία οὖσα] ἀσπασίαν
οὖσαν Cl.   ἀπ'] ἐπ' Α. Cf. Fugitiv. c. 31.   ἔμ' Α, qui
ἔμ' ἔξαινες (sic), ἔργα Φ, ἔρια G. ἔρια v.   πάντα ταῦτα] πάντα
οὖν ταῦτα Φ.   ἀποσκώψῃς] ἀποσκώψεις L.   εἰς ἐμὲ καὶ εἰς
Φ et v. ἐς ἐμὲ καὶ ἐς Α.   τί οὖν ποτε ἡδίων ὁ βίος Φ. τί οὖν
πότερος ἡδίων ὁ βίος G. τίς οὖν ποτε ἡδίων ὁ βίος a. Cf. D. Mort.
XXVIII. 1 ὁπότερον ἐπειράθης ἡδίονος τῶν βίων, ὅτε ἀνὴρ ἦσθα
ἢ —.   ἦσθα ΑΘ. ἧς Φ et v. De Luciani usu dixi ad Aristoph.
Thesmoph. v. 554.   ὁ Περικλῆς Φ et v. ὦ περικλῆς G. περι-
κλῆς Α.   ὤπυεν ΦG edd. praeter a, in qua ὤπυσεν, quod olim
probavi. ὤπυεν Α.   ὁρᾷς ΛΟΤΥΝ. οἶδας v. et diserte Φ. Falso

τῷ Πειραιεῖ συνενεγκοῦσαν τὴν ἀπόκρισιν : ΜΙΚ. ἀλλὰ
κἂν σὺ μὴ εἴπῃς, ἱκανὸς ὁ Εὐριπίδης διείροιτε τὸ τοι-
οῦτον, εἰπὼν ὡς τρὶς ἂν * θέλοι παρ' ἀσπίδα στῆναι 731
ἢ ἅπαξ τεκεῖν. ΑΛΕΚ. καὶ μὴν ἀναμνήσαι σε, ὦ
Μίκυλλε, οἷς ἐς μακρὰν ἐδινούσιν· ἔσῃ γὰρ γυνὴ καὶ
σὺ ἐν πολλῇ τῇ περιόδῳ πολλάκις. ΜΙΚ. οὐκ ἀπάξῃ,
ὦ ἀλεκτρυών, ἅπαντας οἰόμενος Μιλησίους ἢ Σαμίους
εἶναι; οἱ γοῦν φασι καὶ Πυθαγόραν ὄντα τὴν ὥραν
λαμπρὸν πολλάκις Ἀσπασίαν γενέσθαι τῷ τυράννῳ.
20. τίς δὲ δὴ μετὰ τὴν Ἀσπασίαν ἀνὴρ ἢ γυνὴ αὖθις
ἀνεφάνης; ΑΛΕΚ. ὁ κυνικὸς Κράτης. ΜΙΚ. ὦ Διοσ-
κόρω τῆς ἀνομοιότητος, ἐξ ἑταίρας φιλόσοφος. ΑΛΕΚ.
εἶτα βασιλεύς. εἶτα πένης καὶ μετ' ὀλίγον σατράπης,
εἶτα ἵππος καὶ κολοιὸς καὶ βάτραχος καὶ ἄλλα μυρία·
μακρὸν δ' ἂν γένοιτο καταριθμήσασθαι ἕκαστα· τὰ τε-
λευταῖα δὲ ἀλεκτρυὼν πολλάκις, ἥσθην γὰρ τῷ τοιούτῳ
βίῳ, καὶ παρὰ πολλοῖς ἄλλοις δουλεύσας * καὶ πένησι 733

igitur Klotzins „non potest dubitari quin omnes libri qui post
Mritzianam editionem collati sunt exhibeant δρᾶς pro vulgato
οἴδας.'' κἂν σὺ μὴ εἴπῃς A et v. κἂν μὴ σὺ εἴπῃς (sic) Φ.
θέλοι Φ et v. ἐθέλοι A. Vulgatae favet ipsius Euripidis Med. 251
θέλοιμ' ἂν. ὦ Μίκυλλε Φ et v. μίκυλλε A. ἐς μακρὰν A.
εἰς μακρὰν Φ et v. ἐδινοῦσαν Gayetus, Schmieder et ego p. 293.
Libri omnes, etiam AΦ ἐδίνευσαν. ἔσῃ γὰρ γενῇ A frustra
tacente Schmiedero. Klotzio recte probante. ἔσῃ γὰρ πότε γενῇ
Φ et v. Conjuncta πότε et πολλάκις in Qu. Luc. p. 193 mb xtus
sum, juxe omissa in quam primum incideram conjectura, ἔσῃ γὰρ
τὰ γενῇ. γενῇ καὶ σὺ] καὶ σὺ γενῇ G. οἱ γοῦν ATV. οἱ
οὖν Φ et v. οἱ οἱ οὖν G. λαμπρὸν, πολλάκις] πολλάκις λαμ-
πρὸν Φ.
20. τίς δὲ δὴ ACG.f. τίς δὴ Φ et v. ἀνήρ] ἢ ἀνὴρ V.
κυνικὸς Φ et v. κονίσκος A. ὦ AG. ὦ v. Διοσκόρω] Διοσ-
κόρω X. δ' ἂν] δ' om. Φ.ia. καταριθμήσεσθαι Φ et v.
ut vulgo καταριθμήσασθαι Ω. καταριθμεῖσθαι AV, quam lectionem
Jacobitius ex A citare neglexit. τῷ τοιούτῳ βίῳ ACG.f. τῷ
βίῳ Φ et v. Biponinorum de libris C.f errorem ipsius Bellni
auctoritate correxit Lehmannus eodemque modo Schmieder de
libro A erravit. ἄλλοις om. π. Libri, δουλεύσας βασιλεῦσι καὶ
πένησι —. Delevi ipso βασιλεῦσι, quod irrepsisse videtur o superi-
oribus, εἶτα βασιλεύς, εἶτα πένης. Gallus enim: ego, inquit, qui

καὶ πλουσίοις· νῦν καὶ σοὶ σύνειμι καταγελῶν ὁσημέραι
ποινωμένου καὶ οἰμώζοντος ἐπὶ τῇ πενίᾳ καὶ τοὺς
πλουσίους θαυμάζοντος ὑπ' ἀγνοίας τῶν ἐκείνοις προσ-
όντων κακῶν. εἰ γοῦν ᾔδεις τὰς φροντίδας ἃς ἔχουσιν,
ἐγέλας ἂν ἐπὶ σαυτῷ πρῶτον οἰηθέντι ὑπερευδαίμονα
εἶναι τὸν πλοῦτον. ΜΙΚ. οὐκοῦν, ὦ Πυθαγόρα, ἢ ὅ
τι μάλιστα χαίρεις καλούμενος, ὡς μὴ ἐπιταράττοιμι τὸν
λόγον ἄλλοτε ἄλλον καλῶν — ΑΛΕΚ. διοίσει μὲν οὐ-
δέν, ἤν τ' Εὔφορβον ἤν τε Πυθαγόραν ἢ Ἀσπασίαν
καλῇς ἢ Κρίττεα· πάντα γὰρ ταῦτα ἐγώ εἰμι. πλὴν τὸ

sive et pauperem ut divitum servus fuerim, stultitiam tuam rideo,
quod paupertatem tuam deflcs solosque divites beatos praedicas.
Continuo c. 21 init. usque ad c. 33 fin. Idem gallus pauperum
sortem quam divitum feliciorem esse demonstrat. Itaque nolle
βασιλείας longe ab h. l. abhorrot. Ceterum cf. c. 15 init. Similiter
vulgo corrupta D. Mort. XXVIII, 1 et De Parasito c. 55 init., ubi
corrige partim e codd. Καὶ μὴν πάντες ὁμοῦ καὶ φιλόσοφοι καὶ
ῥήτορες.   Post καὶ πλουσίοις libri pergunt, τὰ τελευταῖα καὶ σοὶ
νῦν —. Mode idem τὰ τελευταῖα ante verba δὶ ἀλεκτρυόνι πολλά-
κις recte scriptum caso e c. 1 init. apparet. At b. l. primum τὰ
τελευταῖα ut e superioribus ortum delevi, tum pluribus de causis
νῦν καὶ σοὶ scripsi verbis transpositis.   ὁσημέραι ποινωμένου
Φα. ὁσημέραι σοῦ ποινωμένου Α et v. Delevi glossema.   Post
οἰμώζοντος Φ continuo pergit ἐπ' ἀγνοίας sopicm verbis omissis.
τὰς φροντίδας ἃς ἔχουσιν Φα. τὰς φροντίδας αὐτῶν ἃς ἔχουσιν
A et v.   Αὐτῶν recte nunc expunxit Solanus.   ἐγέλας AC. ἐγέ-
λασας Φ et v.   ἂν ἐπὶ σαυτῷ] ἂν αὐτῷ A. Quum igitur pro
σαυτῷ alii αὐτῶν b. l. legerint, αὐτῶν quod male vulgo post φρον-
τίδας additur, nihil aliud esse potet quam αὐτῷ idque non illuc
sed ad nostrum l. pertinuisse.   ὑπερευδαίμονα εἶναι τὸν πλοῦτον
(πλούσιον G) ACΩ.ΙV. ὑπερευδαιμονεῖν ἀεὶ τὸν πλούσιον Φ et v.
ἢ ὅ τι v, τί Φ. καὶ τί τι ACΩ.ΙV. εἴ τι (pro ὅ τι) etiam T.
Ω habet; καὶ τοι τι μάλιστα χαίρεις. Vulgata ἢ ὅ τι μάλιστα χαί-
ρεις καλούμενος nihil sanius esse ostendit in Qu. Luc. p. 191 colla-
tis iisdem fere verbis e D. Mort. XX, 3, Demosth. 40, 20 B. Pla-
tonumque in Phaedro et Euthydemo locis apud Blomfieldum l. c.
χαίρεις AΦG et v. χαίρειν Belluo auctore C.f, quod de C via
credibile est. χαίροις Jacobitio auctore etiam V et de quo cer-
tissimo fallitur A. Nam A clare habet χαίρεις ut vulgo.   τὸν
λόγον] τῷ λόγῳ L.   διοίσει etiam A sed ει a man. acc.   ἤν
τ' A. ἤντε v. εἴτε G.   ἢ Ἀσπασίαν A. ἤν τε Ἀσπασίαν Φ et v.
πάντα γὰρ ταῦτα ἐγώ εἰμι A. πάντα γὰρ ἐγὼ ταῦτά εἰμι v.

τὸν ὁρώμενον τοῦτο ἀλεκτρυόνα ὀνομάζων ἄμεινον ἂν ποιοις, ὡς μὴ διεμάζοις εὐτελὲς εἶναι δοκοῖν τὸ ὄρνεον. καὶ ταῦτα τοσαύτας ἐν αὑτῷ πηγὰς ἔχον. " 21. *ΜΙΚ.* 731 οὐκοῦν, ὦ ἀλεκτρυών, ἐπειδὴ πάντων σχεδὸν τὸν βίων ἐπειράθης καὶ πάντα ἔσθα, λέγοις ἂν ἤδη σαφῶς ἰδίᾳ μὲν τὰ τῶν πλουσίων ὅπως βιοῦσιν, ἰδίᾳ δὲ τὰ πενήματα, ὡς μάθω εἰ ἀληθῆ ταῦτα φής, εὐδαιμονέστερον ἀπεφαίνου με τῶν πλουσίων. *ΑΛΕΚ.* ἰδοὺ δὴ οὕτως ἐπίσκεψαι, ὦ Μίκυλλε· σοὶ μὲν οὔτε πολέμου πολὺς λόγος, ἢν λέγηται ὡς οἱ πολέμιοι προσελαύνουσιν, οὐδὲ φροντίζεις, μὴ τὸν ἀγρὸν τέμωσιν ἐμβαλόντες ἢ τὸν παράδεισον ξυμπατήσωσιν ἢ τὰς ἀμπέλους ὀρύσωσιν, ἀλλὰ τῆς σάλπιγγος ἀκούων μόνον, εἴπερ ἄρα, περιβλέπεις τὸ κατὰ σεαυτόν, οἱ τραπόμενον χρὴ ἀσφήναι καὶ τὸν κίνδυνον διαφυγεῖν· οἱ δ' εὐλαβοῦνται μὲν καὶ ἀμφ' ἑαυτοῖς, ἀνιῶνται δὲ ὁρῶντες ἀπὸ τῶν τειχῶν ἀγόμενα καὶ φερόμενα ὅσα εἶχον ἐν τοῖς ἀγροῖς. καὶ ἤν τε εἰσφέρειν δέῃ, μόνοι καλοῦνται, ἤν τε ἐπεξιέναι, προκινδυνεύουσι στρατηγοῦντες ἢ ἱππαρχοῦντες· σὺ δὲ οἰσυΐνην ἀσπίδα ἔχων, εὐσταλὴς " καὶ κοῦφος ἐς σωτηρίαν, 735 ἕτοιμος· ἑστιᾶσθαι τὰ ἐπινίκια, ἐπειδὰν θύῃ ὁ στρατη-

---

ταῦτα ἐγὼ ταῦτά εἰμι Φ. ἀλεκτρυόνα] ἀλεκτρυόν· (in. ποιοῖς ΑΦ et v. τοσῖς G. τοῖς L. αὑτῷ Reiskius. αὐτῷ AG et v.

21. πάντων A. ἁπάντων Φ et v. σχεδὸν A. σχεδὸν ἤδη Φ et v. ᾔεσθα ΑΓ. οἶσθα Φ et v. Illud Kiotaius primus recepit monens haec referri ad c. 20 fin. πάντα γὰρ ταῦτα ἐγὼ εἰμι. βιοῦσιν A et v. πλουτοῦσιν Φ. πλουτῶσιν L. προσελαύνουσιν (l. c. adpropinquant) AVV. ἐπελαύνουσιν Φ et v. (l. c. bellum inferunt). τὸν ἀγρὸν] τὸν ἀγρὸν L. ἐμβαλόντες] ἐμβάλλοντες Φ. ξυμπατήσωσιν] συμπατήσωσιν G. ἢ τὰς ΑΦ et v. ἢ ἄλλης τὰς U.I. δημώσωσιν G. δημώσωσιν ΑΦ. διϋῶσωσιν v. οἱ ΑΦ et v. ᾗ L et qui in marg. γρ᾿ οἱ G. οἱ δ'] οἱ δὲ G. μὲν] τὸ μὲν L. ἑαυτοῖς A. αὑτοῖς Φ et v. αὐτοῖς G. τειχῶν AV. In A in litura est a m. sec. τειχῶν v. ὅσα] ὃ L. καὶ ἤν τε Φ et v. καὶ ἤνπερ A, quod falsum est. εἰσφέρειν Φ et v. ἐσφέρειν A. recte libri ἐπεξιέναι. Fallitur Cobetus V. L. p. 283.

σὺ δὲ] οὐδὲ codex V in scholio. ἐς AC ut solent. εἰς Φ et v. ἑστιᾶσθαι τὰ ἐπινίκια] ἑστιάσθαι ἐπινίκιος L. τὰ om. a. θύῃ στρατηγὸς Φα.

γὸς κινούμενος. 22. ἐν εἰρήνῃ τ' αὖ σὺ μὲν τοῦ δήμου
ὢν ἀναβὰς ἐς ἐκκλησίαν τυραννεῖς τῶν πλουσίων, οἱ δὲ
φρίττουσι καὶ ὑποπτήσσουσι καὶ διανομαῖς ἱλάσκονταί
σε. λοιπρὰ μὲν γὰρ ὡς ἔχοις καὶ ἀγῶνας καὶ θεάματα
καὶ τἄλλα διαρκῇ, ἅπαντα, ἐκεῖνοι ποιοῦσι, σὺ δ' ἐπιτιμη-
τής καὶ δοκιμαστής πικρός ὥσπερ δεσπότης οὐδὲ λόγον
μεταδίδως ἐνίοτε, κἂν σοι δοκῇ, καταχαλάζησας πᾶν ἐν
ἀφθόνοις τοῖς λίθοις ἢ τὰς οὐσίας ἐδήμευσας· οὔτε δὲ
συκοφάντην δίδιας οὔτε λῃστὴν μὴ ὑφέληται τὸ χρυσίον
ὑπερβὰς τὸ θριγκίον ἢ διορύξας τὸν τοῖχον, οὔτε πράγ-
ματα ἔχεις λογιζόμενος ἢ ἀπαιτῶν ἢ τοῖς ἐπιτρόποις
οἰκονόμοις διαπινευόμενος καὶ πρὸς τοσαύτας φροντίδας
διαμεριζόμενος, ἀλλὰ κρηπῖδι συντελέσας ἑπτὰ ὀβολοὺς
ἔχων τὸν μισθόν, ἀπαναστὰς περὶ δείλην ὀψίαν, λου-

<hr/>

22. τ' αὖ G. τι αὖ ΑΦ ct v.   ἐς Α. εἰς Φ ct v.   τυραν-
νεῖς, Φ ct v. τυραννεῖς L. τυραννήσεις ΑCUΓΙV. Vulgatam ut
olim p. 293 servavi. Nam ot Futurum plane ineptum est, neque
ferri potest Bellni commentum τυραννεύεις, de quo recte Leh-
mannus judicavit. Hodie antiquam scripturam τυραννήσεις tali sup-
plemento incor: — ἐκκλησίαν [τοῦτο μόνον ἐξ ἅπαντος σπανίς,
ὅπως] τυραννήσεις —.   ὡς ἔχοις καὶ ἀγῶνας] hacc om. Φ. ὡς ἔχοις
tantum om. u. καὶ ἀγῶνας tantum om. ΑΟ.   τἄλλα Α τἄλλα v.
διαρκῇ] σταρκῇ (sic) G l. s. fortasse σύσταρκῇ.   ποιοῦσιν pro
ποιοῦσι Φ. παρασκευάζουσι L, quocum cf. schol. V.   σὺ δ' Α.
οὐ δὲ Φ ct v.   καὶ δοκιμαστὴς] hacc om. Φ.   μεταδίδως]
ita conjeci. Libri μεταδίδοις.   καταχαλάζησας Φ ct v. κατιχα-
λάζωσας s. κατιχαλάζησας ἐς Α. ἐς addit etiam G.   τοὺς om.
Φ.   τὰς οὐσίας Α. τὰς οὐσίας αὐτῶν Φ ct v.   οὔτε δὲ Α ct v.
οὐδὲ ΦΟα.   δίδιας Α. δίδιας αὐτὸς Φ ct v.   οὔτε Α ct v.
οὐδὲ ΦΟα.   θριγκίον Φ ct v. θρυγγίον G. τρεγχίον Α, quam
scriptinhram quam alii agnoscere videntur, tum Photius p. 601, 10
sub Τριγχός.   διορύξας GV. διορύξας Α. ὀρύξας v. ut diserte Φ.
Ceterum διορύξας Parisina Bourdeloti (sine dubio e codice), „διο-
ρύξας etiam codd. Parr. habere colligas e Bellni silentio." Leh-
mannus.   τοσαύτας ΑGTU et Parisina Bourdeloti, τὰς v. ct di-
serte Φ. Sed V apud ipsum Graevium τὰς, apud Jacobitium τα-
σαύτας.   διαμεριζόμενος Α. μεριζόμενος UTUVY. λογιζόμενος
v. et diserte Φ. μεριζόμενος etiam codd. Parr. habere colligas e
Bellni silentio. Διαμεριζόμενος requiri non videtur fugisse Sola-
num atque Lehmannum, qui aptissimo contulerint D. D. XXIV, 1
et Bis Accus. c. 2.   κρηπῖδι] κρηπῖδας Α.   ἔχων τὸν μισθὸν Α.

σόμενος ἐν δοκῇ, * σαπέρδην τινὰ ἢ μαινίδας ἢ χρομι- 736
μίων μεγαλίδας ὀλίγας πριάμενος εὐφραίνεις σεαυτὸν
ᾄδων τὰ πολλὰ καὶ τῇ βελτίστῃ πενίᾳ προσφιλοσοφῶν.
23. ὥστε διὰ ταῦτα ὑγιαίνεις τε καὶ ἔρρωσαι τὸ σῶμα
καὶ διακαρτερεῖς πρὸς τὸ κρύος· οἱ πόνοι γάρ σε παρα-
θήγοντες οὐκ εὐκαταγώνιστον ἀντάγωνιστήν ἀποφαίνουσι
πρὸς τὰ δοκοῦντα τοῖς ἄλλοις ἄμαχα εἶναι. ἀμέλει οὐ-
δέν σοι τῶν χαλεπῶν τούτων νοσημάτων ἐπιβουλεύει,
ἀλλ' ἤν ποτε κρύφος πυρετὸς ἐπιλάβηται, πρὸς ὀλίγον
ὑπηρετήσας αὐτῷ ἀνατείνας εὐθὺς ἀποσεισάμενος τὴν
νόσον, ὁ δὲ φεύγει αὐτίκα ψοφηθείς σε, ψυχροῦ τε ὁρῶν
ἐμφορούμενον καὶ μακρὰ οἰμώζων λέγοντα ταῖς ἰατρι-
καῖς περιόδοις. οἱ δὲ ὑπ' παρασίας ἄθλιοι τί τῶν κα-
κῶν οὐκ ἔχουσι, ποδάγρας καὶ φθόας καὶ περιπνευμα-
νίας καὶ ἐδέρους; ταῦτα γὰρ τῶν πολυτελῶν ἐκείνων
δείπνων ἀπόγονα. τοιγαροῦν οἱ μὲν αὐτῶν ὥσπερ ὁ
Ἴκαρος ἐπὶ πολὺ * ἄραντες αὐτοὺς καὶ πλησιάσαντες 737
τῷ ἡλίῳ οὐκ εἰδότες ὅτι κηρῷ ἥρμοστο αὐτοῖς ἡ πτέρω-
σις, μέγαν ἐνίοτε τὸν πάταγον ἐποίησαν ἐπὶ κεφαλὴν ἐς
πέλαγος ἐμπεσόντες· ὅσοι δὲ κατὰ τὸν Δαίδαλον μὴ
πάνυ μετέωρα μηδὲ ὑψηλὰ ἐφρόνησαν ἀλλὰ πρόσγεια,
ὡς νοτίζεσθαι ἐνίοτε τῇ ἅλμῃ τὸν κηρόν, ὡς τὸ πολὺ

τὸν μισθὸν ἔχειν Φ et v.   ἀπαντῶντας ACUI.I. ἱππαντῶντας v. et
Iortavo Φ.   ἢ μαινίδας| καὶ μαινίδας V.   κρομμύων| κρομύων
Ga.   σεαυτὸν ΑΦΥΙI.I. σαυτὸν v.

23. πρὸς Anlu τὸ κρύος om. Φ.   παραθήγοντες Α et v.
καταθήγοντες ΦI.Ya.   ἀμέλει AC.ΓΥΥΥ. ὥστε Φ et v. Sed U
ἀμέλει οὐδέν σε et in marg. γρ.·ὥστε οὐδέν σοι.   ἐπιβουλεύει Φ
et v. πρόσεισιν Α. Cum vulgula, qua nihil nequo elegantius nequo
certius est, confer Propert. IV, 6, 37 ,,natura insidias pontum sub-
stravit avaris.'' Addo quae supra dixi ad c. 9.   αὐτῷ] αὐτῇ
vitium Reiskianae. Interpretum errores p. 396 ed. pr. correxi.
τὴν νόσον AC. τὴν ὄσον TV. τῇ νόσῳ Φ et v. Falso Schnieder
V. II p. 166 A codici imputat τὴν ὄσιν. Do v. ὄση vide Elmslejum
ad Eur. Medeam v. 219.   ψοφηθείς σε Φ et v. ψοφηθείς AU.
μακρὰ Α (qui οἰμώξειν) et ΦUT. μακράν v.   ὑπ'] ὑπὸ Α.
ταῦτα — ἀπόγονα Α et v. αἴται — ἀπόγοναι Φ.v αὐταὶ — ἀπα-
γοναι L.   εἰδότες] εἰδότι L.   ὡς νοτίζεσθαι — τὸν κηρὸν
om. Α. ,,Librarius ab uno ὡς ad alterum transliterat.'' Lehmannu.

οὗτοι ἀσφαλῶς διέλιξαν. ΜΙΚ. ἐπιεικῶς τινας καὶ
ἀντιτοὺς λέγεις. ΔΙΕΚ. τῶν μέντοι γε ἄλλων, ὦ Μί-
κυλλε, τὰ ναυάγια πάνυ αἰσχρὰ ἰδεῖν ἦν, ὅταν ὁ Κροῖ-
σος περιτετιλμένος τὰ πτερὰ γέλωτα παρέχῃ Πέρσαις
ἀναβαίνων ἐπὶ τὸ πῦρ, ἢ Διονύσιος καταλυθεὶς τῆς τυ-

ἄρχῃ] ἀρχῇ villsm Reitzianae.   μέντοι γε] γε om. A.   τὰ
ναυάγια πάνυ αἰσχρὰ A. τὰ ναυάγια etiam VV. τὰς ναυαγίας
αἰσχράς Φ. τὰς ναυαγίας πάνυ αἰσχράς v. Vulgata etsi ut magis
allica retineri potest, Lucianum tamen ναυάγιον etiam de nau-
fragio dixisse Lobeckius ad Phryn, p. 519 et Lehmannus ad Luc.
T. IV p. 179 demonstrarunt.   ὅταν] ὅτε A.   περιτετιλμένος
ΑΦ et v, cum Thoma Mag. p. 363, 14 H. qui citat ὅταν — παρέχῃ.
Sed παρετετιλμένος La.   παρέχῃ Φ et v, παρέχει AL.   τὸ
πῦρ Atil., τὴν πτερὰν Φ et v.   καταλυθεὶς Φ et v, καταδύσας
AVV. καταδυθεὶς (sic) Parisina Bourdeloti. Vulgatam h. l. videri
potest scholiasta legisse, qui paullo ante, περιτετιλμένος τὰ πτερὰ:
ἀντὶ τοῦ καταλυθεὶς ἀπὸ τῆς βασιλείας. Scripturam καταδύσας
ego primus p. 297 recipere non dubitavi, quum Graecum ita „non
inscite" logi jullcavsset. Videram enim et Croesum et Dionysium
naufragium Icaro simile fecisse dici: cujus metaphorae quum tanta
constantia sit, ut Croesus regno spoliatus quasi alter Icarus his
verbis significetur περιτετιλμένος τὰ πτερὰ, Lucianum profecto non
commissurum fuisse putabam, ut Dionysium ipsum quoque regno
spoliatum sine ulla metaphora dicere auderet καταλυθέντα τῆς
τυραννίδος. Accedit, quod verba καταδύσας τῆς τυραννίδος, quae
ad exemplum dictionis καταδύσας τῆς τιμῆς composita sunt, simili-
tudini ab Icaro repetitae plane conveniunt. Quam sententiam
Klotzio, Jacobitio et Dindorfio probavi. Nempe id unum h. l.
quaeritur, utrum καταδύσας τῆς τυραννίδος, an καταλυθεὶς τῆς
τυραννίδος scribendum sit, quorum hoc pro se dici et ipsum potest.
Graeci enim non solum παραδίομαι τῆς ἀρχῆς, verum etiam κατα-
λύομαι τῆς ἀρχῆς usurparunt, velut Herodotus VI, 9 et quem I.
Lehmannus affert Xenoph. Cyrop. VIII, 5, 12. Ceterum hic l. a
Cobeto Ad Orat. De Art. Interpr. p. 124 male tractatus est. Ac
primum cur tandem tavet de lectione veteris Marciani, quem ut
ipsa ibid. p. 131 docet, in ipso Gallo contulerit? Au forte ex his
Cobeti verbis: „Adhibe nunc lectionem antiquam: καταλυθεὶς τῆς
τυραννίδος" conjicere licet id ipsum in Marciano inventum esse?
Deinde quod Cobetus ἡ τυραννὶς πατὴρ novum esse et inauditum
apud Graecos contendit, nexum hujus loci ac rationem a Cobeto
apparet minime intellecta esse. Postremo καταλυθεὶς τῆς τυραν-
νίδος attice dici nequeo eo Cobetus ignoravit, ut proprium esse ac

ραννίδος ἐν Κορίνθῳ γραμματιστὴς βλέπεται μετὰ τηλι-
καύτην ἀρχὴν παιδία συλλαβίζειν διδάσκων. 24. ΜΙΚ.
εἰπέ μοι, ὦ ἀλεκτρυών, σὺ δὲ ὁπότε βασιλεὺς ἦσθα
(φῂς γὰρ καὶ βασιλεῦσαί ποτε). ποῖον ἐπειράθης τοῦ
βίου ἐκείνου; ἦ που πανευδαίμων ἦσθα τὸ κεφάλαιον
ὅ τι * περ ἐστι τῶν ἀγαθῶν ἁπάντων ἔχων; ΑΛΕΚ. 738
μηδὲ ἀναμνήσῃς με, ὦ Μίκυλλε· οὕτω τρισάθλιος ἦν
τότε, τοῖς μὲν ἔξω πᾶσιν ὅπερ ἐφησθα πανευδαίμων
εἶναι δοκῶν, ἔνδοθεν δὲ μυρίαις ἀνίαις ξυνών. ΜΙΚ.

perpetuum ἡ τυραννὶς κατελύθη, ratus eaque opinione occurrentem
falsam proferre conjecturam non dubitaret. καταλυθείσης τῆς τυ-
ραννίδος. Falsam Cobeti conjecturam καταλυθείσης Bekker et in
ed. sec. Dindorfius, non item Sommerbrodtius receperunt. At quaeri
hoc unum potest, utrum Lucianus καταλύσης an uti vulgo κατα-
λυθεὶς scripserit. Hodie suspicor in ipso Marciano Ω vulgatam
καταλυθεὶς exstare, quam lectionem nunc haud rejicio. Metaphorae
desertam mitigat egregia coniunctas in his illa membris con-
spicua: ὁ Κροῖσος περιετράπετο τὰ πτερὰ — ἡ Διονύσιος κατα-
λυθεὶς τῆς τυραννίδος. γραμματιστὴς βλέπεται ACT et V apud
Jacobitium (V apud ipsum Graevium γραμματιστὴς διδάσκει). γράμ-
ματα διδάσκῃ Φ et v. et (qui διδάσκει) L. διδάσκων ACTVV.
ἀναγκάζων Φ et v. Quum olim p. 247 vulgatam παιδία συλλαβίζειν
ἀναγκάζων falso retinuissem, mox De Aristoph. Daetal. p. 37 erro-
rem meum corroxi. Sed Klotzius sine optimis libris ἀναγκάζων
h. l. mutandum fuisse urgens quomodo alterum ab altero differat
manifesto uescivit. Nam dociles natura docentur, indociles natura
ipsa reluctante coguntur. Quare hic διδάσκειν non minus necessa-
rium esse statui quam in gemino loco Prodaεolog. c. 25 παῖδας
συλλαβίζειν διδάσκοντα. In utroque loco verbum ἀναγκάζειν pror-
sus ineptum foret. Vicissim alterum διδάσκειν inepte ridiculeque
in aliis locis poneres, quorum contraria ratio est, ut in Piscat.
c. 31 καίτοι γελοῖός εἰμι ἀναγκάζων ἰχθῦν λαλεῖν et apud Cicer.
De Oratore 1, 57 ,,lapides mehercule omnes flere ac lamentari
coegisses."

21. βασιλεῦσαί ποτε, ποῖον] ita conjeci. βασιλεῦσαί ποτε,
ποῖον τοτ' U.J. βασιλεῦσαί ποτε, ποῖον τότ' A. βασιλεῦσαί ποτε
etiam L. ποῖον τότ' etiam U. ποῖον ποτὲ TV. βασιλεῦσαι, ποῖον
τινὸς v. et fortasse Φ. τοῦ βίου ἐκείνου A. ἐκείνου τοῦ βίου
Φ et v. In U haec desunt usque ad ὅ τι πέρ ἐστι. ἔφησθα]
ἔφης Α. ἔνδοθεν AUVΦ. ἔνδον v. Cf. varr. lect. Paralll. c. 33.
ξυνὼν AC. οὐνὼν Φ et v. πᾶσιν ACTVV. πᾶσι ΦU et v.
Hodie scribe πᾶσί τι cum Cobeto V. L. p. 265 et Dindorfio. Sic

τίσι ταύταις· παράδοξα γάρ καὶ οὐ πάνυ τι πιστὰ φήις.
ΑΙΕΛ. ἔχθον μὲν οὖν ὀλίγης φόρας. ὦ Μένυλλε, παμ-
φόρου τινὸς καὶ πλήθει ἀνθρώπων καὶ πόλεων
ἐν ταῖς μάλιστα θαυμάζεσθαι ἀξίας, ποταμοῖς τε ναυ-
σιπόροις καταρρεομένης καὶ θαλάττῃ εὔορμῳ χρωμένης,
καὶ στρατιᾷ ἐν πολλῇ καὶ ἵππος συγκεκροτημένῃ καὶ
δορυφορικὸν οὐκ ὀλίγον καὶ τριήρεις καὶ χρημάτων πλῆ-
θος ἀνάριθμον καὶ χρυσὸς ὁ κοῖλος πάμπολυς καὶ ἡ
ἄλλη τῆς ἀρχῆς τραγῳδία πᾶσα ἐς ὑπερβολὴν ἐξηργα-
σμένη, ὥστε ὁπότε προΐοιμι, οἱ μὲν πολλοὶ προσκυνοῦσιν
739 καὶ θεόν τινα ὁρᾶν ᾤοντο καὶ ἄλλοι * ἐπ' ἄλλως ξυνί-
στεον ὀφθόμενοί με, οἱ δὲ καὶ ἀεὶ τὰ τῆς ἀνιόντες ἐν
μεγάλῳ ἐτίθεντο ἀκριβῶς ἑοραικέναι τὸ ζεῦγος, τὴν ἑσπε-
ρίδα, τὸ διάδημα, τοὺς προπομπεύοντας, τοὺς ἑπο-
μένους. ἐγὼ δὲ εἰδὼς ὁπόσοι με ἐνία καὶ ἑστρίγεν,
ἐκείνοις μὲν τῆς ἀγνοίας συνεγίγνωσκον, ἐμαυτὸν δὲ
ἠλίουν ὅμοιον ὄντα τοῖς μεγάλοις τούτοις κολοσσοῖς,
οἵοις ἡ Φειδίας ἢ Μύρων ἢ Πραξιτέλης ἐποίησαν· κἀκεί-
νων γὰρ ἕκαστος ἔκτοσθεν μὲν Ποσειδῶν τις ἢ Ζεὺς ἐστι
πάγκαλος ἐκ χρυσίου καὶ ἐλέφαντος ξυνειργασμένος, περιω-

in Timone c. 2. ubi libri partim οὐ πάντῃ partim οὐ πάνυ τοι
habent, olim ipse οὐ πάνυ τι restitui, eodemque modo pro οὐ
πάντῃ hodie scribo De Merc. Cond. c. 8 et In Dis Accusato c. 34.
Parpenomere Lucianus οὐ πάνυ τι dixit; velut in Nigrino c. 9.
Judie. Vocal. c. 7 fin., Necyomant. c. 15, Charon. c. 12 init., De-
mosuete c. 3. κάλλει πόλεων Φ. κάλλει τῶν πόλεων Α et v.
ἀξίας Φ et v. ἀξίαις Α. Falso. ut vulgo ἀξίας Ω. ἀνάριθμον
Φ et v. ἀνέριθμον Α. ὁ κοῖλος om ΦVin. πᾶσα ἐς ὑπερ-
βολήν] ἐς ὑπερβολὴν πᾶσα Α. ξυνίθεον ΑΦG, συνίθεον v.
προτομπτέοντας ΑGV. προτέμποντας, Φ et v. ἐπειδὴ ὡς μὲν]
ἐκείνοις μὲν τούτοις u (sr. v collice), quu confirmatur paullo post
τούτοις pro ἐκείνοις. τῆς ἀγνοίας v. ταῖς ἀγνοίαις Α. τῆς ἀτοίας
ΦL. συνεγίγνωσκον v. συνεγίνωσκον ΑΘi. τούτοις ΑV. ἐκεί-
νοις Φ et v. οἵοις ἢ ΑΦ et v. οἵοις ὁ Ἰμ. οἷς ἢ V. ἐποίησαν
ΑΘ.L.l. ἐποίησεν, Φ et v. κάκτεινων Α. ἐκείνων Φ et v.
ἕκαστος om. ΦGn. ἔκτοσθεν μὲν V Jacobiti, ἔκτοθεν μὲν Α,
quod olim receperam. τὰ ἐκτὸς ὁ μὲν v. et diserte Φ. ποσειδῶν
τις Α. ποσειδῶν Φ et v. ἐκ χρυσίου ΑС. ἐκ χρυσοῦ ΘΓΓVin.
χρυσοῦ v. et Φ. συνειργασμένος Α. ἔχων ἐν τῇ δεξιᾷ ΦΘ.

νὸν ἢ ἀστραπὴν ἢ τρίαιναν ἔχων ἐν τῇ δεξιᾷ. ἢν δὲ ὑπο-
κύψας ἴδῃς τά γ' ἔνδον, ὄψει μοχλοὺς τινας καὶ γόμ-
φους καὶ ἥλους διαμπὰξ διαπεπερονημένους καὶ κορμοὺς
καὶ σφῆνας καὶ πίτταν καὶ πηλὸν καὶ πολλήν τινα τοι-
αύτην ἀμορφίαν ὑποοικουροῦσαν· ἐῶ λέγειν μυῶν πλῆθος
ἢ μυγαλῶν * ἐμπολιτευόμενον αὐτοῖς ἐνίοτε. τοιοῦτόν 740
τι καὶ βασιλεία ἐστίν. 25. ΜΙΚ. οὐδέπω ἔφησθα τὸν
πηλὸν καὶ τοὺς μοχλοὺς καὶ γόμφους οἵτινες τῆς ἀρχῆς
οὐδὲ τὴν ἀμορφίαν ἐκείνην τὴν πολλὴν ἥτις ἐστίν· ὡς
τό γε ἐξελαύνειν ἀποβλεπόμενον καὶ τοσούτων ἄρχοντα
καὶ προσκυνούμενον διαφανῶς ἔοικέ σου τῷ κολοσσαίῳ
παραδείγματι· θεσπέσιον γάρ τι καὶ τοῦτο. σὺ δὲ τὰ
ἔνδον ἤδη τοῦ κολοσσοῦ λέγε. ΛΙΕΚ. τί πρῶτον εἴπω

ἔχων τῇ δεξιᾷ A et v., quod defendi potest. Cf. D. Maria. XIV, 7
et Anacharn. c. 7. Malui tamen ob collocationem verborum prae-
verbium recipere.   τά γ' ἔνδον ACG.1.   τὰ ἔνδοθεν Φ et v.
διαπεπερονημένους AG.   πεπερονημένος Φ et v.   πεπαρονημένος I.
πίτταν καὶ πηλὸν ACΓVh.   πίτταν ὑπόπηλον v. et diserte Φ.
πολλήν τινα τοιαύτην AC.1. τοιαύτην πολλήν τινα G. τοιαύτην
τινὰ πολλήν Φ et v.   μυῶν AΦG. μυῶν v. Da A non erat
quod Jacobitius dubitaret. Μυῶν coniecerant Palmerius et ad
similem I. Jov. Trag. c. 8 Solanus, tacite probante Basilio Epist.
critic. p. 169. Frustra olim p. 299 Wesselingio dare vulgatam de-
fendere studui. Hinc Klotzius μυῶν male retinuit.   μεγαλῶν A
et v. μυγαλῶν Φ. μεγαλῶν I.   τοιοῦτόν AΦ et v. τοιοῦτο GV.
25. οὐδέπω] οὐδέποτε I.   ἔφης θα] ἔφης AC.   μοχλοὺς
καὶ γόμφους A. γόμφους καὶ μοχλοὺς Φ lemma scholii et v. γόμ-
φους ΙΙ omissis καὶ μοχλοὺς. Referuntur haec ad verba c. 21.
μοχλούς τινας καὶ γόμφους.   οἵτινες AC. οἵτινες εἰν Φ et v.
ἤ τις] εἴ τις A.   τό γε] τῷ γε .1.   Ἔοικέ σου τῷ] Ita conieci.
Post me non verum ipsam repperit, sed a vero, quod ego reppe-
reram, propo abfuit sola Bekkeri coniectura, ἔοικέ σοι τῷ. ἔοικέ νας
σὺ τῷ A. ἔοικεν οὗτος Φ (i. e. οὗτος et ηπρα οὗτος). ἔοικεν
οὗτος Va (fortasse etiam G, qui apud Jacobitium ἔοικεν οὗτος
τῷ). ἔοικεν οὗτως v. Quod meliore etiam sententia conieci, id
ipsum in codicum scripturis latet: non inest ἔοικεν ὄντως Guyeti
coniectura Jacobio Dindorfioque probata. Τῷ articulo opus esse
etiam Klotzius monuit caeteroqui tamen caeculiens.   γάρ τι] γάρ
τοι .1.   σὺ δὲ A. σὺ δὲ καὶ Φ et v. σὺ δὲ τὰ ἔνδον ἤδη, καὶ
τοῦ G.   θείματα Solanus et postea AΦCGI.ΛV. θέματα Τ. διηγ-

142   ΛΟΥΚΙΑΝΟΥ

σοι, ὦ Μίπνλλε; τοὺς φόβους καὶ τὰ δείματα καὶ ὑπο-
ψίας καὶ μῖσος τὸ παρὰ τῶν συνόντων καὶ ἐπιβουλάς.
καὶ διὰ ταῦτα ὕπνον τε ὀλίγον, ἐπιπόλαιον κἀκεῖνον,
καὶ ταραχῆς μεστὰ ὀνείρατα καὶ ἐννοίας πολυπλόκους
καὶ ἐλπίδας ἀεὶ πονηράς, ἢ τὴν ἀσχολίαν καὶ χρηματισ-
μοὺς καὶ δίκας καὶ ἐπιτροπείας καὶ προστάγματα καὶ
συνθήματα καὶ λογισμοὺς; ἐφ᾽ ὧν οὐδὲ ὄναρ ἀπολαῦ-
σαί τινος ἡδίος ἐγγίνεται, ἀλλ᾽ ἀνάγκη ὑπὲρ ἁπάντων
μόνον διασκοπεῖσθαι καὶ μυρία ἔχειν πράγματα· * οὐδὲ
γὰρ Ἀτρείδην Ἀγαμέμνονα
  „ὕπνος ἔχε γλυκερὸς πολλὰ φρεσὶν ὁρμαίνοντα,"
καὶ ταῦτα ῥεγκόντων Ἀχαιῶν ἁπάντων. λυπεῖ δὲ τὸν
μὲν Λυδὸν ὁ υἱὸς κωφὸς ὤν, τὸν Πέρσην δὲ Κλέαρχος
Λύρῃ ξενολογῶν, ἄλλον δὲ Δίων πρὸς τὸ οὖς τισι τῶν
Συρακοσίων κοινολογούμενος, καὶ ἄλλον Παρμενίων ἐπαι-
νούμενος καὶ Περδίκκαν Πτολεμαῖος καὶ Πτολεμαῖον
Σέλευκος· ἀλλὰ κἀκεῖνα λυπεῖ, ὁ ἐρώμενος πρὸς ἀνάγ-
κην ξυνὼν καὶ μελλανὶς ἄλλῳ χαίρουσα καὶ ἀποσπᾶσθ-
θαί τινες λεγόμενοι καὶ δύ᾽ ἢ τίτταρες τῶν δορυφόρων

μετα v. δείματα d p.   καὶ ὑποψίας] τὰς ἐποψίας U. καὶ τὰς
ὑποψίας L.   καὶ ante ἐπιβουλὰς om. U.   τε] τὸ L.   ἐγγί-
νεται ACUL. ἐγγίνεται v. Alteri ut γίγνομαι et γεγώσειν, ita
iidem ἐγγίνομαι, συγγίνομαι, συγγινώσκων practiliuus videntur.
ἀλλ᾽ ἀνάγκη A. ἀλλὰ ἀνάγκη v.   διασκοπεῖσθαι ACUAV. δια-
σκοπεῖν Φ et v.   ἔπνος — ὁρμαίνοντα] U. a᾽, 4.   ῥεγκόντων
A et v. ῥίγχοντων Φ et fortasse U, qui apud Jacobitium ῥίγχοντων.
ἁπάντων] πάντων n.   Ἀτδὸρ] G in mrg: γρ᾽. υἱόν.   ὁ υἱὸς
ACUL.4. υἱὸς v. et fortasse Φ.   πρὸς τὸ οὖς ego praef. Quaesti.
p.XXIX. πρὸς οὖς A et v. πρὸς οὖς G. hnec duo verba πρὸς οὖς
om. Φη, sed legerat schol., cujus verba ἰδίᾳ ἀνασκοπόμενος nil
h. l. non ad anparias ξενολογῶν referri debebant. Ubique Lucia-
nus (ut in simillimis locis De Calumn. n. l. encol. c. 2 et Deor.
Conc. c. I) πρὸς τὸ οὖς non sine articulo. Plurima collegit Valcke-
narius ad schol. Phoenias. p. 711, quibus locis apparet portas de
certa auro etiam πρὸς οὖς, pedestres autem constanter cum ar-
ticulo πρὸς τὸ οὖς dixisse.   Συρακοσίων Dindortius. συρακοσ-
σίων Φ. συρρακουσίαν A. Συρακοσσίων v.   U καὶ ἄλλον nio. Hom-
merbrodlius καὶ Ἀλέξανδρον conjecti.   post σέλευκος Φ continuo
pergit τὸ δί, omissis ἀλλὰ κἀκεῖνα usque ad διαφθορίζοντες.
δι᾽] δύο U.   διαφθορίζοντες] διαλεγόμενοι VV, quam lectionem

πρὸς ἀλλήλους διαμυθρίζοντες. τὸ δὲ μέγιστον, ὑφορᾶσθαι δεῖ τοὺς φιλτάτους μάλιστα κἀξ ἐκείνων ἀεί τι δεινὸν ἕξειν ἐλπίζειν. ὁ μὲν γοῦν ὑπὸ τοῦ παιδὸς ἀπέθανεν ἐκ φαρμάκων, ὁ δὲ καὶ αὐτὸς ὑπὸ τοῦ ἐρωμένου, τὸν δὲ ἄλλον ἄλλος ἴσως ὁμοιότροπος θάνατος κατέλαβεν.

26. ΜΙΚ. Ἄπαγε· δεινὰ ταῦτα φῄς, ὦ ἀλεκτρυών. ἐμοὶ δ' οὖν πολὺ ἀσφαλέστερον * σκυτοτομεῖν ἐπικεκυφότα 742
ἢ πίνειν ἀπὸ χρυσῆς φιάλης κωνείῳ ἢ ἀκονίτῳ συγκεκραθεῖσαν φιλοτησίαν· ὁ γοῦν κίνδυνος ἐμοὶ μέν, εἰ παρολίσθοι τὸ σμιλίον καὶ ἁμάρτοι τῆς τομῆς τῆς ἐπ' εὐθύ, ὀλίγον τι αἱμάξαι τοὺς δακτύλους ἐντεμόντα· οἱ δὲ ὡς φῂς θανάσιμα εὐωχοῦνται, καὶ ταῦτα μυρίοις κακοῖς ξυνόντες. εἶτ' ἐπειδὰν πέσωσιν, ὅμοιοι μάλιστα φαίνονται τοῖς τραγικοῖς ὑποκριταῖς, ὧν πολλοὺς ἰδεῖν ἔστι τέως μὲν Κέκροπας δῆθεν ὄντας ἢ Σισύφους ἢ Τηλέφους διαδήματ' ἔχοντας καὶ ξίφη ἐλεφαντόκωπα καὶ

---

huc, non ad superius λεγόμενα spectare voluit Lehmannus. τοὺς φιλτάτους μάλιστα v. μάλιστα τοὺς φιλτάτους AΩ. τοὺς φιλτάτους (omisso μάλιστα) Φ. ἕξειν ἐλπίζειν v. et diserte Φ. ἐλπίζειν ἕξειν A. De re ipsa consentit Aeschylus Prometh. v. 226 ἔνεστι γάρ πως τοῦτο τῇ τυραννίδι | νόσημα, τοῖς φίλοισι μὴ πεποιθέναι. ὁ μὲν γοῦν — ἀπέθανεν A et v. ἐγὼ μὲν οὖν — ἀπέθανον L. ἐγὼ γοῦν — ἀπέθανον Φ et a. ἔγωγ' οὖν — ἀπέθανον Ω. Haec interpolatio superioribus locis c. 20 et c. 24 nititur, ex quibus gallum patet olim ipsum regnasse. τὸν δὲ ἄλλον ἄλλος ἴσως] ita correxi more Lucianeo, cujus ad l. De Conscr. Hist. c. 3 (supra p. 78) aliquot exempla attuli. τὸν δὲ ἄλλον ἴσως A et v. τὸν δὲ ἄλλος ἴσως BΓa et (qui ἴσος pro ἴσως) Ω. τὸν δὲ ἴσως ἄλλος Φ. Nempe illi non omnes veneno, sed simili hoc est violenta nece a cognatis atque amicis omnes interempti sunt. ὁμοιότροπος θάνατος ΩΦ diserte et v. ὅμοιος τρόπος θανάτου ACV, haud dubie glossemate.

26. ἐμοὶ δ' οὖν] Libri omnes ἐμοὶ γοῦν. ἀσφαλέστερον usque ad φιάλης om. A. ἢ ἀκονίτῳ AΦΩ. καὶ ἀκονίτῳ v. γοῦν AΦΩ. δὲ v. παρολίσθοι Guyetus et postea Ω. παρολισθεῖ A et v. τῆς ἐπ'] τῆς om A. τοὺς δακτύλους ACΩΓ et ordine alio αἱμ. τοὺς δακτύλους ἐντεμ. ὀλίγον τι V. τοῦ δακτύλου v. et fortasse Φ. θανάσιμα] θανασίμως Ω. ξυνόντες AC. συνόντες Φ et v. ἔστι A et v. ἐστιν a. ἔνεστι Ω.f. ἔνεστιν Φ. Κέκροπας libri prorsus recte, ut in Necyomant. c. 16 fin. Errat Cobetus

ἐπίσωστον κόμην καὶ χλαμύδα χρυσόπαστον· ἐν δὲ,
οὐκ πολλὰ γίγνεται, " πετερβιτήσαις τις αὐτῶν ἐν μέσῃ
τῇ ἀκμῇ κατιππίῳ. γέλωτα δηλαδὴ παρέχει τοῖς θεα-
ταῖς τοῦ προσωπείου μὲν ἀντερμβέντος αὐτῷ διαδήματι,
ἐπαγμένης δὲ τῆς ἀληθοῦς κεφαλῆς τοῦ ἱστορητοῦ καὶ
τῶν σκελῶν ἐπὶ πολὺ γυμνουμένων, ὡς τῆς τε ἐσθῆτος
τὰ ἔνδοθεν φαίνεσθαι ῥάκη δύστηνα ὄντα καὶ τῶν κο-
θόρνων τὴν ὑπόθεσιν ἀμορφοτάτην καὶ οὐ κατὰ λόγον
τοῦ ποδός. ὁρᾷς, ὅπως με καὶ εἰκάζειν ἤδη ἐδίδαξας,
ὦ βέλτιστε ἠλεκτρυών· ἀλλὰ τυραννὶς μὲν τοιοῦτόν τι
ἄρ' ἦν, οὖον· ἔπος δὲ ἦ, κύων ἦ, ἰχθὺς ἦ, βάτραχος
ὁπότε γίνοιο, πῶς ἔφερες ἐκείνην τὴν διατριβήν; "

27. ΑΛΕΚ. μικρὸν τοῦτον ἀνακινεῖς τὸν λόγον καὶ οὐ
τοῦ παρόντος καιροῦ· πλὴν τό γε κεφάλαιον, οὐδεὶς
ὅστις οὐκ ἀπραγμονέστερος τῶν βίων ἔδοξέ μοι τοῦ ἀν-
θρωπείου, μόναις ταῖς γναφικαῖς ἐπιθυμίαις καὶ χρείαις
ξυμμεμετρημένος· τελώνην δὲ ἔπ' ὄν ἦ αἰσοφάντην βά-
τραχον ἦ σοφιστὴν κολοιὸν ἦ ὀψοποιὸν κώνωπα ἦ κί-

V. L. p. 161.   διαδήματ' Φ et v. διαδήματα ACG.L.   γίγνε-
ται A et v. γίνεται ΦΙ.   πετερβιτήσαις ACGLIV et schol. προσ-
κρούσας Φ et v.   παρέχει A et v. παρέχει ΦLa. παρέχει V.
ὡς A et v. sed om. ΦΛα.   φαίνεσθαι] φαίνεται Λ.   ῥά-
κια δύστηνα ὄντα A et v. ῥάκια ὄντα δύστηνα Φ.   καθόρνων
ACT. ἐμβάδων Φ et v, pro quo certe ἐμβατῶν scribendum erat,
ut bene Reitzius.   ὑπόθεσιν] ὑπόθεσον H.   οὐ κατὰ A. οὐχὶ
κατὰ Φ et v. ὁ .. κατὰ H.   ποδός] παιδὸς A.   ἤδη ἐδίδαξα
ω] ita conjeci. ἤδη ἐδίδαξε ὦ G. ἰδιδάξα ἤδη ὦ ACV. ἰδίδαξε
ἤδη ὦ Φ et v. ἰδίδαξα ἤδη ω V. Trausposito enim U ἤδη aut
scribendum ἤδη ἐδίδαξε ω, aut ἤδη ἐδίδαξα ω, in quo tamen ω
litera mero errore e proxima ω iterata videtur. Alioquin ὁ δι-
δάσκαλος ἐδίδαξε pro imitatione ἰδίδαξεν et ipsum attice dicitur.
Vide Aristoph. Nub. v. 783, ubi Hermannus et Pindari et vero
Simonidis exemplo aliter. Praeterea vide Lucianum De Dea Syria
c. 15 et quae apte Klotzius comparavit. Harmonid. c. 1. Anachars.
c. 17 et ibid. v. 19.   aute ἀλλὰ τυραννὶς μὲν nova persona est
in A.   τοιοῦτον] τοιοῦτο G.   ὁπότε ΑΦ et v. ὅτε TV.

27. τοῦτον ΑΦGVu. τοιοῦτον v.   καὶ χρείαις om. G.   ξυμ-
μεμετρημένος ACV, probante etiam Schaefero ad Dion. Hal. in
Indice p. 161. συμμετρημένος G.L. μεμετρημένος Φα. ἐμμεμε-

τταίδωτ ιίλακτρυόνα ἤ ὅσα ἡγεῖς ἱκανώτα, οἷα ἄν ἴδοις
ἐν ἐκείνοις. ΣΒ. ΜΙΚ. ἀληθῆ ἴσως ταῦτα. ἄ ἄλλα εριμόν·
ἐγὼ δὲ ὃ πέπονθα οἷα αἰσχύνημαι πρός σε εἰπεῖν· οὐ
δύναμαι ἀπομαθεῖν τὴν ἐπιθυμίαν ἥν ἐκ παίδων εἶχον
πλούσιος γενέσθαι, ἀλλά μοι καὶ τοὐντεῦθεν ἔτι πρὸ
τῶν ὀφθαλμῶν ἔστηκεν ἐπιδεικνύμενον τὸ χρυσίον, καὶ
μάλιστα ἐπὶ τὸ κατειρμένῳ Σίμωνι ὥστε πνίγομαι τρυφῶντι
ἐν ἀγαθοῖς τοσούτοις. Α.ΙΕΚ. ἐγώ σε ἰάσομαι, ὦ Μι·
κύλλε, καὶ ἐπείπερ ἔτι νὺξ ἐστιν, ἐξαναστὰς ᾖ ἔπου μοι
ἀπάξω γάρ σε παρ' αὐτὸν ἐκεῖνον τὸν Σίμωνα καὶ ἐς
τὰς ἄλλων πλουσίων οἰκίας, ὡς ἴδῃς οἷα τὰ παρ' αὐτοῖς
ἐστι. ΜΙΚ. πῶς τοῦτο, κεκλεισμένων τῶν θυρῶν; εἰ
μὴ καὶ τοιχωρυχεῖν γε σύ με ἀναγκάσεις. Α.ΙΕΚ. οὐ
δαμῶς, ἀλλ' ὁ Ἑρμῆς, οὗπερ ἱερός εἰμι, τοῦτο ἐξαίρε·
τον ἔδωκέ μοι, ἥν τινα τῶν οἰκείων πτερῶν τὸ μὶ κε·

τρι μένος τ. ἀγοποιὸν Α scholiasta et τ. ὑψαίτηρ ΦL. ᾗ
ὅσα Α. καὶ τἆλλα ὅσα Φ εἰ τ. ἐκπνεῖσε] ita conjeci, ἐννοεῖτε
ΑVY. ἐπιτηδεύετε Φ scholiasta et τ. CL Harmsinter Quaestt. vrlL.
p. 41 sq. Ceterorum eadem sententia Philemonis versionem ap. Sto-
baeum Florit. II, 27 exprmsa est. Ex alio eamne simillimo re·
mordiae loco haec Lucianeo maula esse conjicio, in quibus trime-
trorum vestigia facile agnoscas: .ἵττον τελάωγε, ο·νοφάντηρ
ἀιτάρ.] βότραγον σοφιστήρ, ὑφοποιὸν ἱππόθα, ἀλεκτρυόνα κόπαι·
δορ οὐκ ἴδοι τις ἄν.''
28. ἀληθῆ ἴσως ταῦτα ΑΦΟ. fortasse etiam C. ἀληθῆ ταῦτα
ἴσθι L. ἀληθῆ ταῦτα ἴσως τ. ὃ πέπονθα ΑΦΟa. ὃ γε πέπονθα
τ. πρός σε] Libri πρός σὶ. εἰπεῖν Α. ἰέρειν Φ εἰ τ. οὐ
δύναμαι Α. οὐδάπω δύναμαι Φ εἰ τ, quod videtur esse correctoris.
Οὐδάπω esse etiam in Α male scripsit Klotzius ab Jacobitto de·
ceptus. At Α non οὐδάπω sed οὐ exhibet secundum collationes et
Bchmiederi et meam ipsam, qua nihil esse potest certius. εἶχον
hie scriptum in Α. μοι] μὲν Φa. τοὐντεῦθεν Φ εἰ τ. τὰ
ἐνάντιον ΑΟ. ἐξαναστὰς] ἀναστὰς Ο.Λ. παρ' ΑΦC'L.Λn. πρὸς
τ. ἐς τὰς Α. τὰς τὰς Φ εἰ τ. ἄλλων πλουσίων] Libri omnes
τῶν ἄλλων πλουσίων. ἴδῃς Α. ἴδοις Φ εἰ τ. ἐστι] ἐστιν α.
εἰ μὴ καὶ ΑCΟΛΤΥΥ. καὶ μὴν τ, et diserte Φ. τοιχωρυχεῖν
Φ εἰ τ. τοιχωρυχεῖν Α. με σύ με ἀναγκάσεις CO.IV εἰ qui
ἀναγκάσῃς Α. με συναναγκάσεις Φ εἰ τ. ἀναγκάσεις etiam Τ.
τοῦτο ἐξαίρετον ἔδωκέ μοι Α. ἐξαίρετον ἔδωκέ μοι τοῦτο Φ εἰ τ.
ἥν τινι τῶν οἰκείων πτερῶν] ita correxi. Libri ἥν τις τὸ

σιον, ὃ δἰ ἁπαλότητα ἐπικαρπίας ἐστι (δύο δ᾽ ἐστι μοι
τοιαῦτα), τὸ δεξιὸν τοίνυν ὅτῳ ἄν ἐγὼ ἀποσπάσαι πα-
ρέσχω καὶ ἔχειν ἐς ὅσον ἄν βούλωμαι, ἀνοίγειν τε ὁ
τοιοῦτος πᾶσαν θύραν δύναται καὶ ὁρᾶν ἅπαντα οὐχ
ὁρώμενος αὐτός. ΜΙΚ. ἐλελήθεις με, ὦ ἀλιτηριῶν,
καὶ γόης ὤν. ἐμοὶ δ᾽ οὖν ἦν τοῦτο ἅπαξ παράσχῃς,
ὅψει τὰ Σίμωνος πάντα ἐν βραχεῖ δεῦρο μετενηνεγμένα·
μετοίσω γὰρ αὐτὰ περιεσελθών· ὁ δὲ αὖθις περιπράξεται
ἀποτείνων τὰ καττύματα. ΔΑΕΚ. οὐ θέμις γενέ-
σθαι [α] τοῦτο· παρήγγειλε γὰρ ὁ Ἑρμῆς, ἢν τι τοιοῦτον
ἐργάσηται ὁ ἔχων τὸ πτερὸν, ἀναβοήσαντά με κατασημη-
ρῆσαι αὐτόν. ΜΙΚ. ἀπίθανον λέγεις, κλέπτην τὸν Ἑρ-
μῆν αὐτὸν ὄντα τοῖς ἄλλοις φθονεῖν τοῦ τοιούτου.
ἀπίωμεν δ᾽ ὅμως· ἀφέξομαι γὰρ τοῦ χρυσίου, ἢν δύνω-

εἰρσίον πτερόν. At et genetivo pluralis opus est neque servata
τὴν anacoluthon expediri potest. Nunc vero ἦν τισι et ὅτῳ ἄν
optime cohaereut. ἐπικαρπίας ἐστι Φ et v. ἐπικαρπὴς ἐστι μοι
ACGA errore e proximis verbis petito, δύο δ᾽ ἐστι μοι τοιαῦτα]
Ita prorsus Φ deleta etiam Micylli persona, praeterquam quod non
τοιαῦτα sed ταῦτα exhibet. δἰ ἐστι μοι τοιαῦτα (nova persona ut
vulgo servata) A. ΜΙΚ. δύο δ᾽ ἐστι σοι τοιαῦτα v. Quae criticis
placuisse mirum est. ἀποσπάσαι ACANV. ἀποσπάσαις Φ et v.
καὶ ἔχειν] Ita conjecit. καὶ ἔχειν post me etiam Bekker, καὶ ἔχη
ACANV. ἔχειν Φ et v. βούλωμαι AΦCa. ἐγὼ βούλωμαι G. βού-
λομαι v. ἅπαντα A. πάντα G. τὰ πάντα Φ et v. καὶ γόης
ὤν.] Libri καὶ οὐ γόης ὤν. οὐ jam olim delevi Praef. Quaesit.
p. XXIX retulla similliula locis Timon. c. 20, Toxar. c. 8, Phi-
lops. c. 5, D. Meretr. V, 2. ἅπαξ] ἄπερ Φ. παράσχῃς AΦ
et v. παράσχοις G. παρεισελθών] παρεισελθών A. περιελθών
Φ et v. ἀποτείνων Guyetus, Gesner et postea ACL. ἀποτει-
νῶν G. sive ἀποτείνων sive ἀποτινῶν A. ἀποτινῶν v. et diserte
ΦV. Pro ἀποτείνων videtur etiam fuisse qui περιτείνων legeret,
si quidem hanc ipsam affuero videtur grammaticus Hermanni D. E.
H. G. p. 391 Περιτείνει, τὸ ἐπί τινος ἐξωτλεῖ, ἤγουν ἐπάνω
τινός, οἷον „περιτείνει τὸ σκύτος ἢ συντετάμαι τῷ ξύλῳ" παρὰ
Λουκιανῷ. ταιτῶν Cobetus V. L. p. 181. At τὸ συντετραγχίν
canis est, humilis nou est Judire etiam Luciano Adv. Indoct. c. 25.
ἦν τι τοιοῦτον G. ἦν τι τοιαῦτα A. ἦν τινα τοιοῦτον AC. ἦν
τοιοῦτον Φ. ἤν τοιοῦτόν τι v. ἐργάσηται v. et diserte Φ. ἐρ-
γάζηται A. κατασημηρῆσαι AG et libri Thomae M. p. 588 H.
τοῦ τοιούτου. ἀπίωμεν δ᾽ ὅμως] haec omnia om. Φ. τοῦ τοιούτου

ρια. ΑΛΕΚ. ἀπέτιλον, ὦ Μίκυλλε, πρότερον τὸ πτί-
λον· τί τοῦτο; ἄρτι ἀπέτιλας. ΜΙΚ. ἀσφαλέστερον
οὕτως, ὦ ἀλεκτρυών, καὶ σοὶ ἧττον ἂν ἄμορφον τὸ
πρᾶγμα εἴη, ὡς μὴ χωλεύοις διὰ [τοῦτο] θάτερον τῆς
οὐρᾶς μέρος. 29. ΑΛΕΚ. εἶεν ἐπὶ τὸν Σίμωνα πρό-
τον ἄπιμεν ἢ παρ' ἄλλον τινὰ τῶν πλουσίων; ΜΙΚ.
οὐ μὲν οὖν. ἀλλὰ παρὰ τὸν Σίμωνα, ὃς ἀντὶ δισυλλά-
βου τετρασύλλαβος ἤδη πλουτήσας εἶναι ἀξιοῖ. καὶ δὴ
πάριμεν ἐπὶ τὰς θύρας· τί οὖν ποιῶ τὸ μετὰ τοῦτο;
ΑΛΕΚ. ἐπίθες τὸ πτερὸν ἐπὶ τὸ κλεῖθρον. * ΜΙΚ. 147
ἰδού· ὦ Ἡράκλεις, ἤδη ἀναπέπταται ὥσπερ κλειδὶ ἡ
θύρα. ΑΛΕΚ. ἡγοῦ ἐς τὸ πρόσθεν· ὁρᾷς αὐτὸν
ἀγρυπνοῦντα καὶ λογιζόμενον; ΜΙΚ. ὁρῶ νὴ Δία πρὸς
ἀμυδράν τε καὶ ὑπεκσον τὴν θρυαλλίδα, καὶ ὠχρὸς δ'
ἐστὶν οὐκ οἶδ' ὅθεν, ὦ ἀλεκτρυών, καὶ κατέσκληκεν ὅλος

om. etiam L. ἀφίξεται ΑΦ et v. ἀφίξεται Λ. ἀπέτιλον]
ἀπέτιλλεν Lud. πτίλον] πτίλον ΑG. ἀπέτιλας] ἀπέτιλλας
L.l et codex Thomae M. p. 363. ἂν ἄμορφον τὸ πρᾶγμα Α.
ἄμορφον τὸ πρᾶγμα ἂν Φ et v. χωλεύοις] χωλεύοις G. Post
διὰ contra omnes libros τοῦτο inserui, quod improbanti διὰ fan-
diliae dolere licebit. Nam διὰ θάτερον τῆς οὐρᾶς μέρος Α et v.
διὰ θατέρου τῆς οὐρᾶς μέρους L a et qui διαθατέρου Φ.
29. ΑΛΕΚ. εἶεν — πλουσίων] haec om. G. οὐ μὲν οὖν
Dindorfius pro οὔμενουν. παρὰ ΑΦUa. περὶ v. ante καὶ δὴ
nova persona in A. ἰδού· ὦ Ἡράκλεις, ἤδη] ita haec trans-
posui. ἰδοὺ ἤδη, ὦ ἡράκλεις Α. ἰδοὺ ἤδη ἡράκλεις V. ἰδοῦ δὴ· ὦ
ἡράκλεις Φ et v. ἀναπέπταται Φ. ἀνακεκίνηται Λ. ἀνατί-
νηπται Ya. ἀνατεπίσσεται Α et v. quod in prima editione ser-
vavi. Nam ἀναπίνπται adhuc non anim hoc iam tum obser-
varerem, attica forma Lucianum numquam non usum esse colleci
Nigrin. c. 4, Timon. c. 19, ibid. c. 41, De More. Cond. c. 3,
Alektrist. c. 27, De Domo c. 3, ibid. c. 6, Fugitiv. c. 25, De Dea
Syr. c. 31. H. l. ἀναπίπταται Lehmannus quoque conjecit. Actum
egit Cobetus V. L. p. 163. κλειδὶ Α et v. ὑπὸ κλειδὶ ΦG.la,
eleganti scriptura, quacum Lehmannus Timon. c. 13 comparat.
In Α nova persona non solum ante sed etiam post verba ἡγοῦ ἐς
τὸ πρόσθεν. ἀμυδράν τι ΑCUΛ. ἀμυδράν γε Φ et v. τὴν
om. G. δ' ἐστὶν Α et v. δὲ ἐστιν Φ. ὅθεν ΑΦUΛVV. ἀπό-
θεν v. ὦ κατὰ ἀλεκτρυών om. Φ. ante ὑπὸ φροντίδων inter-
pungit Α, ut volueram Praef. Quaestl. p. XXIX. Male Cobetus
10*

ἐπιστικῶς, ὑπὸ φροντίδων δηλαδή· οὐ γὰρ νοσεῖν ἄλλως
ἐλέγετο. ΛΥΚ. ἄκουσον ἃ φησιν· εἰσὶ γὰρ ὅθεν
οὕτως ἔχει. ΣΙΜ. οὐκοῦν τάλαντα μὲν ἑβδομήκοντα
ἐκεῖνα αὐτῷ ἀσφαλῶς ὑπὸ τῇ κλίνῃ κατορώρυκται καὶ
οὐδεὶς ἄλλος εἶδε, τὰ δὲ ἑπαίδεκα εἶδεν γράψαι Σκούλος
ὁ κηποκόμος ὑπὸ τῇ φάτνῃ κατακρύπτοντά με· ὅλος
γοῦν περὶ τὸν κηπωτὸν ἐστίν, οὐ πάνυ, ἐπιμελὴς ἄλλως
οὐδὲ φιλόπονος ὤν. εἰκὸς δὲ διηρπάσθαι πολλῷ πλείω
τούτων· ἢ πόθεν γὰρ ὁ Τίβιος ταρίχους οὕτω μεγά-
λοις " σύμπεπεῖχθαι χθὲς ἐλέγετο ἢ, τῇ γυναικὶ ἐλλόβιον
ἐωνῆσθαι πέντε δραχμῶν ὅλων; οὗτοι σπαθῶσι τἀμὰ
τοῦ κακοδαίμονος." ἀλλ' οὐδὲ τὰ ἑπαίρματα ἐν ἀσφαλεῖ
μοι ἀπόκειται τοσαῦτα ὄντα. δίδια γοῦν μή, τις ὑπο-
ρύξας τὸν τοῖχον ὑφέληται αὐτά· "πολλοὶ φθονοῦσί κἀπι-
βουλεύουσί μοι," καὶ μάλιστα ὁ γείτων Μίκυλλος. ΜΙΚ.
νὴ Δία, σοὶ γὰρ ὅμοιος ἐγώ, καὶ τὰ τρυβλία ὑπὸ μά-
λης ἄπειμι ἔχων. ΛΥΚ. σιώπα, ὦ Μίκυλλε, μὴ κατα-

V. 1. p. 297 v. ἐπιστικῶς delet. Cohaerent autem verba ὅλος ἐπι-
στημός, ut infra c. 31.   ἄλλως om. G.   ᾶ A et v. ὅ Φα.
ἄλλος ΦGL.Iα. ὅλος A et v.   εἶδε A et v. οἶδε ΦΟ.   ἑπαί-
δεκα A et v. ὅξ καὶ δέκα Φ. ἑπαίδεκα U.   εἶδεν οἶμαι ΑΦΓVV.
εἶδε (omission οἶμαι) v.   Σκούλος σκούλος AG.   ὅλος AC. ὅς
Φαι.Ια. ὅλος T et v. quod frustra defendere studui Praef. Quaesti.
p. XXIX.   ἱστώσα] ἵκτωσα κ. ἵκτων ΦΙΑ.   ἐπιμελὴς ἄλλως
οὐδὲ Bolanus et postea AG. ἐπιμελὴς ἄλλως γ' οὐδὲ v. ἐπιμελής,
ἀλλ' οὐδὲ Φ sic interpungens.   ὤν.] ἐστί L.   δὲ διηρπάσθαι
Lehmannus. δὲ διηρπάσθαι G. δὲ ἡρπάσθαι A. δι.ρπάσθαι (omisso
δὶ) Φ. δὶ διηρπάσθαι v. ex Ω enotatum: διηρπᾶσθαι (sic).
ταρίχους οὕτω μεγάλοις A et ut videtur C. τάριχος αὐτῷ οὕτω
μέγα ΦLΙ. τάριχον αὐτῷ οὕτω μέγαν v.   σύμπεπεῖκται χθὲς
ἐλέγετο V et qui σύμπεπεῖκται A. σύμπεπεῖκται ἐχθὲς ἐλέγετο CG.I.
σύμπεπεῖκται χθὲς ἐλέγετο Φ. σύμπεπεῖκται ἐχθές; ἐλέγετο v.   ἢ τῇ
ACG.I. δὲ τῇ Φ et v.   ὅλων. A sic interpungens. ὅλων etiam
CG.I. ὅλως v. et fortasse Φ.   οὗτοι σπαθῶσι τἀμά] Libri τἀμά
ἱτὰ μὴ AG) οὗτοι σπαθῶσι. Correxit Valckenarius ad Callimach.
Fragm. p. 159 remici esse scaarium monens.   αὐτά ACG.IV.
ταῦτα v. et fortasse Φ.   κἀπιβουλεύουσί Kloisius scaarinm esse
monens. Libri καὶ ἐπιβουλεύουσί.   τρυβλία A. τρίβλια Φ et v.
ἄπειμι ἔχων AGTVb. ἔχω v. et diserte Φ. De hac ipsa re
supra c. 14 est ᾤχετο ὑπὸ μάλης ἔχων.   σιώπα Δ. σιώπησον

φωράσῃ παρόντας ἡμᾶς. ΣΙΜ. ἄριστον οὖν ἀγρυπνον
πᾶσαν θεραπλάττειν ἅπασιν· περίαιμι διπτυασῶς ἐν κύ-
κλῳ τὴν οἰκίαν. τίς οὗτος; ἐρῶ σϊ, ὁ τοιχωρύχος; μὰ
Δί, ἐπεὶ πῖόν γε ἂν ἐτυγχάνεις, εὖ ἔχει. ἀριθμήσω πά-
θις ἀνοῖξας τὸ χρυσίον, μὴ τί με πρῴην διέλαθεν.
Ἰδοὺ πάλιν ἐπάργμα τις, ἐπ' ἐμὲ δηλαδὴ παλιωσούμενος
καὶ ἐπιβουλεύομαι πρὸς ἅπαντας. ἀπό μοι τὸ ξιφίδιον·
ἂν λάβω τινά. Θάπτωμεν αὖθις τὸ χρυσίον. ΧΟ. ΑΛΕΚ.
τοσαῦτα μέν σοι, ὦ Μίκυλλε, τὰ Σίμωνος. ὁπόπωμεν δὲ

Φ et v.   ὦ om G.   Ante ἄριστον nulla nova persona in A.
ἄριστον οὖν] Libri ἄριστον γοῦν.   διαγελάττειν A. γελάττειν
Φ et v.   ἔπειτα MG.A. ἅπασαν v. et Reitzen Φ.   Για
ἅπαντα nota persona loquitur in A.   περίαιμι Φ et v. περι-
λείσομαι AVV.   διπτυσσάς] Id hic quidem non minus apte dic-
tum est, quam in Hermotim. c. 73; διπτυσσάντα δὲ ἐξῶ —.
Contra in Verr. Hist. I, 13; ἔνδον δὲ διπτυσσάντες (διπτυσσένς
ibi A) scribendum puto δὶ ἀναστάντες eodemque modo in Icaro-
men. c. 28 ἔνδον δὲ ἀναστάς, quo in I. R. Hercher Philologi X
p. 343 ἐξαναστάς malebat.   al δ Diodorfius, al γε ὁ vulgo. et
(omina in γ) A. al γε (omino al) Φ(l.   μὰ δὲ A. μὰ δία
Φ et v. Ceteram ante J. Reagerum post μὰ δία falso distinxerunt.
Vide Quaestt. Luc. p. 58.   πίων Φ et v. πίων A.   ἰδού AG.
ἰδού v. ante Lehmannum.   Post ἐπ' ἐμὲ δηλαδὴ recte inter-
pungit A. Cf. Praef. Quaestt. p. XXIX et alibi Hermotim. c. 63.
καὶ ἐπιβουλεύομαι om. Φ. μοι ἀπάντων haec posita in G.
ξιφίδιον] Ξιφείδιον G.   ἂν λάβω Φ et v. ἀναλάβω A.   Ού-
νούν — χρυσίον] Hunc sompnorum Luclanus a certa comoedias
loco summisse videtur et ec tali fere, qualem vel Plautus in Aula-
laria Act. I sc. 1 et 2 istinam fecit, vel Horatius in Epod. I, 33
ob oculos habuit. Jam Sannazaronsis alios trimetros verbo termi-
retinisse videtur, alios ita dissolvisse, ut versum vel sic agnoscere
liceat. verba singula praestare non liceat. Versus non dicam fue-
runt, altamen potuerunt tales esse

Κούτιδών ἄλλος, τὰ δὲ δι' αἵμα Σιμίλος
ὑπὸ τῇ γάστῃ κατοῖδα κατακρύπτοντά με,
et   ἀλλ' οὐδὲ τἄμ' ἱστάμεν' ἐστ' ἐν ἀσφαλεῖ·
et   περίαιμ' ἀναστὰς ἐν κύκλῳ τὴν οἰκίαν·
ot   πάλιν ἱφάγχειν αὐ τις, ἐπ' ἐμὲ δηλαδὴ
et   τὸ ξιφίδιόν μοι πόρευσε; ἂν λάβω τινα.

Hoc ut hoce tactu plano incertos esse fateor, ita de duobus quos
in ipsum ordinem recepi trimetris maximeque de pulcherrimo illo
Valckenarii nemo quisquam dubitare potest.

719 καὶ παρ' ἄλλον τινά, ἕως ἔτι ὀλίγον τῆς νυκτὸς λοιπόν *
ἐστιν. ΜΙΚ. ὦ κακοδαίμων, οἶον βιοῖ τὸν βίον· ἐχ-
θροῖς οὕτω πλουτεῖν γένοιτο. κατὰ κόρρης δ' οὖν πατά-
ξας αὐτὸν ἀπελθεῖν βούλομαι. ΣΙΜ. τίς ἐπάταξέ με:
λησταύομαι ὁ δυστυχής. ΜΙΚ. οἴμωζε καὶ διαγρύπνει
καὶ ὅμοιος γίγνου τὸ χρῶμα τῷ χρυσῷ προσετιημένος
αὐτῷ. ἡμεῖς δὲ εἰ δοκεῖ παρὰ Γνίφωνα τὸν δανειστὴν
ἴωμεν· οὐ μακρὰν δὲ οὗτος οἰκεῖ. ἀνέῳγε καὶ αὕτη ἡμῖν
ἡ θύρα. 31. ΛΙΕΚ. ὁρᾷς ἐναγρυπνοῦντα καὶ αὐτὸν
ὑπὸ φροντίδων, ἀναλογιζόμενον τοὺς τόκους τοῖς δακτύ-
λοις καὶ ἤδη κατεσκληκότα, ὃν δείξει μετ' ὀλίγον πάντα

---

30. ὦ κακοδαίμων] Ita conjeci. ὦ κακόδαιμον ACLΓ. ὁ κακο-
δαίμων Φ et v. Comicorum est ὦ κακοδαίμων (vel τρὶς κακο-
δαίμων) ὅστις —, quod in Aristophane ap. Athen. VII p. 329, b
ipsum metrum postulat. Adde Eur. Iph. T. v. 537 et plura
exempla nominativi in exclamatione ap. Matthiam Gr. Gr. § 311
p. 614 ed. sec. δ' οὖν A. γ' οὖν G. γοῦν v. et qui κα-
τακόρρης γοῦν Φ. ὁ δυστυχής Φ et v. δυστυχές (sine δ) A.
διαγρύπνει AGVYu. ἀγρύπνει Φa et v. γίγνου ΑΦ et v. γί-
νου G. προ . . . . . ημένος αὐτῷ Φ quatuor litteris abrasis. εἰ δο-
κεῖ, παρὰ Γνίφωνα τὸν CΛ. παρὰ Γνίφωνα, εἰ δοκεῖ, τὸν AG.
εἰ δοκεῖ, Γνίφωνα τὸν v. εἰ δοκεῖ, τὸν Φ (omisso etiam Γνίφωνα).
ἴωμεν ACGLΓΤ. ἴδωμεν Φ et v. οὗτος Φ. καὶ οὗτος A
et v. ἀνέῳγε καὶ αὕτη A. ἀνέῳγε αὕτη V (?). ἀνέῳκται καὶ
αὕτη, G. ἀνέῳκται αὕτη, Φ et v. Ad vulgatam olim nihil adnota-
tum erat nisi a Hemsterdero II. p. 176 ἀνέῳγε αὕτη quasi ex A
atque id ipsum falso. Recte p. 303 conjeci, ἀνέῳγε καὶ αὕτη, ad-
dens καὶ ad apertam prius Simonis januam referri nec rectius h. l.
deficere, quam si c. 32 init. temere resecetur.

31. καὶ αὐτὸν ΑΤV. καὶ τοῦτον Φ et v. ὑπὸ φροντίδων
Solanus probante Cobeto V. L. p. 263. Libri ἐπὶ φροντίδων (φρον-
τίδων δ' G). At atticum est ἐπαγρυπνοῦντα τοῖς φροντίσιν. Itaque
aliud on+idiae participium suspicor, velut: ὁρᾷς ἐπαγρυπνοῦντα
καὶ αὐτὸν [καὶ ὠχριῶντα] ὑπὸ φροντίδων —. ἀναλογιζόμενον
τοὺς τόκους τοῖς δακτύλοις καὶ] Ita correxi. Libri omnes, ἀναλογι-
ζόμενον τοὺς τόκους καὶ τοὺς δακτύλους. Certa emendatio est
quam per sese, tum comparanti simillimum 1., in quo de ipso
Gulphone foeneratore agitur, Catapl. c. 17 μόνοις τοῖς δακτύλοις
πλουτῶν, οἷς τάλαντα καὶ μυριάδας ἐλογίζετο. Sed vitio bene per-
specto Gesner ad h. l., Piersonus ad Moer. p. 56, Elsner Sched.
crit. p. 16 conjecerant, ἀναλογιζόμενον τοὺς τόκους κατὰ τοὺς δακ-

ταύτα καταλιπόντα εἰλῃγε ἤ ἐμπίδα ἤ κωνώμιαν γε-
νέσθαι: ΜΙΚ. ὁρῶ κακοδαίμονα καὶ ἀνόητον ἄνθρω-
πον οὐδὲ νῦν πολὺ τῆς εἴλῃγε ἤ ἐμπίδος ἄμεινον βι-
οῦντα· ὡς δὲ καὶ οὗτος ἐπέτιχεν ὅλος ὑπὸ τῶν λογισμόν.
ἐπ᾽ ἄλλον ἀπίωμεν. 32. Α.ΙΕΚ. παρὰ τὸν σὸν Εὐ-
κράτην, εἰ δοκεῖ. καὶ ἰδοὺ γάρ, ἄνοιγε καὶ αὕτη, ἡ
θύρα· ὥστε εἰσίωμεν. ΜΙΚ. πάντα ταῦτα μικρὸν ἔμ-
προσθεν ἐμὰ ἦν. Α.ΙΕΚ. ἔτι γὰρ σὺ ὀνειρώτ-
τεις τὸν πλοῦτον· ὁρᾷς δ᾽ οὖν τὸν Εὐκράτην αὐτὸν
μὲν ὑπὸ τοῦ οἰκέτου προσβλέπειν ἄνθρωπον; ΜΙΚ.
ὁρῶ νή Δία κακουργοσύνην καὶ πασχητιασμόν τινα καὶ
ἀσέλγειαν οὐκ ἀνθρωπίνην. Α.ΙΕΚ. τὴν γυναῖκα δὲ

150

τέλους. At isto modo Graeci nunquam loculi sunt.   ξδ; nisi sunt
ACCl. om. Φ et τ.   δτ δεήσει τ. et diserto Φ. ἐν δεήσῃ A.
καταλιπόντα ACCl. λιπόντα Φ et τ.   κωνώμιαν ATa. μεῖαν τ.
οἱ diserto Φ.   τολὺ om. Cl.   ἐπέτιχεν] ἐπέτυχεν A.   In A
nova persona non ante παρὰ τόν, sed jam ante verba ἐπ᾽ ἄλλον
ἀπίωμεν. Ceterum scholium ad h. l. sic incipit, εἴλῃγε] εἴλῃ
ζωόγιον iotats κατθάρῳ. Λέγεται δὲ καὶ σελχῇ —. Ita edd. om
non ante Jacobitinus, qui T. IV p. 195 tacito conjecit. Λέγεται δὲ
καὶ τιμῇ. Imo corrigendum, Λέγεται δὲ καὶ τέλῃ, quam antiquam
hujus ipsius scholii lectionem rere docet Solanus ad I. Adv. In-
dost. c. 17.
    32. ἄνοιγε ACCl. ἀνίγεται Φ et τ.   εἰσίωμεν Φ et τ.
εἰσίωμεν A.   πάντα A. ἄπαντα Φ et τ.   μικρὸν ἔμπροσθεν
Φ et τ. Ω et vulgo μικρὸν ἔμπροσθεν. ἔμπροσθεν μικρὸν A.
γὰρ σύ AΦ et τ. καὶ σὺ Cl. Cf. D. D. IV, 2 et Catapl. c. 9.
ὀνειρώττεις ACl'V. ὀνειρώττεις Y. ὀνειροπολεῖς Φ et τ, quod vi-
detur esse correctoris accuratius offensi, cujus accusativi exemplum
e Plotarcho (De Defect. Orac. p. 425, E) attulit H. Stephanus
Thes. L. Gr. p. 6751 ed. Lond. Alterum commendant etiam su-
periore l., ad quem hie respicitur, c. 4 ἐπειδὰν σύ, ὡ Μίκυλλε,
παύσῃ ὀνειρώττων —.   δ᾽ οὖν AΦΓV. γ᾽ οὖν Cl. γοῦν τ.   Εὐ-
κράτην] εὐκράτην α.   καὶ πασχητιασμόν τινα A paristorymo schol. V
κατακυγροσύνην καὶ exhibet (haud dabie pro varia lectione). τινά
καὶ πασχητιασμόν Φ et τ.   Libri omnes τὴν γυναῖκα — καὶ
αὐτήν. Micylli personae continuant et post καὶ αὐτήν, cuτ inusο
pergunt Α.ΙΕΚ. Τί οὖν; Ego τὴν γυναῖκα — καὶ αὐτήν; addito
interrogationis signo galli personae tribui et post καὶ αὐτήν; signa
ponsi lactunae. Exciderunt haec fere „ΜΙΚ. ὁρῶ καὶ τοῦτο, ὡ
ἀλεκτρυών." Cf. D. Mort. 1, 2 et § 3 et Ar. Ran. 1326. Etenim

ἑτέρωθι ὑπὸ τοῦ μαγείρου μοιχευομένη, ν καὶ αὐτή, ν: . . . . .
33. ΑΛΕΚ. τί οὖν; ἐθέλοις ἂν καὶ τούτων κληρονο-
μεῖν, ὦ Μίκυλλε, καὶ πάντα ἔχειν τὰ Εὐκράτους; ΜΙΚ.
μηδαμῶς, ὦ ἀλεκτρυών· λιμῷ ἀπολοίμην πρότερον. χαι-
ρέτω τὰ χρυσίον καὶ τὰ δεῖπνα, δύ ὑψηλοὶ ἐμοί γε πλοῦ-
τος ἔσται μᾶλλον ἢ τοιχωρυχεῖσθαι πρὸς τῶν οἰκετῶν.
ΑΛΕΚ. ἀλλὰ νῦν μὲν, ἡμέρα γὰρ ἤδη ἀμφὶ τὸ λυ-
καυγὲς αὐτό, ἀπίωμεν οἴκαδε παρ᾽ ἡμᾶς· τὰ λοιπὰ δὲ
ἐς αὖθις ὄψει, ὦ Μίκυλλε.

μὲν particula in galli verbis ὁρᾷς δ᾽ οὖν τὸν Βάκρατης αὐτὸν μὲν
— necessario postulat, ut opposita verba τὴν γυναῖκα δὲ — καὶ
αὐτήν; et ipsa galli sint, nullo modo Micylli.   ἑτέρωθι ΑΦ et v.
ἑτέρωθιν LU,   μοιχευομένην om. Φα.

33. ὦ Μίκυλλε om. a.   ἀπολοίμην πρότερον Α. πρότερον
ἀπολοίμην Φ et v.   Post ἀπολοίμην πρότερον cum ATV delcvi,
ᾗ τοιοῦτόν τι πείσομαι (sive ut Φ ᾗ τοιοῦτόν τι πείσομαι, sive
ut (l ᾗ τοιοῦτό τι πείσομαι, et πίσομαι etiam a). Quae delenda
esse jam olim p. 306 judicaveram deletique me auctore Din-
dorfius.   δύ O. δύο ΑΦ et v.   ἐμοί γε] ἔμοιγε Φ.   ἔσται
Rolanne. Libri ἔστι praeterquam quod in ed. Jautina ἔστι (sic)
scripserim est.   νῦν μὲν, ἡμέρα γὰρ ἤδη AU. νῦν μὲν γὰρ ἡμέρα
ἤδη C. t. νῦν ἡμέρα γὰρ ἤδη v. νῦν γὰρ ἡμέρα ἤδη, Φ.   ἐς αὖ-
θις A. εἰσαῦθις Φ et v. εἰς αὖθις G.   ὦ Μίκυλλε] Cobetus L. l.
p. 133 Μίκυλος pro Μίκυλλος ubique reposuit, cui conjecturae quum
rei ipsa, tum etiam Callimachus Epigr. XXVII. 3 p. 60 ed. Mcusf.
atque Alciphron I. 13 favent. Practer Μίκυλος etiam Μικκύλος de-
fendi potest, contra Μίκυλλος, quod per totum dialogum Lucianei
codd. exhibere videntur, defendi vix potest. Apud solum Thomam
Mag. Luciannea afferentem codices Μικύλος vel Μίκυλος dant quin-
quies (p. 30, p. 72, p. 145, p. 255, p. 308 ed. Ritterld.)